KiWi 350

Band I

Über das Buch

Hotel Savoy

In diesem Roman, 1929 zum ersten Mal erschienen, wird ein Hotel zur Metapher für die aus den Fugen geratene Welt nach dem ersten Weltkrieg. In einer polnischen Stadt gelegen, nach außen mit seiner prunkvollen Fassade noch Zeuge der Vorkriegsepoche, beherbergt es im Innern die bunten Existenzen einer durcheinandergeratenen Zeit: Soldaten, Millionäre, Bankrotteure, Devisenschieber. In *Hotel Savoy* hat Joseph Roth sein großes Thema: den Untergang einer Epoche zum ersten Mal angeschlagen.

Hiob

Joseph Roths wohl bekanntester Roman erschien 1930, wenige Jahre, bevor die Zerstörung der darin dargestellten Welt begann. Das Buch erzählt von den Heimsuchungen Mendel Singers, der in Ostgalizien ein bescheidenes Dasein als Dorfschullehrer fristet, bis ihn Schicksalsschlag auf Schicksalsschlag trifft.

Der Autor

Joseph Roth, 1894 in Brody (Galizien) geboren, studierte Philosophie und Literaturwissenschaften in Wien und Lemberg. Teilnahme am 1. Weltkrieg. Ab 1918 Journalist in Wien, dann in Berlin, 1923–1932 Korrespondent der *Frankfurter Zeitung.* 1933 Emigration nach Frankreich. Starb 1939 in Paris.

Weitere Titel bei k & w

Der stumme Prophet, Roman, 1966; *Perlefter,* Die Geschichte eines Bürgers, Romanfragment aus dem Berliner Nachlaß, 1978; *Die Legende vom Heiligen Trinker,* KiWi 27, 1983; *Panoptikum,* Gestaltung und Kulissen, KiWi 35, 1983; *Berliner Saisonbericht,* Unbekannte Reportagen und journalistische Arbeiten 1920–1939, 1984; *Tarabas,* Roman, KiWi 46, 1984; *Juden auf Wanderschaft,* KiWi 81, 1985; *Zipper* und sein Vater, Roman, KiWi 110, 1986; *Rechts und Links,* Roman, KiWi 88, 1985; *Die Kapuzinergruft,* Roman, KiWi 125, 1987; *Die Geschichte von der 1002. Nacht,* Roman, KiWi 140, 1987; *Das Spinnennetz,* Roman, KiWi 152, 1988; *Radetzkymarsch,* Roman, KiWi 190, 1989; *Hotel Savoy,* Roman, KiWi 178, 1989; Werke, 6 Bde., 1991; *Das falsche Gewicht,* Roman, KiWi 219, 1990; *Aber das Leben marschiert weiter und nimmt uns mit,* Briefwechsel zwischen Joseph Roth und dem Verlag De Gemeenschap 1936–39, 1991; *Der Leviathan,* Erzählung, KiWi 231, 1991; *Die Erzählungen,* 1992; *Hiob,* Roman, KiWi 6, 1992; *Die zweite Liebe,* Geschichten und Gestalten, KiWi 301, 1993; *Die Flucht ohne Ende,* Roman KiWi 329, 1994; *Hiob,* mit Illustrationen von Siegfried Anzinger, 1994; *Unter dem Bülowbogen,* Prosa zur Zeit, 1994; Lunzer-Talos/Lunzer, *Joseph Roth,* Leben und Werk in Bildern, 1994.

Joseph Roth

Romane

Hotel Savoy
Hiob

Kiepenheuer & Witsch

Umschlaggestaltung Manfred Schulz, Köln
Satz Fotosatz Froitzheim, Bonn
Druck und Bindearbeiten Clausen & Bosse, Leck
ISBN 3-462-02379-9

Inhalt

Hotel Savoy
9

Hiob
105

Hotel Savoy

Ein Roman

1924

ERSTES BUCH

I

Ich komme um zehn Uhr vormittags im Hotel Savoy an. Ich war entschlossen, ein paar Tage oder eine Woche auszuruhen. In dieser Stadt leben meine Verwandten – meine Eltern waren russische Juden. Ich möchte Geldmittel bekommen, um meinen Weg nach dem Westen fortzusetzen.
Ich kehre aus dreijähriger Kriegsgefangenschaft zurück, habe in einem sibirischen Lager gelebt und bin durch russische Dörfer und Städte gewandert, als Arbeiter, Taglöhner, Nachtwächter, Kofferträger und Bäckergehilfe.
Ich trage eine russische Bluse, die mir jemand geschenkt hat, eine kurze Hose, die ich von einem verstorbenen Kameraden geerbt habe, und Stiefel, immer noch brauchbare, an deren Herkunft ich mich selbst nicht mehr erinnere.
Zum erstenmal nach fünf Jahren stehe ich wieder an den Toren Europas. Europäischer als alle anderen Gasthöfe des Ostens scheint mir das Hotel Savoy mit seinen sieben Etagen, seinem goldenen Wappen und einem livrierten Portier. Es verspricht Wasser, Seife, englisches Klosett, Lift, Stubenmädchen in weißen Hauben, freundlich blinkende Nachtgeschirre wie köstliche Überraschungen in braungetäfelten Kästchen; elektrische Lampen, aus rosa und grünen Schirmen erblühend wie aus Kelchen; schrillende Klingeln, die einem Daumendruck gehorchen; und Betten, daunengepolsterte, schwellend und freudig bereit, den Körper aufzunehmen.
Ich freue mich, wieder ein altes Leben abzustreifen wie so oft in diesen Jahren. Ich sehe den Soldaten, den Mörder, den fast Gemordeten, den Auferstandenen, den Gefesselten, den Wanderer.
Ich ahne Morgendunst, höre den Trommelwirbel der marschierenden Kompanie, auf klirrende Fensterscheiben im höchsten Stockwerk; erblicke einen Mann in weißen Hemdsärmeln, die zuckenden Glieder der Soldaten, eine Waldlichtung, die vom Tau glänzt; ich stürze ins Gras vor »fiktivem Feind« und habe den brünstigen Wunsch, hier liegenzubleiben, ewig, im samtenen Gras, das die Nase streichelt.

Ich höre die Stille des Krankensaals, die weiße Stille. Ich stehe an einem Sommermorgen auf, höre das Trillern gesunder Lerchen, schmecke den Morgenkakao mit Buttersemmel und den Duft von Jodoform in der »ersten Diät«.
Ich lebe in einer weißen Welt aus Himmel und Schnee, Baracken bedecken die Erde wie gelber Aussatz. Ich schmecke den süßen letzten Zug aus einem aufgeklaubten Zigarettenstummel, lese die Inseratenseite einer heimatlichen, uralten Zeitung, aus der man vertraute Straßennamen wiederholen kann, den Gemischtwarenhändler erkennt, einen Portier, eine blonde Agnes, mit der man geschlafen hat.
Ich höre den wonnigen Regen in durchwachter Nacht, die hurtig schmelzenden Eiszapfen in lächelnder Morgensonne, ich greife die mächtigen Brüste einer Frau, die man unterwegs getroffen, ins Moos gelegt hat, die weiße Pracht ihrer Schenkel. Ich schlafe den betäubenden Schlaf auf dem Heuboden, in der Scheune. Ich schreite über zerfurchte Äcker und lausche dem dünnen Sang einer Balalaika.
So vieles kann man in sich saugen und dennoch unverändert an Körper, Gang und Gehaben bleiben. Aus Millionen Gefäßen schlürfen, niemals satt sein, wie ein Regenbogen in allen Farben schillern, dennoch immer ein Regenbogen sein, von der gleichen Farbenskala.
Im Hotel Savoy konnte ich mit einem Hemd anlangen und es verlassen als der Gebieter von zwanzig Koffern – und immer noch der Gabriel Dan sein. Vielleicht hat mich dieser Einfall so selbstbewußt gemacht, so stolz und herrisch, daß der Portier mich grüßt, mich, den armen Wanderer in der russischen Bluse, daß ein Boy geschäftig meiner harrt, obwohl ich gar kein Gepäck habe.
Ein Lift nimmt mich auf, Spiegel zieren seine Wände, der Liftboy, ein älterer Mann, läßt das Drahtseil durch seine Fäuste gleiten, der Kasten hebt sich, ich schwebe – und es kommt mir vor, als würde ich so noch eine geraume Weile in die Höhe fliegen. Ich genieße das Schweben, berechne, wieviel Stufen ich mühsam erklimmen müßte, wenn ich nicht in diesem Prachtlift säße, und werfe Bitterkeit, Armut, Wanderung, Heimatlosigkeit, Hunger, Vergangenheit des Bettlers hinunter – tief, woher es mich, den Emporschwebenden, nimmermehr erreichen kann.
Mein Zimmer – ich habe eines der billigsten bekommen – liegt im sechsten Stockwerk und trägt die Nummer 703. Die Zahl gefällt mir – ich bin zahlengläubig –, die Null in der Mitte ist wie eine Dame, von

einem ältern und einem jüngern Herrn flankiert. Auf dem Bett liegt eine gelbe Decke; gottlob, keine graue, die ans Militär erinnern könnte. Ich knipse ein paarmal das Licht an und aus, schlage die Tür des Nachtkästchens auf, die Matratze gibt dem Druck der Hand nach und federt empor, Wasser blinkt aus der Karaffe, das Fenster geht in Lichthöfe, in denen lustig bunte Wäsche flattert, Kinder schreien, Hühner lustwandeln.
Ich wasche mich und schlüpfe langsam ins Bett, jede Sekunde koste ich aus. Ich öffne das Fenster, die Hühner schwatzen laut und lustig, es ist wie süße Schlafmusik.
Ich schlafe ohne Traum den ganzen Tag.

II

Späte Sonne rötete die höchsten Fenster des gegenüberliegenden Hauses; die Wäsche, die Hühner, die Kinder waren aus dem Hofe verschwunden.
Am Vormittag, als ich ankam, hatte es leise geregnet; weil es inzwischen heiter geworden war, schien es mir, als hätte ich nicht einen Tag, sondern drei geschlafen. Meine Müdigkeit war abgetan; mein Herz festlich gestimmt. Ich war neugierig auf die Stadt, das neue Leben. Mein Zimmer schien mir vertraut, als hätte ich schon lange darin gewohnt, bekannt die Glocke, der Druckknopf, der elektrische Taster, der grüne Lampenschirm, der Kleiderkasten, die Waschschüssel. Alles heimisch, wie in einer Stube, in der man eine Kindheit verbracht, alles beruhigend, Wärme verschüttend, wie nach einem lieben Wiedersehn. Neu war nur der Zettel an der Tür, auf dem zu lesen stand:

»Nach zehn Uhr abends wird um Ruhe gebeten. Für abhanden gekommene Schmuckstücke keine Haftung. Tresor im Hause.
Hochachtungsvoll
Kaleguropulos, Hotelwirt«

Der Name war fremd, ein griechischer Name, ich bekam Lust, ihn zu deklinieren: Kaleguropulos, Kaleguropulu, Kaleguropulo – – eine leise Erinnerung an ungemütliche Schulstunden; einen Griechischlehrer, der aufstieg aus vergessenen Jahren in einem patinagrünen Jäckchen,

drängte ich zurück. Dann beschloß ich, durch die Stadt zu gehen, vielleicht einen Verwandten aufzusuchen, wenn Zeit dazu blieb, und zu genießen, wenn dieser Abend und diese Stadt Genuß bieten wollten.
Ich gehe den Korridor entlang der Haupttreppe zu und freue mich über die schöne Quaderpflasterung des Hotelgangs, die rötlichen, sauberen Steine, das Echo meiner festen Schritte.
Langsam steige ich die Treppe hinunter, aus unteren Stockwerken klingen Stimmen, hier oben ist alles still, alle Türen sind geschlossen, man geht wie durch ein altes Kloster, an den Zellen betender Mönche vorbei. Das fünfte Stockwerk sieht genauso wie das sechste aus, man kann sich leicht irren; dort oben und hier hängt eine Normaluhr gegenüber der Treppe, nur gehen die beiden Uhren nicht regelmäßig. Die im sechsten Stockwerk zeigt sieben Uhr und zehn Minuten, hier ist es sieben Uhr, und im vierten Stock sind es zehn Minuten weniger.
Über den Quadersteinen des dritten Stockwerks liegen dunkelrote, grüngesäumte Teppiche, man hört seinen Schritt nicht mehr. Die Zimmernummern sind nicht an die Türen gemalt, sondern auf ovalen Porzellantäfelchen angebracht. Ein Mädchen kommt mit einem Staubwedel und einem Papierkorb, hier scheint man mehr auf Sauberkeit zu achten. Hier wohnen die Reichen, und Kaleguropulos, der Schlaue, läßt absichtlich die Uhren zurückgehn, weil die Reichen Zeit haben.
Im Hochparterre standen zwei Flügel einer Tür weit offen.
Es war ein großes Zimmer mit zwei Fenstern, zwei Betten, zwei Kasten, einem grünen Plüschsofa, einem braunen Kachelofen und einem Ständer für Gepäck. An der Tür war kein Zettel des Kaleguropulos zu sehen – vielleicht durften die Bewohner des Hochparterres nach zehn Uhr lärmen, ihnen haftete man vielleicht für »abhanden gekommene Schmuckstücke« – oder wußten sie bereits von den Tresors, oder sagte es ihnen Kaleguropulos persönlich?
Aus einem benachbarten Zimmer rauschte eine Frau heraus, parfümiert und in einer grauen Federboa – das ist eine Dame, sage ich mir und gehe, hart hinter ihr, die wenigen Stufen hinunter, ihre kleinen Lackstiefelchen fröhlich betrachtend. Die Dame hält sich eine Weile beim Portier auf, ich gelange mit ihr gleichzeitig zur Tür, der Portier grüßt, mir schmeichelt es, daß der Portier mich vielleicht für den Begleiter der reichen Dame hält.
Ich beschloß, weil ich keine Richtung wußte, hinter der Dame einherzugehn.

Sie bog aus dem engen Gäßchen, in dem das Hotel stand, rechts ab, da weitete sich der Marktplatz. Es mußte Markttag gewesen sein, Heu und Häcksel lagen verstreut auf dem Pflaster, man schloß gerade die Läden, es klirrten Schlüssel, und Ketten rasselten, Hausierer zogen heim mit kleinen Handwagen, Frauen mit bunten Kopftüchern eilten mit vollen und vorsichtig vor den Leib gehaltenen Töpfen, berstenden Markttaschen am Arm, aus denen hölzerne Kochlöffel hervorschauten. Spärliche Laternen streuten silbernes Licht in die Dämmerung, auf dem Bürgersteig entwickelte sich ein Korso, Männer in Uniform und Zivil wedelten mit schlanken Rohrstäbchen, und Wolken russischen Parfüms wallten auf und verschwanden wieder. Wagen kamen vom Bahnhof geholpert, mit hochgeschichtetem Gepäck, vermummten Reisenden. Das Pflaster war schlecht, wies Mulden und plötzliche Versenkungen auf, über schadhafte Stellen waren faulende Latten gelegt, die überraschend knarrten.
Dennoch sah die Stadt am Abend freundlicher aus als am Tage. Am Vormittag war sie grau, Kohlendunst naher Fabriken wälzte sich über sie aus riesigen Schornsteinen, schmutzige Bettler krümmten sich an den Straßenecken, und Unrat und Mostkübel waren in engen Gäßchen gehäuft. Die Dunkelheit aber barg alles, Schmutz, Laster, Seuche und Armut, gütig, mütterlich, verzeihend, vertuschend.
Häuser, die nur gebrechlich und schadhaft sind, scheinen im Dunkel gespenstisch und geheimnisvoll, von einer willkürlichen Architektur. Schiefe Giebel wachsen sanft in den Schatten, armseliges Licht winkt heimlich durch halberblindete Scheiben, zwei Schritte daneben brechen Ströme von Licht aus mannshohen Fenstern einer Konditorei, Spiegel widerstrahlen Kristall und Lüster, Engel schweben, lieblich gebeugt, an der Deckenwölbung. Es ist die Konditorei der reichen Welt, die in dieser Fabrikstadt Geld erwirbt und ausgibt.
Hierher ging die Dame, ich folgte ihr nicht, weil ich bedachte, daß mein Geld eine geraume Zeit würde reichen müssen, ehe ich fortreisen konnte.
Ich schlenderte weiter, sah schwarze Gruppen behender Kaftanjuden, hörte lautes Gemurmel, Gruß und Gegengruß, zorniges Wort und lange Rede – Federn, Prozente, Hopfen, Stahl, Kohle, Zitronen flogen, von Lippen in die Luft geschleudert, in Ohren gezielt. Männer mit verdächtigem Blick und Kautschukkragen schienen Polizei. Ich griff nach meiner Brusttasche, wo der Paß lag, unwillkürlich, wie ich nach

der Mütze gegriffen hatte als Soldat, wenn ein Vorgesetzter in der Nähe war. Ich war Heimkehrer, meine Papiere waren in Ordnung, ich hatte nichts zu fürchten.
Ich ging zu einem Schutzmann, fragte nach der Gibka, wo meine Verwandten wohnen, der reiche Onkel Phöbus Böhlaug. Der Schutzmann sprach Deutsch, viele Menschen sprachen hier Deutsch, deutsche Fabrikanten, Ingenieure und Kaufleute beherrschten Gesellschaft, Geschäft, Industrie dieser Stadt.
Ich mußte zehn Minuten gehn und dachte an Phöbus Böhlaug, von dem mein Vater in der Leopoldstadt mit Neid und Haß gesprochen hatte, wenn er von vergeblichen Ratensammlungen müde und zerdrückt heimgekommen war. Den Namen Phöbus hatte jedes Familienmitglied mit Respekt genannt, es war, als hätte man wirklich vom Sonnengott gesprochen; nur mein Vater sprach immer von »Phöbus, dem Lump« – weil er angeblich mit der Mitgift der Mutter Geschäfte gemacht hatte. Mein Vater war immer zu feige gewesen, hatte nie seine Mitgift gefordert, hatte immer nur, jährlich um dieselbe Zeit, in der Fremdenliste nachgelesen, ob Phöbus Böhlaug im Hotel Imperial abgestiegen sei, und wenn er da war, ging mein Vater den Schwager in die Leopoldstadt einladen, zu einem Tee. Die Mutter trug ein schwarzes Kleid mit spärlich gewordenem Flitterbesatz, sie achtete den reichen Bruder, als wäre er etwas sehr Fremdes, Königliches, als hätte sie nicht beide *ein* Schoß geboren, *ein* Brüstepaar gesäugt. Der Onkel kam, brachte mir ein Buch, Lebzelte dufteten aus der dunklen Küche, in der mein Großvater wohnte, aus der er nur bei festlichen Gelegenheiten hervorkam, als wäre er gerade gar geworden, frisch gewaschen, mit einem weiß gestärkten Brustvorsatz, zwinkernd durch die viel zu schwache Brille, vorgeneigt, um den Sohn Phöbus zu sehn, den Stolz des Alters. Phöbus hat ein breites Lachen, ein quellendes Doppelkinn und rote Nackenwülste, er riecht nach Zigarren und manchmal nach Wein, und er gibt jedem einen Kuß auf beide Wangen. Er spricht viel, laut und fröhlich, aber wenn man ihn fragt, ob die Geschäfte gutgehen, quellen seine Augen hervor, er sinkt zusammen, jeden Augenblick kann er anfangen zu schlottern wie ein frierender Bettler, sein Doppelkinn verschwindet im Kragen: »Die Geschäfte gehn nicht mehr, in diesen Zeiten. Wie ich klein war, bekam ich einen Mohnbeugel für eine halbe Kopeke, zehn Kopeken kostet jetzt ein Brot, die Kinder – unberufen – werden groß und brauchen Geld, Alexander will jeden Tag Taschengeld.«

Der Vater zupfte an den Manschettenröllchen und stieß sie wieder am Tischrand zurück, lächelte, wenn ihn Phöbus ansprach, schwach und lauernd und wünschte seinem Schwager einen Herzschlag. Nach zwei Stunden stand Phöbus auf, drückte der Mutter ein Silberstück in die Hand, dem Großvater eines, und ein großes, glänzendes steckte er in meine Tasche. Der Vater begleitete ihn, weil es dunkel war, die Treppe hinunter, mit der Petroleumlampe in hocherhobener Hand, und die Mutter rief: »Nathan, gib acht auf den Schirm!« Der Vater gab acht auf den Schirm, und man hörte noch, da die Tür offenstand, das gesunde Reden Phöbus'.

Zwei Tage später war Phöbus verreist, und der Vater verkündete: »Der Lump ist schon weggefahren.«

»Hör auf, Nathan!« sagte die Mutter.

Ich kam in die Gibka. Es ist eine vornehme Vorstadtstraße, mit weißen, niederen Häusern, neuen und verzierten. Ich sah erleuchtete Fenster im Hause Böhlaugs, aber die Tür war geschlossen. Ich überlegte eine Weile, ob ich so spät noch hinaufgehen sollte, es mußte schon zehn Uhr sein – da hörte ich Klavierspiel und ein Cello, eine weibliche Stimme, einen Schall von klatschenden Spielkarten. Ich dachte, daß es nicht anginge, in solchem Anzug, wie ich ihn trug, in die Gesellschaft zu kommen, von meinem ersten Auftreten hing alles ab – ich beschloß, den Besuch für morgen aufzuschieben, und kehrte ins Hotel zurück.

Der vergebliche Weg hatte mich mißmutig gemacht, der Portier grüßte nicht mehr, als ich ins Hotel trat. Der Liftmensch beeilte sich nicht, als ich auf den Knopf drückte. Er kam langsam, in meinem Gesicht forschend. Es war ein fünfzigjähriger livrierter Mensch, ein alter Liftknabe; ich ärgerte mich, daß in diesem Hotel nicht kleine, rotwangige Knirpse den Fahrstuhl bedienten.

Ich entsann mich, daß ich noch einen Blick in den siebenten Stock hatte werfen wollen, und schritt die Stiege hinauf. Oben war der Korridor sehr schmal, die Decke hing tiefer, aus einer Waschküche strömte grauer Dunst, und es roch nach feuchter Wäsche. Zwei, drei Türen mußten halb offenstehn, man hörte streitende Stimmen, eine Normaluhr war, wie ich vermutet hatte, nicht vorhanden. Ich wollte gerade die Stiege hinuntergehn, da hielt knarrend der Fahrstuhl, die Tür ging auf, der Liftmensch warf einen verwunderten Blick auf mich und ließ ein Mädchen aussteigen. Sie trug einen kleinen grauen Sporthut, wandte mir ein braunes Gesicht zu und große, graue, schwarz bewimperte

Augen. Ich grüßte und schritt die Stiege hinunter. Etwas zwang mich, vom letzten Treppenabsatz wieder aufzublicken, da glaubte ich, die biergelben Augen des Liftboys vom Treppengeländer her auf mich gerichtet zu sehn.
Ich schloß meine Tür ab, weil ich eine unbestimmte Furcht hatte, und begann, in einem alten Buch zu lesen.

III

Ich war nicht schläfrig. Eine Kirchturmglocke bettet regelmäßige Schläge in die weiche Nacht. Über mir höre ich Schritte, behutsame, sanfte, unaufhörliche, es müssen Frauenschritte sein – ging jene Kleine aus dem siebenten Stock so rastlos auf und ab? Was hatte sie?
Ich sah hinauf zur Decke, weil mir plötzlich der Einfall kam, daß die Decke durchsichtig geworden war. Man sah vielleicht die zierlichen Fußsohlen des graugekleideten Mädchens. Ging sie barfuß oder in Pantoffeln? Oder in grauen Strümpfen aus Halbseide?
Ich erinnerte mich, wie sehnsüchtig ich und viele Kameraden einen Urlaub erwartet hatten, der den Wunsch nach einem wildledernen Halbschuh erfüllen konnte. Gesunde Bauernmädchenbeine durfte man streicheln, breitsohlige Füße, mit abstehendem großem Zeh, die durch den Schlamm der Felder, durch den Lehm der Landstraße wanderten, Körper, für die die harten Schollen eines gefrorenen Herbstackers ein Liebesbett bildeten. Gesunde Oberschenkel. Minutenschnelle Liebe in der Dunkelheit vor einbrechendem Befehl. Ich entsann mich der ältlichen Lehrerin in einem Etappennest, der einzigen Frau jenes Orts, die vor Krieg und Überfall nicht geflüchtet war. Es war ein spitzes Mädchen, über dreißig, man nannte sie den »Drahtverhau«. Aber es gab nicht einen, der sie nicht umworben hätte. Denn weit und breit, im Umkreis von Kilometern, war sie die einzige Frau mit Halbschuhen und durchbrochenen Strümpfen.
In diesem Riesenhotel Savoy mit den 864 Zimmern, ja in dieser ganzen Stadt wachten vielleicht nur zwei Menschen, ich und das Mädchen über mir. Man könnte ganz gut beieinander sein, ich, Gabriel, und ein kleines braunes Mädchen mit freundlichem Gesicht, großen, grauen, schwarz bewimperten Augen. Wie dünn mußten die Decken dieses Hauses sein, wenn die Gazellenschritte so deutlich zu hören waren;

selbst den Geruch ihres Leibes glaubte ich zu spüren. Ich beschloß nachzusehn, ob diese Schritte wirklich dem Mädchen gehörten.

Im Korridor brannte ein dunkelrotes Glühlämpchen; Schuhe, Stiefel, Frauenhalbschuhe standen vor den Zimmertüren, alle ausdrucksvoll wie Menschengesichter. Im siebenten Stockwerk brannte überhaupt keine Lampe, schwaches Licht rann aus geblendeten Glasscheiben. Gelb und dünn floß ein Strahl durch eine Ritze, es ist Zimmer 800 – da muß der rastlose Spaziergänger wohnen. Ich kann durchs Schlüsselloch sehn – es ist das Mädchen. Sie schreitet in einem weißen Gewand – es ist ein Bademantel – auf und ab, bleibt eine Weile am Tisch stehn, sieht in ein Buch und beginnt ihre Wanderung von neuem.

Ich bemühe mich, ihr Gesicht zu erhaschen – sehe nur die schwache Rundung eines Kinns, das Viertel eines Profils, wenn sie stehenbleibt, ein Büschel Haare, und sooft der Mantel bei einem weiten Schritt sich lüftet, einen Schimmer ihres braunen Fleisches. Irgendwoher kam ein mühsamer Husten, jemand spuckte in einen Kübel, es klatschte laut. Ich kehrte in mein Zimmer zurück. Als ich die Tür schloß, glaubte ich einen Schatten im Korridor zu sehen; ich riß die Tür weit auf, daß das Licht meines Zimmers einen Teil des Ganges erhellte. Aber es war niemand gewesen.

Oben hörten die Schritte auf. Das Mädchen schlief schon wahrscheinlich. Ich legte mich angekleidet aufs Bett und zog die Gardinen vom Fenster weg. Sanftes Grau des beginnenden Tags legte sich weich auf die Gegenstände des Zimmers.

Unerbittlichen Morgenanbruch verkündeten eine knallende Tür und der brutale Ruf einer Männerstimme in einer unverständlichen Sprache.

Ein Zimmerkellner kam – er trug eine grüne Schusterschürze, und die aufgekrempelten Hemdsärmel ließen schwarz- und krausbehaarte muskelreiche Unterarme bis zum Ellbogen sehn. Zimmermädchen gab es offenbar nur in den drei ersten Stockwerken. Der Kaffee war besser, als man erwartet hätte, aber was nutzte das, wenn keine Mädchen da waren in weißen Hauben? Das war eine Enttäuschung, und ich dachte nach, ob denn keine Möglichkeit vorhanden wäre, in den dritten Stock zu übersiedeln.

IV

Phöbus Böhlaug sitzt vor einem glänzenden, kupfernen Samowar, ißt ein Rührei mit Schinken und trinkt Tee mit Milch. »Der Doktor hat mir Eier verschrieben«, sagt er, wischt sich mit der Serviette den Schnurrbart und streckt mir vom Stuhl aus sein Gesicht zum Kusse entgegen. Sein Gesicht riecht nach Rasierseife und Kölnischem Wasser, es ist glatt, weich und warm. Er trägt einen weiten Bademantel, muß eben aus der Wanne gestiegen sein, eine Zeitung liegt auf einem Stuhl, und ein herzförmiger Ausschnitt seiner behaarten Brust wird sichtbar, da er noch kein Hemd trägt.

»Gut siehst du aus!« stellt er fest, für alle Fälle.

»Wie lange bist du schon da?«

»Seit gestern!«

»Warum kommst du heute?«

»Ich war gestern hier, hörte, daß bei euch Gesellschaft war, und wollte nicht in diesem Anzug – –«

»Ach, was – ein ganz schöner Anzug! Heutzutage schämt man sich nicht. Heute tragen Millionäre auch keinen besseren Anzug! Ich hab' auch nur drei Anzüge! Ein Anzug kostet ein Vermögen!«

»Ich wußte nicht, daß es so ist. – Ich komme aus der Kriegsgefangenschaft.«

»Da ist es dir doch gutgegangen? Alle Menschen sagen, in der Gefangenschaft ist es gut.«

»Es war manchmal auch schlecht, Onkel Phöbus!«

»Nun, und jetzt willst du weiterfahren?«

»Ja, ich brauche Geld!«

»Geld brauch' ich auch«, lachte Phöbus Böhlaug. »Wir brauchen alle Geld!«

»Du hast es ja wahrscheinlich.«

»Ich hab'? Wie weißt du, daß ich hab'? Man ist von der Flucht zurückgekommen und hat sein Vermögen zusammengeklaubt. Ich hab' in Wien deinem Vater Geld gegeben – seine Krankheit hat mich ein schönes Geld gekostet, und deiner seligen Mutter hab' ich einen Grabstein gesetzt, einen schönen Stein – er hat schon damals zwei runde Tausender gekostet.«

»Mein Vater ist im Siechenhaus gestorben.«

»Aber die selige Mutter im Sanatorium.«

»Was schreist du so? Reg dich nicht auf, Phöbus!« sagt Regina. Sie kommt aus dem Schlafzimmer, hält ein Korsett in der Hand, mit baumelnden Strumpfbändern.
»Das ist Gabriel«, stellt Phöbus vor.
Regina bekam einen Handkuß. Sie bedauerte mich, meine Leiden in der Gefangenschaft, den Krieg, die Zeiten, die Kinder, den Mann.
»Alexanderl ist hier, sonst hätten wir Sie gebeten, bei uns zu schlafen«, sagt sie.
Alexanderl kommt in einem blauen Pyjama, verbeugt sich und scharrt mit den Pantoffeln. Er war im Krieg rechtzeitig von der Kavallerie zum Train gekommen, studiert jetzt in Paris »Export« – wie Phöbus sagt – und feiert seinen Urlaub zu Hause.
»Sie wohnen im Hotel Savoy?« sagt Alexander mit weltmännischer Sicherheit. »Dort wohnt ein schönes Mädchen« – und er zwinkert mit einem Aug' gegen seinen Vater. »Sie heißt Stasia und tanzt im Varieté – unnahbar, sag' ich Ihnen – ich wollte sie nach Paris mitnehmen« – er rückt nahe heran – »aber sie geht allein, wenn sie will, sagt sie mir. – Ein feines Mädchen!«
Ich blieb zum Mittagessen. Phöbus' Tochter kam mit dem Mann. Der Schwiegersohn »half im Geschäft«, war ein robuster, gutmütiger, rotblonder, stiernackiger Mensch, löffelte brav seine Suppe, sorgte für Tellersäuberung, schweigsam, unberührt von rollenden Gesprächen.
»Ich denke grade nach«, sagt Frau Regina, »dein blauer Anzug wird Gabriel passen.«
»Ich hab' noch blaue Anzüge?« fragt Phöbus.
»Ja«, sagt Regina, »ich bring' ihn.«
Ich versuchte vergeblich Abwehr. Alexander klopfte mir auf die Schulter, »ganz richtig«, sagte der Schwiegersohn, und Regina brachte den blauen Anzug. Ich probiere ihn in Alexanders Zimmer, vor dem großen Wandspiegel – er paßt.
Ich sehe ein, sehe die Notwendigkeit eines blauen, »wie neuen« Anzugs ein, die Notwendigkeit braungetupfter Krawatten, einer braunen Weste, und scheide am Nachmittag mit einem Pappkarton in der Hand. Ich werde wiederkommen. Leise noch singt in mir eine Hoffnung auf Reisegeld.
»Siehst du, jetzt hab' ich ihn ausgestattet«, sagt Phöbus zu Regina.

V

Stasia heißt das Mädchen. Das Programm des Varietés nennt ihren Namen nicht. Sie tanzt auf billigen Brettern vor einheimischen und Pariser Alexanders. Sie macht ein paar Wendungen in einem orientalischen Tanz. Dann setzt sie sich mit verschränkten Beinen vor einen Weihrauchkessel und wartet das Ende ab. Man kann ihren Körper sehn, blaue Schatten unter den Armen, schwellenden Ansatz einer braunen Brust, die Rundung der Hüfte, den Oberschenkel aus plötzlich aufhörendem Trikot.

Es gab eine lächerliche Blechmusik, die Geigen fehlten, und das schmerzte fast. Es gab alte Witzlieder, modrige Späße eines Clowns, einen dressierten Esel mit roten Ohrenläschchen, der geduldig auf und ab trippelte, weiße Kellner, die wie Bierkeller rochen, mit überschäumenden Krügen zwischen dunklen Reihen, der Glanz eines gelben Scheinwerfers fiel schräg aus willkürlicher Deckenöffnung, ein finsterer Bühnenhintergrund schrie wie ein aufgerissener Mund, der Ansager krächzte, Bote trauriger Kunden.

Am Ausgang warte ich; es ist wieder wie einst; als wartete ich, ein Knabe, im Seitengäßchen, gedrückt in den Schatten eines Haustors und in ihn verfließend, bis rasche, junge Tritte erschallen, aus dem Pflaster erblühen, wunderbar aus unfruchtbaren Kieselsteinen.

Mit Frauen und Männern kam Stasia daher, die Stimmen rannen durcheinander.

Lange war ich einsam unter Tausenden gewesen. Jetzt gibt es tausend Dinge, die ich teilen kann: den Anblick eines krummen Giebels, ein Schwalbennest im Klosett des Hotels Savoy, das irritierende, biergelbe Aug' des alten Liftknaben, die Bitterkeit des siebenten Stockwerks, die Unheimlichkeit eines griechischen Namens, eines plötzlich lebendigen grammatikalischen Begriffs, die traurige Erinnerung an einen boshaften Aorist, an die Enge des elterlichen Hauses, die plumpe Lächerlichkeit Phöbus Böhlaugs und Alexanderls Lebensrettung durch den Train. Lebendiger wurden die lebendigen Dinge, häßlicher die gemeinsam verurteilten, näher der Himmel, untertan die Welt.

Die Tür des Fahrstuhls war offen, Stasia saß da. Ich verbarg meine Freude nicht, wir wünschten einander guten Abend wie alte Bekannte. Ich empfand den unvermeidlichen Liftboy bitter, er tat, als wüßte er nicht, daß ich im sechsten Stock aussteigen mußte, fuhr uns beide in

den siebenten; hier stieg Stasia aus, verschwand in ihrem Zimmer, während der Liftmann noch wartete, als müßte er hier Passagiere mitnehmen: Wozu wartet er mit gelben Hohnaugen?
Ich gehe also langsam die Treppe hinab, lausche, ob der Fahrstuhl sich in Bewegung setzt; endlich, ich bin in der Mitte, höre ich des Fahrstuhls glucksendes Geräusch und kehre um. Auf der obersten Stiege schickt sich der Liftmensch gerade an hinunterzusteigen. Er hat den Fahrstuhl leer laufen lassen und geht mit langsamer Bosheit zu Fuß.
Stasia hat wahrscheinlich mein Klopfen erwartet.
Ich will mich entschuldigen.
»Nein, nein«, sagt Stasia. »Ich hätte Sie schon früher eingeladen, aber ich hatte Angst vor Ignatz. Er ist der Gefährlichste im Hotel Savoy. Ich weiß auch, wie Sie heißen, Gabriel Dan, und kommen aus der Gefangenschaft – – ich hielt Sie gestern für einen – Kollegen – Artisten –« sie zögert – – vielleicht fürchtet sie, mich zu beleidigen?
Ich war nicht beleidigt. »Nein«, sagte ich, »ich weiß nicht, was ich bin. Früher wollte ich Schriftsteller werden, aber ich ging in den Krieg, und ich glaube, daß es keinen Zweck hat zu schreiben. – Ich bin ein einsamer Mensch, und ich kann nicht für alle schreiben.«
»Sie wohnen gerade über meinem Zimmer«, sagte ich, weil ich doch nichts Schöneres sagen kann.
»Weshalb wandern Sie die ganze Nacht herum?«
»Ich lerne Französisch, ich möchte nach Paris gehn, etwas tun, nicht tanzen. Ein Dummkopf hat mich nach Paris mitnehmen wollen – seither denke ich daran hinzufahren.«
»Alexander Böhlaug?«
»Sie kennen ihn? Seit gestern sind Sie hier?«
»Sie kennen ja auch mich.«
»Haben Sie auch schon mit Ignatz gesprochen?«
»Nein, aber Böhlaug ist mein Vetter.«
»Oh! Entschuldigen Sie!«
»Nein, bitte, bitte, er ist ein Dummkopf!«
Stasia hat ein paar Schokoladerippen, und einen Spirituskocher holt sie aus dem Grunde einer Hutschachtel.
»Das darf niemand wissen. Selbst Ignatz weiß es nicht. Den Spirituskocher verstecke ich jeden Tag woanders. In der Hutschachtel heute, gestern lag er in meinem Muff, einmal zwischen Schrank und Wand. Die Polizei verbietet Spirituskocher im Hotel. Man kann aber doch

nur – ich meine unsereins – im Hotel wohnen, und das Hotel Savoy ist das beste, das ich kenne. Sie wollen lange hierbleiben?«

»Nein, ein paar Tage.«

»Oh, dann werden Sie Hotel Savoy nicht kennenlernen, hier nebenan wohnt Santschin mit Familie. Santschin ist unser Clown – wollen Sie ihn kennenlernen?«

Ich will nicht gerne. Aber Stasia braucht Tee.

Die Santschins wohnen gar nicht »nebenan«, sondern am andern Ende des Korridors, in der Nähe der Waschküche. Hier ist der Plafond abschüssig und hängt so tief, daß man fürchtet, gegen ihn zu stoßen. In Wirklichkeit aber erreicht man ihn noch lange nicht – er scheint nur so bedrohlich. Überhaupt verringern sich in dieser Ecke alle Dimensionen, das kommt von dem grauen Dunst der Waschküche, der die Augen betäubt, Distanzen verkleinert, die Mauer anschwellen läßt. Es ist schwer, sich an diese Luft zu gewöhnen, die in ständiger Wallung bleibt, Konturen verwischt, feucht und warm riecht, die Menschen in unwirkliche Knäuel verwandelt.

Auch in Santschins Zimmer ist Dunst, seine Frau schließt eilig die Tür, als wir eintreten, als lauerte draußen ein wildes Tier. Die Santschins, die ein halbes Jahr in diesem Zimmer wohnen, haben schon Übung im raschen Türschließen. – Ihre Lampe brennt mitten in einem grauen Kreis, weckt Erinnerungen an Photographien von Sternbildern, die von Nebeln umgeben sind. Santschin steht auf, schlüpft mit einem Arm in einen dunklen Rock und neigt den Kopf vor, um die Gäste zu erkennen. Sein Kopf scheint aus Wolken herauszuwachsen wie das Haupt einer überirdischen Erscheinung auf frommen Bildern.

Er raucht eine lange Pfeife und spricht wenig. Die Pfeife behindert ihn an der Unterhaltung. Sooft er einen halben Satz zusammengebracht hat, muß er innehalten, nach der Stricknadel seiner Frau greifen und im Pfeifenkopf herumstochern. Oder es muß ein neues Streichholz angezündet werden, und es gilt, die Zündholzschachtel zu suchen. Frau Santschin kocht Milch fürs Kind, sie braucht die Streichhölzer ebensohäufig wie ihr Mann. Die Schachtel wandert unaufhörlich von Santschins Seite auf den Waschtisch, wo der Spirituskocher steht, manchmal bleibt sie unterwegs liegen und verschwindet im Nebel spurlos. Santschin bückt sich, wirft einen Sessel um, die Milch kocht, man nimmt sie fort und läßt die Spiritusflamme flakkern, bis man etwas anderes zu wärmen »aufgestellt« hat, weil die

Gefahr besteht, daß die Streichhölzer überhaupt nicht mehr gefunden werden. Ich empfahl meine eigene Streichholzschachtel abwechselnd dem Herrn und der Frau Santschin – aber niemand wollte sie nehmen, beide suchten eifrig und ließen den Spiritus vergeblich brennen. Endlich erblickte Stasia die Schachtel in einer Falte der Bettdecke.

Eine Sekunde später sucht Frau Santschin nach den Schlüsseln, um den Tee aus dem Koffer zu holen – aus dem Kasten konnte er »immerhin« gestohlen werden. »Ich höre irgendwo Klirren«, sagt Santschin auf russisch, und wir halten still, um ein Klirren der Schlüssel zu erhaschen. Aber nichts regt sich. »Sie können ja auch nicht von selbst klirren«, schreit Santschin. »Ihr müßt euch alle bewegen, dann melden sie sich schon!«

Aber sie meldeten sich erst, als Frau Santschin einen Milchfleck auf ihrer Bluse entdeckte und rasch nach der Schürze griff, um eine Wiederholung zu vermeiden. Es stellt sich heraus, daß die Schlüssel in der Schürzentasche lagen. Und im Koffer ist kein Stäubchen Tee mehr.

»Ihr sucht den Tee?« fragt Santschin plötzlich, »den hab' ich heute früh verbraucht!«

»Warum sitzt du da wie ein Klotz und sagst kein Wort?« schreit seine Frau.

»Erstens habe ich nicht geschwiegen«, sagt Santschin, der ein Logiker ist, »und zweitens fragt mich ja auch niemand. Ich bin nämlich, müssen Sie wissen, Herr Dan, der Letzte hier im Hause.«

Frau Santschin hatte eine Idee: Man könnte Tee kaufen bei Herrn Fisch, wenn er nicht grade schlief. Daß er etwas Tee herleihen würde, bestand keine Aussicht. »Mit Nutzen« würde er gern verkaufen.

»Gehn wir zu Fisch«, sagt Stasia.

Fisch muß man erst wecken. Er wohnt im letzten Zimmer des Hotels, Nummer 864, umsonst, weil die Kaufleute und Industriellen des Ortes und die vornehmen Parterregäste des Hotels Savoy für ihn zahlen. Es geht die Sage, daß er einmal verheiratet, angesehen, Fabrikant und reich gewesen war. Nun hat er alles unterwegs verloren, aus Nachlässigkeit – wer kann's wissen. Er lebt von geheimer Wohltätigkeit, aber er gibt es nicht zu, sondern nennt sich »Lotterieträumer«. Er besitzt die Fähigkeit, Lotterienummern zu träumen, die unbedingt eintreffen müssen. Er schläft den ganzen Tag, läßt sich Nummern träumen und setzt. Aber noch ehe sie gezogen sind, hat er wieder geträumt. Er verkauft sein Los, ersteht für den Erlös ein neues, das alte gewann, das neue nicht. Viele Menschen sind durch Fischs Träume reich geworden

und wohnen im ersten Stock des Hotel Savoy. Aus Dankbarkeit bezahlen sie für Fisch das Zimmer.
Fisch – sein Vorname ist Hirsch – lebt in steter Angst, weil er einmal irgendwo gelesen hat, daß die Regierung das Lotteriespiel aufheben und »Klassenlose« einführen will.
Hirsch Fisch muß »schöne Nummern« geträumt haben, es dauert lange, ehe er aufsteht. Er läßt niemanden in sein Zimmer, begrüßt mich im Korridor, hört Stasias Wunsch an, schlägt die Tür wieder zu und öffnet sie nach einer geraumen Weile, mit einem Teepäckchen in der Hand.
»Wir verrechnen das, Herr Fisch«, sagt Stasia.
»Guten Abend«, sagt Fisch und geht schlafen.
»Wenn Sie Geld haben«, rät Stasia, »kaufen Sie bei Fisch ein Los« – und sie erzählt mir von den wunderbaren Träumen des Juden.
Ich lache, weil ich mich schäme, den Wunderglauben zuzugeben, dem ich leicht verfalle. Aber ich bin entschlossen, ein Los zu kaufen, wenn Fisch mir etwas anbieten würde.
Die Schicksale Santschins und Hirsch Fischs beschäftigten mich. Alle Menschen schienen hier von Geheimnissen umgeben. Träumte ich das? Den Dunst der Waschküche? Was wohnte hinter der, hinter jener Tür? Wer hatte dieses Hotel erbaut? Wer war Kaleguropulos, der Wirt?
»Kennen Sie Kaleguropulos?«
Stasia kannte ihn nicht. Niemand kannte ihn. Niemand hatte ihn gesehn. Aber wenn man Zeit und Lust hatte, konnte man sich einmal aufstellen, wenn er gerade inspizieren kam, und ihn anschaun.
»Glanz hat es einmal versucht«, sagte Stasia, »hat aber keinen Kaleguropulos gesehn. Übrigens sagt Ignatz, daß morgen Inspektion ist.«
Noch ehe ich die Treppe hinabsteige, holt mich Hirsch Fisch ein. Er ist im Hemd und in langen weißen Unterhosen und hält steif vor den Leib hingestreckt ein Nachtgeschirr. Groß und hager, sieht er im dämmerigen Zwielicht wie ein Auferstandener aus. Seine grauen Bartstoppeln drohen wie kleine, scharfe Spieße. Seine Augen liegen tief, beschattet von mächtigen Backenknochen.
»Guten Morgen, Herr Dan! Glauben Sie, daß die Kleine mir den Tee bezahlen wird?«
»Wahrscheinlich doch!«
»Hören Sie, ich habe Nummern geträumt! Eine sichere Terz! Ich setz'

heute! Haben Sie gehört, daß die Regierung die Lotterie abschaffen will?«
»Nein!«
»Es wär' ein großes Unglück, sag' ich Ihnen. Von was lebt das kleine Volk? Von was wird man reich? Soll man warten, bis eine alte Tante stirbt? Ein Großvater? Und dann steht im Testament: das Ganze fürs Waisenhaus.«
Fisch redet, das Nachtgeschirr vor sich haltend, er scheint es vergessen zu haben. Ich werfe einen Blick darauf, er bemerkt es.
»Wissen Sie, ich erspar' mir Trinkgelder. Was brauch' ich den Zimmerkellner bei mir? Ich mach' mir selbst Ordnung. Die Menschen stehlen wie die Raben. Allen ist schon was gestohlen worden. Mir nicht! Ich mach' mir selbst Ordnung. Heute, hat der Ignatz gesagt, ist Revision. Ich geh' immer weg, wer nicht da ist, ist nicht da. Wenn Kaleguropulos etwas nicht richtig findet, kann er mich nicht herstellen. Bin ich sein Rekrut?«
»Kennen Sie den Wirt?«
»Wozu soll ich ihn kennen? Ich bin nicht neugierig auf die Bekanntschaft. Haben Sie das Neueste gehört: Bloomfield kommt!«
»Wer ist das?«
»Bloomfield kennen Sie nicht? Bloomfield ist ein Kind dieser Stadt, Milliardär in Amerika. Die ganze Stadt ruft: Bloomfield kommt! Ich hab' mit seinem Vater gesprochen, wie ich hier mit Ihnen rede, so wahr ich leb'.«
»Entschuldigen Sie, Herr Fisch, ich will noch ein bißchen schlafen!«
»Bitte, schlafen Sie! Ich muß Ordnung machen.« Fisch geht der Toilette entgegen. Aber unterwegs, ich war schon auf der Stiege, rannte er zurück:
»Glauben Sie, daß sie zahlen wird?«
»Ganz gewiß.«
Ich öffnete die Tür meines Zimmers und glaubte noch einmal, wie gestern, einen huschenden Schatten zu sehn. Ich war zu müde, um nachzusehen. Ich schlief, bis die Sonne hoch im Mittag stand.

VI

Es klang wie ein Schlachtruf durchs Haus: Kaleguropulos kommt! Er kam immer am Vorabend, ehe die Sonne verschwand. Geschöpf der Dämmerung war er, Herr der Fledermäuse.

Weiber standen in den drei höchsten Stockwerken verteilt und scheuerten die großen Quadersteine. Man hört Geräusch pantschender Staubfetzen, die in gefüllte Kübel fallen, Schrubbern eines harten Besens und besänftigendes Gleiten trockener Tücher über den Korridor. Ein Zimmerkellner reibt, gelbes Säurefläschchen in der Hand, an den Klinken.

Leuchter blinken, Druckknöpfe und Türleisten, verstärkter Dunst quillt aus der Waschküche und stiehlt sich ins sechste Stockwerk. Auf schwankenden Leitern ragen dunkelblaue Männer gegen den Suffit und tasten Drahtleitungen mit behandschuhten Händen ab. An breiten Gurten hängen Mädchen mit wehenden Schößen wie lebendige Fahnen zu den Fenstern hinaus, Scheiben putzend. Aus dem siebenten Stock sind alle Einwohner verschwunden, offen stehn die Türen, dargeboten ist dem Blick alle kümmerliche Häuslichkeit, eilig zusammengeraffte Bündel, Haufen von Zeitungspapier über verbotenen Gegenständen.

In den vornehmen Stockwerken tragen die Zimmermädchen prachtvoll gesteifte Nonnenhauben, duften nach Stärke und feierlicher Aufregung wie Sonntag morgens. Ich wundere mich, daß keine Kirchenglocken läuten. Unten stäubt jemand mit einem Taschentuch die Palmen ab, es ist der Direktor selbst, sein Auge sieht einen Lederfauteuil, dessen Sitz Risse aufweist und Eingeweide aus Holzwolle verrät. Flugs legt der Portier einen Teppich darüber.

Zwei Buchhalter stehn an hohen Kontorpulten und machen Auszüge. Einer blättert im Katasterkasten. Der Portier trägt eine neue Goldborte um den Mützenrand. Ein Diener tritt aus einem kleinen Gelaß in einer neuen grünen Schürze, blühend wie ein Stück Frühlingswiese.

Im Vestibül sitzen dicke Herren, rauchend und Schnäpse trinkend, von hurtigen Kellnern umgaukelt.

Ich bestelle einen Schnaps und setze mich an einen Tisch am äußersten Rand des Vestibüls, hart neben dem Läufer, über den Kaleguropulos ja kommen muß. Ignatz kam vorbei, nickte, freundlicher als sonst, ruhig, mit einer Würde, die einem Liftboy gar nicht anstand. Er schien als

einziger in diesem Hause Ruhe bewahrt zu haben, seine Kleidung wies keine Veränderung auf, sein glattrasiertes Gesicht, bläulich schimmernd am Kinn, war heute genauso pastorenhaft wie immer.
Ich wartete eine halbe Stunde. Plötzlich sah ich Bewegung vorn in der Portierloge, der Direktor griff nach dem Kassabuch, schwenkte es hoch wie ein Signal und rannte die Treppe hinauf. Ein dicker Gast ließ das Schnapsglas, das er halb erhoben hatte, wieder stehn und fragte seinen Nebenmann: »Was ist los?« Der, ein Russe, sagte gleichmütig: »Kaleguropulos ist im ersten Stock.«
Wie war er gekommen?
In meinem Zimmer, auf dem Nachtkästchen, fand ich eine Rechnung mit aufgedrucktem Vermerk:
»Die geehrten Gäste werden höfl. ersucht, in bar zu zahlen. Schecks werden prinzipiell nicht angenommen.

Hochachtungsvoll
Kaleguropulos, Hotelwirt«

Der Direktor kam nach einer Viertelstunde und bat um Entschuldigung, es wäre ein Versehen und die Rechnung für einen Gast bestimmt, der darum gebeten hatte. Der Direktor schied, er war aufrichtig erschrocken, seine Entschuldigungen nahmen kein Ende, es war, als hätte er einen Unschuldigen zum Tode verurteilt, so überwältigte ihn die Reue. Er verbeugte sich noch einmal, zum letztenmal, tief, die Türklinke in der Hand, die Rechnung bergend, verschämt, in den Schößen seines Cuts.
Später belebte sich das Haus, ein Bienenstock, in den die Bewohner mit süßer Beute einschwärmen. Hirsch Fisch kam und die Familie Santschin und viele andere, die ich nicht kannte, auch Stasia kam. Sie hatte Angst, in ihr Zimmer zu gehn.
»Weshalb fürchten Sie sich?«
»Es ist eine Rechnung da«, sagte Stasia, »und ich kann sie doch nicht bezahlen. Ignatz wird wieder mit dem Patent kommen müssen.«
Was das für ein Patent wäre?
»Später«, sagte Stasia. Sie ist sehr aufgeregt, sie trägt eine dünne Bluse, und ich sehe ihre kleinen Brüste.
Auf ihrem Nachtkästchen lag eine Rechnung. Sie war ansehnlich; wenn ich sie bezahlen wollte, hätte sie mehr als die Hälfte meiner Barschaft verschlungen.

Stasia erholte sich leicht. Vor dem Spiegel entdeckt sie einen Blumenstrauß, Nelken und Sommerblumen.
»Die Blumen sind von Alexander Böhlaug«, sagt sie, »aber ich schicke niemals Blumen zurück. Was können sie dafür?«
Dann schickt sie um Ignatz.
Ignatz kam, mit forschendem Gesicht, und verbeugte sich tief vor mir.
»Ihr Patent, Ignatz«, sagt Stasia.
Ignatz zieht eine Kette aus der Hosentasche und greift nach einem Toilettenköfferchen vor dem Spiegel.
»Das dritte«, sagt Ignatz und legt die Kette vierfach um den Koffer. Er hat dabei ein wollüstiges Gesicht, als fesselte er Stasia und nicht ihr Gepäck. Er hängt an die Kettenenden ein kleines Schloß, faltet die Rechnung und birgt sie in seiner abgegriffenen Brieftasche.
Ignatz leiht jedem Geld, der Koffer hat. Er bezahlt die Rechnungen der Parteien, die ihm ihre Gepäckstücke verpfänden. Die Koffer bleiben in den Zimmern ihrer Besitzer, sie sind von Ignatz versperrt und können nicht geöffnet werden. Das Patentschloß hat Ignatz selbst erfunden. Er kommt jeden Morgen nachsehn, ob »seine« Koffer unberührt sind.
Stasia begnügt sich mit zwei Kleidern. Drei Koffer hat sie verpfändet. Ich beschließe, einen Koffer zu kaufen, und ich denke, daß es gut wäre, das Hotel Savoy schnell zu verlassen.
Mir gefiel das Hotel nicht mehr: die Waschküche nicht, an der die Menschen erstickten, der grausam wohlwollende Liftknabe nicht, die drei Stockwerke Gefangener. Wie die Welt war dieses Hotel Savoy, mächtigen Glanz strahlte es nach außen, Pracht sprühte aus sieben Stockwerken, aber Armut wohnte drin in Gottesnähe, was oben stand, lag unten, begraben in luftigen Gräbern, und die Gräber schichteten sich auf den behaglichen Zimmern der Satten, die unten saßen, in Ruhe und Wohligkeit, unbeschwert von den leichtgezimmerten Särgen.
Ich gehöre zu den hoch Begrabenen. Wohne ich nicht im sechsten Stockwerke nur? Nicht acht, nicht zehn, nicht zwanzig? Wie hoch kann man noch fallen? In den Himmel, in endliche Seligkeit?
»Sie sind so weit von hier«, sagt Stasia.
»Verzeihen Sie«, bitte ich, ihre Stimme hat mich gerührt.

VII

Phöbus Böhlaug vergaß nie, auf den blauen Anzug hinzuweisen, er nannte ihn »eine Pracht von einem Anzug«, »wie auf Maß geschnitten«, und lächelte. Einmal traf ich bei meinem Onkel Glanz, Abel Glanz, einen kleinen, schäbig gekleideten, unrasierten Menschen, der furchtsam zusammensank, wenn man ihn ansprach, und die Fähigkeit hatte, automatisch kleiner zu werden, durch irgendeinen rätselhaften Mechanismus seiner Natur. Sein dünner Hals mit dem ruhelos rollenden Adamsapfel konnte sich zusammenziehen wie eine Harmonika und im weiten Stehkragen verschwinden. Nur seine Stirn war groß, sein Schädel lichtete sich, seine roten Ohren standen weit ab und erweckten den Eindruck, als hätten sie diese Stellung eingenommen, weil alle Welt sich erlauben durfte, an ihnen zu ziehen. Abel Glanz' kleine Augen sahen mich gehässig an. Er betrachtete mich vielleicht als Rivalen.

Abel Glanz verkehrt seit Jahren in Phöbus Böhlaugs Hause, er ist einer jener ständigen Teegäste, an denen die wohlhabenden Häuser der Stadt zugrunde zu gehn fürchten und die sie abzuschaffen niemals den Mut finden.

»Trinken Sie einen Tee«, sagte Phöbus Böhlaug.

»Nein, danke!« sagt Abel Glanz. »Ich bin mit Tee gefüllt wie ein Samowar. Das ist schon der vierte Tee, den ich ablehnen muß, Herr Böhlaug. Ich trinke, seitdem ich das Besteck fortgelegt habe, fortwährend Tee. Nötigen Sie mich nicht, Herr Böhlaug!«

Böhlaug läßt sich nicht bekehren:

»So einen guten Tee haben Sie in Ihrem ganzen Leben nicht getrunken, Glanz.«

»Aber was denken Sie, Herr Böhlaug! Ich war einmal bei der Fürstin Basikoff geladen, Herr Böhlaug, vergessen Sie das nicht!« sagt Abel Glanz, so drohend, wie es ihm möglich ist.

»Und ich sage Ihnen, selbst die Fürstin Basikoff hat so einen Tee nicht getrunken, fragen Sie meinen Sohn, ob man in ganz Paris so einen Tee bekommt!«

»So, meinen Sie?« sagt Abel Glanz und tut, als ob er überlegte.

»Dann kann man ja kosten, kosten kann niemals schaden.« Und rückt mit seinem Stuhl in die Nähe des Samowars.

Abel Glanz war Souffleur in einem rumänischen kleinen Theater gewesen, aber er fühlte sich zum Regisseur berufen und hielt es in seinem Kasten nicht aus, wenn er zusehn mußte, wie die Leute »Fehler« machten. Glanz erzählte jedem Menschen seine Geschichte. Es war ihm eines Tages gelungen, probeweise Regie zu führen. Eine Woche später wurde er eingezogen und kam in die Sanitätsgruppe, weil ein Feldwebel den Beruf »Souffleur« für etwas Medizinisches gehalten hatte.

»So spielt der Zufall mit den Menschen«, schloß Abel Glanz.

«Glanz wohnt ja auch im Savoy«, sagte Phöbus Böhlaug einmal, und es schien mir, als wollte der Onkel einen Vergleich anstellen zwischen dem Souffleur und mir. Für Phöbus Böhlaug gehörten wir beide zusammen, wir waren irgendwo »Künstler«, irgendwo halbe Schnorrer, obwohl man gerecht zugeben mußte, daß der Souffleur sich redliche Mühe gab, einen anständigen Beruf zu ergreifen. Er wollte Kaufmann werden, und das wurde man am besten, indem man »Geschäfte machte«.

»Siehst du, Glanz macht ganz gute Geschäfte«, sagt Onkel Phöbus.

»Was für Geschäfte?«

»Mit Valuta«, sagt Phöbus Böhlaug, »gefährlich ist es, aber sicher. Es ist eine Glückssache. Wenn einer keine glückliche Hand hat, soll er nicht anfangen. Aber wenn einer Glück hat, kann er in zwei Tagen Millionär sein.«

»Onkel«, sagte ich, »warum handeln Sie nicht mit Valuta?«

»Gott behüte«, schreit Phöbus, »mit der Polizei will ich nichts zu tun haben! Wenn man gar nichts hat, handelt man mit Valuta.«

»Phöbus Böhlaug soll mit Valuta handeln?« fragt Abel Glanz. Und diese Frage kommt aus tiefer Empörung.

»Es ist nicht leicht, mit Valuta zu handeln«, sagt Abel Glanz. »Man setzt sein Leben aufs Spiel – es ist ein jüdisches Schicksal. Man läuft den ganzen Tag herum. Brauchen Sie rumänische Leis, bietet Ihnen jeder Schweizer Franken. Brauchen Sie Schweizer Franken, gibt ihnen jeder Leis. Es ist eine verzauberte Geschichte. Ihr Onkel sagt, ich mache gute Geschäfte? Ein reicher Mann glaubt, jeder macht gute Geschäfte.«

»Wer hat Ihnen gesagt, daß ich ein reicher Mann bin?« sagt Phöbus.

»Wer soll mir das sagen? Das braucht man mir nicht zu erzählen. Die ganze Welt weiß, daß die Unterschrift Böhlaugs Geld wert ist.«

»Die Welt lügt!« schreit Böhlaug, und seine Stimme springt in eine

hohe Tonlage. Er schrie, als hätte ihn »die Welt« eines großen Verbrechens bezichtigt.
Alexanderl trat ein, im neumodischen Anzug, ein gelbes Netz über dem glattfrisierten Kopf. Er duftete nach allerlei, nach Mundwasser und Brillantine und rauchte eine süßparfümierte Zigarette.
»Es ist keine Schande, Geld zu haben, Vater«, sagt er.
»Nicht wahr?« rief Glanz freudig. »Ihr Vater schämt sich.«
Phöbus Böhlaug goß neuen Tee ein. »So sind eigene Kinder«, jammerte er.
Phöbus Böhlaug ist in diesem Augenblick ein ganz alter Mann. Aschgrau das Angesicht, Runzelnetze auf den Augenlidern, die Schultern vorgeneigt, als hätte ihn jemand verwandelt.
»Wir leben alle nicht gut«, sagt er. »Man arbeitet und schindet sich ein ganzes Leben, und dann wird man begraben.«
Es ist plötzlich sehr ruhig geworden. Auch dämmert der Abend schon.
»Man muß Licht machen!« sagt Böhlaug.
Das war für Glanz gesagt.
»Ich gehe schon, besten Dank für den guten Tee!«
Phöbus Böhlaug gibt ihm die Hand und sagt zu mir:
»Komm du auch nicht so selten!«
Glanz führte mich durch unbekannte Gäßchen, an Höfen vorbei, verwahrlosten Gehöften, freien Plätzen, auf denen Schutt und Mist lagerte, Schweine grunzten, mit kotigen Mäulern Atzung suchend. Grüne Fliegenschwärme summten um Haufen dunkelbraunen Menschenkotes. Die Stadt hatte keine Kanäle, es stank aus allen Häusern, und Glanz prophezeite plötzlich Regen aus allerlei Gerüchen.
»So sind unsere Geschäfte«, sagt Glanz. »Böhlaug ist ein reicher Mann mit einem kleinen Herzen. Sehen Sie, Herr Dan, die Menschen haben kein schlechtes Herz, nur ein viel zu kleines. Es faßt nicht viel, es reicht gerade für Frau und Kind.«
Wir kommen in eine kleine Gasse. Da stehen Juden, spazieren in der Straßenmitte, haben Regenschirme, lächerlich gewickelte, mit krummen Krücken. Sie stehn entweder still mit sinnenden Gesichtern oder gehen hin und zurück, unaufhörlich. Hier verschwindet einer, dort kommt ein anderer aus einem Haustor, sieht forschend nach links und rechts und beginnt zu schlendern.
Wie stumme Schatten gehen die Menschen aneinander vorbei, es ist eine Versammlung von Gespenstern, längst Verstorbene wandeln hier. Seit Tausenden Jahren wandert dieses Volk in engen Gassen.

Wenn man näher kommt, kann man sehn, wie zwei stehenbleiben, eine Sekunde lang murmeln und aneinander vorbeigehen, ohne Gruß, um sich nach wenigen Minuten wieder zu treffen und einen halben Satz zu murmeln.
Ein Polizist erscheint, mit gelben, knarrenden Stiefeln, schlenkerndem Säbel schreitet er gerade durch die Straßenmitte, an ausweichenden Juden vorbei, die ihn grüßen, ihm etwas zurufen, lächeln. Kein Gruß, kein Zuruf hält ihn auf, wie ein aufgezogener Mechanismus schreitet er seine Straße ab, mit abgemessenen Schritten. Seine Wanderung hat keinen einzigen erschreckt.
»Streimer kommt«, flüstert jemand an Abel Glanz' Seite, und da ist auch schon Jakob Streimer.
In dem Augenblick entzündet ein blaugekittelter Mann eine Gaslaterne, und es sieht aus, als wäre dies zu Ehren des Gastes geschehn.
Abel Glanz wird unruhig, alle Juden werden es.
Jakob Streimer wartet am Straßenende, prachtvoller noch als der Polizist erwartet er die Menge, die herankommt, wie ein morgenländischer Fürst eine Abordnung bittender Untertanen. Er trägt eine goldene Brille, einen gepflegten, braunen Backenbart und einen Zylinder.
Es sprach sich bald herum, daß Jakob Streimer deutsche Reichsmark brauche.
Abel Glanz trat in einen Laden, in dem eine Frau scheinbar auf Kunden wartete. Die Frau verließ ihren Posten, eine Tür ging, ein Glöckchen schrillte, ein Mann trat aus dem Laden.
Glanz kam zurück, strahlend: »Ich habe Mark zu elf drei achtel. Wollen Sie sich beteiligen? Streimer zahlt zwölf dreiviertel.«
Ich will fragen, Glanz fährt mit seiner Hand in meine Brusttasche, mit unheimlicher Sicherheit zieht er die Geldtasche, nimmt alle Scheine, steckt mir ein Bündel zerknüllter Banknoten in die Hand und sagt: »Kommen Sie.«
»Zehntausend«, sagt er und bleibt vor Jakob Streimer stehn.
»Dieser Herr?« fragt Streimer.
»Ja, Herr Dan.« Streimer nickte.
»Savoy«, sagte er.
»Gratuliere, Herr Dan«, sagt Glanz, »Streimer hat Sie eingeladen.«
»Wieso?«
»Haben sie nicht gehört? ›Savoy‹ hat er gesagt. – Gehn wir!« – »Wenn Ihr Onkel Phöbus Böhlaug ein weites Herz hätte, könnten Sie hin-

gehn, Geld borgen, deutsche Mark kaufen – haben Sie in zwei Stunden hunderttausend verdient. Aber er gibt Ihnen nichts. So haben Sie nur fünf verdient.«

»Das ist auch viel.«

»Nichts ist viel. Viel ist eine Milliarde«, sagt Glanz träumerisch. »Es gibt heutzutage kein Viel. Weiß man, was morgen sein wird? Morgen ist Revolution. Übermorgen kommen die Bolschewiken. Die alten Märchen sind wahr geworden. Sie bewahren heute hunderttausend im Schrank und gehn morgen hin, und es sind nur fünfzigtausend. Solche Wunder geschehn heutzutage. Wenn nicht einmal das Geld noch Geld ist! Was wollen Sie mehr?«

Wir kamen ins Savoy, Glanz öffnete eine kleine Tür am Ende des Korridors, da stand Ignatz.

Es war eine Bar in einem dunkelrot getünchten Raum. Eine rothaarige Frau stand hinter dem Bartisch, und ein paar geputzte Mädchen saßen verstreut an kleinen Tischen und sogen Limonade durch dünne Strohhalme.

Glanz grüßte. »Guten Tag, Frau Kupfer«, und stellte vor:

»Herr Dan – Frau Jetti Kupfer, die Alma mater.«

»Das ist Lateinisch«, sagt er zu Frau Kupfer.

»Ich weiß, Sie sind ein gebildeter Mann«, sagt Frau Kupfer, »aber Sie müssen mehr verdienen, Herr Glanz.«

»Jetzt rächt sie sich für mein Latein.« Glanz schämt sich.

Es war halbdunkel im Raum, in einer Ecke brannte rötlich eine Ampel, ein schwarzer Flügel stand vor einer kleinen Bühne.

Ich trank zwei Schnäpse und glitt in einen Lederfauteuil. Vor dem Bartisch saßen Herren und aßen Kaviarbrötchen. Ein Klavierspieler setzte sich an das Instrument.

VIII

Wir sitzen an kleinen Tischen, Verbindung besteht zwischen allen, es ist eine große Familie. Frau Jetti Kupfer läutet mit einem silbernen Glöckchen, und nackte Frauen treten auf die Bühne. Es wird still und dunkel, man schiebt Stühle zurecht und sieht auf die Bretter. Die Mädchen sind jung und weiß gepudert. Sie tanzen schlecht, winden sich nach der Melodie, jedes, wie ihm gefällt. Unter allen – es sind zehn –

fällt mir eine dünne Kleine auf, die mühsam überpuderte Sommersprossen hat und erschrockene blaue Augen. Ihre schmalen Knöchel sind gebrechlich, ihre Bewegungen ungelenk und furchtsam, mit den Händen versucht sie vergeblich, ihre Brüste zu schützen, die klein und spitz sind und fortwährend zittern wie junge, frierende Tiere.

Dann läutet Frau Jetti wieder das silberne Glöckchen, der Tanz hört auf, der Klavierspieler schlägt einen Donnerwirbel, das Licht brennt hell, und die Mädchenkörper weichen gleichmäßig einen halben Schritt zurück, als hätte sie erst das aufflammende Licht entkleidet. Sie wenden sich, um im Gänsemarsch abzutrippeln, und Frau Jetti ruft: »Toni!«

Toni kam, die kleine Sommersprossige, Frau Jetti Kupfer verließ den Bartisch, kam hinunter wie aus Wolken, sie verbreitet einen starken Parfüm- und Likörgeruch und stellt vor: »Fräulein Toni, unsere Neueste!«

»Brav!« schrie ein Herr, es war Herr Kanner, ein Anilinfabrikant, wie mir Glanz erklärte. »Tonka«, sagte er und knipste mit Daumen und Zeigefinger wohlgelaunt, streckte die Linke aus und tastete nach Tonkas Hüfte.

»Wo stecken die Mädchen?!« schrie Jakob Streimer, »was ist das überhaupt für eine Bedienung? Hier sitzen die Herren Neuner und Anselm Schwadron, sie werden behandelt wie – ich sag' nicht wer ...« Ignatz glitt durch den Raum und brachte fünf der nackten Mädchen, verteilte sie auf fünf Tische. Frau Kupfer sagte: »Wir haben nicht mit so viel Gästen gerechnet.«

Anselm Schwadron und Philipp Neuner, die Fabrikanten, standen gemeinsam auf, winkten zwei Mädchen heran und bestellten Prünelle gemischt.

Ein Gast trat ein, von allen mit großem Geschrei begrüßt, die Mädchen schienen vergessen, sie saßen auf kleinen Stühlchen wie abgelegte Gegenstände.

Der Gast ruft: »Bloomfield ist heute in Berlin!«

»In Berlin«, wiederholen alle.

»Wann kommt er?« fragt der Anilinfabrikant Kanner.

»Er kann jeden Tag eintreffen!« sagt der Neuangekommene.

»Und grad jetzt müssen meine Arbeiter streiken«, sagt Philipp Neuner, der ein Deutscher ist, groß, rotblond, stiernackig, mit einem runden, starken Kindergesicht.

»Einigen Sie sich, Neuner!« ruft Kanner.
»20 Prozent Zulage für die Verheirateten?« fragt Neuner, »können Sie das zahlen?«
»Ich gebe Zulage für jedes neugeborene Kind«, trumpft Kanner auf, »und seitdem ist ein Kindersegen auf meine Arbeiter hereingebrochen. Ich wünsche allen meinen Feinden eine so fruchtbare Arbeiterschaft. Die Kerle legen sich selbst herein, predige ich immer, aber ein Arbeiter verliert den Verstand für zwei Prozent vom Gehalt und macht mir ein Schock Kinder.«
»Sie ihm auch!« sagt Streimer gelassen.
»Ein Fabrikant ist kein Häusermakler! Merken Sie sich das!« schnarrt Philipp Neuner. Er hat einmal bei der Garde gedient, als Einjähriger.
»Ein Duellant«, sagt Glanz.
»Mehr als ein Fabrikant«, sagt Streimer, »hier ist nicht Preußen.«
Ignatz stürzt mit einem Telegramm herein. Er weidet sich an dem neugierigen Schweigen der Gesellschaft, zwei, drei Sekunden lang. Dann sagt er leise, daß man ihn kaum versteht:
»Ein Telegramm von Herrn Bloomfield. Er kommt Donnerstag und bestellt Nummer 13!«
»13? – Bloomfield ist abergläubisch«, erklärt Kanner.
»Wir haben nur 12a und 14«, sagt Ignatz.
»Malen Sie eine 13 hin«, sagt Jakob Streimer.
»Ei des Kolumbus! Bravo, Streimer!« ruft Neuner versöhnt und streckt Streimer die Hand entgegen.
»Ich bin ein Häusermakler«, sagte der und verbarg die Hand in der Hosentasche.
»Keinen Streit bitte«, ruft Kanner, »wenn Bloomfield kommt!«
Ich gehe in den siebenten Stock, mir scheint es plötzlich, daß Stasia mir begegnen muß. Aber Hirsch Fisch tritt mit seinem Nachtgeschirr aus dem Zimmer.
»Bloomfield kommt! Glauben Sie? –«
Ich höre ihn nicht mehr.

IX

Santschin ist plötzlich erkrankt.
»Plötzlich«, sagen alle Leute und wissen nicht, daß Santschin zehn

Jahre lang unaufhörlich gestorben ist. Tag für Tag. Im Simbirsker Lager war vor einem Jahr auch einer so plötzlich gestorben. Ein kleiner Jude. Er fiel eines Nachmittags, während er sein Eßgeschirr putzte, hin und war tot. Er lag auf dem Bauch, streckte alle viere von sich und war tot. Damals sagte jemand: »Ephraim Krojanker ist plötzlich gestorben.«

»Nummer 748 ist plötzlich erkrankt«, sagen die Zimmerkellner. Es gab in den drei höheren Stockwerken des Hotel Savoy überhaupt keine Namen. Alle hießen nach den Zimmernummern.

Nummer 748 ist Santschin, Wladimir Santschin. Er liegt halb angekleidet auf dem Bett und raucht und will keinen Arzt.

»Es ist eine Familienkrankheit«, sagt er. »Es sind die Lungen. Bei mir wären sie vielleicht gesund geblieben, denn als ich geboren wurde, war ich ein starker Kerl und schrie, daß sich die Hebamme Watte in die Ohren stopfen mußte. Aber aus Bosheit und vielleicht, weil kein Platz war in dem kleinen Zimmer, legte sie mich aufs Fensterbrett. Und seitdem huste ich.«

Santschin liegt, nur mit einer Hose bekleidet, auf dem Bett, barfuß. Ich sehe, daß seine Füße schmutzig sind und seine Zehen von Hühneraugen und allerlei unnatürlichen Verkrümmungen verunstaltet. Seine Füße erinnern an seltsame Waldwurzeln. Seine großen Zehen sind gekrümmt und bucklig.

Er will keinen Arzt, weil sein Großvater und sein Vater auch ohne Arzt gestorben sind.

Hirsch Fisch kommt und bietet einen heilkräftigen Tee an und hofft, den Tee »preiswert« zu verkaufen.

Als er sieht, daß niemand den Tee will, bittet er mich hinaus: »Vielleicht wollen Sie ein Los kaufen?«

»Geben Sie her«, sage ich.

»Die Ziehung ist nächsten Freitag, es sind sichere Nummern.« Es waren die Zahlen 5, 8 und 3.

Stasia läuft atemlos herbei, sie hat Ignatz mit dem Lift nicht erwarten können. Ihr Gesicht ist gerötet, Haarsträhnen umflattern es.

»Sie müssen mir Geld geben, Herr Fisch«, sagt sie, »Santschin muß einen Arzt haben.«

»Dann kaufen Sie auch den Tee«, sagt Fisch und sieht mich verstohlen an.

»Ich werde den Arzt bezahlen«, sage ich und kaufe den Tee.

»Bleiben Sie ruhig, Herr Santschin«, sage ich auf russisch. »Stasia ist um den Arzt gegangen.«
»Warum sagt man mir das nicht?« fährt Santschin auf. Ich drücke ihn mühsam aufs Bett. »Man muß die Fenster aufmachen, Weib, hörst du? Man muß den Kübel ausschütten, und die Asche muß verschwinden. Der Doktor wird mir natürlich das Rauchen vorwerfen. Darin sind sich alle Doktoren gleich. Und außerdem bin ich nicht rasiert. Reichen Sie mir mein Messer. Es liegt auf der Kommode.«
Aber das Rasiermesser liegt nicht auf der Kommode. Frau Santschin findet es im Nähzeug, weil sie es statt einer Schere benutzt hat, um Hosenknöpfe abzutrennen.
Ich muß Santschin ein Glas Wasser geben; er befeuchtet sein Gesicht, zieht einen Taschenspiegel aus der Hose, hält ihn vor sich in der Linken, verzieht den Mund, streckt die Zunge hinter die rechte Backe, daß sich die Haut strafft, und rasiert sich ohne Seife. Er kratzt sich nur einmal – »weil Sie mir zusehn«, sagt er, und ich sehe beschämt in irgendeine Ecke. Dann legt er ein Zigarettenpapier auf die verwundete Stelle.
»Jetzt kann der Doktor kommen.«
Den Doktor kannte ich. Er saß täglich im Fünf-Uhr-Saal des Hotels. Er ist Militärarzt gewesen. Man sieht ihm eine lange Dienstzeit an, er hat den festen, klirrenden Gang pensionierter Offiziere, eine gewölbte Brust.
Kleine Sporen trägt er noch, trotz Zivilkleidung und langen Hosen, an den Absätzen. Von seiner gereckten Gestalt, seinen metallenen Augen, seiner starken Stimme geht ein Glanz aus wie von Kaisermanövern.
»Nur der Süden kann Sie retten«, sagt der Doktor. »Aber wenn Sie nicht nach dem Süden gehn, muß der Süden zu Ihnen kommen, warten sie.« – Der Doktor geht mit klirrendem Schritt auf die Tür zu und klingelt. Er klingelt ausdauernd, spricht, während er mit dem Daumen den Klingelknopf drückt; es dauert einige Minuten, bis der Diener klopft.
Der Zimmerkellner steht in militärischer Haltung vor dem Doktor, der mit seiner schönsten Kommandostimme ruft: »Bringen Sie mir die Weinkarte!«
Es ist eine Weile sehr still im Zimmer; Santschins Augen irren, Rätsel ratend, vom Arzt zu Stasia und zu mir. Dann kommt der Zimmerkellner mit der Weinkarte. »Eine Flasche Malaga und fünf Gläser, auf meine Rechnung!« kommandiert der Doktor.

»Die einzige Medizin«, sagt er dann mit Bedeutung zu Santschin. »Jeden Tag drei Gläschen Wein, verstehen Sie mich?«
Der Doktor schüttet alle fünf Gläser halb voll und reicht sie uns der Reihe nach. Dabei sehe ich, daß der Doktor alt ist. Seine knochigen Hände haben viele blaue Äderchen und zittern.
»Auf Ihre Gesundheit!« sagt der Doktor zu Santschin, und wir stoßen alle an. Es ist wie ein fröhlicher Leichenschmaus.
Ich reiche dem alten Doktor Hut und Stock, und Stasia und ich begleiten ihn auf den Korridor.
»Mehr als zwei Flaschen überlebt er nicht«, sagte der Doktor zu uns. »Na, man braucht es ihm ja nicht zu sagen! Ein Testament braucht er nicht aufzusetzen.«
Der Doktor stieß seinen schweren Stock auf die Steinfliesen und ging mit klirrender Sporenmusik davon. Er wollte kein Geld nehmen.
An diesem Abend begleitete ich Stasia ins Varieté.
Es war immer noch dasselbe Programm. Nur hatte es ein Loch, oder schien es mir so, weil ich wußte, daß Santschin fehlte? Sein Esel trottete auf die Bühne mit roten Läschchen auf den langen Ohren, die er senkte und hob wie Federstiele. Er suchte etwas auf dem Boden, ihm fehlte Santschin, der heitere Santschin, der auf den Brettern kugelnde Körper Santschins, seine heisere, krächzende Stimme, seine glucksenden Juchzer, sein lautes Clowngeplärre. Der Esel fühlte sich unbehaglich, er hob die Vorderbeine, tanzte, auf den Hinterbeinen stehend, einen Marsch aus Blech und Messing und trottete ab.
Alexanderl Böhlaug traf ich; er saß in der ersten Reihe und aß ein Kaviarbrötchen, hielt es mit Daumen und Mittelfinger und spreizte die Bubenhand. Als die Tanznummer kam und Stasia auftrat, verzog er einen Mundwinkel, als schmerze ihn etwas. Aber es geschah nur, weil er ein Monokel einklemmte.
Dann ging ich mit Stasia nach Hause. Wir wählten stille Gäßchen, wir sahen durch beleuchtete Fenster in Stuben, lauter arme Stuben, in denen kleine Judenkinder Rettich und Brot aßen und ihre Gesichter in große Kürbisse gruben.
»Haben Sie bemerkt, wie traurig August war?«
»Wer ist August?«
»Santschins Esel, er arbeitet schon sechs Jahre mit Santschin.«
»Nun wird das Hotel Savoy um einen ärmer«, sage ich – nur, weil ich mich vor dem Schweigen fürchte.

Stasia sprach nicht – sie erwartete, daß ich etwas anderes sagen würde, und gerade, als wir auf den Marktplatz kommen sollen – wir stehen in der letzten kleinen Gasse –, zögert Stasia ein wenig und wäre gerne noch geblieben.
Wir sprachen kein Wort mehr, bis wir mit Ignatz im Fahrstuhl sitzen. Da schämen wir uns vor seinem Kontrollblick und reden Gleichgültiges.
In dieser Nacht trug Stasia das Bettzeug der Frau Santschin und das Kind in ihr Zimmer und bat mich, bei Santschin zu bleiben.
Santschin freute sich. Er dankte Stasia, nahm ihre Hand und meine und preßte unsere Hände.
Es war eine furchtbare Nacht.
Ich entsann mich der Nächte in freien, offenen Schneefeldern, der Wachtpostennächte, der weißen podolischen Schneenächte, in denen ich fror, und jener von Raketen durchblitzten, da der dunkle Himmel von roten, glühenden Wunden zerfurcht war. Aber keine einzige Nacht meines Lebens, auch jene nicht, in der ich selbst zwischen Leben und Tod geschwebt, war so furchtbar.
Santschins Fieber steigt plötzlich und eilig. Stasia bringt in Essig getauchte Tücher, wir legen sie um Santschins Kopf – es hilft nicht.
Santschin phantasiert. Er gibt eine Gratisvorstellung. Er ruft nach August, seinem Esel. Mit zärtlicher Gebärde ruft er nach seinem Esel. Er hält die Hand vor sich, als böte er dem Tier ein Stück Zucker an, wie er es vor jeder Vorstellung tut. Er springt auf und schreit. Er klatscht in die Hände wie im Varieté, um Beifall herauszufordern. Er streckt den Kopf vor, wackelt mit den Ohren, steift sie wie ein Hund und lauscht auf den Applaus.
»Klatschen Sie«, sagt Stasia, und wir klatschen. Santschin verneigt sich.
Am Morgen lag Santschin in kaltem Schweiß. Die großen Tropfen wuchsen wie gläserne Beulen aus seiner Stirn. Es roch nach Essig, Urin, fauler Luft.
Frau Santschin plärrte leise. Sie drückte den Kopf gegen den Türpfosten. Wir ließen sie weinen.
Als ich mit Stasia hinausging, sagte uns Ignatz guten Morgen. Er stand im Korridor, so selbstverständlich, als wäre hier sein ständiger Posten und nirgends sonst in der Welt.
»Santschin wird wohl sterben?« fragt Ignatz.
In diesem Augenblick ist es mir, als hätte der Tod die Gestalt des alten

Liftknaben angenommen und stünde nun hier und warte auf eine Seele.

X

Santschin wurde um drei Uhr nachmittags begraben, auf einem entlegenen Teil des orientalischen Friedhofs.
Wer im Winter etwa sein Grab wird besuchen wollen, wird sich mit Spaten und Schaufel mühsam einen Weg bahnen müssen. Alle Armen, die auf Gemeindekosten sterben, werden so weit draußen bestattet, und erst wenn drei Generationen gestorben sind, zeigt jener entlegene Teil des Gottesackers menschliche Wege.
Aber dann wird das Grab Santschins nicht mehr zu finden sein.
Nicht einmal Abel Glanz, der arme Souffleur, wird so weit draußen liegen.
Das Grab Santschins ist kalt und lehmig – ich sah hinein, als er begraben wurde –, und sein Gebein ist schutzlos dem Getier der Erde preisgegeben.
Santschin lag drei Tage aufbewahrt im Varieté, weil das Hotel Savoy ja kein Hotel für Tote ist, sondern für Springlebendige. Er lag hinter der Bühne in einer Garderobezelle, und seine Frau saß bei ihm, und ein armer Küster betete. Der Direktor des Varietés hatte die Kerzen beigesteuert.
Die Tänzerinnen mußten an dem toten Santschin vorbei, wenn sie auf die Bühne gingen, die Blechmusik machte ihren Lärm wie gewöhnlich, auch der Esel August kam, aber Santschin rührte sich nicht.
Von den Gästen wußte niemand, daß hinter dieser Bühne ein Toter lag. Die Polizei hatte es erst verbieten wollen, aber ein Polizeioffizier, der immer Freiplätze bekam – seine Verwandtschaft füllte ein Viertel des Saales –, brachte die Bewilligung.
Vom Varieté aus ging der Leichenzug, der Direktor bis an den Rand der Stadt, wo die Schlachthöfe stehen – in dieser Stadt wurden die Toten den gleichen Weg geführt wie das Vieh. Die Kollegen, Stasia und ich und die Frau Santschins folgten bis zum Grab.
Als wir das Tor des Friedhofs erreicht hatten, stand Xaver Zlotogor da, der Magnetiseur, und zankte mit dem Friedhofsverwalter. Zlotogor hatte den Esel Santschins unbemerkt an das offene Grab geführt und dort warten lassen.

»So kann er nicht begraben werden!« schrie der Verwalter.
»So wird er begraben werden!« sagte Zlotogor.
Es gab einen kleinen Aufenthalt, der Pope sollte entscheiden, und da ihm Xaver Zlotogor etwas zuflüsterte, entschied er, daß das Tier bleiben könne.
Der Esel stand mit schwarzen Trauerläschchen auf den gesenkten Ohren und rührte sich nicht. Hart am Grabesrand stand er und rührte sich nicht, und jeder ging um ihn herum und wagte nicht, das Tier wegzuschieben.
Mit Xaver Zlotogor und dem Esel ging ich zurück, auf den breiten, kiesbestreuten Wegen des Friedhofs, an vornehmen Grabmälern vorbei. Hier liegen die Toten aller Bekenntnisse nicht weit voneinander, nur der jüdische Friedhof ist durch zwei Zäune getrennt. Bettelnde Juden stehen am Zaun und in den Alleen den ganzen Tag wie menschliche Zypressen. Sie leben von der Gnade reicher Erben und schütten über jeden Geber ihre Segenssprüche.
Ich mußte Xaver Zlotogor meine Anerkennung ausdrücken, er hatte tapfer für den Esel gekämpft. Ich kannte den Magnetiseur noch gar nicht, er trat nicht jeden Tag, sondern nur am Sonntag auf oder bei besonderen Anlässen, und sehr oft reiste er »selbständig« durch kleine und größere Städte und gab Vorstellungen.
Er wohnt im Hotel Savoy im dritten Stock. Er kann es sich leisten.
Xaver Zlotogor ist ein weitgereister Mann, den Westen Europas kennt er und Indien. Dort hat er seine Kunst von Fakiren gelernt, wie er erzählt. Er mag wohl an die vierzig alt sein, aber man merkt ihm kein Alter an, so gut beherrscht er Gesicht und Bewegungen.
Manchmal glaube ich, er wäre müde, während wir so gehen, ich glaube, seine Knie seien leise geknickt, und weil der Weg weit ist und ich nicht mehr frisch bin, will ich vorschlagen, daß wir uns ein bißchen auf einen Stein setzen. Aber siehe: Xaver Zlotogor springt mit hochgezogenen Knien über den Stein und ein gut Stück darüber in die Luft wie ein vierzehnjähriger Knabe. Er hat in diesem Augenblick ein Knabengesicht, ein olivengrünes, jüdisches Knabengesicht mit schelmischen Augen. Eine Minute später trägt er einen müden Mund mit hängender Unterlippe, und es ist, als lastete sein Kinn schwer, er muß es auf der Brust stützen.
Xaver Zlotogor wandelt sich so schnell in kurzen Zeiträumen, daß er mir unsympathisch wird, ja, ich muß denken, daß seine ganze edle

Geschichte mit dem Esel eine gemeine Komödie war, und es scheint mir, daß dieser Xaver Zlotogor nicht immer so geheißen, daß er vielleicht – der Name taucht plötzlich in mir auf – Salomon Goldenberg geheißen hat in seiner kleinen galizischen Heimat. Merkwürdig, daß sein Einfall, den Esel auf den Friedhof zu führen, mich hatte vergessen lassen, daß er Magnetiseur ist, ein schnöder Zauberer, ein Mann, der das indische Fakirtum für Geld verriet und von den Geheimnissen einer fremden Welt nur so viel wußte, als die Zauberkunststückchen erforderten. Und Gott ließ ihn leben und strafte ihn nicht.

»Herr Zlotogor«, sage ich, »ich muß Sie leider allein lassen, ich habe eine wichtige Unterredung.«

»Mit Herrn Phöbus Böhlaug?« fragt Zlotogor.

Ich war verblüfft und wollte fragen: Woher wissen Sie – aber ich unterdrückte diese Frage und sagte »nein« und gleich darauf »Guten Abend«, obwohl es noch gar nicht dämmerte und die Sonne Lust hatte, noch eine geraume Weile am Himmel zu bleiben.

Ich schritt rasch in die entgegengesetzte Richtung, ich sah wohl, daß ich mich nicht der Stadt näherte, hörte, daß mir Zlotogor etwas nachrief, aber wandte mich nicht um.

Bündel gemähten Heus dufteten stark, Grunzen kam aus einem Schweinekoben, Baracken standen verstreut hinter den Hütten, und ihre Dächer aus Weißblech glühten wie schmelzendes Blei. Ich wollte bis zum Abend allein sein. Ich dachte an viele Dinge, alles, Wichtiges und Nebensachen, ging mir durch den Kopf, die Gedanken kamen wie fremde Vögel und flogen wieder davon.

Spät am Abend kehrte ich heim, die Felder und Wege lagen im Dunkel, und die Grillen zirpten. Gelbe Lichter brannten in den Dorfhäusern, und Glocken schlugen.

Das Hotel Savoy schien mir leer. Santschin war nicht mehr da. Zweimal nur war ich in seinem Zimmer gewesen. Aber mir war, als hätte ich einen lieben guten Freund verloren. Was wußte ich von Santschin? Er war ein Clown im Theater und zu Hause traurig, warm und grob, er erstickte im Wäschedunst, jahrelang hatte er den Duft schmutziger fremder Wäsche geatmet – wenn nicht in diesem Hotel Savoy, so doch in andern. In allen Städten der Welt gibt es kleinere oder größere Savoys, und überall in den höchsten Stockwerken wohnen die Santschins und ersticken am Dunst fremder Wäsche.

Das Hotel Savoy war noch voll besetzt – von allen 864 Zimmern stand nicht ein einziges leer, nur ein Mensch fehlte, der einzige Wladimir Santschin.

Ich saß unten im Fünf-Uhr-Saal. Der Doktor lächelte mir zu, als wollte er sagen: Siehst du, wie recht ich hatte, als ich Santschin den Tod prophezeite? Er lächelte, als wäre er die medizinische Wissenschaft und feierte nun seinen Triumph. Ich trank einen Wodka und sah Ignatz an – war er der Tod, oder war er nur ein alter Liftknabe? Was glotzte er mit seinen gelben Bieraugen?

Nun fühlte ich, wie Haß in mir aufstieg gegen das Hotel Savoy, in dem die einen lebten und die andern starben, in dem Ignatz Koffer pfändete und die Mädchen sich nackt ausziehen mußten vor Fabrikanten und Häusermaklern. Ignatz war wie ein lebendiges Gesetz dieses Hauses, Tod und Liftknabe. Ich werde mich nicht durch Stasia verlocken lassen hierzubleiben, denke ich.

Für drei Tage reicht meine Barschaft, weil ich durch Glanz' Hilfe Geld gewonnen habe. Dann wird man mich, wenn ich verhungere, genauso begraben wie den armen Santschin, weit draußen auf dem Jenseits des Friedhofs, in einer lehmigen Regenwürmergrube. Jetzt kriechen die Würmer und Schlangen schon über Santschins Sarg, drei Tage noch, acht oder zehn, und das Holz wird verfaulen und der schwarze, alte Anzug, den ihm jemand geschenkt hat und der schon längst fadenscheinig war.

Hier steht Ignatz mit seinen gelben Bieraugen und fährt hinauf und hinunter mit dem Fahrstuhl und hat auch Santschin zum letztenmal hinuntergefahren.

In dieser Nacht betrat ich mein Zimmer nur noch mit großer Überwindung. Ich haßte das Nachtkästchen, den Lampenschirm, den Druckknopf, ich schmiß einen Sessel um, daß es laut polterte, ich hätte gern den Zettel des Kaleguropulos, der höhnisch an der Tür hing, abgerissen, und ich ging furchtsam ins Bett und ließ die ganze Nacht die Lampen brennen.

Santschin erschien mir im Traum: Ich sehe, wie er in seiner lehmigen Grube aufsteht und sich rasiert – ich reiche ihm einen Wasserkübel, er nimmt Lehm dazu und streicht sein Gesicht mit Lehm an, als wäre es Rasierseife. »Das kann ich«, sagt er und: »Sehen Sie mir nicht zu!«, und ich starre beschämt auf seinen Sarg, der in der Ecke steht.

Dann klatscht Santschin in die Hände, und es erhebt sich ein lautes Beifallsklatschen, das ganze Hotel Savoy klatscht, Kanner und Neuner und Siegmund Fink und Frau Jetti Kupfer.

Vorne steht mein Onkel Phöbus Böhlaug und flüstert mir zu: »Weit hast du's gebracht! Du bist nicht mehr wert als dein Vater! Du Taugenichts!«

XI

Ich wollte gerade das Hotel verlassen, da stieß ich mit Alexanderl Böhlaug zusammen, der einen hellen Filzhut trug. Solch einen schönen Filzhut habe ich in meinem ganzen Leben nicht gesehen, es ist ein Gedicht, ein Hut von einer zartgetönten hellen, unbestimmbaren Farbe, in der Mitte sorgfältig zusammengekniffen. Wenn ich diesen Hut trüge, ich hütete mich wohl zu grüßen, und ich verzeihe es auch, daß Alexanderl nicht grüßt, sondern nur mit dem Zeigefinger an den Hut tippt, salutierend wie ein Offizier, wenn er den Gruß eines Militärkochs erwidert.

Dabei bewundere ich Alexanderls kanariengelbe Handschuhe ebenso wie den Hut – wenn man diesen Menschen sieht, kann man nicht zweifeln, daß er schnurstracks aus Paris kommt, dorther, wo es am stärksten Paris ist.

»Guten Morgen!« sagt Alexanderl, schläfrig und lächelnd. »Was macht Stasia, Fräulein Stasia?«

»Ich weiß nicht!«

»Sie wissen es nicht? Sind Sie aber lustig! Gestern sind Sie mit der Dame hinter dem Sarg einhergegangen, als wären Sie ihr Cousin.«

»Die Geschichte mit dem Esel ist köstlich«, sagt Alexanderl, zieht einen Handschuh aus und wedelt mit ihm.

Ich schweige.

»Hören Sie, Vetter«, sagt Alexanderl, »ich möchte ein Absteigquartier mieten – im Hotel Savoy. Zu Hause fühle ich mich nicht frei. Manchmal –«

Oh, ich verstehe – Alexanderl legte seine Hand auf meine Schulter und schob mich ins Hotel. Das war mir unangenehm, ich bin abergläubisch und kehre nicht gerne wieder ins Hotel zurück, das ich kaum verlassen habe.

Ich habe keinen Grund, Alexanderl nicht zu folgen, und ich bin neugierig, welche Nummer mein Vetter bekommen wird. Ich überlege, die Zimmer links und rechts von Stasia sind bewohnt.

Es bleibt nur ein Zimmer übrig, in dem Santschin gewohnt hat – seine Frau packt schon und soll zu Verwandten aufs Land.
Einen Augenblick freue ich mich, daß Alexanderl aus Paris in Santschins Wäschedunst wohnen wird – und sei es auch nur ein paar Stunden oder zwei Nächte in der Woche.
»Ich will Ihnen einen Vorschlag machen«, sagt Alexanderl, »ich miete Ihnen ein Zimmer privat oder zahle Ihnen das Logisgeld für zwei Monate – oder wenn Sie unsere Stadt verlassen wollen, das Reisegeld nach Wien, Berlin, Paris sogar –, und Sie treten mir das Zimmer ab. Ist das ein kulantes Geschäft?«
Dieser Ausweg lag sehr nahe, dennoch überraschte mich meines Vetters Angebot. Nun hatte ich alles, was ich mir wünschte. Weiterreise und Zehrgeld, und ich brauchte nicht mehr auf Phöbus Böhlaugs Wohltat zu rechnen und war ein freier Mensch.
Sehr schnell löste sich jede Verwicklung. Meine Wünsche gingen prachtvoll in Erfüllung. Gestern noch hätte ich eine halbe Seele für ein Reisegeld verkauft, und heute bot mir Alexander Freiheit und Geld.
Dennoch schien es mir, daß Alexander Böhlaug zu spät gekommen war. Ich hätte jubeln sollen, ja sagen, und ich tat nichts dergleichen, sondern machte ein nachdenkliches Gesicht.
Alexander bestellte einen Schnaps um den andern. Aber je mehr ich trank, desto wehmütiger wurde ich, und der Gedanke an Weiterreise und Freiheit schwand ins Nichts.
»Sie wollen nicht, lieber Vetter?« sagte Alexander – und um zu beweisen, daß es ihm gleichgültig war, begann er, von der Revolution in Berlin zu erzählen, die er zufällig erlebt hatte.
»Wissen Sie, diese Banditen ziehn zwei Tage herum, man ist nicht sicher, daß man mit dem Leben herauskommt. Ich sitze den ganzen Tag im Hotel, unten bereiten sie für alle Fälle die gemauerten Keller vor, ein paar fremde Diplomaten wohnen auch dort. Ich denke mir, nun ade schönes Leben – dem Krieg bin ich entgangen, nun soll mich die Revolution treffen. Ein Glück, daß ich damals die Vally hatte, wir waren ein paar befreundete junge Leute und nannten sie Vally, die Trösterin, denn sie war unsere Trösterin in der Not, wie es in der Bibel heißt.«
»Das steht nicht in der Bibel.«
»Nun einerlei – diese Knöchel hätten Sie sehen sollen, mein lieber Vetter – und das aufgelöste Haar, es reichte bis zum Popo – es waren sehr

aufgeregte Zeiten. Und wozu? Sagen Sie mir, wozu hat man diese aufgeregten Zeiten nötig?«

Alexander saß mit gespreizten Beinen; um die Bügelfalte nicht zu beschädigen, streckte er sie weit von sich und trommelte mit den Absätzen auf dem Boden.

»Ich werde mich also um ein anderes Zimmer umsehn müssen«, sagt Alexander, »wenn Sie nicht wollen.« Oder: »Ich will nicht drängen. Überlegen Sie sich das, lieber Gabriel, bis morgen – vielleicht? ...«

Gewiß – ich will es mir überlegen. Jetzt habe ich Schnaps getrunken, und das plötzliche Angebot hat mich noch mehr betäubt. Ich will es mir überlegen.

XII

Wir schieden um 11 Uhr vormittags, und ich hatte Zeit genug – einen ganzen Sommernachmittag, einen Abend, eine Nacht.

Dennoch hätte ich gerne noch länger Zeit gehabt, eine Woche, zwei Wochen oder einen Monat. Ja, ich hätte gerne so eine Stadt wie diese zu einem längeren Ferienaufenthalt gewählt – es war eine recht amüsante Stadt, mit allerlei wunderbaren Menschen – man traf derlei nicht in aller Welt.

Da war dieses Hotel Savoy – ein prachtvolles Hotel, mit einem livrierten Portier, mit goldenen Schildern, es versprach Lift, reinliche Stubenmädchen in weiß gestärkten Nonnenhauben. Da war Ignatz, der alte Liftknabe, mit höhnischen, biergelben Augen, aber was tat er mir, wenn ich zahlte und keine Koffer verpfändete? Da war Kaleguropulos, gewiß der Übelsten einer – den kannte ich noch nicht, den kannte niemand.

Dieses einzigen Kaleguropulos wegen hätte es sich gelohnt hierzubleiben – Geheimnisse haben mich immer gelockt, und es ergab sich bei längerem Aufenthalt gewiß Gelegenheit, Kaleguropulos, dem Unsichtbaren, auf die Spur zu kommen.

Gewiß, es war besser zu bleiben.

Da lebte Abel Glanz, ein sonderbarer Souffleur, da konnte man bei Kanner Geld verdienen, im Judenviertel lag Geld im Straßenkot – es wäre nicht übel, als reicher Mann in den Westen Europas einzuziehen. Mit einem Hemd konnte man im Hotel Savoy anlangen und es verlassen als der Gebieter von zwanzig Koffern.

Und immer noch der Gabriel Dan sein.
Aber will ich nicht nach dem Westen? Habe ich nicht lange Jahre in der Gefangenschaft gelebt? Noch sehe ich die gelben Baracken wie schmutzigen Aussatz eine weiße Fläche bedecken, schmecke ich den süßen letzten Zug aus irgendwo aufgeklaubtem Zigarettenstummel, Jahre der Wanderung, Bitterkeit der Landstraße – grausam gefrorene Ackerschollen, die meine Fußsohlen schmerzen.
Was geht mich Stasia an? Es gibt viele Mädchen in der Welt, braunhaarige mit großen, grauen, klugen Augen und schwarzen Wimpern, kleinen Fußsohlen in grauen Strümpfen, man kann Einsamkeiten zusammenlegen, Schmerzen gemeinsam auskosten. Mag Stasia im Varieté bleiben, dem Pariser Alexander anheimfallen.
Fahr zu, Gabriel!
Es fügt sich, daß ich zum Abschied noch einmal durch die Straße streiche, die groteske Architektur der windschiefen Giebel, der fragmentarischen Kamine besehe, zerbrochene und mit Zeitungspapier verklebte Fensterscheiben, arme Gehöfte, das Schlachthaus am Rande der Stadt, die Fabrikschlote am Horizont, Arbeiterbaracken, braune, mit weißen Dächern, Geranientöpfe in Fenstern.
Das Land ringsum ist eine traurige Schönheit, eine verblühende Frau, der Herbst meldet sich allerorten, obwohl die Kastanien noch tiefgrün sind. Man muß zum Herbst woanders sein, in Wien, die Ringstraße sehn, von goldenem Laub übersät, Häuser wie Paläste, Straßen, gerade ausgerichtet und geputzt zum Empfang vornehmer Gäste.
Der Wind kommt aus der Gegend der Fabriken, es riecht nach Steinkohle, grauer Dunst lagert über den Häusern – das Ganze ist wie ein Bahnhof, man muß weiterfahren. Der Pfiff eines Zuges kommt gellend herüber, Menschen fahren in die Welt.
Bloomfield fällt mir ein – wo steckt er eigentlich? Längst müßte er kommen, die Fabrikanten sind aufgeregt, im Savoy ist alles vorbereitet, wo bleibt Bloomfield?
Hirsch Fisch erwartet ihn sehnsüchtig. Vielleicht hat Fisch jetzt Gelegenheit, aus dem ewigen Elend herauszukommen, er hat doch mit Bloomfields Vater gesprochen, der Blumenfeld hieß, Jechiel Blumenfeld.
Ich entsinne mich des Loses, das ich vom Hirsch Fisch bekam, die Zahlen 5, 8 und 3 sind sicher, ein Terno scheint mir gewiß. Wie, wenn das Los gewänne? Dann könnte ich in dieser interessanten Stadt blei-

ben, noch ein bißchen ausruhen. Ich habe keine Eile. Keine Mutter, kein Weib, kein Kind. Niemand erwartet mich. Niemand sehnt sich nach mir.
Aber ich sehne mich wohl, nach Stasia zum Beispiel. Ich lebte gerne mit ihr ein Jahr oder zwei oder fünf, ich reiste gerne mit ihr nach Paris, wenn ich einen Terno bekäme, knapp, ehe die Regierung die Lotterie abschafft – ich brauchte Alexander nicht mein Zimmer zu verkaufen und nicht bei meinem Onkel Phöbus zu betteln.
Die Ziehung ist nächsten Freitag, es muß eine Woche dauern – so lange kann ich Alexander nicht warten lassen. Bis morgen muß es entschieden sein.
Ich muß von Stasia Abschied nehmen.
Sie war angekleidet, als ich kam, und wollte in die Vorstellung gehn. Sie trug eine gelbe Rose in der Hand und ließ mich riechen.
»Ich habe viele Rosen bekommen – von Alexander Böhlaug.«
Vielleicht wartet sie, daß ich sage: Schicken Sie die Blumen zurück. Vielleicht würde ich es auch sagen, wenn ich nicht gekommen wäre, um Abschied für immer zu nehmen.
So sagte ich nur:
»Alexander Böhlaug wird mein Zimmer nehmen. Ich verreise.«
Stasia blieb stehn – auf der zweiten Stufe –, wir hatten gerade die Treppe hinuntergehen wollen.
Vielleicht hätte sie mich gebeten zu bleiben – aber ich sah sie nicht an, blieb auch nicht stehen, sondern ging hartnäckig die Stufen hinunter, als wäre ich ungeduldig.
»Sie reisen also bestimmt?« sagte Stasia. »Wohin?«
»Ich weiß es nicht genau!«
»Es ist schade, daß Sie nicht bleiben wollen –«
»Nicht bleiben können –«
Nun sagte sie nichts mehr, und wir gingen schweigsam bis zum Varieté.
»Kommen Sie heute nach der Vorstellung zu einem Abschiedstee?« fragte sie.
Wenn Stasia mich nicht gefragt, sondern kurzweg eingeladen hätte – ich hätte ja gesagt.
»Nein!«
»Nun, dann gute Reise!«
Das war ein kühler Abschied – aber es war ja auch gar nichts zwischen uns gewesen! Nicht einmal Blumen hatte ich geschenkt.

Es gab Chrysanthemen bei der Blumenhändlerin im Hotel Savoy – ich kaufte sie und schickte die Blumen mit Ignatz in Stasias Zimmer.
»Der Herr verreist?« fragte Ignatz.
»Ja!«
»Weil nämlich für Herrn Alexander Böhlaug noch ein Zimmer frei wäre – wenn der Herr deswegen verreist.«
»Nein, ich verreise ohnehin! Bringen Sie morgen die Rechnung!«
»Die Blumen für Stasia?« fragte Ignatz, ehe ich aus dem Fahrstuhl stieg.
»Für Fräulein Stasia!«
Ich schlief die ganze Nacht traumlos –. Morgen oder übermorgen reiste ich – der Pfiff eines Zuges kam langgedehnt und schrill herüber – Menschen fuhren in die Welt – ade, Hotel Savoy!

XIII

Alexanderl war ein Weltmann. Er wußte, wie man eine Sache einfädelt. Er war ein Hohlkopf. Aber der Sohn Phöbus Böhlaugs.
Er kam pünktlich, in einem andern eleganten Anzug. Er sprach eine Stunde von allen Dingen und nichts von unserem Geschäft. Er ließ mich warten. Alexanderl hatte Zeit.
»In Paris wohne ich bei Madame Bierbaum, das ist eine Deutsche. Die deutschen sind in Paris die besten Hausfrauen. Madame Bierbaum hat zwei Töchter, die ältere ist über vierzehn, aber sogar wenn sie dreizehn wäre – man nimmt es nicht so genau. Nun – und eines Tages kam ein Cousin der Madame Bierbaum – und ich hatte einen Ausflug gemacht mit Jeanne – aber sie ließ mich warten. Kurz, ich komme nach zwei Tagen zurück – den Schlüssel habe ich bei mir –, ich komme in der Nacht, gehe leise, um niemanden zu wecken, auf den Zehenspitzen, wie man sagt, mache kein Licht, ziehe nur die Stiefel und den Rock aus und trete zum Bett und greife – nun, was glauben Sie – gerade nach den Brüsten der kleinen Helene.
Sie schlief bei mir, weil der Cousin da war, oder Madame Bierbaum hatte es absichtlich so eingerichtet – kurz, was dann war, können Sie sich denken.«
Ich kann es mir denken.
Alexanderl beginnt eine neue Geschichte.

Der Mann hatte unzählige Geschichten erlebt in seinen lausigen zweiundzwanzig Jahren. Eine Geschichte gebiert die andere, ich höre nicht mehr zu.

Plötzlich kam Stasia in den Fünf-Uhr-Saal – sie suchte jemanden – wir waren die einzigen im Saal. Alexander sprang auf, lief ihr entgegen, küßte ihre Hände, zog sie an unsern Tisch.

»Wir sind jetzt Nachbarn!« begann Alexander.

»Ach, das wußte ich nicht«, sagte Stasia.

»Ja, mein lieber Vetter ist so freundlich, mir seine Wohnung zu überlassen.«

»Das ist noch gar nicht ausgemacht!« sagte ich plötzlich – ich wußte selbst nicht, warum. »Wir haben ja noch gar nicht darüber gesprochen.«

»Handelt es sich um Geld?« fragte Alexander.

»Nein«, sagte ich sehr fest, »ich reise überhaupt nicht. Sie können trotzdem ein Zimmer haben, Alexander – Ignatz hat es gesagt.«

»So – na, dann ist ja alles gut – und wir sind alle drei sehr enge Nachbarn«, sagte Alexander.

Wir sprachen noch allerlei. – Ignatz kam herein, drei Zimmer ständen frei – zwei würden morgen besetzt werden, aber eines bliebe gewiß frei, Zimmer 606, im vierten Stock allerdings, aber geräumig. – Niemand wollte es wegen der anzüglichen Nummer – für Damen wäre es schon gar nichts – aber als Absteigquartier, weshalb nicht?

Ich ließ Stasia und Alexanderl sitzen und ging.

Am Abend erzählte mir Ignatz im Fahrstuhl, daß Alexander 606 gemietet habe.

Ich ging in mein Zimmer wie in eine wiedergefundene Heimat.

ZWEITES BUCH

XIV

Nun stehe ich schon den dritten Tag am Bahnhof und warte auf Arbeit. Ich könnte in eine Fabrik gehen, wenn die Arbeiter nicht gerade streikten. Philipp Neuner würde sich wundern, einen Mann aus der Bargesellschaft unter den Arbeitern zu finden. Ich mache mir aus derlei Dingen nichts, viele Jahre harter Arbeit liegen hinter mir.

Man braucht keine Arbeiter, es sei denn gelernte, und gelernt habe ich nichts. Ich kann »Kaleguropulos« deklinieren und noch manches andere. Auch schießen kann ich – ich bin ein guter Schütze. Für Feldarbeit bekommt man Essen und Wohnung, aber kein Geld – und ich muß Geld haben.

Am Bahnhof kann man Geld verdienen. Manchmal kommt ein Ausländer. Er sucht einen zuverlässigen »Menschen mit Sprachkenntnissen«, um nicht übers Ohr gehauen zu werden von der schlauen Bevölkerung. Auch Gepäckträger sind sehr gesucht – hier gibt es nicht viele. Ich weiß auch nicht, was ich sonst machen könnte. Vom Bahnhof ist es nicht mehr so weit in die Welt. Hier darf man Schienenstränge hinauslaufen sehn. Menschen kommen an und fahren weiter. Vielleicht kam ein Freund oder ein Kriegskamerad?

Es kam wirklich einer, nämlich Zwonimir Pansin, ein Kroate, von meiner Kompanie. Auch er kommt aus Rußland, und nicht einmal zu Fuß, sondern mit der Bahn – also weiß ich, daß es Zwonimir gutgeht und daß er mir helfen wird.

Wir begrüßen uns sehr herzlich, Zwonimir und ich, zwei alte Kriegskameraden.

Zwonimir war ein Revolutionär von Geburt. In seinen Militärpapieren stand ein p. v., das heißt: politisch verdächtig – deshalb hat er es nicht einmal zum Korporal gebracht, obwohl er eine große Tapferkeitsmedaille trug. Er war einer der ersten in unserer Kompanie, die eine Dekoration bekamen – Zwonimir wollte sie ablehnen – er sagte dem Hauptmann ins Gesicht: Er wolle nicht ausgezeichnet werden – und es täte ihm leid, daß es dazu gekommen sei.

Nun, der Hauptmann war sehr stolz auf seine Kompanie – ein guter

und hohler Kerl war der Hauptmann – und wollte es nicht zugeben, daß der Regimentskommandant etwas von Aufruhr erfahre. Deshalb ordnete sich alles, und Zwonimir nahm die Medaille an.
Ich entsinne mich der Tage – das Regiment war in Rast –, da lagen Zwonimir und ich auf der Wiese am Nachmittag und sahen zur Kantine hinüber, vor der Soldaten kamen und gingen und in Gruppen herumstanden.
»Sie haben sich schon daran gewöhnt«, sagte Zwonimir, »sie werden nie mehr in einem anständigen Laden Präservative kaufen, in so einem duftenden, wo die Ladenmädchen parfümiert sind wie Huren.«
»Ja«, sagte ich.
Und wir sprachen davon, daß dieser Krieg in alle Ewigkeit fortgehen würde und daß wir nie mehr nach Hause kämen. Zwonimir hatte noch einen Vater und zwei kleine Brüder.
»Auch sie werden einrücken«, sagte Zwonimir. »In zehn Jahren wächst keine Frucht mehr in allen Ländern der Welt, nur noch in Amerika.«
Er liebte Amerika. Wenn eine Menage gut war, sagte er: Amerika! Wenn eine Stellung schön ausgebaut war, sagte er: Amerika! Von einem »feinen« Oberleutnant sagte er: Amerika. Und weil ich gut schoß, nannte er meine Treffer: Amerika.
Und alles Dauernde, Unaufhörliche nannte er: Übt! »Übt« war ein Kommando; bei den Gelenksübungen sagte man: »übt«: »Kopfnicken übt!«, »Kopfbeuge übt!« – Das ging dann in alle Ewigkeit.
Wenn wir jeden Tag Dörrgemüse hatten, so sagte Zwonimir: »Drahtverhau übt.« Weil das Trommelfeuer wochenlang dauerte, sagte er: »Trommelfeuer übt!«, und weil er mich für einen allzeit guten Kerl hielt, sagte er: »Gabriel übt!«
Wir saßen im Wartesaal dritter Klasse, umtobt vom Lärm der Betrunkenen, und sprachen leise und verstanden dennoch jedes Wort, denn wir hörten mit den Herzen, nicht mit den Ohren.
In diesem Wartesaal hat mich schon jemand mit lauter Stimme angesprochen, und ich habe dennoch nicht verstanden. So stark war das Geheul der Betrunkenen.
Es waren die streikenden Arbeiter Neuners, die hier ihre Streikgelder vertranken.
In der Stadt war Schnapsverbot, am Bahnhof erhielt man den Alkohol in Kaffeekannen. Arbeiterinnen saßen da, junge Mädchen, sie waren

schwer berauscht, aber nichts konnte ihre Frische ganz verderben, vergeblich kämpfte der Schnaps gegen ihre Gesundheit. Die jungen Burschen gerieten in Streit wegen eines Mädchens und griffen zum Messer. Aber sie schlugen einander nicht tot. Das Volk war nur lebhaft, nicht böse, jemand warf einen Witz zwischen die Kämpfer, und alle söhnten sich aus.

Dennoch war es gefährlich, hier lange zu sitzen, man konnte plötzlich einen Schlag auf den Schädel erhalten oder einen Stoß vor die Brust, oder es kam einer und nahm dir deinen Hut weg oder schmiß dich auf den Boden, weil er keinen freien Stuhl mehr gefunden hatte.

Zwonimir und ich saßen am Ende des Saals, lehnten uns gegen die Wand, so daß wir die ganze Menge übersehen und jeden erblicken konnten, der sich uns näherte. Aber niemand belästigte uns, in unserer Nähe wurden alle freundlich. Manchmal bat uns einer um Feuer, einmal fiel mir eine Streichholzschachtel auf den Boden – und ein junger Bursche hob sie auf.

»Willst du weitergehn, Zwonimir«? fragte ich – und erzählte ihm, wie es mir ging.

Zwonimir wollte nicht weitergehn. Er wollte hierbleiben; ihm gefiel der Streik. »Ich will hier eine Revolution machen«, sagte Zwonimir, so einfach, als sagte er: Ich will hier einen Brief schreiben.

Ich erfahre, daß Zwonimir Agitator ist, aus Liebe zur Unruhe. Er ist ein Wirrkopf, aber ehrlich, und er glaubt an seine Revolution.

»Du kannst mir dabei helfen«, sagt er.

»Ich kann nicht«, sage ich. Und erkläre Zwonimir, daß ich ein einzelner bin und kein Gefühl für die Gemeinschaft habe. »Ich bin ein Egoist«, sage ich, »ein wirklicher Egoist.«

»Ein gebildetes Wort«, tadelt Zwonimir. »Alle gebildeten Worte sind schändlich. In der einfachen Sprache könntest du so Häßliches gar nicht sagen.«

Darauf kann ich nicht antworten.

Ich stehe allein. Mein Herz schlägt nur für mich. Mich gehen die streikenden Arbeiter nichts an. Ich habe keine Gemeinschaft mit einer Menge und nicht mit einzelnen. Ich bin ein kalter Mensch. Im Krieg fühlte ich mich nicht eins mit der Kompanie. Wir lagen alle im gleichen Dreck und warteten alle auf den gleichen Tod. Aber ich konnte nur an mein eigenes Leben denken und an meinen eigenen Tod. Ich ging über Leichen, und manchmal tat es mir weh, daß ich keinen Schmerz empfand.

Jetzt läßt mir der Tadel Zwonimirs keine Ruhe – ich muß über meine Kälte nachdenken und über meine Einsamkeit.
»Jeder Mensch lebt in irgendeiner Gemeinschaft«, sagt Zwonimir.
In welcher Gemeinschaft lebe ich? –
Ich lebe in Gemeinschaft mit den Bewohnern des Hotels Savoy.
Alexanderl Böhlaug fällt mir ein, auch er lebt nun »in enger Nachbarschaft« mit mir. Was hatte ich mit Alexanderl Böhlaug Gemeinsames?
Nicht mit Böhlaug, aber mit dem toten Santschin, der im Wäschedunst erstickt ist, und mit Stasia, mit den vielen vom fünften, sechsten und siebenten Stock, die sich vor Kaleguropulos' Inspektionsbesuchen fürchten, ihre Koffer verpfändet haben und eingesperrt sind in diesem Hotel Savoy, lebenslänglich.
Und keine Spur von Gemeinschaft habe ich mit Kanner und Neuner und Anselm Schwadron, mit Frau Kupfer und mit meinem Onkel Phöbus Böhlaug und seinem Sohn Alexanderl.
Gewiß, ich lebe in einer Gemeinschaft, ihr Leid ist mein Leid, ihre Armut ist meine Armut.
Jetzt stehe ich da am Bahnhof und warte auf Geld und finde keine Arbeit. Und habe noch das Zimmer nicht bezahlt und nicht einmal einen Koffer für Ignatz.
Es ist ein großes Glück, das Zusammentreffen mit Zwonimir, ein glücklicher Zufall, wie er nur in Büchern vorkommt.
Zwonimir hat noch Geld und Mut. Er will in mein Zimmer ziehn.

XV

Wir wohnen zusammen, in meinem Zimmer, Zwonimir schläft auf dem Sofa.
Ich biete ihm nicht mein Bett an, ich bin bequem und habe lange Zeit ein Bett entbehrt. In meinem Elternhaus in der Leopoldstadt gab es manchmal wenig Essen, aber immer ein weiches Bett. Zwonimir aber hat sein Leben lang auf harten Bänken genächtigt, »auf echtem Eichenholz«, scherzt er, er verträgt keine Bettwärme und hat schlechte Träume auf weichen Lagern.
Er hat eine gesunde Konstitution, geht spät schlafen und erwacht mit dem Morgenwind. Bauernblut rollt in seinem Körper, er besitzt keine Uhr und weiß immer die Stunde genau, fühlt Regen und Sonne voraus, riecht entfernte Brände und hat Ahnungen und Träume.

Einmal träumt er, sein Vater wäre begraben worden; er steht auf und weint, und ich weiß mir keinen Rat mit dem großen, weinenden Mann. Ein anderesmal sieht er seine Kuh verenden, er erzählt mir davon und scheint gleichgültig. Wir gehen den ganzen Tag umher, Zwonimir erkundigt sich bei den Arbeitern Neuners nach den Verhältnissen, nach den Streikführern, er gibt den Kindern Geld und schreit mit den Frauen und befiehlt ihnen, ihre Männer aus dem Wartesaal zu holen. Ich bewundere Zwonimirs Fähigkeiten. Er beherrscht die Sprache des Landes nicht, spricht mit Mienen und Armen mehr als mit dem Mund, aber alle verstehen ihn vortrefflich, denn er redet einfach wie das Volk und flucht in seiner Muttersprache. Aber einen kräftigen Fluch versteht hier jeder.

Am Abend gehen wir in die Felder hinaus, da setzt sich Zwonimir auf einen Stein, schlägt die Hände vors Gesicht und schluchzt wie ein Knabe.

»Warum weinst du, Zwonimir?«

»Wegen der Kuh«, sagt Zwonimir.

»Aber das weißt du ja schon den ganzen Tag. Warum weinst du jetzt?«

»Weil ich bei Tag keine Zeit habe.«

Das sagt Zwonimir ganz ernst, er weint noch eine gute Viertelstunde, dann steht er auf. Er lacht plötzlich auf, weil er entdeckt, daß ein Prellstein wie eine kleine Vogelscheuche angezogen ist.

»Die Kerle sind zu faul, stellen ihre Vogelscheuchen nicht ordentlich in die Mitte. Prellsteine sind ja keine Vogelscheuchen!! Möchte den Sperling sehn, der vor einem verkleideten Prellstein Angst hat!«

»Zwonimir«, bitte ich, »fahren wir fort! Geh heim, dein Vater lebt noch, aber er wird vielleicht sterben, wenn du nicht kommst und – dann wirst du keine bösen Träume mehr haben. Und ich will auch fort.«

»Ein bißchen bleiben wir noch«, sagt Zwonimir, und ich weiß, daß er fest bleibt.

Er freut sich über das Hotel Savoy. Zum erstenmal lebt Zwonimir in einem großen Hotel. Er wundert sich gar nicht über Ignatz, den alten Liftknaben. Ich erzähle Zwonimir, daß in anderen Hotels kleine, milchwangige Buben die Fahrstühle bedienen. Zwonimir meint, es wäre schon vernünftiger, wenn eine solche Amerikasache einem ältern, erfahrenen Herrn überlassen wird. Übrigens sind ihm beide unheimlich, der Fahrstuhl und Ignatz. Er geht lieber zu Fuß.

Ich mache Zwonimir auf die Uhren aufmerksam und daß sie verschiedene Stunden zeigen.
Zwonimir sagt, das wäre unangenehm. Abwechslung muß aber sein.
Ich zeige ihm den siebenten Stock und den Dunst der Waschküche und erzähle ihm von Santschin und dem Esel am Grab. Diese Geschichte gefällt ihm am besten, Santschin tut ihm gar nicht leid, über den Esel lacht er, des Nachts, während er sich auskleidet.
Ich mache ihn auch mit Abel Glanz bekannt und mit Hirsch Fisch.
Zwonimir kaufte bei Fisch drei Lose und wollte noch mehr kaufen und versprach Fisch ein Drittel vom Gewinst. Wir gingen mit Abel Glanz in das Judengäßchen, Abel machte gute Geschäfte, fragte, ob wir deutsche Mark hätten. Zwonimir hatte deutsche Mark. »Zu zwölf ein viertel«, sagte Abel. »Wer kauft?« fragte Zwonimir mit überraschender Kennerschaft. »Kanner!« sagte Glanz.
»Führen Sie den Kanner her!« sagt Zwonimir.
»Was fällt Ihnen ein? Kanner wird zu Ihnen kommen?!« schreit Glanz erschrocken.
»Dann geb' ich die Mark nicht!« sagt Zwonimir.
Glanz will verdienen und rennt zu Kanner.
Wir warten. Er kommt nach einer halben Stunde und bestellt uns in die Bar für den Abend.
Am Abend kamen wir in die Bar, Zwonimir in einer russischen Militärbluse, mit genagelten Stiefeln.
Zwonimir kniff Frau Jetti Kupfer in den Oberarm, sie ließ einen schrillen Juchzer los, so einen Gast hatte sie schon lange nicht gehabt. Zwonimir ließ Schnäpse mischen, gab Ignatz einen Klaps auf die Schulter, daß der alte Liftknabe zusammensank, in die Knie brach. Zwonimir lachte über die Mädchen, fragte laut nach den Namen der Gäste, rief den Fabrikanten Neuner beim Namen ohne den Titel »Herr« und fragte Glanz:
»Wo steckt denn der verdammte Kanner?«
Die Herren verzogen die Gesichter, sie blieben ruhig, und Neuner rührte sich nicht und ließ sich jede Anrede gefallen, obwohl er Einjähriger bei der preußischen Garde gewesen war und Schmisse hatte.
Anselm Schwadron und Siegmund Fink unterhielten sich leise, und als Kanner verspätet eintraf, wurde er nicht mit jenem Hallo begrüßt, das er erwartet und verdient hatte. Er sah sich um, entdeckte Zwonimir; da ihm Glanz winkte, trat er auf uns zu und fragte majestätisch: »Herr Pansin?«

»Zu Befehl, Mister Kanner!« schrie Zwonimir mit dröhnender Stimme, daß Kanner einen halben Schritt zurücktrat. »Zwölf dreiviertel!« schrie Zwonimir wieder.
»Nicht so laut!« flüsterte Glanz.
Aber Zwonimir zog, während alle nach unserem Tisch sahen, sein Geld aus der Brieftasche – auch dänische Kronen hatte er – weiß Gott woher.
Kanner steckte das Geld ein und rechnete nach, um nur fertig zu werden, und zahlte zwölf dreiviertel.
»Meine Provision?« sagte Glanz.
»In Schnaps!« sagte Zwonimir und ließ fünf Schnäpse für Glanz bringen. Abel Glanz trank, aus Furcht, bis er besoffen war.
Es war ein lustiger Abend. Den Stammgästen hatte Zwonimir die Laune verdorben. Ignatz war böse. Seine biergelben Augen funkelten. Zwonimir aber tat, als wäre Ignatz sein bester Freund, rief ihn beim Namen – »liebster Ignatz!« sagte Zwonimir, und Ignatz kam auf leisen Sohlen, ein alter Kater.
Der Fabrikant Neuner fand keine Lust an Tonka, die nackten Mädchen kamen zutraulich an unsern Tisch und pickten Zwonimir aus der Hand. Er fütterte sie mit Gebäck, zerbröckeltem Kuchen und ließ sie an verschiedenen Schnapsgläsern nippen.
In ihrer weißen Nackheit standen sie da wie junge Schwäne.
Spät kam Alexanderl Böhlaug. Er war niedergeschlagen und aufgeräumt zugleich, er wollte irgendeinen Kummer übertönen, und Zwonimir half ihm.
Zwonimir hatte viel getrunken, dennoch war er nüchtern und spöttisch und höhnte Alexanderl, daß es eine Lust war.
»Sie haben spitze Stiefel!« sagte Zwonimir, »lassen Sie sehen, ob sie scharf sind. Wo lassen Sie Ihre Stiefel schleifen? Die neueste Kriegswaffe. Sturmangriff mit französischen Stiefelspitzen! – Ihre Krawatte ist schöner als meiner Großmutter Kopftuch, so wahr ich der Sohn Nikitas bin, so war ich Zwonimir heiße und niemals mit Ihrer Braut geschlafen habe.«
Alexanderl tat, als hörte er nicht. Gram zehrte an ihm. Er war traurig.
»Ich möchte diesen Vetter nicht an deiner Stelle!« sagte Zwonimir.
»Man sucht sich seine Vettern nicht aus«, sagte ich.
»Nichts für ungut, Alexanderl!« schrie Zwonimir und stand auf. Er war groß, wie eine Mauer stand er in der kleinen, dunkelroten Bar.

Am nächsten Morgen erwacht Zwonimir früh und weckt mich. Er ist angekleidet. Er wirft meine Decke auf den Fußboden und zwingt mich, aufzustehen und mit ihm spazierenzugehn.
Die Lerchen trillern wunderbar.

XVI

An diesem Tage wurde Kaleguropulos erwartet. Zwonimir warf die Stühle um, brachte Unordnung in unser Zimmer. Er beschloß, Kaleguropulos aufzulauern, er wollte ihn im Zimmer erwarten. Ich erwartete Kaleguropulos unten, im Fünf-Uhr-Saal, und Zwonimir blieb oben.
Ich sah diesmal keine Aufregung. Alle hatten das Hotel verlassen, die drei höchsten Stockwerke standen leer, man konnte elende Häuslichkeiten sehen.
Unten war es still. Ignatz fuhr hinauf und hinunter. Nach einer Stunde kam Zwonimir und erzählte, daß der Direktor über den Korridor gegangen sei, Zwonimir war an der Tür gestanden, der Direktor hatte gegrüßt, aber nirgends war ein Kaleguropulos zu sehn gewesen.
Zwonimir vergaß diese Dinge leicht, mich aber ließ das Geheimnis des Kaleguropulos nicht ruhen.
Zwonimir macht selbständige Ausflüge im Hotel, er geht in leere Zimmer, läßt Zettel mit Grüßen zurück und kennt alle Menschen nach drei Tagen.
Er kennt Taddeus Montag, den Karikaturisten, der Schilder malt und nicht viel Arbeit bekommt, weil er die bestellten Arbeiten verpatzt.
Er kennt den Buchhalter Katz, den Schauspieler Nawarski, die nackten Mädchen, zwei Schwestern Mongol, Helene und Irene Mongol, zwei ältliche Jungfern. Zwonimir begrüßt alle laut und herzlich.
Auch Stasia kennt er und berichtet mir:
»Die Kanaille ist in dich verliebt!«
Ich bin verlegen, es ist ja nicht böse gemeint, aber der Ausdruck ärgert mich.
Ich sage: »Stasia ist ein gutes Mädchen.«
Zwonimir glaubt nicht an gute Mädchen und sagt, er würde schon mit Stasia schlafen, um mir zu beweisen, wie schlecht sie sei.
Zwonimir ist schon in den Kellern des Hotels gewesen, im Souterrain, wo sich die Küche befindet. Er kennt den Koch, einen Schweizer, der

nur Meyer heißt, aber gute Mehlspeisen macht. Zwonimir erhält Gratisproben.
Zwonimir schlägt Ignatz. Es sind freundliche Schläge, und Ignatz kann nichts dagegen tun. Ich beobachte Ignatz, wie er zusammenzuckt, wenn sich ihm Zwonimir nähert. Es ist eine Reflexbewegung, keine Angst. Zwonimir ist der größte und stärkste Mann im Hotel Savoy, er kann Ignatz bequem unter den Arm nehmen. Er scheint furchtbar und gewalttätig, er poltert gern, und in seiner Nähe ist alles still und scheu. Dem alten Militärarzt ist Zwonimir sympathisch. Der Doktor zahlt ihm gerne ein paar Schnäpse am Nachmittag.
»Solche Doktoren wie Sie kenne ich vom Militär«, sagt Zwonimir. »Sie können Lebendige totmachen, dafür bekommen Sie eine hohe Gage. Sie können die Menschen vom Boden wegamputieren. Sie sind ein großer Chirurg. Ich möchte Ihnen nicht einmal einen Tripper anvertrauen.«
Aber der Doktor lacht. Er ist nicht beleidigt.
»Ich möchte Sie aufhängen!« sagt Zwonimir einmal freundschaftlich und klopft dem Doktor auf die Schulter.
Nie hat dem Doktor jemand auf die Schulter geklopft.
»Ein herrliches Hotel«, sagt Zwonimir und fühlt nicht das Geheimnisvolle dieses Hauses, in dem fremde Menschen, nur durch papierdünne Wände und Decken geschieden, nebeneinander leben, essen, hungern. Er findet es selbstverständlich, daß die Mädchen ihre Koffer verpfänden, bis sie nackt der Frau Jetti Kupfer anheimfallen.
Er ist ein gesunder Mensch. Ich beneide ihn. Bei uns in der Leopoldstadt gab es keine so gesunden Kerle. Er freut sich an den Gemeinheiten. Er hat keine Achtung vor den Frauen. Er kennt keine Bücher. Er liest keine Zeitung. Er weiß nicht, was in der Welt vorgeht. Aber er ist mein treuer Freund. Er teilt sein Geld mit mir, und er würde auch sein Leben mit mir teilen.
Und ich täte es genauso.
Er hat ein gutes Gedächtnis und weiß nicht nur die Namen der Menschen, sondern auch die Nummern ihrer Zimmer. Und wenn der Zimmerkellner sagt: 403 ist bei 41 gewesen, so weiß er, daß der Schauspieler Nowakowski bei Frau Goldenberg geschlafen hat. Er weiß auch vieles über Frau Goldenberg; es ist jene Dame, die ich am ersten Tage getroffen habe.
»Hast du Geld genug?« frage ich.

Aber Zwonimir zahlt nicht. Er ist dem Hotel Savoy verfallen.
Ich erinnere mich an ein Wort des toten Santschin. Der hatte mir gesagt – es war ein Tag vor seinem Tode –, daß alle, die hier wohnten, dem Hotel Savoy verfallen waren. Niemand entging dem Hotel Savoy.
Ich warnte Zwonimir, aber er glaubte nicht. Er war gesund bis zur Gottlosigkeit, und er kannte keine Macht außer seiner eigenen.
»Das Hotel Savoy ist mir verfallen, Bruder«, sagte er.
Nun war schon der fünfte Tag seit seiner Ankunft vergangen. Am sechsten faßte er den Entschluß zu arbeiten. »Man darf nicht so leben«, sagte er.
»Es gibt keine Arbeit hier, laß uns weitergehn!« bat ich. Aber Zwonimir wollte just hier Arbeit finden für uns beide.
Er fand wirklich Arbeit.
Bei der Bahn, am Güterbahnhof, waren schwere Hopfenballen da. Sie mußten umgeladen werden, und es gab keine Bahnarbeiter. Es waren einige besoffene, faule Kerle da, und der Vorsteher sah wohl ein, daß er monatelang mit diesen Beamten arbeiten müßte. Von den streikenden Arbeitern Neuners meldeten sich kaum zehn, zwei jüdische Flüchtlinge aus der Ukraine kamen, und dann Zwonimir und ich. Wir bekamen Essen in der Bahnküche und mußten um sieben Uhr früh zur Stelle sein. Ignatz wunderte sich, als er sah, wie ich in meiner alten Militärbluse mit meinem Eßgerät ausrückte und schmutzig vom Kohlendunst und von der Arbeit heimkam.
Zwonimir übernahm das Kommando über uns Arbeiter.
Wir arbeiten fleißig. Wir bekommen scharfe Packhaken, die stoßen wir in die Hopfensäcke und rollen sie auf kleine Handwagen. Wenn wir die Haken eingeschlagen haben, kommandiert Zwonimir: Hopp! dann ziehen wir an – Hopp! wir rasten eine Weile – Hopp! nun lagen die fetten, grauen Säcke unten. Sie sahen wie große Walfische aus, und wir sind wie Harpuniere. Rings um uns pfeifen Lokomotiven, leuchten grüne und rote Signale auf, aber wir kümmern uns um gar nichts – wir arbeiten. Hopp! Hopp! dröhnt die Stimme Zwonimirs. Die Menschen schwitzen, die zwei ukrainischen Juden können es nicht aushalten, sie sind schwächliche und magere Handelsmänner.
Ich fühle Schmerz in den Muskeln, und meine Oberschenkel zittern. Wenn ich meinen Haken auswerfen soll, spüre ich einen schweren Druck in der rechten Schulter. Der Haken muß tief sitzen, sonst zerreißt der Sack, und Zwonimir flucht.

Einmal kamen wir um zwölf in die Küche, es war ein heißer Tag, wir waren müde, und auf unserer Bank saßen schwätzende Schaffner. Sie redeten von Politik und vom Minister und von Gehaltszulagen. Zwonimir bat sie, Platz zu machen, die Beamten fühlten sich wichtig und standen nicht auf. Zwonimir wirft den langen, hölzernen Tisch um, an dem sie sitzen. Die Schaffner schreien und wollen Zwonimir schlagen, aber er fegt ihre Kappen zur offenen Tür hinaus. Es sieht aus, als hätte er sie geköpft. Mit einer Bewegung seiner langen Arme hatte er ein halbes Dutzend Mützen hinausgefegt. Die Schaffner folgten ihren Mützen, nun standen sie da, ohne Adler kamen sie sich jämmerlich vor, sie drohten und zogen ab.

Wir arbeiten schwer und schwitzen. Wir riechen unsern Schweiß, stoßen mit unseren Körpern zusammen, haben schwielige Hände und fühlen unsere Kräfte und Schmerzen gleich.

Vierzehn Männer sind wir, kämpfen gegen schwere Hopfenballen, die nach Deutschland gehen sollen, Absender und Empfänger verdienen an diesen Hopfenballen mehr als wir vierzehn zusammen.

Das sagt uns Zwonimir jeden Abend, wenn wir nach Hause gehn.

Wir kennen den Absender nicht, ich lese nur seinen Namen auf den Waggons: Ch. Lustig heißt er, ein reizender Name. Ch. Lustig wohnt in einem schönen Hause, wie Phöbus Böhlaug, sein Sohn studiert in Paris und trägt geschliffene Schuhe. »Lustig, reg dich nicht auf!« sagt seine Frau.

Wie der Empfänger heißt, weiß ich nicht, er hat Grund genug, Fröhlich zu heißen.

Wir waren alle vierzehn wie ein einziger Mann.

Alle waren wir gleichzeitig da, alle gingen wir gleichzeitig essen, alle hatten wir dieselben Bewegungen, und die Hopfenballen waren unser gemeinsamer Feind. Ch. Lustig hat uns zusammengeschweißt, Lustig und Fröhlich, wir sehen mit Angst, wie die Hopfenballen aufhören, bald ist unsere Arbeit zu Ende, und unsere Trennung scheint uns schmerzvoll, als würde man uns auseinanderschneiden müssen.

Und ich bin kein Egoist mehr.

Nach drei Tagen waren wir mit der Arbeit fertig. Wir waren schon um vier Uhr nachmittags frei, aber wir blieben auf dem Güterbahnhof und sahen zu, wie unsere Hopfenballen langsam nach Deutschland hinausrollten ...

XVII

Es ist wieder die Zeit der Heimkehrer.
Sie kommen in Gruppen, viele kommen auf einmal. Sie werden herangespült wie bestimmte Fische zu bestimmten Jahreszeiten. Vom Schicksal westwärts gespült werden die Heimkehrer. Zwei Monate lang war keiner zu sehen. Dann, wochenlang, fluten sie herbei aus Rußland und Sibirien und aus den Randländern.
Der Staub zerwanderter Jahre liegt auf ihren Stiefeln, auf ihren Gesichtern. Ihre Kleider sind zerfetzt, ihre Stöcke plump und abgegriffen. Sie kommen immer denselben Weg, sie fahren nicht mit der Eisenbahn, sie wandern. Jahrelang mögen sie so gewandert sein, ehe sie hier ankamen. Sie wissen von fremden Ländern und fremden Leben und haben, wie ich, viele Leben abgestreift. Sie sind Landstreicher. Ob sie mit Freuden nach Hause wandern? Wären sie nicht lieber in der großen Heimat geblieben, statt in die kleine heimzukehren, zu Weib und Kind und Ofenwärme?
Es ist vielleicht nicht ihr Wille, nach Hause zu gehn. Sie werden nach dem Westen gespült wie Fische zu gewissen Jahreszeiten.
Wir standen, Zwonimir und ich, am Rande der Stadt, wo die Baracken sind, stundenlang, und forschten unter den Heimkehrern nach einem bekannten Gesicht.
Viele gingen an uns vorbei, und wir erkannten sie nicht, obwohl wir gewiß mit ihnen zusammen geschossen und gehungert haben. Wenn man so viele Gesichter sieht, kennt man keines mehr. Sie sehen einander gleich wie Fische.
Traurig ist es, daß da einer vorbeigeht, den ich nicht erkenne, und wir haben doch eine Todesstunde miteinander geteilt. Wir waren im grausamsten Augenblick unseres Lebens eine einzige Angst – und jetzt erkennen wir einander nicht. Ich entsinne mich, daß ich dieselbe Trauer fühlte, als ich einmal ein Mädchen sah, in einem Zug trafen wir uns, und ich wußte nicht, ob ich mit ihr geschlafen oder nur meine Wäsche von ihr hatte flicken lassen.
Manche Heimkehrer wollten, wie wir, in dieser Stadt bleiben. Das Hotel Savoy bekam neuen Zuzug. Auch Santschins Zimmer war schon bewohnt. Alexanderl mußte sein Absteigequartier 606 für drei Tage hergeben, der Direktor behauptete, das wäre sein gutes Recht, ein unbenutztes Zimmer zu vermieten.

Ich hörte, während ich meine Schlüssel abgab, wie Ignatz mit Alexanderl diskutierte.
Viele, die kein Geld fürs Hotel Savoy hatten, richteten sich in den Baracken ein.
Es sah aus, als wollte ein neuer Krieg ausbrechen. So wiederholt sich alles: Der Rauch steigt wieder aus den Schornsteinen der Baracken, Kartoffelschalen liegen vor den Türen, Fruchtkerne und faule Kirschen – und Wäsche flattert auf ausgespannten Schnüren.
Es wurde unheimlich in der Stadt.
Man sah bettelnde Heimkehrer, sie schämten sich nicht. Ausgezogen waren sie als kräftige und stolze Männer, und jetzt konnten sie sich nicht mehr das Betteln abgewöhnen. Nur wenige suchten Arbeit. Bei den Bauern stahlen sie, gruben Kartoffeln aus dem Boden, schlugen Hühner tot und erwürgten Gänse und plünderten Heuschober aus. Alles schleppten sie in die Baracken, sie kochten dort, aber gruben keine Latrinen aus, man konnte sie an den Wegrändern hocken und ihre Notdurft verrichten sehn.
Die Stadt, die keine Kanäle hatte, stank ja ohnehin. An grauen Tagen sah man am Rand des hölzernen Bürgersteigs, in den schmalen, unebenen Rinnen schwarze, gelbe, lehmdicke Flüssigkeit. Schlamm aus den Fabriken, der noch warm war und Dampf aushauchte. Es war eine gottverdammte Stadt. Es roch, als wäre hier der Pech- und Schwefelregen niedergegangen, nicht über Sodom und Gomorra.
Gott strafte diese Stadt mit Industrie. Industrie ist die härteste Strafe Gottes.
Man war hier an die Heimkehrerperioden gewöhnt, keine Behörde störte sie. Vielleicht ängstigte sich die Polizei vor den vielen verwegenen Menschen, und man wollte keinen Aufruhr. Die Arbeiter Neuners streikten ohnehin schon vier Wochen lang – wenn es hier einmal zu Kämpfen kam, waren die Heimkehrer dabei.
Sie kamen aus Rußland, sie brachten den Atem der großen Revolution mit, es war, als hätte sie die Revolution nach Westen gespuckt wie ein brennender Krater seine Lava.
Lange waren die Baracken leer gewesen. Jetzt wurden sie plötzlich so lebendig, daß man glaubte, heut oder morgen würden sie anfangen, sich in Bewegung zu setzen. Des Nachts brannten dürftige Talgkerzen, aber eine wilde Fröhlichkeit erfüllte sie. Die Mädchen kamen zu den Heimkehrern, man trank Schnaps und tanzte und verbreitete die Syphilis.

Mein Freund Zwonimir geht in die Baracken, denn er liebt Aufregung und Unruhe und vergrößert sie. Er erzählt den Hungernden von den Reichen, schimpft auf den Fabrikanten Neuner und erzählt von den nackten Mädchen in der Bar des Hotels Savoy.
»Du übertreibst ja«, sage ich zu Zwonimir.
»Das muß man tun, sonst glauben sie einem nichts«, sagt er.
Er erzählt vom Tod Santschins so, als wäre er dabeigewesen.
Er hat eine Kraft zu schildern, der Atem des wahrhaftigen Lebens geht von seinen Reden aus.
Die Heimkehrer hören zu, und dann singen sie Lieder, jeder sein Heimatlied, und alle klingen gleich. Tschechische Lieder und deutsche, polnische und serbische, und in allen liegt die gleiche Trauer, und alle Stimmen sind gleich rauh und hart und grölend – und dennoch klingen die Melodien so schön, wie manchmal die Stimme eines alten, häßlichen Leierkastens schön ist – an Märzabenden, im Vorfrühling, an Sonntagen, wenn die Straßen leer und reingefegt sind, von den großen Glocken, die des Morgens über die Stadt gingen.
Die Heimkehrer essen in der Armenküche, und Zwonimir auch. Er sagt, das Essen schmecke ihm. Zwei Tage essen wir in der Armenküche, und ich sehe, daß Zwonimir recht hat.
»Amerika!« sagt Zwonimir.
Es war eine dicke Bohnensuppe, wenn man den Löffel hineinsteckte, blieb er drinnen wie ein Spaten in der Erde. Das ist Geschmacksache, ich liebe dicke Bohnen- und Kartoffelsuppen.
Niemals öffnet man die Fenster in der Armenküche, deshalb liegt der Duft alter Speisereste in den Winkeln und steigt von den nie gewaschenen Tischplatten auf, wenn der Dampf der frischgekochten Speisen ihn zu neuem Leben erweckt.
Und die Menschen sitzen eng an den Tischen, ihre Ellbogen führen Krieg gegeneinander. Ihre Seelen sind friedlich, ihre Gesinnungen freundschaftlich, und ihre Arme führen Krieg.
Die Menschen sind nicht schlecht, wenn sie viel Raum haben. In den großen Gasthäusern nicken sie einander fröhlich zu, weil sie Platz finden. Bei Phöbus Böhlaug streitet niemand, weil die Menschen einander aus dem Wege gehn, wenn es ihnen nicht mehr paßt. Aber wenn zwei in einem engen Bett liegen, kämpfen ihre Beine im Schlaf, und ihre Hände zerreißen die dünne Decke, die sie einhüllt.
Wir stellten uns um halb eins an das Ende einer langen Menschenkette.

Vorne stand ein Polizist und wedelte mit dem Säbel, weil er sich langweilte. Je zwanzig wurden eingelassen, wir standen paarweise. Zwonimir und ich zusammen.
Zwonimir fluchte, wenn es zu langsam ging. Er sprach mit dem Polizisten, der ihm nicht gerne antwortete, weil die Behörde schweigsam sein muß.
Zwonimir sagte ihm »du« und »Kamerad«, und einmal erklärte er, daß ein Polizist gar keinen Grund hätte, so stumm zu sein.
»Du bist stumm wie ein Fisch, Kamerad!« sagte Zwonimir. »Nicht wie ein lebendiger, sondern wie ein toter Fisch, den man mit Zwiebeln füllt hierzulande. Bei uns zu Hause werden nur gesprächige Menschen zur Polizei engagiert, so wie ich einer bin.«
Die Arbeiterfrauen erschrecken ob solcher Rede und fürchten sich zu lachen.
Der Polizist, der sieht, daß er Zwonimir unterlegen ist, zwirbelt seinen Schnurrbart und sagt:
»Das Leben ist langweilig. Es gibt kein Gesprächsthema.«
»Siehst du, Kamerad«, sagt Zwonimir, »das kommt davon, daß du nicht in den Krieg gegangen bist, sondern zur Militärpolizei. Wenn man im Schützengraben gelegen hat wie wir, hat man Gesprächsstoff bis zum Tod.«
Hier lachen einige Heimkehrer. Der Polizist sagt:
»Unser Leben war auch in Gefahr!«
»Ja«, erwidert Zwonimir, »wenn ihr einen mutigen Deserteur gefaßt habt – freilich, das glaub' ich schon, da war euer Leben in Gefahr.«
Kein Zweifel, die Heimkehrer liebten meinen Freund Zwonimir, und die Polizisten nicht.
»Du bist ein Fremder«, sagen sie zu ihm, »und sprichst zu viel bei uns.«
»Ich bin ein Heimkehrer und darf mich hier aufhalten, Freund, weil meine Regierung mit der deinigen eigens deswegen einen Vertrag geschlossen hat. Das verstehst du nicht: Es gibt in meinem Lande der Eurigen genug, und wenn ihr mir hier ein Haar krümmt, schlägt meine Regierung daheim den Eurigen die Köpfe ab. Aber man sieht, du hast keine Politik studiert. Bei uns zu Hause muß jeder Polizist eine Prüfung in Politik ablegen.«
Das sind wirksame Argumente, und die Polizisten schweigen.
Und Zwonimir konnte jeden Tag fluchen.

Er fluchte, wenn er lange warten mußte, und auch drinnen, wenn er die Suppe schon in der Hand hielt. Sie war kalt oder ungesalzen oder zu sehr gesalzen. Er steckte die Menschen mit seiner Unzufriedenheit an, sie schimpften alle, schweigend oder laut, so, daß die Köche hinter den Scheibenfenstern erschraken und noch einen Löffel mehr dazugaben, als sie gewohnt waren und als ihnen befohlen war. Zwonimir vergrößerte die Unruhe.

Die Arbeiterfrauen nahmen die Suppe in Töpfen nach Hause, für den Abend.

Sie hätten die Suppe auch in Zeitungspapier packen können, wie sie es mit dem Viertel Brot taten – so erstarrt und zäh war sie, wenn man sie kalt werden ließ. Es war dennoch eine schmackhafte Suppe, man aß sie sehr lange, und weil nur je zwanzig eingelassen wurden, dauerte die Abspeisung drei Stunden.

Man hörte, daß die Köche unzufrieden waren, sie wollten nicht für geringen Lohn einen ganzen Tag arbeiten. Von den Wohltätigkeitsdamen, die umsonst und ehrenhalber die Aufsicht führen sollten, war am zweiten Tag nichts mehr zu sehen. Zwonimir hatte eine »Tante« genannt, und man drohte, die Küche zu sperren.

»Wenn sie nur die Küche sperren!« sagt Zwonimir. »Wir werden sie schon aufmachen. Oder wir werden uns von Herrn Neuner zum Mittagessen einladen lassen. Seine Suppe ist bestimmt besser.«

»Ja, der Neuner«, sagen die Arbeiterfrauen.

Sie waren elend und blaß, und die schwangeren schleppten ihre gesegneten Leiber wie eine verhaßte Last.

»Wenn man ein Bündel Holz schleppt vom Walde«, sagt Zwonimir, »weiß man wenigstens, daß es warm wird in der Stube.«

»Neuner hätte ja Zulagen für jedes Kind gegeben, wenn sie nicht angefangen hätten zu streiken, wäre es doch irgendwie gegangen«, weinten die Frauen.

»Es wäre nicht gegangen«, sagte Zwonimir, »es kann nicht gehen, wenn der Neuner verdienen will.«

Es war eine Borstenreinigungsfabrik. Dort reinigte man die Schweinehaare von Staub und Schmutz, und es wurden Bürsten daraus gemacht, die wieder zum Reinigen dienen. Die Arbeiter, die den ganzen Tag die Borsten strählten und siebten, schluckten den Staub und bekamen Lungenbluten und starben im fünfzigsten Jahr ihres Lebens.

Es gab allerlei Hygiene und Gesetze, die Arbeiter sollten Masken tragen, die Arbeitsräume sollten soundso viel Meter hoch und weit sein und die Fenster offen. Aber eine Renovierung der Fabrik hätte Neuner viel mehr gekostet als doppelte Kinderzulagen. Deshalb wurde der Militärarzt zu allen sterbenden Arbeitern gerufen. Und er bestätigte schwarz auf weiß, daß sie nicht an Tuberkulose gestorben waren und auch nicht an Blutvergiftung, sondern am Herzen. Es war ein herzkranker Menschenschlag, alle Arbeiter Neuners starben »infolge Herzschwäche«. Der Militärarzt war ein guter Kerl, er mußte jeden Tag im Hotel Savoy Schnäpse trinken und den Santschins Weine schenken, wenn es zu spät war.

Die Gewerkschaftsführer lebten auch schlecht, aber sie kamen sich vor wie Bürgermeister der Fabrik, und Neuner war ihr König. Jetzt suchten sie immer wieder Wege, um zu Neuner zu kommen.

Er empfing sie mit Wein und Kaviarbrötchen, gab ihnen Vorschüsse und vertröstete sie mit Bloomfield.

Es war dem Fabrikanten Neuner überhaupt gar nicht um die Arbeit zu tun.

Bloomfield, dessen Arm weit war und über den großen Teich reichte, Bloomfield war an allen Fabriken seiner alten Vaterstadt beteiligt. Wenn er einmal im Jahr herüberkam, ordnete sich alles, ohne daß es Neuner etwas gekostet hätte.

Neuner wartete auf Bloomfield.

Man wartete also auf Bloomfield – nicht nur im Hotel Savoy. In der ganzen Stadt wartete man auf Bloomfield. Im Judenviertel erwartete man ihn, man hielt mit den Devisen zurück, das Geschäft war flau. Man hoffte auf ihn in den oberen Stockwerken des Hotels, Hirsch Fisch zitterte vor Angst, Bloomfield könnte ein Unfall zugestoßen sein, und er hatte sich schon schöne Lose träumen lassen.

Übrigens hatte sich Hirsch Fisch mit meinem Los geirrt, die Ziehung war erst in zwei Wochen. Ich erfuhr es im Gemeindeamt.

Auch in der Armenküche sprach die Welt von Bloomfield. Wenn er kam, bewilligte er alle Forderungen, die Erde bekam ein neues Gesicht.

Was machte bei Bloomfield so eine Forderung? Soviel gab er im Tag für Zigarren aus.

Man erwartet Bloomfield überall: Im Waisenhaus ist ein Schornstein eingestürzt, man richtet ihn nicht, weil Bloomfield jedes Jahr etwas für das Waisenhaus gibt. Kranke Juden gehn nicht zum Arzt, weil Bloomfield die Rechnung bezahlen soll. Am Friedhof hat man eine Erdsenkung bemerkt, zwei Kaufleute sind abgebrannt, die Kaufleute stehen in der Gasse mit ihren Warenballen, es fällt ihnen nicht ein, die Läden zu reparieren – womit sollten sie zu Bloomfield gehen? Die ganze Welt wartet auf Bloomfield. Man wartet mit dem Versetzen des Bettzeugs, mit Anleihen auf Häuser, mit Hochzeiten.

Es ist eine große Spannung in der Luft. Abel Glanz sagt mir, er hätte Gelegenheit, jetzt eine gute Stellung anzunehmen. Aber lieber wäre ihm eine Stellung bei Bloomfield. Ein Onkel des Glanz lebt in Amerika, bei dem könnte man wohnen, vielleicht gibt Bloomfield nur die Schiffskarte, ohne Anstellung, dann würde er sich schon durch den Onkel fortbringen.

Glanz' Onkel verkauft Limonaden in den Straßen New Yorks.

Sogar Phöbus Böhlaug braucht Geld, um sein Geschäft zu »vergrößern«. Er wartet auf Bloomfield.

Aber Bloomfield kommt nicht.

Sooft der Zug aus Deutschland einfährt, stehen viele Menschen am Bahnhof. Vornehme Herren mit braunen und gelben Reiseplaids kommen mit großen Lederkoffern, in Gummimänteln, mit zusammengerollten Schirmen in Etuis.

Aber Bloomfield kommt nicht.

Dennoch gehen die Menschen täglich zur Bahn.

DRITTES BUCH

XVIII

Plötzlich war Bloomfield da.
Es ist immer so mit den großen Ereignissen, mit den Kometen und Revolutionen und Hochzeiten der regierenden Fürsten. Die großen Ereignisse pflegen überraschend zu kommen, und jede Erwartung bewirkt nur, daß sie zögern.
Bloomfield, Henry Bloomfield kam in der Nacht um zwei Uhr im Hotel Savoy an.
Um diese Zeit verkehrten keine Züge – aber Bloomfield kam auch gar nicht mit der Bahn – war Bloomfield denn auf Eisenbahnen angewiesen? Er fuhr von der Grenze im Auto hierher, in seinem amerikanischen Salonauto, weil er sich auf die Eisenbahnen nicht verließ.
So einer war Henry Bloomfield: Das Sicherste schien ihm ungewiß, wenn alle Menschen mit dem Zugverkehr rechneten wie mit einem Naturgesetz, mit Sonne, Wind und Frühling, so machte Bloomfield eine Ausnahme. Er traute nicht einmal den Fahrplänen, obwohl sie doch staatlich waren und einen Adler trugen und Siegel von verschiedenen Bezirksdirektionen und das Resultat mühevoller Berechnungen waren.
Bloomfield kam um zwei Uhr nachts im Hotel Savoy an, und Zwonimir und ich waren Zeugen seiner Ankunft.
Wir kommen nämlich um diese Zeit aus den Baracken.
Zwonimir trank eine Menge und küßte alle. Zwonimir konnte sehr viel trinken. Wenn er ins Freie kam, war er wieder nüchtern, die Nachtluft nahm ihm jeden Rausch – »der Wind bläst mir den Spiritus aus dem Kopf«, sagt Zwonimir.
Die Stadt ist still, eine Turmuhr schlägt. Eine schwarze Katze läuft über den Bürgersteig. Man kann die Atemzüge der Schlafenden hören. Alle Fenster des Hotels sind dunkel, eine Nachtlampe lauert rötlich vor dem Eingang, in der engen Gasse sieht das Hotel aus wie ein düsterer Riese.
Durch die Scheiben der Hoteltür sieht man den Portier. Er hat die betreßte Livreekappe abgelegt – zum erstenmal sehe ich, daß er einen

Schädel besitzt, ein wenig überrascht mich diese Tatsache. Der Portier hat ein paar graue Haarbüschel, sie wachsen um seine Glatze und rahmen sie ein wie eine Girlande eine Geburtstagsplatte.
Der Portier streckt beide Beine weit von sich, er träumt gewiß, daß er in einem Bett liegt.
Die Normaluhr in der Portierloge zeigt drei Minuten vor zwei.
In diesem Augenblick fährt ein Kreischen durch die Luft, es ist, als ob die ganze Stadt auf einmal aufschreien würde.
Einmal und noch einmal und zum drittenmal kreischt es.
Schon flitzt da und dort ein Fenster auf, zwei Stimmen sprechen. Ein Dröhnen erschüttert das Holzpflaster, auf dem wir stehen. Ein weißer Schein erfüllt die Gasse, es ist, als ob ein Stück des Mondes in die schmale Gasse gefallen wäre.
Der weiße Schein kam von einer Laterne, einer Blendlaterne, einem Scheinwerfer: dem Scheinwerfer Bloomfields.
So kam also Bloomfield, wie ein Nachtangriff. Der Scheinwerfer erinnert mich an den Krieg, ich dachte an »feindliche Flieger.«
Es war ein großes Auto. Der Chauffeur war ganz in Leder gepackt. Er stieg ab und sah aus wie ein Wesen einer fremden Welt.
Das Auto ratterte noch ein bißchen. Es war bespritzt vom Kot der Landstraße und war von der Größe einer mäßigen Schiffskabine.
Mir war zumute wie damals im Felde, wenn ein General inspizieren kam und ich zufällig Kompaniedienst hatte. Unwillkürlich streckte ich mich, nahm meine Glieder zusammen und wartete. Ein Herr im grauen Staubmantel stieg aus, ich sah seine Züge nicht genau. Dann kam noch ein Herr, er trug den Mantel überm Arm. Dieser zweite Herr war um ein beträchtliches kleiner, er sagte ein paar englische Worte, die ich nicht verstand. Ich merkte, daß der kleine Herr Bloomfield sein müsse und daß der andere, sein Begleiter, einen Befehl ausführte.
Nun war also Bloomfield da.
»Das ist Bloomfield«, sage ich zu Zwonimir.
Zwonimir will sich auf der Stelle davon überzeugen, er tritt auf den kleinen Herrn zu, der auf seinen Begleiter wartet, und fragt:
»Mister Bloomfield?«
Bloomfield nickt nur mit dem Kopf, wirft einen Blick auf den großen Zwonimir, er muß auf Bloomfield, den kleinen, den Eindruck eines Kirchturms machen.

Dann wendet Bloomfield sich rasch wieder dem Sekretär zu.
Der Portier war erwacht und trug seine Mütze wieder. Ignatz eilte gerade an uns vorbei.
Zwonimir vergaß nicht, ihm einen Schlag zu versetzen.
In der Bar war die Musik verstummt. Die kleine Tür stand halb offen, Neuner und Kanner standen an der Tür.
Frau Jetti Kupfer kam heraus.
»Bloomfield ist da!« sagte sie.
»Ja, Bloomfield!« sagte ich.
Und Zwonimir schrie und tanzte wie verrückt auf einem Bein.
»Bloomfield ist da! ah-ah-ah!«
»Still!« zischte Frau Jetti Kupfer und legte ihre fette Hand auf Zwonimirs Mund.
Bloomfields Sekretär und Ignatz und der Portier schleppten zwei große Koffer in den Flur.
Henry Bloomfield saß im Klubsessel des Portiers und zündete sich eine Zigarette an.
Neuner kam heraus. Er war erhitzt, auf seinem Gesicht glühten die Schmisse, als wären sie mit Karmin aufgemalt.
Neuner ging auf Bloomfield zu, Bloomfield blieb sitzen.
»Guten Abend!« sagte Neuner.
»Wie geht's!« sagte Bloomfield, nicht wie eine Frage, sondern wie einen Gruß.
Er war gar nicht neugierig.
Bloomfield – ich sah nur sein Profil – streckte Neuner eine dünne Kinderhand entgegen. Sie verschwand spurlos in Neuners großer Pranke wie eine Kleinigkeit in einem Riesenetui.
Sie sprachen deutsch, aber es schickte sich nicht zuzuhören.
Ignatz kam mit fliegender Zunge, einen Karton mit einer großen, schwarzen Dreizehn in der Hand. Er nagelte den Karton an die Türmitte.
Zwonimir schlug Ignatz ein paarmal auf die Schulter, Ignatz zuckte nicht, er spürte die Schläge gar nicht.
Frau Kupfer kehrte in die Bar zurück.
Ich wäre gerne noch für ein halbes Stündchen hineingegangen, aber es schien mir gefährlich, Zwonimir noch trinken zu lassen.
Wir fuhren also selbst mit dem Lift hinauf, zum erstenmal ohne Ignatz.

Hirsch Fisch kam in Unterhosen. Er hatte Lust, so wie er war, bis zu Bloomfield hinunterzugehn.
»Sie müssen sich anziehn, Herr Fisch!« sage ich.
»Wie sieht er aus? Hat er schon zugenommen?« fragt er.
»Nein! Er ist immer noch mager!«
»Gott, wenn das der alte Bloomfield wüßte«, sagt Fisch und kehrt wieder um.
»Wenn man den Bloomfield umbringen könnte«, sagte Zwonimir, als er schon ausgezogen lag.
Aber ich antwortete ihm nicht, weil ich weiß, daß der Alkohol aus ihm spricht.

XIX

Am nächsten Morgen scheint mir das Hotel Savoy verändert.
Die Aufregung hat sich meiner wie aller andern bemächtigt, hat meinen Blick geschärft für tausend kleine Veränderungen, so daß ich sie wie durch ein Fernrohr sehe mit mächtig geschwollenen Dimensionen.
Es ist möglich, daß die Stubenmädchen der drei unteren Stockwerke dieselben Häubchen tragen wie gestern und vorgestern. Mir scheint, daß die Hauben und Schürzen neu gestärkt sind, wie vor einem Besuch des Kaleguropulos. Neue grüne Schürzen tragen die Zimmerkellner, auf dem roten Treppenläufer ist kein einziger Zigarettenstummel zu sehen.
Es ist eine unheimliche Sauberkeit. Man fühlt sich nicht mehr heimisch. Man vermißt wohlbekannte Staubwinkel.
Ein Spinnennetz in der Ecke des Fünf-Uhr-Saals war mir eine liebe Gewohnheit geworden, in der Ecke fehlt heute mein Spinnennetz. Ich weiß, daß man eine schmutzige Hand bekam, wenn man über das Stiegengeländer strich. Heute ist die Handfläche sauberer, als sie vorher gewesen, als bestünde das Geländer aus Seife.
Ich glaube, man hätte einen Tag nach der Ankunft Bloomfields auf dem Fußboden essen können.
Es riecht nach aufgelöstem Bohnerwachs, wie daheim in der Leopoldstadt einen Tag vor Ostern.
Etwas Feiertägliches liegt in der Luft. Wenn Glocken läuten würden, wäre es selbstverständlich.

Wenn plötzlich jemand mich beschenkte – es wäre nichts Ungewöhnliches. An solchen Tagen muß man beschenkt werden.
Und trotzdem regnete es draußen in dünnen Schnüren, und der Regen war voller Kohlenstäubchen. Es war ein dauerhafter Regen, er hing über der Welt wie ein ewiger Vorhang. Die Menschen stießen mit den Regenschirmen zusammen und trugen hochaufgeschlagene Mantelkragen. Die Stadt bekommt an solchen Regentagen erst ihr wirkliches Gesicht. Der Regen ist ihre Uniform. Es ist eine Stadt des Regens und der Trostlosigkeit.
Die hölzernen Bürgersteige faulen, die Bretter quietschen, wenn man auf sie tritt, wie schadhafte, nasse Schuhsohlen.
Der gelbe, träge Brei in den Rinnen löst sich auf und fließt träge dahin. Tausend Kohlenstäubchen birgt jeder Regentropfen, sie bleiben auf den Gesichtern und Kleidern der Menschen liegen.
Dieser Regen konnte durch die dicksten Kleider dringen. Man hatte im Himmel große Reinigung und schüttete die Kübel auf die Erde.
An solchen Tagen mußte man im Hotel bleiben, im Fünf-Uhr-Saal sitzen und die Leute ansehn.
Der erste Zug, der aus dem Westen kam, um zwölf Uhr mittags, brachte drei Fremde aus Deutschland.
Sie sahen aus wie Drillinge, sie bekamen alle drei nur ein Zimmer – Nummer 16 hörte ich – sie hätten ganz gut alle drei in ein Bett gepaßt wie Drillinge in eine Wiege.
Alle drei hatten Regenmäntel über die Sommermäntel gestreift, alle waren gleich klein gewachsen und hatten spitze Bäuchlein von einer Firma. Alle hatten schwarze Schnurrbärtchen und kleine Augen und große karierte Schirmkappen und Regenschirme in Etuis. Es war ein Wunder, daß sie sich selbst nicht verwechselten.
Der nächste Zug, der um vier Uhr nachmittags kam, brachte einen Herrn mit einem Glasauge und einen jungen, kraushaarigen Mann mit geknickten Knien.
Und am Abend um neun kamen noch zwei junge Herren mit spitzen französischen Stiefeln und dünnen Sohlen. Es waren Männer von neuestem Schnitt.
Die Zimmer 17, 18, 19, 20 im Hochparterre waren besetzt.
Henry Bloomfield lernte ich beim Fünf-Uhr-Tee kennen.
Das hatte ich Zwonimir zu verdanken, der mit dem Militärarzt plauderte. Ich saß dabei und las in einer Zeitung.

Bloomfield kommt mit seinem Sekretär in den Saal, und der Militärarzt begrüßt ihn an unserm Tisch. Als er Zwonimir vorstellen will, sagt Bloomfield: »Wir kennen uns schon« und gibt uns beiden die Hand. Seine kleine Kinderhand hat einen kräftigen Druck. Sie ist knochig und kühl.
Der Militärarzt erzählt mit lauter Stimme und interessiert sich für amerikanische Verhältnisse. Bloomfield spricht sehr wenig, sein Sekretär beantwortet alle Fragen.
Sein Sekretär ist ein Jude aus Prag und heißt Bondy.
Er spricht artig und beantwortet die dümmsten Fragen des Militärarztes. Sie sprechen über das Alkoholverbot in Amerika. Was macht man in so einem Lande?
»Was macht man in Amerika, wenn man traurig ist – ohne Alkohol?« fragt Zwonimir.
»Man spielt Grammophon«, sagt Bondy.
Das also ist Henry Bloomfield.
Ich habe ihn mir ganz anders vorgestellt. Ich habe geglaubt, daß Bloomfield das Gesicht, den Anzug, die Gebärden eines neuen Amerikaners hat. Ich habe geglaubt, daß Henry Bloomfield sich seines Namens und seiner Heimat schämt. Nein, er schämt sich nicht. Er erzählt von seinem Vater:
Das Trinken schadet nur den Betrunkenen, hatte der alte Bloomfield gesagt, und Henry Bloomfield, sein Sohn, weiß noch die Aussprüche seines alten jüdischen Vaters.
Er hat ein kleines Hundegesicht und große gelbe Hornbrillen. Seine grauen Augen sind klein, aber nicht flink, wie kleine Augen manchmal sind, sondern langsam und gründlich.
Henry Bloomfield sieht sich alles genau an, seine Augen lernen die Welt auswendig.
Sein Anzug ist nicht amerikanisch geschnitten, und seine dünne, kleine Gestalt ist altmodisch elegant. Eine große weiße Halskrause hätte zu seinem Gesicht gepaßt.
Henry Bloomfield trinkt seinen Mokka sehr schnell, eine halbe Schale läßt er stehn. Er nippt nur flink, wie ein durstiger Vogel.
Er bricht ein kleines Törtchen entzwei und läßt ein halbes liegen. Er hat keine Geduld für die Nahrung, er vernachlässigt seinen Leib, er ist mit gewaltigen Dingen beschäftigt.
Er denkt an große Gründungen, Henry Bloomfield, des alten Blumenfelds Sohn.

Viele Menschen kamen vorbei und begrüßten Bloomfield, sein Sekretär Bondy sprang immer auf, er schnellte in die Höhe, als zöge ihn jemand an einem Gummiband, Bloomfield aber blieb immer sitzen. Es schien, daß der Sekretär auch die Aufgabe hatte, alle Höflichkeit für Bloomfield zu erfüllen.

Einigen reichte Bloomfield sein kleines Händchen, den meisten nickte er nur zu. Dann steckte er seinen Daumen in die Westentasche und trommelte mit den übrigen vier Fingern auf der Weste.

Manchmal gähnt er, ohne daß man es merkt. Ich beobachte nur, wie seine Augen wässerig werden und seine Brille trübe. Er putzt sie mit einem riesengroßen Taschentuch.

Er schien sehr vernünftig, der kleine große Henry Bloomfield. Nur daß er just im Zimmer Nummer 13 wohnen mußte, war amerikanisch. Ich glaube nicht an die Ehrlichkeit seines Aberglaubens. Ich habe gesehen, daß viele vernünftige Menschen sich absichtlich eine kleine Verrücktheit zulegen.

Zwonimir war merkwürdig still. So still war Zwonimir noch nie gewesen. Ich hatte Angst, daß er über eine Möglichkeit nachdachte, Bloomfield umzubringen.

Plötzlich kommt Alexanderl herein. Er grüßt sehr tief, er schont seinen neuen Filzhut nicht. Er lächelt mir intim zu, so daß jeder merken muß: Hier sitzen Alexanders Freunde.

Alexander geht ein paarmal hin und zurück durch den Raum, als suchte er jemanden.

In Wirklichkeit aber hat er hier niemanden zu suchen.

»Amerika ist doch ein interessantes Land«, sagte der dumme Militärarzt, weil man schon eine Weile geschwiegen hatte.

Und er fuhr mit seiner alten Klage fort: »Hier in dieser Stadt verbauert man. Der Schädel wird einem zugenäht. Das Gehirn verdorrt.«

»Aber die Kehle nicht«, sage ich.

Bloomfield sah mich mit einem dankbaren Blick an. Kein Zug seines Gesichts verriet, daß er lächelte. Nur seine Augen bemühten sich, von unten her über den Rand der Brille zu blicken, und bekamen so einen spöttischen Ausdruck.

»Sie sind ja fremd hier?« fragte Bloomfield und sah uns beide an, Zwonimir und mich.

Es war die erste Frage, die Bloomfield getan hatte, seitdem er angekommen war.

»Wir sind Heimkehrer«, sage ich, »und halten uns nur zum Spaß hier auf. Wir wollen weiterfahren, mein Freund Zwonimir und ich.«
»Sie sind schon lange unterwegs«, fiel der höfliche Bondy ein.
Es war ein prächtiger Sekretär – Bloomfield brauchte nur ein Stichwort zu sagen, und schon setzte Bondy Bloomfields Gedanken in Rede um.
»Sechs Monate«, sage ich, »sind wir unterwegs. Und wer weiß, wie lange noch.«
»Es ist Ihnen schlimm ergangen in der Gefangenschaft?«
»Im Kriege war es schlimmer«, sagt Zwonimir.
Wir sprechen nicht mehr viel an diesem Tage.
Die drei Reisenden aus Deutschland kommen in den Saal, Bloomfield und Bondy verabschieden sich und setzen sich mit den Drillingen an den Tisch.

XX

Die Branche der Drillinge waren Juxgegenstände – das erfuhr ich am nächsten Tage vom Zimmerkellner. Es waren keine Drillingsbrüder. Die gemeinsamen Interessen hatten sie so verbrüdert.
Viele Menschen kamen aus Berlin, dem letzten Aufenthalt Bloomfields. Sie reisten ihm nach.
Nach zwei Tagen kam Christoph Kolumbus.
Christoph Kolumbus war Bloomfields Friseur. Er gehörte zum Gepäck Bloomfields und kam immer als Nachsendung.
Er ist ein gesprächiger Mensch, der Abkunft nach ein Deutscher. Sein Vater war ein Verehrer des großen Kolumbus gewesen und hatte seinen Sohn Christoph Kolumbus getauft. Aber der Sohn mit dem großen Namen ward ein Friseur.
Er ist ein Mann mit Geschäftssinn und guten Manieren. Er stellt sich jedem vor: Christoph Kolumbus, Friseur des Mister Bloomfield. Er spricht ein gutes Deutsch mit rheinländischem Akzent.
Christoph Kolumbus ist schlank und groß und hat gekräuseltes Haar, blondes, und gutmütige Augen, wie aus blauem Glas.
Er ist der einzige bessere Friseur in dieser Stadt und im Hotel Savoy, und weil er kein Geld verschmäht und es ihm sonst langweilig würde, beschließt er, sich im Hotel einen Laden zu eröffnen, und er bewirbt sich um die Erlaubnis bei Bloomfield.

Es gab gerade einen freien kleinen Raum neben der Loge des Portiers. Dort lagerten immer Gepäckstücke der Gäste, die im Begriff waren abzureisen oder sich für ein paar Tage entfernt hatten, um wiederzukommen.
Ignatz erzählte mir, daß Christoph Kolumbus sich in diesem Raum festsetzen wollte.
Es gelang ihm, Kolumbus war ein gescheiter Kerl. Dünn und schlank, wie er war, schien er in jeden Winkel zu passen. Es war überhaupt sein Schicksal, Lücken im Leben zu erspähen und sie auszufüllen. Wahrscheinlich war er so Bloomfields Friseur geworden.
Die Leute wußten hier kaum, daß der Friseur einen berühmten Namen lächerlich machte. Nur Ignatz wußte es und der Militärarzt und Alexanderl.
Zwonimir fragte mich: »Gabriel, du bist ein gebildeter Mann, hat Kolumbus Amerika entdeckt oder nicht?«
»Ja.«
»Und wer war Alexander?« fragte Zwonimir weiter.
»Alexander war ein mazedonischer König und ein großer Welteroberer.«
»So, so«, sagte Zwonimir.
Am Abend kamen wir mit Alexanderl im Fünf-Uhr-Saal zusammen.
»Was sagen Sie zu diesem Friseur Kolumbus?« lachte Alexander. »Ausgerechnet Kolumbus heißt er.«
Zwonimir schickt mir einen schnellen Blick zu und sagt:
»Wenn ein Friseur Christoph Kolumbus heißt, ist es noch lange nicht so schlimm. Aber Sie heißen Alexander! ...«
Das war ein gutes Wort, und Alexander schwieg.
Manchmal sage ich: »Zwonimir, laß uns abreisen.«
Aber jetzt will Zwonimir erst recht nicht. Bloomfield ist da, und das Leben wird von Tag zu Tag interessanter. Es kommen mit jedem Zug Fremde aus Berlin. Kaufleute und Agenten und Nichtstuer. Alle Menschen zieht Bloomfield herbei. Der Friseur Kolumbus rasiert heftig. Der Gepäckraum sieht freundlich aus, mit zwei großen Wandspiegeln und einer Marmorplatte. Kolumbus ist der geschickteste Barbier, den ich in meinem Leben je gesehn habe. In fünf Minuten ist man fertig. Das Haarschneiden besorgt er nach neuester Methode mit dem Rasiermesser. Nie hört man in seinem Laden eine Schere klappern.
Weiß der Teufel, woher Zwonimir das Geld für uns beide nahm. Un-

sere Zimmerrechnung war schon sehr hoch. Zwonimir dachte nicht daran, sie zu bezahlen. Sein Geld legte er jeden Abend vor dem Schlafengehn unters Kopfkissen. Er hatte Angst, daß ich es ihm stehlen könnte.
Wir lebten fast so gut wie Bloomfield und gingen in die Armenküche, wenn es uns gefiel. Und wenn es uns nicht gefiel, aßen wir im Hotel. Und nie ging uns das Geld aus.
Einmal sage ich zu Zwonimir: »Ich packe und gehe zu Fuß weiter! Wenn du nicht willst, bleib hier!«
Da weinte Zwonimir. Es waren ehrliche Tränen.
»Zwonimir«, sage ich, »dies ist mein letztes Wort: Sieh im Kalender nach, heute ist Dienstag, heute in zwei Wochen reisen wir.«
»Ganz bestimmt«, sagt Zwonimir und schwört es laut und feierlich, obwohl ich es gar nicht verlange.

XXI

Am Nachmittag desselben Tages bat mich der Sekretär Bondy auf einen Augenblick an den Tisch Bloomfields.
Bloomfield brauchte noch einen Sekretär für die Zeit, in der er hier war. Man mußte die Besucher scheiden können in lästige und nützliche und mit beiden Arten verhandeln.
Ob ich nicht jemanden wüßte, fragte Bondy.
Nein, ich wüßte keinen, außer Glanz.
Aber da macht Bloomfield eine abwehrende Handbewegung. Glanz war nichts für ihn, das bedeutete diese Bewegung.
»Wollen *Sie* nicht diese Stellung annehmen?« sagt Bloomfield. Es war keine Frage. Bloomfield sprach überhaupt nicht in fragendem Ton, er sagte alles nur vor sich hin, als wiederhole er oft erörterte Dinge.
»Wir wollen sehn!« sage ich.
»Dann – können Sie morgen in Ihrem Zimmer – Sie wohnen?«
»703.«
»Bitte morgen anzufangen, Sie bekommen einen Sekretär.«
Ich verabschiede mich und fühle, wie Bloomfield mir nachsieht.
»Zwonimir«, sage ich, »jetzt bin ich Bloomfields Sekretär.«
»Amerika«, sagt Zwonimir.
Es war meine Aufgabe, die Leute anzuhören, sie und ihre Projekte zu

beurteilen und Bloomfield über die Gäste jedes Tags schriftlichen Bericht zu erstatten.
Ich notierte mir Aussehen, Stellung, Geschäft, Vorschlag jedes Besuchers und beschrieb alles. Ich diktierte einem Mädchen in die Maschine und gab mir sehr viel Mühe.
Bloomfield schien nach den ersten zwei Tagen mit meiner Arbeit zufrieden, denn er nickte mir am Nachmittag, wenn wir uns trafen, sehr wohlwollend zu.
So lange hatte ich nichts mehr gearbeitet – ich freute mich. Es war eine Beschäftigung, die mir behagte, denn ich war auf mich angewiesen und trug die Verantwortung für alles, was ich berichtete. Ich hütete mich, mehr zu berichten, als nötig war. Dennoch lieferte ich manchmal einen Roman.
Ich arbeitete von zehn bis vier. Jeden Tag kamen fünf oder sechs oder mehr Besucher.
Ich wußte wohl, was Bloomfield von mir wollte. Er wollte eine Kontrolle seiner selbst. Er verließ sich nicht in allem auf sein eigenes Urteil – er hatte auch keine Zeit, über jeden nachzudenken –, und er wollte auch eine Bestätigung seiner eigenen Beobachtungen.
Henry Bloomfield war ein vernünftiger Mensch.
Die Juxdrillinge hießen Nachmann, Zobel und Wolff und standen alle drei innig auf einer Visitkarte.
Nachmann, Zobel und Wolff hatten herausgefunden, daß man in dieser Gegend Europas noch keine Juxgegenstände kannte. Sie kamen mit Geld, sie bewiesen es und sprachen sehr vernünftig. Seit Jahren stand in diesem Ort die Spinnerei des verstorbenen Maiblum leer. Man konnte sie mit wenig »Unkosten«, sagte Wolff, reparieren. Herr Nachmann würde hierbleiben – sie brauchten eigentlich nicht so sehr das Geld Bloomfields wie seinen Namen. Die Firma sollte Bloomfield und Compagnie heißen und die Gegend und Rußland mit Juxgegenständen versorgen.
Die Drillinge wollten Feuerwerk, Papierschlangen, Serpentinen, Knallerbsen und Frösche fabrizieren.
Ich hörte dann, daß Bloomfield die Idee mit den Juxgegenständen sehr gefallen hatte, und sah nach zwei Tagen, wie langsam ein hölzernes Gerüst um die Maiblumsche Fabrik wuchs und wuchs, bis das ganze halbzerfallene Gemäuer von Holz eingedeckt war wie ein Monument im Winter.

Nachmann, Zobel und Wolff hielten sich hier lange auf. Man sah sie unzertrennlich durch die Straßen und Plätze der Stadt schleichen. Alle drei kamen in die Bar und holten sich ein Mädchen an den Tisch.
Sie führten ein inniges Familienleben.
Man begegnet mir mit mehr Ehrfurcht als je vorher im Hotel Savoy. Ignatz schlägt seine biergelben Kontrollaugen nieder, wenn er mit mir zusammentrifft, im Lift oder in der Bar. Der Portier grüßt mich tief. Die Drillinge ziehen gleichmäßig vor mir die Hüte.
Gabriel, sage ich mir, du kommst mit einem Hemd im Hotel Savoy an und fährst weg als ein Gebieter über zwanzig Koffer.
Verborgene Türen öffnen sich auf meinen Wunsch, Menschen geben sich mir preis. Wundersame Dinge tun sich kund. Und ich stehe da, bereit, alles aufzunehmen, was mir zuströmt. Die Menschen bieten sich mir an, unverhüllt liegen ihre Leben vor mir. Ich kann ihnen nicht helfen noch schaden – sie aber, froh, ein Ohr gefunden zu haben, das sie anhören muß, schütten Leid und Geheimnis vor mir aus.
Es geht ihnen schlecht, den Menschen, riesenhaft steht ihr Weh vor ihnen, eine große Mauer. Eingesponnen sitzen sie in staubgrauen Sorgen und zappeln wie gefangene Fliegen. Dem fehlt es an Brot, und jener ißt es mit Bitterkeit. Der will satt sein und jener frei. Hier regt einer seine Arme und glaubt, es wären Flügel, und er würde sich im nächsten Augenblick, Monat, Jahr über die Niederung seiner Welt erheben.
Es ging ihnen schlecht, den Menschen. Das Schicksal bereiteten sie sich selbst und glaubten, es käme von Gott. Sie waren gefangen in Überlieferungen, ihr Herz hing an tausend Fäden, und ihre Hände spannen sich selbst die Fäden. Auf allen Wegen ihres Lebens standen die Verbotstafeln ihres Gottes, ihrer Polizei, ihrer Könige, ihres Standes. Hier durften sie nicht weitergehn und dort nicht bleiben. Und nachdem sie so ein paar Jahrzehnte gezappelt, geirrt hatten und ratlos gewesen, starben sie im Bett und hinterließen ihr Elend ihren Nachkommen.
Ich saß im Vorhof des lieben Gottes Henry Bloomfield und registrierte Gebete und Wünsche seiner kleinen Menschen. Die Leute kamen zuerst zu Bondy, und ich empfing nur jene, die einen Zettel von ihm vorzeigten. Zwei oder drei Wochen wollte Bloomfield bleiben – und nach drei Tagen sah ich, daß er mindestens zehn Jahre hierbleiben müßte.
Ich lernte den kleinen Isidor Schabel kennen, der einmal rumänischer

Notar gewesen und wegen einer Unterschlagung aufgehört hat, Notar zu sein. Er wohnt schon das sechste Jahr im Hotel Savoy, im Krieg hat er hier gewohnt, zusammen mit den Offizieren der Etappe. Er ist sechzig Jahre alt, er hat Frau und Kinder in Bukarest, und sie schämen sich seiner – sie wissen gar nicht, wo er sich befindet. Nun, glaubt er, wäre es an der Zeit, an der Rehabilitierung zu arbeiten, fünfzehn Jahre sind seit jener unglücklichen Geschichte vergangen, es wäre wohl an der Zeit heimzukehren, nachzusehen, was Frau und Kinder treiben, ob sie leben, ob der Sohn Offizier geworden, trotz des väterlichen Unglücks. Er ist ein merkwürdiger Mensch, er will die Charge seines Sohnes wissen – und hat so viele Sorgen. Er lebt von kleinen Winkelschreibereien. Ein Jude kommt manchmal zu ihm und läßt sich ein Gesuch an die Behörde aufsetzen, eine Befreiung von der Erbschaftssteuer zum Beispiel.
Seine Koffer sind längst von Ignatz gepfändet, er ißt geröstete Kartoffeln zu Mittag, aber er will wissen, ob sein Sohn Offizier ist.
Vor einem Jahr war er schon bei Bloomfield, ohne Erfolg.
Er braucht eine hohe Summe, um zu seinem Recht zu kommen. Er blieb hartnäckig dabei, daß er im Recht war.
Er fraß sich in seine Bitterkeit hinein. Heute noch bat er schüchtern, morgen würde er fluchen, und in einem Jahr hatte ihn der Wahnsinn ergriffen.
Ich kenne Taddeus Montag, Zwonimirs Freund, den Schildermaler, der eigentlich ein Karikaturist ist. Er ist mein Nachbar, Zimmer 705. Nun bin ich schon ein paar Wochen hier, und neben mir hungerte Taddeus Montag, und niemals schrie er. Die Menschen sind stumm, stummer als die Fische, früher einmal riefen sie noch, wenn ihnen etwas weh tat, aber im Laufe der Zeit gewöhnten sie sich das Rufen ab.
Taddeus Montag ist ein Todeskandidat, dünn, blaß und groß steigt er sachte herum, seinen Schritt hört man nicht einmal auf den nackten Steinfliesen des sechsten Stockwerks. Er geht auf zerrissenen Sohlen allerdings, aber selbst die weichen Pantoffeln Hirsch Fischs werden auf diesen Steinfliesen hörbar. Taddeus Montag aber hat schon die lautlosen Schattensohlen eines Seligen. Er kommt schweigend, wie ein Stummer steht er an der Tür und zerreißt das Herz mit seiner Stummheit.
Er kann nichts dafür, Taddeus Montag, daß er kein Geld verdient. Er zeichnete die Karikatur des Planeten Mars oder den Mond oder längst verstorbene Griechen-Helden. Agamemnon war auf seinen Bildern zu

finden, wie er Klytämnestra betrügt – im Felde, mit einem rundlichen trojanischen Mädchen. Auf einem Hügel stand Klytämnestra und sah durch ein riesiges Opernglas die Schande ihres Mannes.
Ich entsinne mich, daß Taddeus Montag die ganze Geschichte von den Pharaonen bis zur Gegenwart grotesk verdrehte. Montag reichte seine verrückten Blätter so selbstverständlich herüber, als zeigte er Hosenknöpfe zur Auswahl. Einmal zeichnete Taddeus Montag ein Schild für einen Tischlermeister. Er zeichnete einen überdimensionalen Hobel in die Mitte, daneben auf einem großen Holzgerüst einen Mann mit einem Zwicker auf der Nase, der einen kleinen Bleistift an dem riesigen Hobel spitzte.
Und dieses Schild lieferte er sogar ab. –
Es kamen wunderbare Lügner, der Mann mit dem Glasauge, der ein Kino gründen wollte. Nun war die Ausfuhr deutscher Filme sehr schwierig, das wußte Bloomfield – und ließ sich auf die Sache gar nicht ein.
In dieser Stadt fehlt nichts so sehr wie ein Kinotheater. Es ist eine graue Stadt mit viel Regen und trüben Tagen, die Arbeiter streiken. Man hat Zeit. Die halbe Stadt würde tagsüber und eine halbe Nacht im Kino sitzen.
Der Mann mit dem Glasauge heißt Erich Köhler und ist ein kleiner Regisseur aus München. Er stammt aus Wien, so erzählt er, aber mich kann er nicht täuschen, mich, der ich die Leopoldstadt kenne. Erich Köhler stammt, es ist kein Zweifel, aus Czernowitz, und das Auge hat er nicht im Krieg verloren. Das hätte schon ein viel größerer Weltkrieg sein müssen.
Er ist ein ungebildeter Mensch, er verwechselt Fremdwörter, er ist ein schlimmer Mensch – er lügt nicht aus Freude an der Lüge, sondern er verkauft seine Seele um schäbigen Gewinn.
»In München habe ich die Kammerlichtspiele eröffnet, mit einer Ansprache an die Presse und die versammelten Behörden. Es war im letzten Kriegsjahr, wenn die Revolution nicht gekommen wäre – Sie wüßten heute besser, wer Erich Köhler ist.«
Und eine Viertelstunde später erzählt er von intimen Freundschaften mit russischen Revolutionären.
Er war eine Größe, der Erich Köhler.
Der andere Herr, der Jüngling mit den französischen Stiefeln, ein Elsässer, versprach Gaumontfilme und gründete wirklich ein Kino.

Bloomfield hatte keine Lust, den Leuten seiner Heimatstadt Vergnügungen zu verschaffen. Aber der französische Jüngling kaufte einen Milchladen von Fränkel, dessen Geschäft schlechtging, und druckte Plakate und verkündete Amüsement für Jahrzehnte.
Nein, es war nicht leicht, von Bloomfield Geld zu bekommen.
Ich war mit Abel Glanz in der Bar, da saß die alte Gesellschaft. Glanz erzählte mir im Vertrauen – Glanz erzählte alles im Vertrauen –, daß Neuner kein Geld bekommen hatte und daß Bloomfield überhaupt kein geschäftliches Interesse an dieser Gegend mehr hatte. In einem Jahr verzehnfachte sich sein Vermögen in Amerika – was ging ihn die schlechte Valuta an?
Bloomfield hatte viele enttäuscht. Die Leute wurden ihre Devisen nicht los, das Geschäft ging genauso weiter, als wäre Bloomfield aus Amerika gar nicht gekommen. Dennoch verstand ich nicht, weshalb jetzt plötzlich die Fabrikanten mit ihren Frauen auf den Plan traten und mit den Töchtern.
Es änderte sich nämlich inzwischen vieles in der Gesellschaft des Fünf-Uhr-Saals.
Vor allem hat Kaleguropulos Musik bestellt, eine fünf Mann starke Kapelle, sie spielt Walzer wie Märsche, das Temperament geht mit ihnen durch. Fünf russische Juden spielen jeden Abend Operetten. Und der Primgeiger hat gekräuseltes Haar für die Damen.
Nie waren Damen zu sehen gewesen.
Jetzt hatte Fabrikant Neuner Frau und Tochter, Kanner war Witwer mit zwei Töchtern, Siegmund Fink hatte eine junge Frau, und dann kam noch Phöbus Böhlaug, mein Onkel, mit seiner Tochter.
Phöbus Böhlaug begrüßt mich mit herzlichen Vorwürfen. Ich hätte ihn besuchen müssen.
»Ich habe jetzt keine Zeit«, sage ich.
»Du brauchst kein Geld mehr«, antwortet Phöbus.
»Sie haben mir nie etwas gegeben –«
»Nichts für ungut«, flötet mein Onkel Phöbus.

XXII

Ich verstand nicht, wozu Henry Bloomfield eigentlich gekommen war. Nur um die Musik spielen zu lassen? Damit die Damen kämen?

Eines Tages tauchte Zlotogor, Xaver Zlotogor, der Magnetiseur, im Fünf-Uhr-Saal auf. Er hatte sein schelmisches Judenjungengesicht aufgesetzt, er ging zwischen den Tischen herum und begrüßte die Damen, und sie nickten ihm alle freundlich zu und baten ihn, Platz zu nehmen. Er mußte sich an jeden Tisch setzen, überall saß er fünf Minuten und stand auf, und dann küßte er den Damen die Hände, er küßte fünfundzwanzig Hände in einer Stunde.
Er kam auch zu mir, Zwonimir saß auch dabei und fragte ihn:
»Sind Sie der Mann mit dem Esel?«
»Ja«, sagte Zlotogor, ein bißchen befremdet, denn er war ein stiller Mensch, sein Element war die Lautlosigkeit, er haßte das Gepolter Zwonimirs.
»Ein guter Witz«, lobt Zwonimir weiter und weiß nicht, daß seine laute Fröhlichkeit nicht erwünscht ist.
Den Xaver Zlotogor konnte er allerdings nicht vertreiben. –
Im Gegenteil: Zlotogor setzte sich und erzählte mir, daß er eine gute Idee habe. Es war jetzt keine Saison für öffentlichen Magnetismus, er wollte die Ferien ausnützen und privat magnetisieren. Im Hotel, in seinem großen Zimmer im dritten Stock. Er wollte Damen empfangen, die an Kopfschmerzen litten.
»Prächtige Idee«, schreit Zwonimir.
»Herr Doktor«, schreit Zwonimir zum Militärarzt hinüber, und Zlotogor, der Magnetiseur, sitzt da, er hätte Zwonimir erdolchen mögen.
Aber Zwonimirs starker Natur schadet kein Magnetismus.
Der Militärarzt kommt herüber.
»Sie bekommen Konkurrenz«, sagt Zwonimir und zeigt auf den Magnetiseur.
Xaver Zlotogor sprang auf, er wollte größeres Unglück verhüten und das Geschrei Zwonimirs und erzählte deshalb selbst von seinen Absichten.
»Gott sei Dank«, sagt der Militärarzt, der nicht gerne arbeitet. »Da werde ich kein Aspirin mehr verschreiben. Ich schicke Ihnen alle Patienten.«
»Verbindlichen Dank«, sagt Zlotogor und verneigt sich.
Und am nächsten Tag kamen ein paar Damen und schickten Briefe zu Zlotogor hinauf. Ins Hotel traute sich keine, aber Zlotogor nahm es nicht genau. Er ging in die Häuser magnetisieren.
»Es ist merkwürdig«, sage ich zu Zwonimir, »siehst du, wie sich die

Menschen verändern, weil Bloomfield, mein Chef, da ist? Jeder hat plötzlich geschäftliche Ideen in diesem Hotel und in dieser Stadt. Jeder will Geld verdienen.«
»Ich habe auch eine Idee«, sagte Zwonimir.
»Ja?«
»Bloomfield umzubringen.«
»Wozu?«
»So zum Spaß, das ist ja keine geschäftliche Idee, und sie hat auch keinen Zweck.«
»Weißt du übrigens, wozu Bloomfield da ist?«
»Um Geschäfte zu machen.«
»Nein, Zwonimir, Bloomfield pfeift auf diese Geschäfte. Ich möchte gerne wissen, weshalb er hier ist. Vielleicht liebt er eine Frau. Aber die könnte er ja hinübernehmen. Eine Frau ist kein Haus, aber sie kann auch verheiratet sein. Dann ist sie noch schwieriger fortzubringen als ein Haus. Ich glaube nicht, daß Bloomfield hierherkommt, um die Fabrik des seligen Maiblum zu reparieren. Juxgegenstände interessieren ihn nicht. Er hat Geld genug, um ein Viertel Amerikas mit Juxgegenständen zu versorgen. Ist er hierhergekommen, um in seiner Heimat ein Kino zu finanzieren? Er gibt nicht einmal dem Neuner Geld, und die Arbeiter streiken schon die fünfte Woche!«
»Weshalb gibt er kein Geld?« sagt Zwonimir.
»Frag ihn doch.«
»Ich werde ihn nicht fragen. Es geht mich nichts an. Es ist eine Gemeinheit.«
Mir schien, daß Neuner sich nur mit Bloomfield herausredete und daß ihm nichts mehr an den Fabriken lag. Es war eine schlechte Zeit, das Geld hatte seinen Wert verloren. Abel Glanz sagte, Neuner spekuliere lieber an der Züricher Börse, er handele mit Valuta. Er bekam jeden Tag Telegramme – sie kamen aus Wien, Berlin, London. Man kabelte ihm Kurse, er kabelte Aufträge, was ging ihn die Fabrik an.
Es war vergeblich, Zwonimir diese verwickelten Dinge zu erklären, er wollte sie nicht verstehen, weil er fühlte, daß es ihn Mühe kosten würde, und weil er eigentlich ein Bauer war, der täglich in die Baracken ging, nicht nur wegen der Heimkehrer, sondern weil die Baracken in der Nähe der Felder standen und Zwonimirs Seele sich sehnte nach den Garben und Sensen und Vogelscheuchen der heimatlichen Äcker.

Jeden Tag bringt er mir Nachrichten vom Weizen, und in seiner Tasche birgt er blaue Kornblumen. Er flucht, weil die Bauern hierzulande keine Ahnung haben von der richtigen Behandlung der Erde – sie lieben es, ihre Kühe laufen zu lassen, wie es den Tieren gefällt. Sie laufen auch in die Ähren, und man kann sie nur mit viel Mühe herauslocken. Und die Vogelscheuchen und die Prellsteine kann er nicht vergessen.
Er kommt am Abend heim, Zwonimir Pansin, der Bauer, und bringt eine große Sehnsucht mit und ein gehütetes Heimweh. Er weckt in mir die Sehnsucht, und obwohl er sich nach Feldern sehnt und ich nach Straßen, steckt er mich an. Es ist so wie mit den Liedern der Heimat: Wenn einer sein Volkslied anstimmt, singt der andere sein eigenes, und die verschiedenen Melodien werden ähnlich, und alle sind nur wie verschiedene Instrumente einer Kapelle.
Des Menschen Heimweh erwacht draußen, es wächst und wächst, wenn keine Mauern es beengen.
Ich gehe Sonntag vormittag hinaus zwischen die Felder, mannshoch steht das Getreide, und der Wind hängt in den weißen Wolken. Ich gehe langsam dem Friedhof entgegen, ich will das Grab Santschins finden. Ich finde es nach langem Suchen. So viele Menschen waren in dieser kurzen Zeit gestorben und lauter Arme, denn sie lagen in der Nähe des Santschinschen Grabes. Es geht den Armen schlecht in dieser Zeit, und der Tod überliefert sie den Regenwürmern.
Ich fand Santschins Grab und dachte, daß es galt, von seinem letzten irdischen Zeichen Abschied zu nehmen. Er war zu früh gestorben, der gute Clown, er hätte noch den Henry Bloomfield erleben sollen, vielleicht hätte er sogar noch eine Reise nach dem Süden gewonnen.
Ich steige über den niedrigen Zaun, der den jüdischen Friedhof abschließt, und bemerke eine Aufregung unter den armen Juden, den Bettlern, die von der Gnade reicher Erben leben. Sie stehen nicht mehr einzeln wie einsame Trauerweiden am Anfang einer Allee, sondern in einer Gruppe und reden viel und laut. Ich höre den Namen Bloomfield und horche ein bißchen und erfahre, daß sie auf Bloomfield warten.
Das schien mir sehr wichtig. Ich frage die Bettler, und sie erzählen mir, daß heute der Todestag des alten Blumenfeld ist und daß Henry, sein Sohn, deshalb hierherkommt.
Die Bettler wissen die Todesdaten aller reichen Leute, und sie allein wissen auch, weshalb Henry Bloomfield da ist. Die Bettler wissen es, nicht die Fabrikanten.

Henry Bloomfield kam seinen toten Vater Jechiel Blumenfeld besuchen. Er kam, um ihm zu danken für die Milliarden, für die Begabung, für das Leben, für alles, was er geerbt hatte. Henry Bloomfield kam nicht, um ein Kino zu gründen oder eine Fabrik für Juxgegenstände. Alle Menschen glauben, er käme des Geldes oder der Fabriken wegen. Nur die Bettler wissen den Zweck der Bloomfieldschen Reise.
Es war eine Heimkehr.
Ich wartete auf Henry Bloomfield. Er kam allein, er war zu Fuß auf den Friedhof gekommen, die Majestät Bloomfield. Ich sah ihn vor dem Grabe des alten Blumenfeld stehn und weinen. Er zog seine Brille ab, und die Tränen liefen ihm über die dünnen Wangen, und er wischte sie mit den kleinen Kinderhänden weg. Dann zog er ein Bündel Banknoten, die Bettler fielen über ihn her wie ein Fliegenschwarm, er verschwand in der Mitte der vielen schwarzen Gestalten, denen er Geld gab, um seine Seele loszukaufen von der Sünde des Geldes.
Ich wollte nicht unbemerkt gelauert haben, ich ging auf Bloomfield zu und grüßte ihn. Er wunderte sich gar nicht, daß ich hier war – worüber wundert sich denn Henry Bloomfield überhaupt? Er gab mir die Hand und bat mich, ihn in die Stadt zu begleiten.
»Ich komme jedes Jahr hierher«, sagt Bloomfield, »meinen Vater besuchen. Und auch die Stadt kann ich nicht vergessen. Ich bin ein Ostjude, und wir haben überall dort unsere Heimat, wo wir unsere Toten haben. Wenn mein Vater in Amerika gestorben wäre, ich könnte ganz in Amerika zu Hause sein. Mein Sohn wird ein ganzer Amerikaner sein, denn ich werde dort begraben werden.«
»Ich verstehe, Mister Bloomfield.« – Ich bin gerührt und spreche wie zu einem alten Freund:
»Das Leben hängt so sichtbar mit dem Tod zusammen und der Lebendige mit seinen Toten. Es ist kein Ende da, kein Abbruch – immer Fortsetzung und Anknüpfung.«
»In diesem Lande leben die besten Schnorrer«, sagt Bloomfield wieder lustig, denn er ist ein Mann des Tages und der Wirklichkeit, und er vergißt sich nur einmal im Jahre.
Ich begleite ihn in die Stadt, die Leute grüßen uns, und ich erlebe noch eine Freude: Mein Onkel Phöbus Böhlaug kommt vorbei und grüßt zuerst und sehr tief, und ich lächle ihm herablassend zu, als wäre ich sein Onkel.

XXIII

Ich verstand Henry Bloomfield.

Er hatte Heimweh, wie ich und Zwonimir.

Die Leute kamen immer noch aus Berlin und aus anderen Städten. Es waren laute Menschen, sie schrien und logen schreiend, um das Gewissen zu übertönen. Sie waren Aufschneider und Prahlhänse, und alle kamen vom Film her und wußten viel zu erzählen von der Welt, aber sie sahen die Welt mit ihren Glotzaugen, hielten die Welt für eine geschäftliche Niederlage Gottes, und sie wollten ihm Konkurrenz machen und ebenso große Geschäfte eröffnen.

Sie wohnten in den drei unteren Stockwerken und ließen sich von Zlotogor ihre Kopfschmerzen kurieren.

Viele kamen mit ihren Frauen und Freundinnen, und dabei hatte Zlotogor erst recht zu tun.

Es änderte sich viel im Hotel Savoy.

Man gab Frauen- und Herrenabende und Tanzkränzchen, die Gesellschaft der Herren flüchtete um Mitternacht in die Bar und zwickte die nackten Mädchen und Frau Jetti Kupfer.

Oben stieg Alexanderl herum, in Frack und Lack, und Xaver Zlotogor mit einem hochgeschlossenen Rock und tat geheimnisvoll und trug ein schelmisches Jungengesicht.

Bloomfield kam und Bondy. Bondy sprach, die Frauen aber sahen nur Henry Bloomfield an, und weil er nichts sprach, schien es, als lauschten sie seinem Schweigen. Als hätten sie die Fähigkeit zu hören, was er dachte und verbarg.

Zu mir kamen auch die Leute aus den oberen Stockwerken, und es nahm kein Ende. Ich sah, daß keiner von ihnen freiwillig im Hotel Savoy wohnte. Jeden hielt ein Unglück fest. Jedem war Hotel Savoy das Unglück, er wußte nicht mehr gerecht zu scheiden zwischen dem und jenem.

Alles Mißgeschick stieß ihnen in diesem Hotel zu, und sie glaubten, Savoy heiße ihr Unglück.

Es nahm kein Ende. Auch die Witwe Santschin kam. Sie lebte jetzt bei ihrem Schwager auf dem Lande und mußte schwere Arbeit im Hause tun. Sie hatte von Bloomfields Ankunft gehört und daß er allen Menschen half.

Ich weiß nicht, ob die Witwe Santschin etwas erreicht hat.

Ich weiß nicht, wie vielen Bloomfield geholfen hat.
Der Polizeioffizier tauchte plötzlich auf, derselbe, dessen ganze Familie allabendlich im Varieté saß.
Er war ein junger, stupider Mensch mit Achselklappen und einem Schleppsäbel, und nichts war an ihm Besonderes. Er hatte von seinem Vorgänger das Zimmer 80 geerbt, alle Polizeioffiziere, die hierher versetzt wurden, wohnten umsonst im Zimmer 80.
Seit einer Woche trug der Offizier eine neue Uniform aus dunkelblauem Tuch und eine Auszeichnung auf der Brust. Ich glaube, er wurde endgültig zum Oberleutnant ernannt. Er stelzte feierlich, sein Säbel geriet ihm oft genug zwischen die Beine, und in der Rechten schwenkte er gelbe Wildlederhandschuhe. Er kam in die Bar und trank an allen Tischen, auf aller Kosten und landete schließlich bei Alexanderl am Tisch.
Die zwei verstanden sich gut.
Der Polizeioffizier hat ein kurzes Schnurrbärtchen und ein kurzes, stumpfes Näschen und große rote Ohren an einem glattrasierten, kleinen Schädel. Das Haar wuchs ihm tief in die Stirn in einem spitzen Dreieck über der Nase, er mußte seine Dienstmütze streng über den Augen tragen, weil man sonst diesen lächerlichen Haarwuchs gesehen hätte.
Ich weiß nicht, was ein Polizeioffizier zu tun hat, ich weiß, daß er sehr wenig arbeitet. Unser Polizeioffizier stand um zehn Uhr auf, er aß um zwölf Uhr Mittag, und dann las er die Zeitungen. Das war eine schwere Arbeit, er legte immer den Säbel ab, wenn er Zeitungen las.
Er gab sich sozusagen privat.
Am Abend tanzte er flott – er war ein begehrter Tänzer. Er bestäubte sich mit Maiglöckchenparfüm, er roch wie ein Blumenpavillon, und er tanzte in straffen Hosen, die mit Gummischnallen an den Stiefeln befestigt waren. Die Hose hatte einen dünnen roten Streifen an der Naht, der sehr schön und sehr blutig leuchtete. Seine großen Ohren flammten in tiefem Purpur, und mit einem kleinen Spitzentaschentuch wischte er sich eine Schweißperle von der Nase.
Der Polizeioffizier hieß Jan Mrock. Er war sehr höflich und gefällig und lächelte immer.
Das Lächeln war seine Rettung, ein guter, gefälliger Geist hatte es ihm geschenkt.
Wenn ich ihn so ansah, seine rosige Haut, seinen ahnungslosen Mund,

dann wußte ich, daß er sich seit seinem siebenten Lebensjahr gar nicht geändert hatte. Er sah genauso aus wie ein Schulknabe. Zwanzig Jahre Krieg und das Elend ließen ihn unberührt.
Einmal kam er mit Stasia in die Bar.
Zwei Wochen sind vergangen, seitdem ich sie zum letztenmal gesehn habe. Sie ist braun und frisch und lächelnd und hat große graue Augen.
»Sie sind immer noch da?« sagt Stasia und wird rot, denn sie hat sich verstellt, sie weiß ja wohl, daß ich nicht verreist bin.
»Sind Sie enttäuscht?«
»Sie vernachlässigen unsere Freundschaft!«
Ich vernachlässige nicht die Freundschaft. Dieser Vorwurf gebührt Stasia selbst.
Zwei Wochen liegen zwischen ihr und mir, zweihundert Jahre können nicht mehr verwüsten. Ich habe auf sie zitternd gewartet, vor dem Varieté, in den Schatten einer Mauer gedrückt. Wir haben Tee miteinander getrunken, und eine leise Wärme lag um uns beide. Sie war meine erste liebliche Begegnung im Hotel Savoy, und uns beiden war Alexanderl unsympathisch.
Ich habe durch das Schlüsselloch gesehn, wie sie in einem Bademantel hin und her ging und französische Vokabeln lernte. Sie will ja nach Paris.
Ich wäre gerne mit ihr nach Paris gereist. Ich wäre gerne mit ihr zusammengeblieben, ein Jahr oder zwei oder zehn.
Ein großer Haufen Einsamkeit hat sich in mir angesammelt, sechs Jahre großer Einsamkeit.
Ich suche nach Gründen, weshalb ich ihr so fern bin, und finde keine. Ich suche nach Vorwürfen – was konnte ich ihr vorwerfen? Sie nahm von Alexander Blumen an und schickte sie nicht zurück. Es ist dumm, Blumen zurückzuschicken. Ich bin vielleicht eifersüchtig. Wenn ich mich mit Alexander Böhlaug vergleiche, spricht freilich alles zu meinen Gunsten.
Dennoch bin ich eifersüchtig.
Ich bin kein Eroberer und kein Anbeter. Wenn sich mir etwas gibt, nehme ich es und bin dankbar dafür. Aber Stasia bot sich mir nicht. Sie wollte belagert werden.
Ich verstand damals nicht – ich war lange einsam gewesen und ohne Frauen –, weshalb die Mädchen so heimlich tun und soviel Geduld haben und so stolz sind. Stasia wußte ja nicht, daß ich sie nicht trium-

phierend angenommen hätte, sondern demütig und dankbar. Heute verstehe ich, daß es der Natur der Frauen ansteht zu zögern und daß ihre Lügen vergeben werden, noch ehe sie geschehn.
Ich kümmerte mich zuviel um das Hotel Savoy und um die Menschen, um fremde Schicksale und zuwenig um mein eigenes. Hier stand eine schöne Frau und wartete auf ein gutes Wort, und ich sagte es nicht, wie ein verstockter Schulknabe.
Ich war verstockt. Mir war, als ob Stasia schuld wäre an meiner langen Einsamkeit, und sie konnte es ja gar nicht wissen. Ich warf ihr vor, daß sie keine Seherin war.
Nun weiß ich, daß die Frauen alles ahnen, was in uns vorgeht, aber dennoch auf Worte warten.
Gott legte das Zagen in die Seele der Frau.
Ihre Gegenwart reizte mich. Weshalb kam sie nicht zu mir? Weshalb ließ sie sich von dem Polizeioffizier begleiten? Weshalb fragt sie, ob ich immer noch da wäre? Weshalb sagte sie nicht: Gott sei Dank, daß du da bist!
Aber man sagt vielleicht nicht, wenn man ein armes Mädchen ist, zu einem armen Mann: Gott sei Dank, daß du da bist! Es ist vielleicht nicht mehr an der Zeit, einen armen Gabriel Dan zu lieben, der nicht einmal einen Koffer hat, geschweige denn ein Haus. Es ist vielleicht jetzt die Zeit, in der die Mädchen den Alexander Böhlaug lieben.
Heute weiß ich, daß die Begleitung des Polizeioffiziers ein Zufall war, ihre Frage eigentlich ein Geständnis. Damals aber war ich einsam und verbittert und benahm mich so, als wäre *ich* das Mädchen und Stasia der Mann.
Sie wird noch stolzer und kühler, und ich fühle, wie sich der Abstand zwischen uns beiden vergrößert und wie wir immer mehr und mehr fremd werden.
»Ich fahre bestimmt in zehn Tagen«, sage ich.
»Wenn Sie nach Paris kommen, schreiben Sie mir eine Karte!«
»Bitte, gerne!«
Stasia hätte sagen können:
Ich möchte mit Ihnen nach Paris fahren!
Statt dessen bittet sie mich um eine Postkarte.
»Ich schicke Ihnen den Eiffelturm.«
»Wie Sie wollen!« sagte Stasia, und es bezieht sich gar nicht auf die Ansichtskarte, sondern auf uns selbst.

Das ist unser letztes Gespräch. Ich weiß, es ist unser letztes Gespräch. Gabriel Dan, du hast gar nichts von Mädchen zu erwarten. Arm bist du, Gabriel Dan!
Am nächsten Morgen sehe ich Stasia am Arm Alexanderls die Treppe hinuntergehn. Beide lächeln mir zu – ich esse Frühstück unten. Da weiß ich, daß Stasia eine große Dummheit gemacht hat.
Ich verstehe sie.
Die Frauen begehn ihre Dummheiten nicht wie wir aus Fahrlässigkeit und Leichtsinn, sondern wenn sie sehr unglücklich sind.

VIERTES BUCH

XXIV

Den Hof liebe ich, in den das Fenster meines Zimmers hinausgeht. Er erinnert mich an den ersten Tag im Hotel, den Tag meiner Ankunft. Ich sehe immer noch Kinder spielen, höre einen Hund bellen und freue mich, wie bunt und fahnenhaft die Wäsche flattert.

In meinem Zimmer ist die Unrast, seitdem ich die Besucher Bloomfields empfange. Unrast ist im ganzen Hotel, im Korridor und im Fünf-Uhr-Saal, und eine kohlenstaubüberwehte Unrast herrscht in der Stadt.

Wenn ich zum Fenster hinausblicke, sehe ich ein Stück glücklich geretteter Ruhe. Die Hühner schreien. Nur die Hühner.

Es gab im Hotel Savoy einen anderen, einen engen Lichthof, der aussah wie ein Schacht für Selbstmörder. Dort wurden Teppiche geklopft, dorthin schüttete man den Staub, die Zigarettenstummel und den Kehricht des polternden Lebens.

Mein Hof aber war so, als gehöre er gar nicht zum Hotel Savoy. Er barg sich hinter dem riesigen Gemäuer. Ich wüßte gerne, was mit dem Hof geschehn ist.

Auch mit Bloomfield geht es mir so. Wenn ich seiner denke, bin ich neugierig, ob er seine gelbe Hornbrille trägt. Auch wüßte ich gerne etwas von Christoph Kolumbus, dem Friseur. Welche offengelassene Lücke des Lebens füllt er jetzt aus?

Große Ereignisse nehmen manchmal ihren Anfang in Friseurstuben. In dem kleinen Salon des Friseurs Christoph Kolumbus im Hotel Savoy ereignete es sich, daß einer der streikenden Arbeiter Neuners Lärm schlug.

Das Geschäft ging gut. Man hörte in Kolumbus' Stube am Vormittag allerlei Neues. Die angesehenen Männer der Stadt, sogar der Polizeioffizier, alle fremden und die meisten heimischen Gäste des Hotels ließen sich bei ihm barbieren. Und einmal trat ein Arbeiter, ein bißchen angetrunken, in den Friseurladen und begegnete allen widerwilligen Blicken mit aufreizender Gleichgültigkeit.

Er ließ sich rasieren und bezahlte nicht. Christoph Kolumbus hätte ihn

– er war ein großzügiger Mensch – gehen lassen. Doch Ignatz drohte mit der Polizei. Da schlug der Arbeiter auf Ignatz ein. Die Polizei verhaftete den Arbeiter.

Am Nachmittag zogen seine Kameraden vor das Hotel Savoy und riefen: »Pfui!« Dann gingen sie vor das Gefängnis.

Und in der Nacht zogen sie, Lieder singend, durch die erschrockenen Straßen.

In der Zeitung stand fett gedruckt eine Nachricht, sie brannte in der Mitte des Blattes. Ein paar Meilen weiter waren die Arbeiter einer großen Textilfabrik in den Streik getreten. Die Zeitung rief nach Militär, Polizei, Behörde, Gott.

Der Schreiber erklärte, daß alles Unheil von den Heimkehrern stamme, die den »Bazillus der Revolution in das keimfreie Land« verschleppten. Der Schreiber war ein jämmerlicher Mensch, er spritzte Tinte gegen Lawinen, er baute Dämme aus Papier gegen Sturmfluten.

XXV

Es regnet nun schon eine Woche in der Stadt. Die Abende sind klar und kühl, aber bei Tage regnet es.

Es paßt so zum Regen, daß in diesen Tagen die Flut der Heimkehrer sich mit frischer Gewalt heranwälzt.

Mitten durch den schrägen, dünnen Regen gehen sie, Rußland, das große, schüttet sie aus. Sie nehmen kein Ende. Sie kommen alle denselben Weg, in grauen Kleidern, den Staub zerwanderter Jahre auf Gesichtern und Füßen. Es ist, als hingen sie mit dem Regen zusammen. Grau wie er sind sie und beständig wie er.

Sie strömen Grau aus, unendliches Grau über diese graue Stadt. Ihre Blechgeschirre klappern wie der Regen in den Blechrinnen. Ein großes Heimweh geht von ihnen aus, die Sehnsucht vorwärtstreibt und eine verschüttete Erinnerung an Heimat.

Unterwegs sind sie hungrig, sie stehlen oder betteln, und beides ist ihnen gleich. Sie töten Gänse und Hühner und Kälber, es ist Friede in der Welt, aber das bedeutet nur, daß man keine Menschen mehr zu töten braucht. Gänse, Hühner und Kälber aber haben nichts mit dem Frieden zu tun.

Wir stehen, Zwonimir und ich, am Rande der Stadt, wo die Baracken sind, und spähen nach vertrauten Gesichtern. Alle sind fremd und alle

vertraut. Der sieht wie mein Nachbar in der Schwarmlinie aus, und der hat mit mir Gelenksübungen gelernt.
Wir stehn seitwärts und betrachten sie, aber es ist genauso, als ob wir mit ihnen gingen. Wir sind wie sie, auch uns hat Rußland ausgeschüttet, und wir ziehn alle heim.
Es führt einer einen Hund mit, er trägt das Tier auf dem Arm, und seine Eßschale klappert an seine Hüfte bei jedem Schritt. Ich weiß, daß er den Hund nach Hause bringen wird, seine Heimat liegt im Süden, in Agram oder in Sarajevo, den Hund bringt er treu bis zu seiner Hütte. Seine Frau schläft mit einem andern, den Totgeglaubten erkennen seine Kinder nicht mehr – er ist ein anderer geworden, und der Hund nur kennt ihn, ein Hund, ein Heimatloser.
Die Heimkehrer sind meine Brüder, sie sind hungrig. Nie sind sie meine Brüder gewesen. Im Felde nicht, wenn wir, von einem unverstandenen Willen getrieben, fremde Männer totmachten, und in der Etappe nicht, wenn wir alle, nach dem Befehl eines bösen Menschen, gleichmäßig Beine und Arme streckten. Heute aber bin ich nicht mehr allein in der Welt, heute bin ich Teil der Heimkehrer.
Sie strichen in Gruppen von fünf oder sechs Mann durch die Stadt, sie zerstreuten sich kurz vor den Baracken. Sie sangen Lieder von den Höfen und Häusern, mit gebrochener, rostiger Stimme, und dennoch waren die Lieder schön, wie manchmal an Märzabenden die Stimme eines schadhaften Leierkastens schön ist.
Sie aßen in der Armenküche. Die Portionen wurden immer kleiner und der Hunger größer.
Die streikenden Arbeiter saßen und vertranken ihre Streikgelder in den Wartesälen des Bahnhofs, und die Frauen und Kinder hungerten.
In der Bar griff der Fabrikant Neuner nach den Brüsten der nackten Mädchen, die vornehmen Frauen der Stadt ließen sich ihre Kopfschmerzen von Xaver Zlotogor wegmagnetisieren. Den Hunger der armen Frauen konnte Xaver Zlotogor nicht wegmagnetisieren.
Seine Kunst war nur für leichte Krankheiten gut, den Hunger konnte er nicht vertreiben und die Unzufriedenheit auch nicht.
Der Fabrikant Neuner hörte nicht auf die Ratschläge Kanners und schob alle Schuld auf Bloomfield.
Was aber ging Bloomfield diese Gegend an, ihr Hunger und ihre Verhältnisse? Sein toter Vater Jechiel Blumenfeld hungerte nicht, und seinetwegen war Henry Bloomfield hierhergekommen.

Die Stadt bekam ein Kino und eine Fabrik für Juxgegenstände – was sollte das den Arbeiterfrauen. Die Juxgegenstände waren für die Herrschaften, und ein Spielzeug taugte keinem Arbeiter. Bei den Knallerbsen und brennenden Fröschen und im Kino könnten sie den Neuner vergessen, aber den Hunger nicht.

XXVI

Zwonimir sagte einmal:
»Die Revolution ist da.«
Wenn wir in den Baracken sitzen und mit den Heimkehrern sprechen – draußen fällt der schräge Regen unaufhörlich –, fühlen wir die Revolution. Sie kommt aus dem Osten – und keine Zeitung und kein Militär kann sie aufhalten.
»Das Hotel Savoy«, sagt Zwonimir zu den Heimkehrern, »ist ein reicher Palast und ein Gefängnis. Unten wohnen in schönen, weiten Zimmern die Reichen, die Freunde Neuners, des Fabrikanten, und oben die armen Hunde, die ihre Zimmer nicht bezahlen können und Ignatz die Koffer verpfänden. Den Besitzer des Hotels, er ist ein Grieche, kennt niemand, auch wir beide nicht, und wir sind doch gescheite Kerle.
Wir haben alle schon lange Jahre nicht in so schönen, weichen Betten gelegen wie die Herrschaften im Parterre des Hotels Savoy.
Wir haben alle schon lange nicht so schöne, nackte Mädchen gesehn wie die Herren unten in der Bar des Hotels Savoy.
Diese Stadt ist ein Grab der armen Leute. Die Arbeiter des Fabrikanten Neuner schlucken den Staub der Borsten, und alle sterben im fünfzigsten Jahr ihres Lebens.«
»Pfui!« schreien die Heimkehrer.
Man entließ den Arbeiter, der Ignatz verprügelt hatte, nicht aus dem Gefängnis.
Jeden Tag ziehn die Arbeiter vor das Hotel Savoy und vor das Gefängnis.
Jeden Tag brennen in den Zeitungen die Nachrichten von den Streiks in der Textilindustrie.
Ich rieche die Revolution. Die Banken – so erzählt man bei Christoph Kolumbus – packen ihre Tresors und schicken sie in andere Städte.

»Die Polizei soll verstärkt werden«, berichtet Abel Glanz.
»Man will die Heimkehrer internieren«, erzählt Hirsch Fisch.
»Ich fahre nach Paris«, sagt Alexanderl.
Ich dachte, daß Alexanderl nach Paris fahren würde, nicht allein, sondern mit Stasia.
»Man kann nicht noch einmal flüchten«, klagt Phöbus Böhlaug.
»Der Typhus ist ausgebrochen«, erzählt der Militärarzt am Nachmittag im Fünf-Uhr-Saal.
»Wie schützt man sich vor Typhus?« fragt die jüngere Tochter Kanners.
»Der Tod wird uns alle holen!« erklärt der Militärarzt, und Fräulein Kanner wird blaß.
Vorläufig aber holt der Tod nur ein paar Arbeiterfrauen. Die Kinder erkranken und kommen ins Spital.
Man schließt die Armenküche, um die Ansteckungsgefahr zu vermindern. Also bekamen die Hungrigen keine Suppe mehr.
Die Heimkehrer konnte man nicht mehr in den Baracken internieren. Es waren zu viele Heimkehrer.
Es waren ganze Völkerscharen.
Der Polizeioffizier erzählt, daß man um Verstärkung nachgesucht habe. Der Polizeioffizier war nicht aufgeregt. Er trägt eine Dienstpistole, und er steht nicht um zehn Uhr auf, sondern um neun. Er wedelt mit den Wildlederhandschuhen, als herrschte kein Typhus.
Die Krankheit ergriff ein paar arme Juden. Ich sah, wie man sie bestattete. Die jüdischen Frauen erhoben ein gewaltiges Wehklagen, die Schreie standen in der Luft.
Zehn, zwölf Menschen starben jeden Tag.
Der Regen fällt schräg und hüllt die Stadt ein, und durch den Regen fluten die Heimkehrer.
In den Zeitungen flammen die schrecklichen Nachrichten auf, und jeden Tag ziehen die Arbeiter Neuners vor das Hotel und schreien.

XXVII

Eines Morgens fehlen Bloomfield, Bondy, der Chauffeur und Christoph Kolumbus.
In Bloomfields Zimmer lag ein Brief für mich, Ignatz brachte ihn.

Bloomfield schreibt:
»Geehrter Herr, ich danke Ihnen für Ihre Hilfe und erlaube mir, Ihnen ein Honorar zu übergeben. Meine plötzliche Abreise wird Ihnen verständlich sein. Wenn Ihr Weg Sie nach Amerika führen sollte, so werden Sie hoffentlich nicht verfehlen, mich zu besuchen.«

Ich fand ein Honorar in einem besonderen Umschlag. Es war ein königliches Honorar.
In aller Stille ist Henry Bloomfield geflüchtet. Mit abgeblendeten Scheinwerfern, auf lautlosen Rädern, ohne Hupenschrei, im Dunkel der Nacht floh Bloomfield vor dem Typhus, vor der Revolution. Er hat seinen toten Vater besucht, er wird nie mehr in seine Heimat kommen. Er wird seine Sehnsucht unterdrücken, Henry Bloomfield. Nicht alle Hindernisse kann das Geld aus dem Weg räumen.
Am Abend kamen die Gäste in der Bar zusammen, sie tranken und sprachen von der plötzlichen Abreise Bloomfields.
Ignatz brachte ein Extrablatt aus der Nachbarstadt. Dort kämpften die Arbeiter gegen Militär aus der Hauptstadt.
Der Polizeioffizier erzählt, man hätte schon dringend um Militär telephoniert.
Alexanderl Böhlaug wollte in den nächsten Tagen nach Paris reisen.
Frau Jetti Kupfer läutete gerade. Die nackten Mädchen sollten auftreten.
Da geschah ein Knall.
Ein paar Flaschen kollerten vom Buffet herunter.
Man hörte das Klirren zersplitterter Fensterscheiben.
Der Polizeioffizier rannte hinaus. Frau Jetti Kupfer riegelte die Tür ab.
»Machen Sie auf!« schreit Kanner.
»Glauben Sie, wir wollen bei Ihnen krepieren?« ruft Neuner, und die Schmisse brennen auf seiner Backe, als wären sie mit Karmin aufgemalt.
Neuner stößt Frau Jetti Kupfer fort und öffnet die Tür.
Der Portier liegt blutend auf seinem Fauteuil.
Ein paar Arbeiter stehen im Flur. Einer hat eine Handgranate geworfen.
Draußen drängt sich eine große Menge in der schmalen Gasse und schreit.
Hirsch Fisch kam in Unterhosen herunter.

»Wo ist Neuner?« fragt der Arbeiter, der die Handgranate geworfen hat.
»Neuner ist zu Hause!« sagt Ignatz.
Er wußte nicht, ob er zum Militärarzt laufen sollte oder zurück in die Bar, um Neuner zu warnen.
»Neuner ist zu Hause!« sagt der Arbeiter zu den Leuten draußen.
»Zu Neuner! Zu Neuner!« schreit eine Frau.
Die Gasse wird leer.
Der Portier ist tot. Der Militärarzt sagt nichts. Ich habe ihn nie so bleich gesehn.
Die ganze Bargesellschaft flüchtet. Neuner läßt sich vom Polizeioffizier begleiten.

XXVIII

Der Morgen bricht mit einem schrägen Regen an wie alle Morgen vorher. Vor dem Hotel Savoy steht ein Polizeikordon. Polizei sperrt die schmale Gasse von beiden Seiten ab.
Die Menge steht auf dem Marktplatz und wirft Steine in die leere Gasse. Die Steine füllen die Straßenmitte. Man hätte sie neu pflastern können.
Der Polizeioffizier steht mit seinen wildledernen Handschuhen im Eingang. Er hält Zwonimir und mich zurück, als wir hinausgehen wollen.
Zwonimir schiebt ihn zur Seite. Wir schleichen hart an den Mauern, um von den Steinen nicht getroffen zu werden. Wir passieren den Polizeikordon, drängen uns durch die Menge.
Zwonimir hat viele Freunde. Sie rufen:
»Zwonimir!«
»Freunde«, ein Mann redet auf einem Brunnen, »man erwartet Militär. Heute abend werden sie dasein.«
Wir gehen durch die Stadt, sie ist still, die Läden sind geschlossen. Ein jüdischer Leichenzug begegnet uns, die Leichenträger rennen mit dem Toten auf den Schultern, und die Frauen hasten schreiend nach.
Wir wissen, daß wir das Hotel Savoy nicht mehr wiedersehn. Zwonimir lächelt schlau: »Unser Zimmer ist nicht bezahlt!«
Wir kommen an jenem Tabakladen vorbei, an dem die Treffer der kleinen Lotterie ausgestellt werden. Ich erinnere mich an das Los.

»Gestern war Ziehung«, sagt Zwonimir.
Der Laden ist ängstlich und dicht verschlossen, aber die Ziehungen sind neben der grünen Ladentür an der Wand befestigt. Ich sah meine Nummern nicht, vielleicht hat man sie gestern mit Kreide aufgeschrieben – und der Regen hat sie ausgelöscht.
Abel Glanz treffen wir im Judenviertel. Er hat gar nicht im Hotel geschlafen. Er erzählt Neuigkeiten:
»Neuners Villa ist zertrümmert, Neuner und seine Familie sind im Auto fortgefahren.«
»Umbringen!« schreit Zwonimir.
Wir kommen zum Hotel zurück, die Menge weicht nicht.
»Vorwärts!« schreit Zwonimir.
Ein paar Heimkehrer wiederholen den Ruf.
Ein Mann drängt sich durch die Menge, bleibt vorn. Plötzlich sehe ich, wie er die Hand ausstreckt, es knallt, der Polizeikordon wankt, die Menge wälzt sich in die Gasse.
Der Polizeioffizier schreit einen schrillen Kommandoruf. Ein paar armselige Schüsse knattern, ein paar Menschen fallen, einige Frauen kreischen.
»Hurra!« schreien die Heimkehrer.
»Platz frei!« ruft Taddeus Montag, der Zeichner. Er ist lang und dünn und überragt alle um einen halben Kopf. Er schreit zum erstenmal in seinem Leben.
Man läßt ihn hinaus, und ihm folgen andere. Viele Bewohner des Hotels drängen durch die Menge dem Marktplatz zu.
Der Hoteldirektor steht auf dem Marktplatz, unbemerkt ist er hierhergekommen. Er hält beide Hände vor den Mund und ruft und reckt den Kopf angestrengt gegen die Fenster des siebenten Stockwerks empor:
»Herr Kaleguropulos!«
Ich höre ihn rufen und breche eine Bahn zu ihm. Es geschieht so vieles hier. Mich aber geht Kaleguropulos an.
»Wo ist Kaleguropulos?«
»Er will nicht fort!« schreit der Direktor, »er will ja nicht!«
In diesem Augenblick geht oben die Dachluke auf und Ignatz erscheint, der alte Liftknabe. Hat ihn heute sein Fahrstuhl so hoch hinaufgeführt?
»Das Hotel brennt!« schreit Ignatz.
»Kommen Sie doch herunter!« ruft der Direktor.

Da bricht eine helle Stichflamme aus der Dachluke, Ignatz' Kopf verschwindet.
»Wir müssen ihn retten«, sagt der Direktor.
Eine gelbe Flammengarbe bricht aus wie ein Tier.
Im sechsten Stockwerk brennt es auf, man sieht weiße Lichtbündel hinter den Fenstern.
Im fünften brennt es, im vierten. Es brennt in allen Stockwerken, während die Menge das Hotel stürmt.
Ich erblicke Zwonimir im Getümmel und rufe ihn.
Die Glocken der Stadttürme und Kirchen fallen schwer in den großen Lärm.
Trommelwirbel erdröhnt, harter Schritt genagelter Stiefel, ein Kommandoschrei zuckt auf.

XXIX

Früher, als ich gedacht hätte, kommen die Soldaten. Sie schreiten genauso, wie wir auch einmal marschiert sind, in breiten, raumfressenden Doppelreihen, mit einem Offizier an der Spitze und einem Trommler zur Seite. Sie tragen die Gewehre mit den aufgepflanzten Bajonetten in der Hand, sie gehen durch den Regen, der Kot spritzt auf, und die ganze geschlossene Soldatenmasse stampft wie eine Maschine.
Ein Kommandoruf löst die festgefügte Masse, Doppelreihen lockern sich, die Soldaten stehen da wie ein schütterer Wald in großen Abständen auf dem Ringplatz.
Sie umringen den ganzen Häuserblock, die Menge ist im Hotel und in der engen Straße eingeschlossen.
Zwonimir sah ich nicht mehr.

XXX

Ich wartete die ganze Nacht auf Zwonimir.
Es gab viele Tote. Vielleicht war Zwonimir unter ihnen? Ich habe seinem alten Vater geschrieben, daß Zwonimir in der Gefangenschaft gestorben ist. Wozu sollte ich dem Alten mitteilen, daß der Tod seinen starken Sohn unterwegs getroffen hat?

Viele Heimkehrer hat der Tod im Hotel Savoy erreicht. Er hatte ihnen sechs Jahre lang nachgestellt, im Krieg und in der Gefangenschaft – wem der Tod nachstellt, den trifft er auch.
In den grauenden Morgen ragen halbverkohlte Reste des Hotels. Die Nacht war kühl und windig und hat das Feuer geschürt. Der Morgen bringt grauen, schrägen Regen, er löscht verborgene Gluten.
Mit Abel Glanz gehe ich zur Bahn. Der nächste Zug soll am Abend abgelassen werden. Wir sitzen im leeren Wartesaal.
»Wissen Sie, daß Ignatz eigentlich Kaleguropulos war? – und Hirsch Fisch ist auch im Hotel verbrannt.«
»Schade«, sagt Abel Glanz, »es war ein gutes Hotel.«
Wir fahren in einem langsamen Zug mit südslawischen Heimkehrern. Die Heimkehrer singen. Abel Glanz beginnt:
»Wenn ich zu meinem Onkel nach New York komme – –«
Amerika, denke ich, hätte Zwonimir gesagt, nur: Amerika.

Hiob

Roman eines einfachen Mannes

1930

ERSTER TEIL

I

Vor vielen Jahren lebte in Zuchnow ein Mann namens Mendel Singer. Er war fromm, gottesfürchtig und gewöhnlich, ein ganz alltäglicher Jude. Er übte den schlichten Beruf eines Lehrers aus. In seinem Haus, das nur aus einer geräumigen Küche bestand, vermittelte er Kindern die Kenntnis der Bibel. Er lehrte mit ehrlichem Eifer und ohne aufsehnerregenden Erfolg. Hunderttausende vor ihm hatten wie er gelebt und unterrichtet.

Unbedeutend wie sein Wesen war sein blasses Gesicht. Ein Vollbart von einem gewöhnlichen Schwarz umrahmte es ganz. Den Mund verdeckte der Bart. Die Augen waren groß, schwarz, träge und halb verhüllt von schweren Lidern. Auf dem Kopf saß eine Mütze aus schwarzem Seidenrips, einem Stoff, aus dem manchmal unmoderne und billige Krawatten gemacht werden. Der Körper steckte im halblangen, landesüblichen jüdischen Kaftan, dessen Schöße flatterten, wenn Mendel Singer durch die Gasse eilte, und die mit hartem, regelmäßigem Flügelschlag an die Schäfte der hohen Lederstiefel pochten.

Singer schien wenig Zeit zu haben und lauter dringende Ziele. Gewiß war sein Leben ständig schwer und zuweilen sogar eine Plage. Eine Frau und drei Kinder mußte er kleiden und nähren. (Mit einem vierten ging sie schwanger.) Gott hatte seinen Lenden Fruchtbarkeit verliehen, seinem Herzen Gleichmut und seinen Händen Armut. Sie hatten kein Gold zu wägen und keine Banknoten zu zählen. Dennoch rann sein Leben stetig dahin, wie ein kleiner, armer Bach zwischen kärglichen Ufern. Jeden Morgen dankte Mendel Gott für den Schlaf, für das Erwachen und den anbrechenden Tag. Wenn die Sonne unterging, betete er noch einmal. Wenn die ersten Sterne aufsprühten, betete er zum drittenmal. Und bevor er sich schlafen legte, flüsterte er ein eiliges Gebet mit müden, aber eifrigen Lippen. Sein Schlaf war traumlos. Sein Gewissen war rein. Seine Seele war keusch. Er brauchte nichts zu bereuen, und nichts gab es, was er begehrt hätte. Er liebte sein Weib und ergötzte sich an ihrem Fleische. Mit gesundem Hunger verzehrte er schnell seine Mahlzeiten. Seine zwei kleinen Söhne, Jonas und

Schemarjah, prügelte er wegen Ungehorsams. Aber das Jüngste, die Tochter Mirjam, liebkoste er häufig. Sie hatte sein schwarzes Haar und seine schwarzen, trägen und sanften Augen. Ihre Glieder waren zart, ihre Gelenke zerbrechlich. Eine junge Gazelle.
Zwölf sechsjährige Schüler unterrichtete er im Lesen und Memorieren der Bibel. Jeder von den zwölf brachte ihm an jedem Freitag zwanzig Kopeken. Sie waren Mendel Singers einzige Einnahmen. Dreißig Jahre war er erst alt. Aber seine Aussichten, mehr zu verdienen, waren gering, vielleicht überhaupt nicht vorhanden. Wurden die Schüler älter, kamen sie zu andern, weiseren Lehrern. Das Leben verteuerte sich von Jahr zu Jahr. Die Ernten wurden ärmer und ärmer. Die Karotten verringerten sich, die Eier wurden hohl, die Kartoffeln erfroren, die Suppen wässerig, die Karpfen schmal und die Hechte kurz, die Enten mager, die Gänse hart und die Hühner ein Nichts.
Also klangen die Klagen Deborahs, der Frau Mendel Singers. Sie war ein Weib, manchmal ritt sie der Teufel. Sie schielte nach dem Besitz Wohlhabender und neidete Kaufleuten den Gewinn. Viel zu gering war Mendel Singer in ihren Augen. Die Kinder warf sie ihm vor, die Schwangerschaft, die Teuerung, die niedrigen Honorare und oft sogar das schlechte Wetter. Am Freitag scheuerte sie den Fußboden, bis er gelb wurde wie Safran. Ihre breiten Schultern zuckten auf und nieder im gleichmäßigen Rhythmus, ihre starken Hände rieben kreuz und quer jedes einzelne Brett, und ihre Nägel fuhren in die Sparren und Hohlräume zwischen den Brettern und kratzten schwarzen Unrat hervor, den Sturzwellen aus dem Kübel vollends vernichteten. Wie ein breites, gewaltiges und bewegliches Gebirge kroch sie durch das kahle, blaugetünchte Zimmer. Draußen, vor der Tür, lüfteten sich die Möbel, das braune, hölzerne Bett, die Strohsäcke, ein blankgehobelter Tisch, zwei lange und schmale Bänke, horizontale Bretter, festgenagelt auf je zwei vertikalen. Sobald die erste Dämmerung an das Fenster hauchte, zündete Deborah die Kerzen an, in Leuchtern aus Alpaka, schlug die Hände vors Angesicht und betete. Ihr Mann kam nach Hause, in seidigem Schwarz, der Fußboden leuchtete ihm entgegen, gelb wie geschmolzene Sonne, sein Angesicht schimmerte weißer als gewöhnlich, schwärzer als an Wochentagen dunkelte auch sein Bart. Er setzte sich, sang ein Liedchen, dann schlürften die Eltern und die Kinder die heiße Suppe, lächelten den Tellern zu und sprachen kein Wort. Wärme erhob sich im Zimmer. Sie schwärmte aus den Töpfen, den Schüsseln,

den Leibern. Die billigen Kerzen in den Leuchtern aus Alpaka hielten es nicht aus, sie begannen sich zu biegen. Auf das ziegelrote, blaukarierte Tischtuch tropfte Stearin und verkrustete im Nu. Man stieß das Fenster auf, die Kerzen ermannten sich und brannten friedlich ihrem Ende zu. Die Kinder legten sich auf die Strohsäcke in der Nähe des Ofens, die Eltern saßen noch und sahen mit bekümmerter Festlichkeit in die letzten blauen Flämmchen, die gezackt aus den Höhlungen der Leuchter emporschossen und sanft gewellt zurücksanken, ein Wasserspiel aus Feuer. Das Stearin schwelte, blaue, dünne Fäden aus Rauch zogen von den verkohlten Dochtresten aufwärts zur Decke. »Ach!« seufzte die Frau. »Seufze nicht!« gemahnte Mendel Singer. Sie schwiegen. »Schlafen wir, Deborah!« befahl er. Und sie begannen, ein Nachtgebet zu murmeln.

Am Ende jeder Woche brach so der Sabbat an, mit Schweigen, Kerzen und Gesang. Vierundzwanzig Stunden später tauchte er unter in der Nacht, die den grauen Zug der Wochentage anführte, einen Reigen aus Mühsal. An einem heißen Tag im Hochsommer, um die vierte Stunde des Nachmittags, kam Deborah nieder. Ihre ersten Schreie stießen in den Singsang der zwölf lernenden Kinder. Sie gingen alle nach Hause. Sieben Tage Ferien begannen. Mendel bekam ein neues Kind, ein viertes, einen Knaben. Acht Tage später wurde es beschnitten und Menuchim genannt.

Menuchim hatte keine Wiege. Er schwebte in einem Korb aus geflochtenen Weidenruten in der Mitte des Zimmers, mit vier Seilen an einem Haken im Plafond befestigt wie ein Kronleuchter. Mendel Singer tippte von Zeit zu Zeit mit einem leichten, nicht lieblosen Finger an den hängenden Korb, der sofort anfing zu schaukeln. Diese Bewegung beruhigte den Säugling zuweilen. Manchmal aber half gar nichts gegen seine Lust, zu wimmern und zu schreien. Seine Stimme krächzte über den Stimmen der zwölf lernenden Kinder, profane, häßliche Laute über den heiligen Sätzen der Bibel. Deborah stieg auf einen Schemel und holte den Säugling herunter. Weiß, geschwellt und kolossal entquoll ihre Brust der offenen Bluse und zog die Blicke der Knaben übermächtig auf sich. Alle Anwesenden schien Deborah zu säugen. Ihre eigenen älteren drei Kinder umstanden sie, eifersüchtig und lüstern. Stille brach ein. Man hörte das Schmatzen des Säuglings.

Die Tage dehnten sich zu Wochen, die Wochen wuchsen sich zu Monaten aus, zwölf Monate machten ein Jahr. Menuchim trank immer noch die Milch seiner Mutter, eine schüttere, klare Milch. Sie konnte ihn nicht absetzen. Im dreizehnten Monat seines Lebens begann er, Grimassen zu schneiden und wie ein Tier zu stöhnen, in jagender Hast zu atmen und auf eine noch nie dagewesene Art zu keuchen. Sein großer Schädel hing schwer wie ein Kürbis an seinem dünnen Hals. Seine breite Stirn fältelte und furchte sich kreuz und quer wie ein zerknittertes Pergament. Seine Beine waren gekrümmt und ohne Leben wie zwei hölzerne Bögen. Seine dürren Ärmchen zappelten und zuckten. Lächerliche Laute stammelte sein Mund. Bekam er einen Anfall, so nahm man ihn aus der Wiege und schüttelte ihn ordentlich, bis sein Angesicht bläulich wurde und der Atem ihm beinah verging. Dann erholte er sich langsam. Man legte gebrühten Tee (in mehreren Säckchen) auf seine magere Brust und wickelte Huflattich um seinen dünnen Hals. »Macht nichts«, sagte sein Vater, »es kommt vom Wachsen!« »Söhne geraten nach den Brüdern der Mutter. Mein Bruder hat es fünf Jahre gehabt!« sagte die Mutter. »Man wächst sich aus!« sprachen die andern. Bis eines Tages die Pocken in der Stadt ausbrachen, die Behörden Impfungen vorschrieben und die Ärzte in die Häuser der Juden drangen. Manche verbargen sich. Mendel Singer aber, der Gerechte, floh vor keiner Strafe Gottes. Auch der Impfung sah er getrost entgegen.

Es war an einem heißen, sonnigen Vormittag, an dem die Kommission durch Mendels Gasse kam. Das letzte in der Reihe der jüdischen Häuser war Mendels Haus. Mit einem Polizisten, der ein großes Buch im Arm trug, ging der Doktor Soltysiuk mit wehendem, blondem Schnurrbart im braunen Angesicht, einen goldgeränderten Kneifer auf der geröteten Nase, mit breiten Schritten, in knarrend gelben Ledergamaschen und den Rock, der Hitze wegen, über die blaue Rubaschka lässig gehängt, daß die Ärmel wie noch ein paar Arme aussahen, die ebenfalls bereit schienen, Impfungen vorzunehmen: also kam der Doktor Soltysiuk in die Gasse der Juden. Ihm entgegen scholl das Wehklagen der Frauen und das Heulen der Kinder, die sich nicht hatten verbergen können. Der Polizist holte Frauen und Kinder aus tiefen Kellern und von hohen Dachböden, aus kleinen Kämmerchen und großen Strohkörben. Die Sonne brütete, der Doktor schwitzte. Nicht weniger als hundertsechsundsiebzig Juden hatte er zu impfen. Für jeden Geflohenen und Unerreichbaren dankte er Gott im stillen. Als er zum vierten der kleinen, blaugetünchten Häuschen gelangt war, gab er dem Polizisten einen Wink, nicht mehr eifrig zu suchen. Immer stärker schwoll das Geschrei, je weiter der Doktor ging. Es wehte vor seinen Schritten einher. Das Geheul derjenigen, die sich noch fürchteten, verband sich mit dem Fluchen der bereits Geimpften. Müde und vollends verwirrt ließ er sich in Mendels Stube mit einem schweren Stöhnen auf die Bank nieder und verlangte ein Glas Wasser. Sein Blick fiel auf den kleinen Menuchim, er hob den Krüppel hoch und sagte: »Er wird ein Epileptiker.« Angst goß er in des Vaters Herz. »Alle Kinder haben Fraisen«, wandte die Mutter ein. »Das ist es nicht«, bestimmte der Doktor. »Aber ich könnte ihn vielleicht gesund machen. Es ist Leben in seinen Augen.«

Gleich wollte er den Kleinen ins Krankenhaus mitnehmen. Schon war Deborah bereit. »Man wird ihn umsonst gesund machen«, sagte sie. Mendel aber erwiderte: »Sei still, Deborah! Gesund machen kann ihn kein Doktor, wenn Gott nicht will. Soll er unter russischen Kindern aufwachsen? Kein heiliges Wort hören? Milch und Fleisch essen und Hühner auf Butter gebraten, wie man sie im Spital bekommt? Wir sind arm, aber Menuchims Seele verkauf' ich nicht, nur weil seine Heilung umsonst sein kann. Man wird nicht geheilt in fremden Spitälern.« Wie ein Held hielt Mendel seinen dürren, weißen Arm zum Impfen hin. Menuchim aber gab er nicht fort. Er beschloß, Gottes Hilfe für seinen Jüngsten zu erflehen und zweimal in der Woche zu fasten, Montag und Donnerstag. Deborah nahm sich vor, auf den Friedhof zu pilgern und die Gebeine der Ahnen anzurufen um ihre Fürsprache beim Allmächtigen. Also würde Menuchim gesund werden und kein Epileptiker.

Dennoch hing seit der Stunde der Impfung über dem Haus Mendel Singers die Furcht wie ein Ungetüm, und der Kummer durchzog die Herzen wie ein dauernder heißer und stechender Wind. Deborah durfte seufzen, und ihr Mann wies sie nicht zurecht. Länger als sonst hielt sie ihr Angesicht in den Händen vergraben, wenn sie betete, als schüfe sie sich eigene Nächte, die Furcht in ihnen zu begraben, und eigene Finsternisse, um zugleich die Gnade in ihnen zu finden. Denn sie glaubte, wie es geschrieben stand, daß Gottes Licht in den Dämmernissen aufleuchte und seine Güte das Schwarze erhelle. Menuchims Anfälle aber hörten nicht auf. Die älteren Kinder wuchsen und wuchsen, ihre Gesundheit lärmte wie ein Feind Menuchims, des Kranken, böse in den Ohren der Mutter. Es war, als bezögen die gesunden Kinder Kraft von dem Siechen, und Deborah haßte ihr Geschrei, ihre roten Wangen, ihre geraden Gliedmaßen. Sie pilgerte zum Friedhof durch Regen und Sonne. Sie schlug mit dem Kopf gegen die moosigen Sandsteine, die aus den Gebeinen ihrer Väter und Mütter wuchsen. Sie beschwor die Toten, deren stumme, tröstende Antworten sie zu hören vermeinte. Auf dem Heimweg zitterte sie vor Hoffnung, ihren Sohn gesund wiederzufinden. Sie versäumte den Dienst am Herd, die Suppe lief über, die tönernen Töpfe zerbrachen, die Kasserollen verrosteten, die grünlich schimmernden Gläser zersprangen mit hartem Knall, der Zylinder der Petroleumlampe verfinsterte sich rußig, der Docht verkohlte kümmerlich zu einem Zäpfchen, der Schmutz vieler Sohlen und vieler Wochen überlagerte die Dielen des Bodens, das Schmalz im Topfe zerrann, die Knöpfe fielen dürr von den Hemden der Kinder wie Laub vor dem Winter.

Eines Tages, eine Woche vor den hohen Feiertagen (aus dem Sommer war Regen geworden, und aus dem Regen wollte Schnee werden), packte Deborah den Korb mit ihrem Sohn, legte wollene Decken über ihn, stellte ihn auf die Fuhre des Kutschers Sameschkin und reiste nach Kluczýsk, wo der Rabbi wohnte. Das Sitzbrett lag locker auf dem Stroh und rutschte bei jeder Bewegung des Wagens. Lediglich mit dem Gewicht ihres Körpers hielt Deborah es nieder, lebendig war es, hüpfen wollte es. Die schmale, gewundene Straße bedeckte der silbergraue Schlamm, in dem die hohen Stiefel der Vorüberkommenden versanken und die halben Räder der Fuhre. Der Regen verhüllte die Felder, zerstäubte den Rauch über den vereinzelten Hütten, zermahlte mit unendlicher, feiner Geduld alles Feste, auf das er traf, den Kalkstein, der hier und dort wie weißer Zahn aus der schwarzen Erde wuchs, die zersägten Stämme an den Rändern der Straße, die aufeinandergeschichteten, duftenden Bretter vor dem Eingang zur Sägemühle, auch das Kopftuch Deborahs und die wollenen Decken, unter denen Menuchim begraben lag. Kein Tröpfchen sollte ihn benetzen. Deborah berechnete, daß sie noch vier Stunden zu fahren hatte; hörte der Regen nicht auf, mußte sie vor der Herberge halten und die Decken trocknen, einen Tee trinken und die mitgenommenen, ebenfalls schon durchweichten Mohnbrezeln verzehren. Das konnte fünf Kopeken kosten, fünf Kopeken, mit denen man nicht leichtsinnig umgehen darf. Gott hatte ein Einsehen, es hörte zu regnen auf. Über hastigen Wolkenfetzen bleichte eine zerronnene Sonne, eine Stunde kaum; in einem neuen, tieferen Dämmer versank sie endgültig.

Die schwarze Nacht lagerte in Kluczýsk, als Deborah ankam. Viele ratlose Menschen waren bereits gekommen, den Rabbi zu sehn. Kluczýsk bestand aus ein paar tausend niedrigen, stroh- und schindelgedeckten Häusern, einem kilometerweiten Marktplatz, der wie ein trockener See war, umkränzt von Gebäuden. Die Fuhrwerke, die in ihm herumstanden, erinnerten an steckengebliebene Wracks; übrigens verloren sie sich, winzig und sinnlos, in der kreisrunden Weite. Die ausgespannten Pferde wieherten neben den Fuhrwerken und traten mit müden, klatschenden Hufen den klebrigen Schlamm. Einzelne Männer irrten mit schwankenden, gelben Laternen durch die runde Nacht, eine vergessene Decke zu holen und ein klirrendes Geschirr mit Mundvorrat. Ringsum, in den tausend kleinen Häuschen, waren Ankömmlinge untergebracht. Sie schliefen auf Pritschen neben den Betten der Einheimischen, die Siechen, die Krummen, die Lahmen, die Wahnsinnigen, die Idiotischen, die Herzschwachen, die Zuckerkranken, die den Krebs im Leibe trugen, deren Augen mit Trachom verseucht waren, Frauen mit unfruchtbarem Schoß, Mütter mit mißgestalteten Kindern, Männer, denen Gefängnis oder Militärdienst drohte, Deserteure, die um eine geglückte Flucht baten, von Ärzten Aufgegebene, von der Menschheit Verstoßene, von der irdischen Gerechtigkeit Mißhandelte, Bekümmerte, Sehnsüchtige, Verhungernde und Satte, Betrüger und Ehrliche, alle, alle, alle...

Deborah wohnte bei Kluczýsker Verwandten ihres Mannes. Sie schlief nicht. Die ganze Nacht kauerte sie neben dem Korb Menuchims in der Ecke, neben dem Herd; finster war das Zimmer, finster war ihr Herz. Sie wagte nicht mehr, Gott anzurufen, er schien ihr zu hoch, zu groß, zu weit, unendlich hinter unendlichen Himmeln, eine Leiter aus Millionen Gebeten hätte sie haben müssen, um einen Zipfel von Gott zu erreichen. Sie suchte nach toten Gönnern, rief die Eltern an, den Großvater Menuchims, nach dem der Kleine hieß, dann die Erzväter der Juden, Abraham, Isaak und Jakob, die Gebeine Mosis und zum Schluß die Erzmütter. Wo immer eine Fürsprach möglich war, schickte sie einen Seufzer vor. Sie pochte an hundert Gräber, an hundert Türen des Paradieses. Vor Angst, daß sie morgen den Rabbi nicht erreichen würde, weil zuviel Bittende da waren, betete sie zuerst um das Glück, rechtzeitig vordringen zu können, als wäre die Gesundung ihres Sohnes dann schon ein Kinderspiel. Endlich sah sie durch die Ritzen der schwarzen Fensterläden ein paar fahle Streifen des Morgens. Schnell erhob sie sich. Sie zündete die trockenen Kienspäne an, die auf dem

Herd lagen, suchte und fand einen Topf, holte den Samowar vom Tisch, warf die brennenden Späne hinein, schüttete Kohle nach, faßte das Gefäß an beiden Henkeln, bückte sich und blies hinein, daß die Funken herausstoben und um ihr Angesicht knisterten. Es war, als handelte sie nach einem geheimnisvollen Ritus. Bald siedete das Wasser, bald kochte der Tee, die Familie erhob sich, sie setzten sich vor irdene, braune Geschirre und tranken. Da hob Deborah ihren Sohn aus dem Korb. Er winselte. Sie küßte ihn schnell und viele Male, mit einer rasenden Zärtlichkeit, ihre feuchten Lippen knallten auf das graue Angesicht, die dürren Händchen, die krummen Schenkel, den aufgedunsenen Bauch des Kleinen, es war, als schlüge sie das Kind mit ihrem liebenden mütterlichen Mund. Hierauf packte sie ihn ein, schnürte einen Strick um das Paket und hängte sich ihren Sohn um den Hals, damit ihre Hände frei würden. Platz wollte sie sich schaffen im Gedränge vor der Tür des Rabbi.
Mit scharfem Heulen stürzte sie sich in die Menge der Wartenden, mit grausamen Fäusten drängte sie Schwache auseinander, niemand konnte sie aufhalten. Wer immer, von ihrer Hand getroffen und weggerückt, sich nach ihr umsah, um sie zurückzuweisen, war geblendet von dem brennenden Schmerz in ihrem Angesicht, ihrem offenen roten Mund, aus dem ein sengender Hauch zu strömen schien, von dem kristallenen Leuchten der großen, rollenden Tränen, von den Wangen, die in hellroten Flammen standen, von den dicken blauen Adern am gereckten Hals, in denen sich die Schreie sammelten, ehe sie ausbrachen. Wie eine Fackel wehte Deborah einher. Mit einem einzigen grellen Schrei, hinter dem die grauenhafte Stille einer ganzen gestorbenen Welt einstürzte, fiel Deborah vor der endlich erreichten Tür des Rabbi nieder, die Klinke in der gereckten Rechten. Mit der Linken trommelte sie gegen das braune Holz. Menuchim schleifte vor ihr her am Boden.
Jemand machte die Tür auf. Der Rabbi stand am Fenster, er kehrte ihr den Rücken, ein schwarzer, schmaler Strich. Plötzlich wandte er sich um. Sie blieb an der Schwelle, auf beiden Armen bot sie ihren Sohn dar, wie man ein Opfer bringt. Sie erhaschte einen Schimmer von dem bleichen Angesicht des Mannes, das eins zu sein schien mit seinem weißen Bart. Sie hatte sich vorgenommen, in die Augen des Heiligen zu sehen, um sich zu überzeugen, daß wirklich in ihnen die mächtige Güte lebe. Aber nun sie hier stand, lag ein See von Tränen vor ihrem Blick, und sie sah den Mann hinter einer weißen Welle aus Wasser und

Salz. Er hob die Hand, zwei dürre Finger glaubte sie zu erkennen, Instrumente des Segens. Aber ganz nah hörte sie die Stimme des Rabbi, obwohl er nur flüsterte:
»Menuchim, Mendels Sohn, wird gesund werden. Seinesgleichen wird es nicht viele geben in Israel. Der Schmerz wird ihn weise machen, die Häßlichkeit gütig, die Bitternis milde und die Krankheit stark. Seine Augen werden weit sein und tief, seine Ohren hell und voll Widerhall. Sein Mund wird schweigen, aber wenn er die Lippen auftun wird, werden sie Gutes künden. Hab keine Furcht, und geh nach Haus!«
»Wann, wann, wann wird er gesund werden?« flüsterte Deborah.
»Nach langen Jahren«, sagte der Rabbi, »aber frage mich nicht weiter, ich habe keine Zeit, und ich weiß nicht mehr. Verlaß deinen Sohn nicht, auch wenn er dir eine große Last ist, gib ihn nicht weg von dir, er kommt aus dir, wie ein gesundes Kind. Und geh!« ...
Draußen machte man ihr Platz. Ihre Wangen waren blaß, ihre Augen trocken, ihre Lippen leicht geöffnet, als atmeten sie lauter Hoffnung. Gnade im Herzen, kehrte sie heim.

II

Als Deborah heimkehrte, traf sie ihren Mann am Herd. Unwillig besorgte er das Feuer, den Topf, die hölzernen Löffel. Sein gerader Sinn war auf die einfachen, irdischen Dinge gerichtet und vertrug kein Wunder im Bereich der Augen. Er lächelte über den Glauben seiner Frau an den Rabbi. Seine schlichte Frömmigkeit bedurfte keiner vermittelnden Gewalt zwischen Gott und den Menschen. »Menuchim wird gesund werden, aber es wird lange dauern!« Mit diesen Worten betrat Deborah das Haus. »Es wird lange dauern!« wiederholte Mendel wie ein böses Echo. Deborah hängte seufzend den Korb wieder an den Plafond. Die älteren drei Kinder kamen vom Spiel. Sie fielen über den Korb her, den sie schon einige Tage vermißt hatten, und ließen ihn heftig pendeln. Mendel Singer ergriff mit beiden Händen seine Söhne, Jonas und Schemarjah. Mirjam, das Mädchen, flüchtete zur Mutter. Mendel kniff seine Söhne in die Ohren. Sie heulten auf. Er schnallte den Hosengurt ab und schwang ihn durch die Luft. Als gehörte das Leder noch zu seinem Körper, als wäre es die natürliche Fortsetzung seiner Hand, fühlte Mendel Singer jeden klatschenden Schlag, der die

Rücken seiner Söhne traf. Ein unheimliches Getöse brach los in seinem Kopf. Die warnenden Schreie seiner Frau fielen in seinen eigenen Lärm, unbedeutend vergingen sie darin. Es war, als schüttete man Gläser Wasser in ein aufgeregtes Meer.
Er fühlte nicht, wo er stand. Er wirbelte mit dem schwingenden, knallenden Gürtel umher, traf die Wände, den Tisch, die Bänke und wußte nicht, ob ihn die verfehlten Schläge mehr freuten oder die gelungenen. Endlich klang es drei von der Wanduhr, die Stunde, in der sich die Schüler am Nachmittag versammelten. Mit leerem Magen – denn er hatte nichts gegessen –, die würgende Aufregung noch in der Kehle, begann Mendel, Wort für Wort, Satz für Satz aus der Bibel vorzutragen. Der helle Chor der Kinderstimmen wiederholte Wort für Wort, Satz für Satz, es war, als würde die Bibel von vielen Glocken geläutet. Wie Glocken schwangen auch die Oberkörper der Lernenden vorwärts und zurück, indes über den Köpfen der Korb Menuchims fast in gleichem Rhythmus pendelte. Heute nahmen Mendels Söhne am Unterricht teil. Des Vaters Zorn versprühte, erkaltete, erlosch, weil sie im klingenden Vorsagen den andern voran waren. Um sie zu erproben, verließ er die Stube. Der Chor der Kinder läutete weiter, angeführt von den Stimmen der Söhne. Er konnte sich auf sie verlassen.
Jonas, der ältere, war stark wie ein Bär, Schemarjah, der jüngere, war schlau wie ein Fuchs. Stampfend trottete Jonas einher, mit vorgeneigtem Kopf, mit hängenden Händen, strotzenden Backen, ewigem Hunger, gekräuseltem Haar, das heftig über die Ränder der Mütze wucherte. Sanft und beinahe schleichend, mit spitzem Profil, immer wachen, hellen Augen, dünnen Armen, in der Tasche vergrabenen Händen, folgte ihm sein Bruder Schemarjah. Niemals brach ein Streit zwischen ihnen aus, zu ferne waren sie einander, getrennt waren ihre Reiche und Besitztümer, sie hatten ein Bündnis geschlossen. Aus Blechdosen, Zündholzschachteln, Scherben, Hörnern, Weidenruten verfertigte Schemarjah wunderbare Sachen. Jonas hätte sie mit seinem starken Atem umblasen und vernichten können. Aber er bewunderte die zarte Geschicklichkeit seines Bruders. Seine kleinen, schwarzen Augen blinkten wie Fünkchen zwischen seinen Wangen, neugierig und heiter.
Einige Tage nach ihrer Rückkehr erachtete Deborah die Zeit für gekommen, Menuchims Korb vom Plafond abzuknöpfen. Nicht ohne Feierlichkeit übergab sie den Kleinen den ältern Kindern. »Ihr werdet

ihn spazierenführen!« sagte Deborah. »Wenn er müde wird, werdet ihr ihn tragen. Laßt ihn Gott behüte nicht fallen! Der heilige Mann hat gesagt, er wird gesund. Tut ihm kein Weh.« Von nun an begann die Plage der Kinder.

Sie schleppten Menuchim wie ein Unglück durch die Stadt, sie ließen ihn liegen, sie ließen ihn fallen. Sie ertrugen den Hohn der Altersgenossen schwer, die hinter ihnen herliefen, wenn sie Menuchim spazierenführten. Der Kleine mußte zwischen zweien gehalten werden. Er setzte nicht einen Fuß vor den andern wie ein Mensch. Er wackelte mit seinen Beinen wie mit zwei zerbrochenen Reifen, er blieb stehen, er knickte ein. Schließlich ließen ihn Jonas und Schemarjah liegen. Sie legten ihn in eine Ecke, in einen Sack. Dort spielte er mit Hundekot, Pferdeäpfeln, Kieselsteinen. Er fraß alles. Er kratzte den Kalk von den Wänden und stopfte sich den Mund voll, hustete dann und wurde blau im Angesicht. Ein Stück Dreck, lagerte er im Winkel. Manchmal fing er an zu weinen. Die Knaben schickten Mirjam zu ihm, damit sie ihn tröste. Zart, kokett, mit hüpfenden dünnen Beinen, einen häßlichen und hassenden Abscheu im Herzen, näherte sie sich ihrem lächerlichen Bruder. Die Zärtlichkeit, mit der sie sein aschgraues, verknittertes Angesicht streichelte, hatte etwas Mörderisches. Sie sah sich vorsichtig um, nach rechts und links, dann kniff sie ihren Bruder in den Schenkel. Er heulte auf, Nachbarn sahen aus den Fenstern. Sie verzerrte das Angesicht zur weinerlichen Grimasse. Alle Menschen hatten Mitleid mit ihr und fragten sie aus.

Eines Tages im Sommer, es regnete, schleppten die Kinder Menuchim aus dem Haus und steckten ihn in den Bottich, in dem sich Regenwasser seit einem halben Jahr gesammelt hatte, Würmer herumschwammen, Obstreste und verschimmelte Brotrinden. Sie hielten ihn an den krummen Beinen und stießen seinen grauen, breiten Kopf ein dutzendmal ins Wasser. Dann zogen sie ihn heraus, mit klopfenden Herzen, roten Wangen, in der freudigen und grausigen Erwartung, einen Toten zu halten. Aber Menuchim lebte. Er röchelte, spuckte das Wasser aus, die Würmer, das verschimmelte Brot, die Obstreste und lebte. Nichts geschah ihm. Da trugen ihn die Kinder schweigsam und voller Angst ins Haus zurück. Eine große Furcht vor Gottes kleinem Finger, der eben ganz leise gewinkt hatte, ergriff die zwei Knaben und das Mädchen. Den ganzen Tag sprachen sie nicht zueinander. Ihre Zungen lagen gefesselt an den Gaumen, ihre Lippen öffneten sich, ein Wort zu formen, aber kein Ton bildete sich in ihren Kehlen. Es hörte zu regnen auf, die Sonne erschien, die Bächlein flossen munter an den Rändern der Straßen. Es wäre an der Zeit gewesen, die Papierschiffchen loszulassen und zuzusehen, wie sie dem Kanal entgegenschwimmen. Aber gar nichts geschah. Die Kinder krochen ins Haus zurück wie Hunde. Den ganzen Nachmittag noch warteten sie auf den Tod Menuchims. Menuchim starb nicht.

Menuchim starb nicht, er blieb am Leben, ein mächtiger Krüppel. Von nun an war der Schoß Deborahs trocken und fruchtlos. Menuchim war die letzte, mißratene Frucht ihres Leibes, es war, als weigerte sich ihr Schoß, noch mehr Unglück hervorzubringen. In flüchtigen Sekunden umarmte sie ihren Mann. Sie waren kurz wie Blitze, trockene Blitze am fernen, sommerlichen Horizont. Lang, grausam und ohne Schlaf waren Deborahs Nächte. Eine Wand aus kaltem Glas trennte sie von ihrem Mann. Ihre Brüste welkten, ihr Leib schwoll an wie ein Hohn auf ihre Unfruchtbarkeit, ihre Schenkel wurden schwer, und Blei hing an ihren Füßen.

Eines Morgens im Sommer erwachte sie früher als Mendel. Ein zwitschernder Sperling am Fensterbrett hatte sie geweckt. Noch lag ihr sein Pfiff im Ohr, Erinnerung an Geträumtes, Glückliches, wie die Stimme eines Sonnenstrahls. Die frühe, warme Dämmerung durchdrang die Poren und Ritzen der hölzernen Fensterläden, und obwohl die Kanten der Möbel noch im Schatten der Nacht verrannen, war Deborahs Auge schon klar, ihr Gedanke hart, ihr Herz kühl. Sie warf einen Blick auf den schlafenden Mann und entdeckte die ersten weißen Haare in seinem schwarzen Bart. Er räusperte sich im Schlaf. Er schnarchte. Schnell sprang sie vor den blinden Spiegel. Sie fuhr mit kalten, strählenden Fingerspitzen durch ihren schütteren Scheitel, zog eine Strähne nach der andern vor die Stirn und suchte nach weißen Haaren. Sie glaubte, ein einziges gefunden zu haben, ergriff es mit einer harten Zange aus zwei Fingern und riß es aus. Dann öffnete sie ihr Hemd vor dem Spiegel. Sie sah ihre schlaffen Brüste, hob sie hoch, ließ sie fallen, strich mit der Hand über den hohlen und dennoch gewölbten Leib, sah die blauen verzweigten Adern an ihren Schenkeln und beschloß, wieder ins Bett zu gehn. Sie wandte sich um, und ihr Blick stieß erschrokken auf das geöffnete Aug' ihres Mannes. »Was schaust du?« rief sie. Er antwortete nicht. Es war, als gehörte das offene Auge nicht ihm, denn er selbst schlief noch. Unabhängig von ihm hatte es sich geöffnet.

Selbständig neugierig war es geworden. Das Weiße des Auges schien weißer als gewöhnlich. Die Pupille war winzig. Das Auge erinnerte Deborah an einen vereisten See mit einem schwarzen Punkt darinnen. Es konnte kaum eine Minute offen gewesen sein, aber Deborah hielt diese Minute für ein Jahrzehnt. Mendels Auge schloß sich wieder. Er atmete ruhig weiter, er schlief, ohne Zweifel. Ein fernes Trillern von Millionen Lerchen erhob sich draußen, über dem Haus, unter den Himmeln. Schon drang die anbrechende Hitze des jungen Tages in den morgendlich verdunkelten Raum. Bald mußte die Uhr sechs Schläge schlagen, die Stunde, in der Mendel Singer aufzustehen pflegte. Deborah rührte sich nicht. Sie blieb stehen, wo sie gestanden war, als sie sich wieder dem Bett zugewandt hatte, den Spiegel im Rücken. Nie hatte sie so stehend gelauscht, ohne Zweck, ohne Not, ohne Neugier, ohne Lust. Sie wartete auf gar nichts. Aber es schien ihr, daß sie auf etwas Besonderes warten müßte. Alle ihre Sinne waren wach wie nie, und noch ein paar unbekannte, neue Sinne waren erwacht, zur Unterstützung der alten. Sie sah, hörte, fühlte tausendfach. Und gar nichts geschah. Nur ein Sommermorgen brach an, nur Lerchen trillerten in unerreichbarer Ferne, nur Sonnenstrahlen zwängten sich mit heißer Gewalt durch die Ritzen der Läden, und die breiten Schatten an den Rändern der Möbelstücke wurden schmäler und schmäler, und die Uhr tickte und holte zu sechs Schlägen aus, und der Mann atmete. Lautlos lagen die Kinder in der Ecke neben dem Herd, Deborah sichtbar, aber weit, wie in einem andern Raum. Gar nichts geschah. Dennoch schien Unendliches geschehen zu wollen. Die Uhr schlug wie eine Erlösung. Mendel Singer erwachte, setzte sich gerade im Bett auf und starrte verwundert auf seine Frau. »Warum bist du nicht im Bett?« fragte er und rieb sich die Augen. Er hustete und spuckte aus. Gar nichts an seinen Worten und an seinem Gehaben verriet, daß sein linkes Auge offen gewesen war und selbständig geschaut hatte. Vielleicht wußte er nichts mehr, vielleicht hatte sich Deborah getäuscht.

Seit diesem Tage hörte die Lust auf zwischen Mendel Singer und seiner Frau. Wie zwei Menschen gleichen Geschlechts gingen sie schlafen, durchschliefen sie die Nächte, erwachten sie des Morgens. Sie schämten sich voreinander und schwiegen wie in den ersten Tagen ihrer Ehe. Die Scham stand am Beginn ihrer Lust, und am Ende ihrer Lust stand sie auch.

Dann war auch sie überwunden. Sie redeten wieder, ihre Augen wichen nicht mehr einander aus, im gleichen Rhythmus alterten ihre Gesichter und ihre Leiber wie Gesichter und Leiber von Zwillingen. Der Sommer war träge und schweren Atems und arm an Regen. Tür und Fenster standen offen. Die Kinder waren selten zu Haus. Draußen wuchsen sie schnell, von der Sonne befruchtet.

Sogar Menuchim wuchs. Seine Beine blieben zwar gekrümmt, aber sie wurden ohne Zweifel länger. Auch sein Oberkörper streckte sich. Plötzlich, eines Morgens, stieß er einen nie gehörten, schrillen Schrei aus. Dann blieb er still. Eine Weile später sagte er, klar und vernehmlich: »Mama.«

Deborah stürzte sich auf ihn, und aus ihren Augen, die lange schon trocken gewesen waren, flossen die Tränen, heiß, stark, groß, salzig, schmerzlich und süß. »Sag Mama!« »Mama«, wiederholte der Kleine. Ein dutzendmal wiederholte er das Wort. Hundertmal wiederholte es Deborah. Nicht vergeblich waren ihre Bitten geblieben. Menuchim sprach. Und dieses eine Wort der Mißgeburt war erhaben wie eine Offenbarung, mächtig wie ein Donner, warm wie die Liebe, gnädig wie der Himmel, weit wie die Erde, fruchtbar wie ein Acker, süß wie eine süße Frucht. Es war mehr als die Gesundheit der gesunden Kinder. Es bedeutete, daß Menuchim stark und groß, weise und gütig werden sollte, wie die Worte des Segens gelautet hatten.

Allerdings: Noch andere verständliche Laute kamen nicht mehr aus Menuchims Kehle. Lange Zeit bedeutete dieses eine Wort, das er nach so schrecklichem Schweigen zustande gebracht hatte, Essen und Trinken, Schlafen und Lieben, Lust und Schmerz, Himmel und Erde. Obwohl er nur dieses Wort bei jeder Gelegenheit sagte, erschien er seiner Mutter Deborah beredt wie ein Prediger und reich an Ausdruck wie ein Dichter. Sie verstand jedes Wort, das sich in dem einen verbarg.

Sie vernachlässigte die älteren Kinder. Sie wandte sich von ihnen ab. Sie hatte nur einen Sohn, den einzigen Sohn: Menuchim.

III

Vielleicht brauchen Segen eine längere Zeit zu ihrer Erfüllung als Flüche. Zehn Jahre waren vergangen, seitdem Menuchim sein erstes und einziges Wort ausgesprochen hatte. Er konnte immer noch kein anderes sagen.

Manchmal, wenn Deborah mit ihrem kranken Sohn allein im Hause war, schob sie den Riegel vor, setzte sich neben Menuchim auf den Boden und sah dem Kleinen starr ins Angesicht. Sie erinnerte sich an den fürchterlichen Tag im Sommer, an dem die Gräfin vor der Kirche vorgefahren war. Deborah sieht das offene Portal der Kirche. Ein goldener Glanz von tausend Kerzen, von bunten, lichtumkränzten Bildern, von drei Geistlichen im Ornat, die tief und fern am Altar stehn, mit schwarzen Bärten und weißen, schwebenden Händen, dringt in den weiß besonnten, staubigen Platz. Deborah ist im dritten Monat. Menuchim regt sich in ihrem Leib, die kleine, zarte Mirjam hält sie fest an der Hand. Auf einmal erhebt sich Geschrei. Es übertönt den Gesang der Beter in der Kirche. Man hört das schnalzende Getrappel der Pferde, eine Staubwolke wirbelt auf, die dunkelblaue Equipage der Gräfin hält vor der Kirche. Die Bauernkinder jubeln. Die Bettler und Bettlerinnen auf den Stufen humpeln der Kalesche entgegen, um der Gräfin die Hände zu küssen. Auf einmal reißt sich Mirjam los. Im Nu ist sie verschwunden. Deborah zittert, sie friert, mitten in der Hitze. Wo ist Mirjam? Sie fragt jedes Bauernkind. Die Gräfin ist ausgestiegen. Deborah tritt ganz nah an die Kalesche. Der Kutscher mit den silbernen Knöpfen in der dunkelblauen Livree sitzt so hoch, daß er alles übersehen kann. »Haben Sie die kleine Schwarze laufen gesehen?« fragt Deborah, den Kopf emporgereckt, die Augen geblendet vom Glanz der Sonne und des Livrierten. Der Kutscher zeigt mit seiner weiß behandschuhten Linken in die Kirche. Da hinein ist Mirjam gelaufen.

Deborah überlegt einen Augenblick, dann stürzt sie sich in die Kirche, hinein in den goldenen Glanz, in den vollen Gesang, in das Brausen der Orgel. Im Eingang steht Mirjam. Deborah ergreift das Kind, schleppt es auf den Platz, rennt die heißen, weiß glühenden Stufen hinunter, flüchtet wie vor einem Brand. Sie will das Kind schlagen, aber sie hat Angst.

Sie rennt, das Kind hinter sich her ziehend, in eine Gasse. Nun ist sie ruhiger. »Du darfst dem Vater nichts davon erzählen«, keucht sie. »Hörst du, Mirjam?«

Seit diesem Tage weiß Deborah, daß ein Unglück im Anzug ist. Ein Unglück trägt sie im Schoß. Sie weiß es und schweigt. Sie schiebt den Riegel wieder zurück, es klopft an der Tür, Mendel ist da.

Früh ergraut ist sein Bart. Früh verwelkt waren auch Angesicht, Körper und Hände Deborahs. Stark und langsam wie ein Bär war der älteste Sohn Jonas, schlau und hurtig wie ein Fuchs der jüngere Schemarjah, kokett und gedankenlos wie eine Gazelle die Schwester Mirjam. So wie sie durch die Gassen huschte, Botengänge zu besorgen, schlank und schmal, ein schimmernder Schatten, ein braunes Gesicht, ein großer roter Mund, ein goldgelber Schal, unter dem Kinn in zwei wehende Flügel geknotet, und die zwei alten Augen mitten in der braunen Jugend des Angesichts, so fiel sie in die Blickfelder der Offiziere von der Garnison und blieb haften in ihren sorglosen, lustsüchtigen Köpfen. Mancher stellte ihr manchmal nach. Nichts anderes nahm sie von ihren Jägern zur Kenntnis, als was sie durch die äußeren Tore der Sinne gerade nachschicken konnte: ein silbernes Klirren und Rasseln von Sporen und Wehr, einen verwehenden Duft von Pomade und Rasierseife, einen knalligen Schimmer von goldenen Knöpfen, silbernen Borten und blutroten Riemen aus Juchten. Es war wenig, es war genug. Gleich hinter den äußeren Toren ihrer Sinne lauerte die Neugier in Mirjam, die Schwester der Jugend, die Künderin der Lust. In einer süßen und heißen Furcht floh das Mädchen vor seinen Verfolgern. Nur um den schmerzlichen, erregenden Genuß der Furcht auszukosten, floh es durch mehr Gassen, viele Minuten länger. Es flüchtete auf Umwegen. Nur um wieder fliehen zu können, ging Mirjam häufiger, als nötig war, aus dem Haus. An den Straßenecken hielt sie ein und warf Blicke zurück, Lockspeise den Jägern. Es waren Mirjams einzige Genüsse. Selbst wenn jemand vorhanden gewesen wäre, der sie verstanden hätte, ihr Mund wäre verschlossen geblieben. Denn die Genüsse sind stärker, solange sie geheim bleiben.

Noch wußte Mirjam nicht, in welch drohende Beziehung sie zu der fremden und schrecklichen Welt des Militärs treten sollte und wie schwer die Schicksale waren, die sich bereits zu sammeln begannen über den Häuptern Mendel Singers, seiner Frau und seiner Kinder. Denn Jonas und Schemarjah waren schon in dem Alter, in dem sie nach dem Gesetz zu den Soldaten sollten und nach der Tradition ihrer Väter sich vor dem Dienst retten mußten. Andern Jünglingen hatte ein gnädiger und vorsorglicher Gott ein körperliches Gebrechen mitgegeben, das sie wenig behinderte und vor dem Bösen beschützte. Manche waren einäugig, manche hinkten, der hatte einen Leistenbruch, jener zuckte ohne Grund mit den Armen und Beinen, einige hatten schwache Lungen, andere schwache Herzen, einer hörte schlecht und ein

anderer stotterte, und ein dritter hatte ganz einfach eine allgemeine Körperschwäche.
In der Familie Mendel Singers aber schien es, als hätte der kleine Menuchim die ganze Anzahl menschlicher Qualen auf sich genommen, die sonst vielleicht eine gütige Natur sachte auf alle Mitglieder verteilt hätte. Mendels ältere Söhne waren gesund, kein Fehler konnte an ihrem Körper entdeckt werden, und sie mußten anfangen, sich zu plagen, zu fasten und schwarzen Kaffee zu trinken und wenigstens auf eine vorübergehende Herzschwäche hoffen, obwohl der Krieg gegen Japan schon beendet war.
Und also begannen ihre Plagen. Sie aßen nicht, sie schliefen nicht, sie torkelten schwach und zitternd durch Tage und Nächte. Ihre Augen waren gerötet und geschwollen, ihre Hälse mager und ihre Köpfe schwer. Deborah liebte sie wieder. Für ihre älteren Söhne zu beten, pilgerte sie noch einmal zum Friedhof. Diesmal betete sie um eine Krankheit für Jonas und Schemarjah, wie sie früher um die Gesundheit Menuchims gefleht hatte. Das Militär erhob sich vor ihrem bekümmerten Aug' wie ein schwerer Berg aus glattem Eisen und klirrender Marter. Leichen sah sie, lauter Leichen. Hoch und schimmernd, die gespornten Füße im roten Blut, saß der Zar und wartete auf das Opfer ihrer Söhne. Sie gingen ins Manöver, schon dies allein war ihr der größte Schrecken, an einen neuen Krieg dachte sie nicht einmal. Sie zürnte ihrem Mann. Mendel Singer, was war er? Ein Lehrer, ein dummer Lehrer dummer Kinder. Sie hatte anderes im Sinn gehabt, als sie noch ein Mädchen gewesen war. Mendel Singer indessen trug nicht leichter am Kummer als seine Frau. Am Sabbat in der Synagoge, wenn das gesetzlich vorgeschriebene Gebet für den Zaren abgehalten wurde, dachte Mendel an die nächste Zukunft seiner Söhne. Schon sah er sie in der verhaßten Drillichuniform frischer Rekruten. Sie aßen Schweinefleisch und wurden von Offizieren mit der Reitpeitsche geschlagen. Sie trugen Gewehre und Bajonette. Er seufzte oft ohne erdenklichen Grund, mitten im Beten, mitten im Unterricht, mitten im Schweigen. Sogar Fremde sahen ihn bekümmert an. Nach seinem kranken Sohn hatte ihn niemals jemand gefragt, aber nach seinen gesunden Söhnen erkundigten sich alle.
Am sechsundzwanzigsten März, endlich, fuhren die beiden Brüder nach Targi. Sie zogen beide das Los. Beide waren tadellos und gesund. Beide wurden genommen.

Noch einen Sommer durften sie zu Hause verbringen. Im Herbst sollten sie einrücken. An einem Mittwoch waren sie Soldaten geworden. Am Sonntag kehrten sie heim.
Am Sonntag kehrten sie heim, mit Freikarten des Staates ausgerüstet. Schon reisten sie auf Kosten des Zaren. Viele ihresgleichen fuhren mit ihnen. Es war ein langsamer Zug. Sie saßen auf hölzernen Bänken unter Bauern. Die Bauern sangen und waren betrunken. Alle rauchten den schwarzen Tabak, in dessen Rauch noch eine ferne Erinnerung an Schweiß mit duftete. Alle erzählten einander Geschichten. Jonas und Schemarjah trennten sich nicht für einen Augenblick. Es war ihre erste Reise mit der Eisenbahn. Oft tauschten sie die Plätze. Jeder von ihnen wollte ein wenig am Fenster sitzen und in die Landschaft sehn. Ungeheuer weit erschien Schemarjah die Welt. Flach war sie in Jonas' Augen, sie langweilte ihn. Der Zug fuhr glatt durch das flache Land wie ein Schlitten über Schnee. Die Felder lagen in den Fenstern. Die bunten Bäuerinnen winkten. Wo sie in Gruppen auftauchten, antwortete ihnen im Waggon ein dröhnendes Geheul der Bauern. Schwarz, schüchtern und bekümmert saßen die zwei Juden unter ihnen, in die Ecke gedrängt vom Übermut der Trunkenen.
»Ich möchte ein Bauer sein«, sagte plötzlich Jonas.
»Ich nicht«, erwiderte Schemarjah.
»Ich möchte ein Bauer sein«, wiederholte Jonas, »ich möchte betrunken sein und mit den Mädchen da schlafen.«
»Ich will sein, was ich bin«, sagte Schemarjah, »ein Jude wie mein Vater Mendel Singer, kein Soldat und nüchtern.«
»Ich freue mich ein bißchen, daß ich Soldat werde«, sagte Jonas.
»Du wirst schon deine Freuden erleben! Ich möchte lieber ein reicher Mann sein und das Leben sehn.«
»Was ist das Leben?«
»Das Leben«, erklärte Schemarjah, »ist in großen Städten zu sehn. Die Bahnen fahren mitten durch die Straßen, alle Läden sind so groß wie bei uns die Gendarmerie-Kaserne, und die Schaufenster sind noch größer. Ich habe Ansichtskarten gesehen. Man braucht keine Tür, um in ein Geschäft zu treten, die Fenster reichen bis zu den Füßen.«
»He, warum seid ihr so betrübt?« rief plötzlich ein Bauer aus der gegenüberliegenden Ecke.
Jonas und Schemarjah taten, als hörten sie ihn nicht oder als gelte nicht ihnen seine Frage. Sich taub stellen, wenn ein Bauer sie anredete, das

hatten sie im Blut. Seit tausend Jahren ging es niemals gut aus, wenn ein Bauer fragte und ein Jude antwortete.
»He!« sagte der Bauer und erhob sich.
Jonas und Schemarjah standen gleichzeitig auf.
»Ja, zu euch, Juden, hab' ich gesprochen«, sagte der Bauer. »Habt ihr noch nichts getrunken?«
»Haben schon getrunken«, sagte Schemarjah.
»Ich nicht«, sagte Jonas.
Der Bauer holte eine Flasche hervor, die er unter der Joppe, an der Brust, getragen hatte. Sie war warm und schlüpfrig und roch nach dem Bauern stärker als nach ihrem Inhalt. Jonas setzte sie an den Mund. Er entblößte die blutroten, vollen Lippen, man sah zu beiden Seiten der braunen Flasche die weißen, starken Zähne. Jonas trank und trank. Er spürte nicht die leichte Hand des Bruders, die ihn mahnend am Ärmel berührte. Mit beiden Händen, einem riesigen Säugling ähnlich, hielt er die Flasche. An seinen emporgereckten Ellenbogen schimmerte weißlich das Hemd durch den zerriebenen, dünnen Stoff. Regelmäßig, wie ein Kolben an einer Maschine, stieg und sank sein Adamsapfel unter der Haut des Halses. Ein leises, ersticktes Gurgeln grollte aus seiner Kehle. Alle sahen zu, wie der Jude trank.
Jonas war fertig. Die leere Flasche fiel ihm aus den Händen und seinem Bruder Schemarjah in den Schoß. Er selbst sank ihr nach, als müßte er den gleichen Weg nehmen wie sie. Der Bauer streckte die Hand aus und erbat stumm die Flasche von Schemarjah wieder. Dann liebkoste er mit dem Stiefel ein wenig die breiten Schultern des schlafenden Jonas.
Sie erreichten Podworsk, hier mußten sie aussteigen. Bis nach Jurki waren es sieben Werst, zu Fuß sollten die Brüder wandern, wer weiß, ob sie unterwegs jemand auf den Wagen nehmen würde. Alle Reisenden halfen den schweren Jonas aufrichten. Als er draußen stand, wurde er wieder nüchtern.
Sie wanderten. Es war Nacht. Den Mond ahnten sie hinter milchigem Gewölk. Auf den Schneefeldern dunkelten einzelne unregelmäßig konturierte Erdflecken wie Kratermünder. Der Frühling schien aus dem Wald einherzuwehn. Jonas und Schemarjah gingen schnell auf einem schmalen Weg. Sie hörten das zarte Knistern der dünnen, spröden Eishülle unter ihren Stiefeln. Ihre weißen, rundlichen Bündel trugen sie geschultert an Stöcken. Einige Male versuchte Schemarjah, ein

Gespräch mit seinem Bruder anzufangen. Jonas antwortete nicht. Er schämte sich, weil er getrunken hatte und hingefallen war wie ein Bauer. An den Stellen, an denen der Pfad so schmal war, daß beide Brüder nicht nebeneinandergehen konnten, ließ Jonas dem jüngern den Vortritt. Am liebsten hätte er Schemarjah vor sich hergehen lassen. Wo der Weg wieder breiter wurde, verlangsamte er den Schritt in der Hoffnung, Schemarjah würde weitergehen, ohne auf den Bruder zu warten. Aber es war, als fürchtete der jüngere, den älteren zu verlieren. Seitdem er gesehen hatte, daß Jonas betrunken sein konnte, traute er ihm nicht mehr, zweifelte er an des älteren Vernunft, fühlte er sich für den älteren verantwortlich. Jonas erriet, was sein Bruder empfand. Ein großer, törichter Zorn kochte in seinem Herzen. Lächerlich ist Schemarjah, dachte Jonas. Wie ein Gespenst ist er dünn, den Stock kann er nicht einmal halten, jedesmal schultert er ihn wieder, das Bündel wird noch in den Dreck fallen. Bei der Vorstellung, daß Schemarjahs weißes Bündel vom glatten Stock in den schwarzen Dreck der Straße fallen könnte, lachte Jonas laut auf. »Was lachst du?« fragte Schemarjah. »Über dich!« antwortete Jonas. »Ich hätte mehr Recht, über dich zu lachen«, sagte Schemarjah. Wieder schwiegen sie. Schwarz wuchs ihnen der Tannenwald entgegen. Aus ihm, nicht aus ihnen selbst, schien die Schweigsamkeit zu kommen. Von Zeit zu Zeit erhob sich ein Wind aus willkürlicher Himmelsrichtung, ein heimatloser Windstoß. Ein Weidenbusch regte sich im Schlaf, Zweige knackten dürr, die Wolken liefen hell über den Himmel. »Jetzt sind wir doch Soldaten!« sagte auf einmal Schemarjah. »Ganz richtig«, sagte Jonas, »was waren wir denn sonst? Wir haben keinen Beruf. Sollen wir Lehrer werden wie unser Vater?« »Besser als Soldat sein!« sagte Schemarjah. »Ich könnte ein Kaufmann werden und in die Welt gehen!« »Die Soldaten sind auch Welt, und ich kann kein Kaufmann sein«, meinte Jonas. »Du bist betrunken!« »Ich bin nüchtern wie du. Ich kann trinken und nüchtern sein. Ich kann ein Soldat sein und die Welt sehn. Ich möchte ein Bauer sein. Das sag' ich dir – und ich bin nicht betrunken ...«

Schemarjah zuckte mit den Schultern. Sie gingen weiter. Gegen Morgen hörten sie die Hähne krähn aus entfernten Gehöften. »Das wird Jurki sein«, sagte Schemarjah. »Nein, es ist Bytók!« sagte Jonas. »Meinetwegen Bytók«, sagte Schemarjah.

Eine Fuhre klapperte und rasselte hinter der nächsten Biegung des Weges. Der Morgen war fahl, wie die Nacht gewesen war. Kein Unter-

schied zwischen Mond und Sonne. Schnee fing an zu fallen, weicher, warmer Schnee. Raben flogen auf und krächzten.
»Sieh, die Vögel«, sagte Schemarjah; nur als Vorwand, um den Bruder zu versöhnen.
»Raben sind das!« sagte Jonas. »Vögel!« ahmte er höhnisch nach.
»Meinetwegen!« sagte Schemarjah, »Raben!«
Es war wirklich Bytók. Noch eine Stunde, sie kamen nach Jurki. Noch drei Stunden, und sie waren zu Haus.
Es schneite dichter und weicher, je weiter der Tag fortschritt, als käme der Schnee von der ansteigenden Sonne. Nach einigen Minuten war das ganze Land weiß. Auch die einzelnen Weiden am Weg und die verstreuten Birkengruppen zwischen den Feldern weiß, weiß, weiß. Nur die zwei jungen, schreitenden Juden waren schwarz. Auch sie überschüttete der Schnee, aber auf ihren Rücken schien er schneller zu schmelzen. Ihre langen, schwarzen Röcke flatterten. Die Schöße pochten mit hartem, regelmäßigem Schlag gegen die Schäfte der hohen Lederstiefel. Je dichter es schneite, desto schneller gingen sie. Bauern, die ihnen entgegenkamen, gingen ganz langsam, mit eingeknickten Knien, sie wurden weiß, auf ihren breiten Schultern lag der Schnee wie auf dicken Ästen, schwer und leicht zugleich, vertraut mit dem Schnee, gingen sie in ihm einher wie in einer Heimat. Manchmal blieben sie stehn und sahen sich nach den zwei schwarzen Männern um wie nach ungewohnten Erscheinungen, obwohl ihnen der Anblick von Juden nicht fremd war. Atemlos langten die Brüder zu Hause an, schon fing es an zu dämmern. Sie hörten von weitem den Singsang der lernenden Kinder. Er kam ihnen entgegen, ein Mutterlaut, ein Vaterwort, ihre ganze Kindheit trug er ihnen entgegen, alles bedeutete und enthielt er, was sie seit der Stunde der Geburt geschaut, vernommen, gerochen und gefühlt hatten: der Singsang der lernenden Kinder. Er enthielt den Geruch der heißen und würzigen Speisen, den schwarzweißen Schimmer, der von Bart und Angesicht des Vaters ausging, den Widerhall der mütterlichen Seufzer und der Wimmertöne Menuchims, des betenden Geflüsters Mendel Singers am Abend, Millionen unnennbarer regelmäßiger und besonderer Ereignisse. Beide Brüder nahmen also mit den gleichen Regungen die Melodie auf, die ihnen durch den Schnee entgegenwehte, während sie sich dem väterlichen Hause näherten. In gleichem Rhythmus schlugen ihre Herzen. Die Tür flog vor ihnen auf, durchs Fenster hatte sie ihre Mutter Deborah schon lange kommen sehn.

»Wir sind genommen!« sagte Jonas ohne Gruß.
Auf einmal stürzte ein furchtbares Schweigen über die Stube, in der eben noch die Stimmen der Kinder geklungen hatten, ein Schweigen ohne Grenzen, um vieles gewaltiger als der Raum, der seine Beute geworden war, und dennoch geboren aus dem kleinen Wort »genommen«, das Jonas eben ausgesprochen hatte. Mitten im halben Wort, das sie memoriert hatten, brachen die Kinder das Lernen ab. Mendel, der auf und ab durch die Stube gewandert war, blieb stehn, sah in die Luft, erhob die Arme und ließ sie wieder sinken. Die Mutter Deborah setzte sich auf einen der zwei Schemel, die immer in der Nähe des Ofens standen, als hätten sie schon seit langem auf die Gelegenheit gewartet, eine trauernde Mutter aufzunehmen. Mirjam, die Tochter, hatte sich rückwärts tastend in die Ecke geschoben, laut pochte ihr Herz, sie glaubte, alle müßten es hören. Die Kinder saßen festgenagelt auf ihren Plätzen. Ihre Beine in wollenen, buntbereiften Strümpfen, die unaufhörlich während des Lernens gebaumelt hatten, hingen leblos unter dem Tisch. Draußen schneite es unaufhörlich, und das weiche Weiß der Flocken strömte einen fahlen Schimmer durch das Fenster in die Stube und auf die Gesichter der Schweigenden. Ein paarmal hörte man verkohlte Holzreste im Ofen knistern und ein leises Knattern an den Türpfosten, wenn der Wind an ihnen rüttelte. Die Stöcke noch über den Schultern, die weißen Bündel noch an den Stöcken, standen die Brüder an der Tür, Boten des Unglücks und seine Kinder. Plötzlich schrie Deborah: »Mendel, geh, lauf und frag die Leute um Rat!«
Mendel Singer faßte nach seinem Bart. Das Schweigen war verbannt, die Beine der Kinder fingen an, sachte zu baumeln, die Brüder legten ihre Bündel und ihre Stöcke ab und näherten sich dem Tisch.
»Was redest du für Dummheiten?« sagte Mendel Singer. »Wohin soll ich gehn? Und wen soll ich um Rat fragen? Wer hilft einem armen Lehrer, und womit soll man mir helfen? Welche Hilfe erwartest du von den Menschen, wo Gott uns gestraft hat?«
Deborah antwortete nicht. Eine Weile saß sie noch ganz still auf dem Schemel. Dann erhob sie sich, stieß ihn mit dem Fuß wie einen Hund, daß er mit Gepolter hintorkelte, ergriff ihren braunen Schal, der wie ein Hügel aus Wolle auf dem Fußboden gelegen hatte, umwickelte Kopf und Hals, knüpfte die Fransen im Nacken zu einem starken Knoten, mit einer wütenden Bewegung, als wollte sie sich erwürgen, wurde rot im Gesicht, stand da, zischend und wie gefüllt von sieden-

dem Wasser, und spuckte plötzlich aus, weißen Speichel feuerte sie wie ein giftiges Geschoß vor Mendel Singers Füße. Und als hätte sie damit allein ihre Verachtung nicht genügend bewiesen, schickte sie dem Speichel noch einen Schrei nach, der wie ein Pfui! klang, der aber nicht genau verstanden werden konnte. Ehe sich die Verblüfften gefaßt hatten, schlug sie die Tür auf. Ein böser Windstoß schüttete weiße Flokken ins Zimmer, blies Mendel Singer ins Gesicht, griff den Kindern an die hängenden Beine. Dann knallte die Tür wieder zu. Deborah war fort.

Sie lief, ohne Ziel, durch die Gassen, immer in der Mitte, ein schwarzbrauner Koloß, raste sie durch den weißen Schnee, bis sie in ihm versank. Sie verwickelte sich in den Kleidern, stürzte, erhob sich mit erstaunlicher Hurtigkeit, lief weiter, noch wußte sie nicht, wohin, aber es war ihr, als liefen die Füße schon selbst zu einem Ziel, das ihr Kopf noch nicht kannte. Die Dämmerung fiel schneller als die Flocken, die ersten gelben Lichter erglommen, die spärlichen Menschen, die aus den Häusern traten, um die Fensterläden zu schließen, drehten die Köpfe nach Deborah und sahen ihr lange nach, obwohl sie froren. Deborah lief in die Richtung des Friedhofs. Als sie das hölzerne, kleine Gitter erreichte, fiel sie noch einmal nieder. Sie raffte sich auf, die Tür wollte nicht weichen, Schnee hatte sie festgeklemmt. Deborah rannte mit den Schultern gegen das Gitter. Jetzt war sie drinnen. Der Wind heulte über die Gräber. Toter als sonst schienen heute die Toten. Aus der Dämmerung wuchs schnell die Nacht, schwarz, schwarz und durchleuchtet vom Schnee. Vor einem der ersten Grabsteine in der ersten Reihe ließ sich Deborah nieder. Mit klammen Fäusten befreite sie ihn vom Schnee, als wollte sie sich vergewissern, daß ihre Stimme leichter zu dem Toten dringen würde, wenn die dämpfende Schicht zwischen ihrem Gebet und dem Ohr des Seligen fortgeräumt wäre. Und dann brach ein Schrei aus Deborah, der klang wie aus einem Horn, in dem ein menschliches Herz eingebaut ist. Diesen Schrei hörte man im ganzen Städtchen, aber man vergaß ihn sofort. Denn die Stille, die hinter ihm folgte, wurde nicht mehr gehört. Nur ein leises Wimmern stieß Deborah in kurzen Abständen hervor, ein leises, mütterliches Wimmern, das die Nacht verschlang, das der Schnee begrub und das nur die Toten vernahmen.

IV

Nicht weit von den Kluczýsker Verwandten Mendel Singers lebte Kapturak, ein Mann ohne Alter, ohne Familie, ohne Freunde, flink und vielbeschäftigt und mit den Behörden vertraut. Seine Hilfe zu erreichen, bemühte sich Deborah. Von den siebzig Rubeln, die Kapturak einforderte, ehe er sich mit seinen Klienten in Verbindung setzte, besaß sie erst knapp fünfundzwanzig, geheim erspart in den langen Jahren der Mühsal, im haltbaren Lederbeutel aufbewahrt unter einem Dielenbrett, das ihr allein vertraut war. Jeden Freitag hob sie es sachte auf, wenn sie den Fußboden scheuerte. Ihrer mütterlichen Hoffnung erschien die Differenz von fünfundvierzig Rubeln geringer als die Summe, die sie bereits besaß. Denn zu dieser addierte sie die Jahre, in denen sich das Geld angehäuft hatte, die Entbehrungen, denen jeder halbe Rubel seine Dauer verdankte, und die vielen stillen und heißen Freuden des Nachzählens.

Vergeblich versuchte ihr Mendel Singer die Unzugänglichkeit Kapturaks zu schildern, sein hartes Herz und seinen hungrigen Beutel. »Was willst du, Deborah«, sagte Mendel Singer, »die Armen sind ohnmächtig, Gott wirft ihnen keine goldenen Steine vom Himmel, in der Lotterie gewinnen sie nicht, und ihr Los müssen sie in Ergebenheit tragen. Dem einen gibt Er, dem andern nimmt Er. Ich weiß nicht, wofür Er uns straft, zuerst mit dem kranken Menuchim und jetzt mit den gesunden Kindern. Ach, dem Armen geht es schlecht, wenn er gesündigt hat, und wenn er krank ist, geht es ihm schlecht. Man soll sein Schicksal tragen! Laß die Söhne einrücken, sie werden nicht verkommen! Gegen den Willen des Himmels gibt es keine Gewalt. ›Von ihm donnert es und blitzt es, er wölbt sich über die ganze Erde, vor ihm kann man nicht davonlaufen‹ – so steht es geschrieben.«

Deborah aber antwortete, die Hand in die Hüfte gestemmt über den Bund rostiger Schlüssel: »Der Mensch muß sich zu helfen suchen, und Gott wird ihm helfen. So steht es geschrieben, Mendel! Immer weißt du die falschen Sätze auswendig. Viele tausend Sätze sind geschrieben worden, die überflüssigen merkst du dir alle! Du bist so töricht geworden, weil du Kinder unterrichtest! Du gibst ihnen dein bißchen Verstand, und sie lassen bei dir ihre ganze Dummheit. Ein Lehrer bist du, Mendel, ein Lehrer!«

Mendel Singer war nicht eitel auf seinen Verstand und auf seinen Beruf. Dennoch wurmten ihn die Reden Deborahs, ihre Vorwürfe zernagten langsam seine Gutmütigkeit, und in seinem Herzen züngelten bereits die weißen Stichflämmchen der Empörung. Er wandte sich ab, um das Angesicht seiner Frau nicht länger anzusehn. Es war ihm, als kannte er es schon lange, weit länger als seit der Hochzeit, seit der Kindheit vielleicht. Lange Jahre war es ihm gleich erschienen wie am Tage seiner Heirat. Er hatte nicht gesehen, wie das Fleisch abbröckelte von den Wangen wie schön getünchter Mörtel von einer Wand, wie die Haut sich um die Nase spannte, um desto lockerer unter dem Kinn zu zerflattern, wie die Lider sich runzelten zu Netzen über den Augen und wie deren Schwärze ermattete zu einem kühlen und nüchternen Braun, kühl, verständig und hoffnungslos. Eines Tages, er erinnerte sich nicht, wann es gewesen sein konnte (vielleicht war es auch an jenem Morgen geschehen, an dem er selbst geschlafen und nur eines seiner Augen Deborah vor dem Spiegel überrascht hatte), eines Tages also war die Erkenntnis über ihn gekommen. Es war wie eine zweite, eine wiederholte Ehe, diesmal mit der Häßlichkeit, mit der Bitterkeit, mit dem fortschreitenden Alter seiner Frau. Näher empfand er sie zwar, beinahe ihm einverleibt, untrennbar und auf ewig, aber unerträglich, quälend und ein bißchen auch gehaßt. Sie war aus einem Weib, mit dem man sich nur in der Finsternis verbindet, gleichsam eine Krankheit geworden, mit der man Tag und Nacht verbunden ist, die einem ganz angehört, die man nicht mehr mit der Welt zu teilen braucht und an deren treuer Feindschaft man zugrunde geht. Gewiß, er war nur ein Lehrer! Auch sein Vater war ein Lehrer gewesen, sein Großvater auch. Er selbst konnte eben nichts anderes sein. Man griff also sein Dasein an, wenn man seinen Beruf tadelte, man versuchte, ihn auszulöschen aus der Liste der Welt. Dagegen wehrte sich Mendel Singer.

Eigentlich freute er sich, daß Deborah wegfuhr. Jetzt schon, während sie die Vorbereitungen zur Abreise traf, war das Haus leer, Jonas und Schemarjah trieben sich in den Gassen herum, Mirjam saß bei den Nachbarn oder ging spazieren. Zu Hause, um die Stunde des Mittags, bevor die Schüler wiederkamen, blieben nur Mendel und Menuchim. Mendel aß eine Graupensuppe, die er selbst gekocht hatte, und ließ in seinem irdenen Teller einen erheblichen Rest für Menuchim übrig. Er schob den Riegel vor, damit der Kleine nicht vor die Tür krieche, wie es seine Art war. Dann ging der Vater in die Ecke, hob das Kind hoch, setzte es auf seine Knie und begann, es zu füttern.

Er liebte diese stillen Stunden. Er blieb gern allein mit seinem Sohn. Ja, manchmal überlegte er, ob es nicht besser wäre, wenn sie überhaupt zusammenblieben, ohne Mutter, ohne Geschwister. Nachdem Menuchim Löffel um Löffel die Graupensuppe verschluckt hatte, setzte ihn der Vater auf den Tisch, blieb hart vor ihm sitzen und vertiefte sich mit zärtlicher Neugier in das breite, blaßgelbe Angesicht mit den vielen Runzeln auf der Stirn, den vielfach gefältelten Augenlidern und dem schlaffen Doppelkinn. Er bemühte sich zu erraten, was in diesem breiten Schädel vorgehn mochte, durch die Augen wie durch Fenster in das Gehirn hineinzusehen und durch ein bald leises, bald lautes Sprechen dem stumpfen Knaben irgendein Zeichen zu entlocken. Er nannte zehnmal hintereinander Menuchims Namen, mit langsamen Lippen zeichnete er die Laute in die Luft, damit Menuchim sie erblickte, wenn er sie schon nicht hören konnte. Aber Menuchim regte sich nicht. Dann ergriff Mendel seinen Löffel, schlug damit gegen ein Teeglas, und sofort wendete Menuchim den Kopf, und ein kleines Lichtlein flammte in seinen großen, grauen, hervorquellenden Augen auf. Mendel klingelte weiter, begann, ein Liedchen zu singen und mit dem Löffel an das Glas den Takt zu läuten, und Menuchim offenbarte eine deutliche Unruhe, wendete den großen Kopf mit einiger Mühe und baumelte mit den Beinen. »Mama, Mama!« rief er dazwischen. Mendel stand auf, holte das schwarze Buch der Bibel, hielt die erste Seite aufgeschlagen vor Menuchims Angesicht und intonierte in der Melodie, in der er seine Schüler zu unterrichten pflegte, den ersten Satz: »Am Anfang schuf Gott Himmel und Erde.« Er wartete einen Augenblick in der Hoffnung, daß Menuchim die Worte nachsprechen würde. Aber Menuchim regte sich nicht. Nur in seinen Augen stand noch das lauschende Licht. Da legte Mendel das Buch weg, blickte seinen Sohn traurig an und fuhr in dem monotonen Singsang fort:

»Hör mich, Menuchim, ich bin allein! Deine Brüder sind groß und fremd geworden, sie gehn zu den Soldaten. Deine Mutter ist ein Weib, was kann ich von ihr verlangen? Du bist mein jüngster Sohn, meine letzte und jüngste Hoffnung habe ich in dich gepflanzt. Warum schweigst du, Menuchim? Du bist mein wirklicher Sohn! Sieh her, Menuchim, und wiederhole die Worte: ›Am Anfang schuf Gott Himmel und Erde.‹«

Mendel wartete noch einen Augenblick. Menuchim rührte sich nicht. Da klingelte Mendel wieder mit dem Löffel an das Glas. Menuchim

drehte sich um, und Mendel ergriff wie mit beiden Händen den Moment der Wachheit und sang wieder: »Hör mich, Menuchim! Ich bin alt, du bleibst mir allein von allen Kindern, Menuchim! Hör zu und sprich mir nach: ›Am Anfang schuf Gott Himmel und Erde.‹«
Aber Menuchim rührte sich nicht.
Da ließ Mendel mit einem schweren Seufzer Menuchim wieder auf den Boden. Er schob den Riegel zurück und trat vor die Tür, um seine Schüler zu erwarten. Menuchim kroch ihm nach und blieb auf der Schwelle hocken. Von der Turmuhr schlug es sieben Schläge, vier tiefe und drei helle. Da rief Menuchim: »Mama, Mama!« Und als Mendel sich zu ihm umwandte, sah er, daß der Kleine den Kopf in die Luft streckte, als atmete er den nachhallenden Gesang der Glocken ein.
Wofür bin ich so gestraft? dachte Mendel. Und er durchforschte sein Gehirn nach irgendeiner Sünde und fand keine schwere.
Die Schüler kamen. Er kehrte mit ihnen ins Haus zurück, und während er auf und ab durch die Stube wanderte, den und jenen ermahnte, den auf die Finger schlug und jenem einen leichten Stoß in die Rippen versetzte, dachte er unaufhörlich: Wo ist die Sünde? Wo steckt die Sünde?
Deborah ging indessen zum Fuhrmann Sameschkin und fragte ihn, ob er sie in der nächsten Zeit umsonst nach Kluczýsk mitnehmen könnte. »Ja«, sagte der Kutscher Sameschkin, er saß auf der blanken Ofenbank, ohne sich zu rühren, die Füße in graugelben Säcken, mit Stricken umwickelt, und er duftete nach selbstgebranntem Schnaps. Deborah roch den Branntwein wie einen Feind. Es war der gefährliche Geruch der Bauern, der Vorbote unbegreiflicher Leidenschaften und der Begleiter der Pogromstimmungen. »Ja«, sagte Sameschkin, »wenn die Wege besser wären!« »Du hast mich einmal auch schon im Herbst mitgenommen, als die Wege noch schlechter waren.« »Ich erinnere mich nicht«, sagte Sameschkin, »du irrst dich, es wird ein trockener Sommertag gewesen sein.« »Keineswegs«, erwiderte Deborah, »es war Herbst, und es regnete, und ich fuhr zum Rabbi.« »Siehst du«, sagte Sameschkin, und seine beiden Füße in den Säcken begannen sachte zu baumeln, denn die Ofenbank war ziemlich hoch und Sameschkin ziemlich klein von Wuchs, »siehst du«, sagte er, »damals fuhrst du zum Rabbi, es war vor euren hohen Feiertagen, und da nahm ich dich eben mit. Heute aber fährst du nicht zum Rabbi!« »Ich fahre in einer wichtigen Angelegenheit«, sagte Deborah, »Jonas und Schemarjah sollen niemals Solda-

ten werden!« »Auch ich war Soldat«, meinte Sameschkin, »sieben Jahre, davon saß ich zwei im Zuchthaus, denn ich hatte gestohlen. Eine Kleinigkeit übrigens!« Er brachte Deborah zur Verzweiflung. Seine Erzählungen bewiesen ihr nur, wie fremd er ihr war, ihr und ihren Söhnen, die nicht stehlen und auch nicht im Zuchthaus sitzen sollten. Also entschloß sie sich, schnell zu handeln: »Wieviel soll ich dir zahlen?« »Gar nichts! – Ich verlange kein Geld, ich will auch nicht fahren! Der Schimmel ist alt, der Braune hat gleich auf einmal zwei Hufeisen verloren. Übrigens frißt er den ganzen Tag Hafer, wenn er einmal nur zwei Werst gelaufen ist. Ich kann ihn nicht mehr halten, ich will ihn verkaufen. Es ist überhaupt kein Leben, Fuhrmann sein!« »Jonas wird den Braunen selbst zum Schmied führen«, sagte beharrlich Deborah, »er wird selbst die Hufeisen bezahlen.« »Vielleicht!« erwiderte Sameschkin. »Wenn Jonas das selbst machen will, dann muß er aber auch ein Rad beschlagen lassen.« »Auch das!« versprach Deborah. »Wir fahren also nächste Woche!«

Also reiste sie nach Kluczýsk zu dem unheimlichen Kapturak. Viel lieber wäre sie eigentlich beim Rabbi eingetreten, denn gewiß war ein Wort aus seinem heiligen, dünnen Mund mehr wert als eine Protektion Kapturaks. Aber der Rabbi empfing nicht zwischen Ostern und Pfingsten, es sei denn in dringenden Fällen, in denen es sich um Leben und Tod handelte. Sie traf Kapturak in der Schenke, wo er, umringt von Bauern und Juden, in der Ecke am Fenster saß und schrieb. Seine offene Mütze, mit dem aufwärtsgekehrten Unterfutter, lag auf dem Tisch, neben den Papieren, wie eine ausgestreckte Hand, und viele Silbermünzen ruhten bereits in der Mütze und zogen die Augen aller Umstehenden an. Kapturak kontrollierte sie von Zeit zu Zeit, obwohl er wußte, daß niemand wagen würde, ihm auch nur eine Kopeke zu entwenden. Er schrieb Gesuche, Liebesbriefe und Postanweisungen für jeden Analphabeten – (außerdem konnte er Zähne ziehen und Haare schneiden).

»Ich habe mit dir eine wichtige Sache zu besprechen«, sagte Deborah über die Köpfe der Umstehenden hinweg. Kapturak schob mit einem Ruck alle Papiere von sich, die Menschen zerstreuten sich, er langte nach der Mütze, schüttete das Geld in die hohle Hand und knüpfte es in ein Taschentuch. Dann lud er Deborah ein, sich zu setzen.

Sie sah in seine harten, kleinen Augen wie in starre, helle Knöpfchen aus Horn. »Meine Söhne müssen einrücken!« sagte sie. »Du bist eine arme Frau«, sagte Kapturak mit einer fernen, singenden Stimme, als läse er aus den Karten. »Du hast kein Geld sparen können, und kein Mensch kann dir helfen.« »Doch, ich habe gespart.« »Wieviel?« »Vierundzwanzig Rubel und siebzig Kopeken. Davon habe ich schon einen Rubel ausgegeben, um dich zu sehn.« »Das macht also nur dreiundzwanzig Rubel!« »Dreiundzwanzig Rubel und siebzig Kopeken!« verbesserte Deborah. Kapturak hob die rechte Hand, spreizte Mittel- und Zeigefinger und fragte: »Und zwei Söhne?« »Zwei«, flüsterte Deborah. »Fünfundzwanzig kostet schon ein einziger!« »Für mich?« – »Auch für dich!«

Sie handelten eine halbe Stunde. Dann erklärte sich Kapturak mit dreiundzwanzig für einen zufrieden. Wenigstens einer! dachte Deborah. Aber unterwegs, während sie auf der Fuhre Sameschkins saß und die Räder durch ihre Eingeweide und ihren armen Kopf holperten, erschien ihr die Lage noch elender als zuvor. Wie konnte sie ihre Söhne voneinander unterscheiden? Jonas oder Schemarjah? fragte sie sich unermüdlich. Besser einer als beide, sagte ihr Verstand, wehklagte ihr Herz.

Als sie nach Hause kam und ihren Söhnen das Urteil Kapturaks zu berichten anfing, unterbrach sie Jonas, der ältere, mit den Worten: »Ich gehe gern zu den Soldaten!«

Deborah, die Tochter Mirjam, Schemarjah und Mendel Singer warteten wie Hölzer. Endlich, da Jonas nichts weiter sprach, sagte Schemarjah: »Du bist ein Bruder! Ein guter Bruder bist du!« »Nein«, erwiderte Jonas, »ich will zu den Soldaten!«

»Vielleicht kommst du ein halbes Jahr später frei!« tröstete der Vater.

»Nein«, sagte Jonas, »ich will gar nicht freikommen! Ich bleibe bei den Soldaten!«

Alle murmelten das Nachtgebet. Schweigsam entkleideten sie sich. Dann ging Mirjam im Hemd und auf koketten Zehen zur Lampe und pustete sie aus. Sie legten sich schlafen.

Am nächsten Morgen war Jonas verschwunden. Sie suchten nach ihm, den ganzen Vormittag. Erst am späten Abend erblickte ihn Mirjam. Er ritt einen Schimmel, trug eine braune Joppe und eine Soldatenmütze.

»Bist du schon Soldat?« rief Mirjam.

»Noch nicht«, sagte Jonas und hielt den Schimmel an. »Grüß Vater und Mutter. Ich bin bei Sameschkin, vorläufig, bis ich einrücke. Sag, ich konnte es nicht bei euch aushalten, aber ich hab' euch alle ganz gern!«

Er ließ daraufhin eine Weidengerte pfeifen, zog an den Zügeln und ritt weiter.

Von nun an war er Pferdeknecht beim Fuhrmann Sameschkin. Er striegelte den Schimmel und den Braunen, schlief bei ihnen im Stall, sog mit offenen, genießenden Nasenlöchern ihren beizenden Urinduft ein und den sauren Schweiß. Er besorgte den Hafer und den Tränkeimer, flickte die Koppeln, beschnitt die Schwänze, hängte neue Glöckchen an das Joch, füllte die Tröge, wechselte das faule Heu in den zwei Fuhren gegen trockenes aus, trank Samogonka mit Sameschkin, war betrunken und befruchtete die Mägde.

Man beweinte ihn zu Hause als einen Verlorenen, aber man vergaß ihn nicht. Der Sommer brach an, heiß und trocken. Die Abende sanken spät und golden über das Land. Vor der Hütte Sameschkins saß Jonas und spielte Ziehharmonika. Er war sehr betrunken, und er erkannte seinen eigenen Vater nicht, der manchmal zögernd vorbeischlich, ein Schatten, der sich vor sich selbst fürchtete, ein Vater, der nicht aufhörte zu staunen, daß dieser Sohn seinen eigenen Lenden entsprossen war.

V

Am zwanzigsten August erschien bei Mendel Singer ein Bote Kapturaks, um Schemarjah abzuholen. Alle hatten den Boten in diesen Tagen erwartet. Als er aber leibhaftig vor ihnen stand, waren sie überrascht und erschrocken. Es war ein gewöhnlicher Mann von gewöhnlichem Wuchs und gewöhnlichem Aussehn, mit einer blauen Soldatenmütze auf dem Kopf und einer dünnen, gedrehten Zigarette im Mund. Als man ihn einlud, sich zu setzen und einen Tee zu trinken, lehnte er ab. »Ich will lieber vor dem Haus warten«, sagte er in einer Art, an der man erkennen mußte, daß er gewohnt war, draußen zu warten, vor den Häusern. Aber gerade dieser Entschluß des Mannes versetzte die Familie Mendel Singers in noch hitzigere Aufregung. Immer wieder sahen sie den blau bemützten Mann wie einen Wachtposten vor dem Fenster erscheinen, und immer heftiger wurden ihre Bewegungen. Sie packten Schemarjahs Sachen ein, einen Anzug, Gebetriemen, Reiseproviant, ein Brotmesser. Mirjam holte die Gegenstände herbei, immer mehr schleppte sie heran. Menuchim, der bereits mit dem Kopf bis zum Tisch reichte, reckte neugierig und stupide das Kinn und lallte unaufhörlich das eine Wort, das er konnte: »Mama«. Mendel Singer stand am Fenster und trommelte gegen die Scheibe. Deborah weinte lautlos, eine Träne nach der anderen schickten ihre Augen zu dem verzogenen Mund. Als Schemarjahs Bündel fertig war, erschien es allen viel zu kümmerlich, und sie suchten mit hilflosen Augen das Zimmer ab, um noch irgendeinen Gegenstand zu entdecken. Bis zu diesem Augenblick hatten sie nichts miteinander gesprochen. Jetzt, da das weiße Bündel neben dem Stock auf dem Tisch lag, wandte sich Mendel Singer vom Fenster ab und der Stube zu und sagte zu seinem Sohn: »Du wirst uns sofort und so schnell, wie es dir möglich ist, Nachricht zukommen lassen, vergiß es nicht!« Deborah schluchzte laut auf, breitete die Arme aus und umfing ihren Sohn. Lange umklammerten sie sich. Dann löste sich Schemarjah gewaltsam los, schritt auf seine Schwester zu und küßte sie mit knallenden Lippen auf beide Wangen. Sein Vater breitete die Hände segnend über ihn und murmelte hastig etwas Unverständliches. Furchtsam näherte sich darauf Schemarjah dem glotzenden Menuchim. Zum erstenmal galt es, das kranke Kind zu umarmen, und es war Schemarjah, als hätte er nicht einen Bruder zu küssen, sondern ein Symbol, das keine Antwort gibt. Jeder hätte gerne noch etwas gesagt. Aber keiner fand ein Wort. Sie wußten, daß es ein Abschied für immer war. Im besten Fall geriet Schemarjah heil und gesund ins Ausland. Im schlimmsten Fall wurde er an der Grenze gefangen, dann hingerichtet oder von den Grenzposten an Ort und Stelle erschossen. Was soll man einander sagen, wenn man Abschied fürs Leben nimmt? Schemarjah schulterte das Bündel und stieß die Tür mit dem Fuß auf. Er sah sich nicht mehr um. Er versuchte, in dem Augenblick, in dem er über die Schwelle trat, das Haus und alle seine Angehörigen zu vergessen. Hinter seinem Rücken ertönte noch einmal ein lauter Schrei Deborahs. Die Tür schloß sich wieder. Mit dem Gefühl, daß seine Mutter ohnmächtig hingestürzt sei, näherte sich Schemarjah seinem Begleiter. »Gleich hinter dem Marktplatz«, sagte der Mann mit der blauen Mütze, »erwarten uns die Pferde.« Als sie an Sameschkins Hütte vorbeikamen, blieb Schemarjah stehn. Er warf einen Blick in den kleinen Garten, dann in den offenen, leeren Stall. Sein Bruder Jonas war nicht da. Einen wehmütigen Gedanken hinterließ er dem ver-

lorenen Bruder, der sich freiwillig geopfert hatte, wie Schemarjah immer noch glaubte. Er ist ein Grobian, aber edel und tapfer, dachte er. Dann ging er mit gleichmäßigen Schritten an der Seite des Fremden weiter.
Gleich hinter dem Marktplatz trafen sie die Pferde, wie der Mann gesagt hatte. Nicht weniger als drei Tage brauchten sie, bis sie zur Grenze kamen, denn sie mieden die Eisenbahn. Es erwies sich unterwegs, daß der Begleiter Schemarjahs genau Bescheid im Lande wußte. Er gab es zu erkennen, ohne daß ihn Schemarjah gefragt hätte. Auf die fernen Kirchtürme deutete er und nannte die Dörfer, zu denen sie gehörten. Er nannte die Gehöfte und die Güter und die Namen der Gutsbesitzer. Er zweigte oft von der breiten Straße ab und fand sich auf schmalen Wegen in kürzerer Zeit zurecht. Es war, als wollte er Schemarjah noch schnell mit der Heimat vertraut machen, ehe der junge Mann auszog, eine neue zu suchen. Er säte das Heimweh fürs ganze Leben in das Herz Schemarjahs.
Eine Stunde vor Mitternacht kamen sie zur Grenzschenke. Es war eine stille Nacht. Die Schenke stand in ihr als einziges Haus, ein Haus in der Stille der Nacht, stumm, finster, mit abgedichteten Fenstern, hinter denen kein Leben zu ahnen war. Millionen Grillen umzirpten es unaufhörlich, der wispernde Chor der Nacht. Sonst störte sie keine Stimme. Flach war das Land, der gestirnte Horizont zog einen vollendet runden, tiefblauen Kreis darum, der nur im Nordosten durch einen hellen Streifen unterbrochen war, wie ein blauer Ring von einem Stück eingefaßten Silber. Man roch die ferne Feuchtigkeit der Sümpfe, die sich im Westen ausbreiteten, und den langsamen Wind, der sie herübertrug. »Eine schöne, echte Sommernacht!« sagte der Bote Kapturaks. Und zum erstenmal, seitdem sie zusammen waren, ließ er sich herbei, von seinem Geschäft zu sprechen: »Man kann in so stillen Nächten nicht immer ohne Schwierigkeiten hinüber. Für unsere Unternehmungen ist Regen nützlicher.« Er warf eine kleine Angst in Schemarjah. Da die Schenke, vor der sie standen, stumm und geschlossen war, hatte Schemarjah nicht an ihre Bedeutung gedacht, bis ihn die Worte des Begleiters an sein Vorhaben erinnerten. »Gehen wir hinein!« sagte er wie einer, der die Gefahr nicht länger aufschieben will. »Brauchst dich nicht zu eilen, wir werden lange genug warten müssen!«
Er trat dennoch ans Fenster und klopfte leise an den hölzernen Laden. Die Tür öffnete sich und entließ einen breiten Strom gelben Lichts

über die nächtliche Erde. Sie traten ein. Hinter der Theke, genau im Lichtkegel einer Hängelampe, stand der Wirt und nickte ihnen zu, auf dem Fußboden hockten ein paar Männer und würfelten. An einem Tisch saß Kapturak mit einem Mann in Wachtmeisteruniform. Niemand sah auf. Man hörte das Klappern der Würfel und das Ticken der Wanduhr. Schemarjah setzte sich. Sein Begleiter bestellte zu trinken. Schemarjah trank einen Schnaps, er wurde heiß, aber ruhig. Sicherheit fühlte er wie noch nie; er wußte, daß er eine der seltenen Stunden erlebte, in denen der Mensch an seinem Schicksal nicht weniger zu formen hat als die große Gewalt, die es ihm beschert.

Kurz nachdem die Uhr Mitternacht geschlagen hatte, knallte ein Schuß, hart und scharf, mit einem langsam verrinnenden Echo. Kapturak und der Wachtmeister erhoben sich. Es war das verabredete Zeichen, mit dem der Posten zu verstehen gab, daß die nächtliche Kontrolle des Grenzoffiziers vorbei war. Der Wachtmeister verschwand. Kapturak mahnte die Leute zum Aufbruch. Alle erhoben sich träge, schulterten Bündel und Koffer, die Tür ging auf, sie tropften einzeln in die Nacht hinaus und traten den Weg zur Grenze an. Sie versuchten zu singen, irgend jemand verbot es ihnen, es war Kapturaks Stimme. Man wußte nicht, ob sie aus den vorderen Reihen herkam, aus der Mitte, aus der letzten. Sie schritten also schweigsam durch das dichte Zirpen der Grillen und das tiefe Blau der Nacht. Nach einer halben Stunde kommandierte ihnen Kapturaks Stimme: »Niederlegen!« Sie ließen sich auf den taufeuchten Boden fallen, lagen reglos, preßten die klopfenden Herzen gegen die nasse Erde, Abschied der Herzen von der Heimat. Dann befahl man ihnen aufzustehn. Sie kamen an einen seichten, breiten Graben, ein Licht blinkte links von ihnen auf, es war das Licht der Wächterhütte. Sie setzten über den Graben. Pflichtgemäß, aber ohne zu zielen, feuerte hinter ihnen der Posten sein Gewehr ab.

»Wir sind draußen!« rief eine Stimme.

In diesem Augenblick lichtete sich der Himmel im Osten. Die Männer wandten sich um zur Heimat, über der noch die Nacht zu liegen schien, und kehrten sich wieder dem Tag und der Fremde zu.

Einer begann zu singen, alle fielen ein, singend setzten sie sich in Marsch. Nur Schemarjah sang nicht mit. Er dachte an seine nächste Zukunft (er besaß zwei Rubel); an den Morgen zu Haus. In zwei Stunden erhob sich daheim der Vater, murmelte ein Gebet, räusperte sich, gurgelte, ging zur Schüssel und verspritzte Wasser. Die Mutter blies in

den Samowar. Menuchim lallte irgend etwas in den Morgen hinein, Mirjam kämmte weiße Flaumfedern aus ihrem schwarzen Haar. All dies sah Schemarjah so deutlich, wie er es nie gesehn hatte, als er noch zu Hause gewesen war und selbst ein Bestandteil des heimatlichen Morgens. Er hörte kaum den Gesang der andern, nur seine Füße nahmen den Rhythmus auf und marschierten mit.
Eine Stunde später erblickte er die erste fremde Stadt, den blauen Rauch aus den ersten fleißigen Schornsteinen, einen Mann mit einer gelben Armbinde, der die Ankömmlinge in Empfang nahm. Von einer Turmuhr schlug es sechs.

Auch von der Wanduhr der Singers schlug es sechs. Mendel erhob sich, gurgelte, räusperte sich, murmelte ein Gebet, Deborah stand bereits am Herd und pustete in den Samowar, Menuchim lallte aus seiner Ecke etwas Unverständliches, Mirjam kämmte sich vor dem erblindeten Spiegel. Dann schlürfte Deborah den heißen Tee, stehend, immer noch am Herd. »Wo ist jetzt Schemarjah?« sagte sie plötzlich. Alle hatten an ihn gedacht. »Gott wird ihm helfen!« sagte Mendel Singer. Und also brach der Tag an.
Also brachen die folgenden Tage an, leere Tage, kümmerliche Tage. Ein Haus ohne Kinder, dachte Deborah. Alle hab' ich geboren, alle hab' ich gesäugt, ein Wind hat sie weggeblasen. Sie sah sich nach Mirjam um, sie fand die Tochter selten zu Haus. Menuchim allein blieb der Mutter. Immer streckte er die Arme aus, kam sie an seinem Winkel vorbei. Und wenn sie ihn küßte, suchte er nach ihrer Brust wie ein Säugling. Vorwurfsvoll dachte sie an den Segen, der sich so langsam erfüllte, und sie zweifelte, ob sie die Gesundheit Menuchims noch erleben würde.
Das Haus schwieg, wenn der Singsang der lernenden Knaben aufhörte. Es schwieg und war finster. Es war wieder Winter. Man sparte Petroleum. Man legte sich zeitig schlafen. Man versank dankbar in der gütigen Nacht. Von Zeit zu Zeit schickte Jonas einen Gruß. Er diente in Pskow, erfreute sich seiner guten, gewohnten Gesundheit und hatte keine Schwierigkeiten mit den Vorgesetzten.
Also verrannen die Jahre.

VI

An einem Nachmittag im Spätsommer betrat ein Fremder das Haus Mendel Singers. Tür und Fenster standen offen. Die Fliegen klebten still, schwarz und satt an den heiß besonnten Wänden, und der Singsang der Schüler strömte aus dem offenen Haus in die weiße Gasse. Plötzlich bemerkten sie den fremden Mann im Rahmen der Tür und verstummten. Deborah erhob sich vom Schemel. Von der andern Seite der Gasse eilte Mirjam herbei, den wackelnden Menuchim an der heftigen Hand. Mendel Singer stellte sich vor dem Fremden auf und musterte ihn. Es war ein außergewöhnlicher Mann. Er trug einen mächtigen, schwarzen Kalabreser, weite, helle, flatternde Hosen, solide, gelbe Stiefel, und wie eine Fahne wehte über seinem tiefgrünen Hemd eine knallrote Krawatte. Ohne sich zu rühren, sagte er etwas, offenbar einen Gruß, in einer unverständlichen Sprache. Es klang, als spräche er mit einer Kirsche im Mund. Grüne Stengel lugten ohnehin aus seinen Rocktaschen. Seine glatte, sehr lange Oberlippe rückte langsam hinauf wie ein Vorhang und entblößte ein starkes, gelbes Gebiß, das an Pferde denken ließ. Die Kinder lachten, und auch Mendel Singer schmunzelte. Der Fremde zog einen länglich gefalteten Brief und las die Adresse und den Namen der Singers in seiner eigentümlichen Weise, so daß alle noch einmal lachten. »Amerika!« sagte jetzt der Mann und überreichte Mendel Singer den Brief. Eine glückliche Ahnung stieg in Mendel auf und erleuchtete sein Angesicht. »Schemarjah«, sagte er. Mit einer Handbewegung schickte er seine Schüler fort, wie man Fliegen verscheucht. Sie liefen hinaus. Der Fremde setzte sich. Deborah stellte Tee, Konfekt und Limonade auf den Tisch. Mendel öffnete den Brief. Deborah und Mirjam setzten sich ebenfalls. Und folgendes begann Singer vorzulesen:

»Lieber Vater, liebe Mutter, teure Mirjam und guter Menuchim!
Den Jonas rede ich nicht an, weil er ja beim Militär ist. Auch bitte ich Euch, ihm diesen Brief nicht direkt zukommen zu lassen, denn er könnte widrige Umstände haben, wenn er mit einem Bruder korrespondiert, der ein Deserteur ist. Deshalb habe ich auch so lange gewartet und Euch nicht per Post geschrieben, bis ich endlich die Gelegenheit fand, Euch diesen Brief mit meinem guten Freund Mac zu schikken. Er kennt Euch alle aus meinen Erzählungen, aber er wird kein

Wort mit Euch sprechen können, denn nicht nur er ist ein Amerikaner, sondern seine Eltern waren auch schon in Amerika geboren, und ein Jude ist er auch nicht. Aber er ist besser als zehn Juden.
Und also beginne ich, Euch zu erzählen, von Anfang bis heute: Zuerst, als ich über die Grenze kam, hatte ich nichts zu essen, nur zwei Rubel in der Tasche, aber ich dachte mir, Gott wird helfen. Von einer Triestiner Schiffsgesellschaft kam ein Mann mit einer Amtsmütze an die Grenze, um uns abzuholen. Wir waren zwölf Mann, die anderen elf hatten alle Geld, sie kauften sich falsche Papiere und Schiffskarten, und der Agent der Schiffsgesellschaft brachte sie zum Zug. Ich ging mit. Ich dachte mir, es kann nicht schaden. Man geht mit, auf jeden Fall werde ich sehen, wie es ist, wenn man nach Amerika fährt. Ich blieb also allein mit dem Agenten zurück, und er wundert sich, daß ich nicht auch fahre. ›Ich habe keine Kopeke‹, sage ich zu dem Agenten. Ob ich lese und schreibe, fragt er. ›Ein bißchen‹, sage ich, ›aber es ist vielleicht genug.‹ Nun gut, um Euch nicht lange aufzuhalten, der Mann hatte eine Arbeit für mich. Nämlich: jeden Tag, wenn die Deserteure ankommen, zur Grenze zu gehen, sie abholen und ihnen alles einkaufen und ihnen einreden, daß in Amerika Milch und Honig fließt. Well: Ich fange zu arbeiten an, und fünfzig Prozent von meinem Verdienst gebe ich dem Agenten, denn ich bin nur Unteragent. Er trägt eine Mütze mit goldgestickter Firma, ich habe nur eine Armbinde. Nach zwei Monaten sage ich ihm, ich müsse sechzig Prozent haben, sonst lege ich die Arbeit nieder. Er gibt sechzig. Kurz und gut, ich lerne bei meinem Wirt ein hübsches Mädchen kennen, Vega heißt sie, und jetzt ist sie Eure Schwiegertochter. Ihr Vater gab mir etwas Geld, damit ich ein Geschäft anfange, ich aber kann und kann nicht vergessen, wie die elf nach Amerika gefahren sind und wie ich allein zurückgeblieben bin. Ich nehme also nur von Vega Abschied, in Schiffen kenne ich mich aus, es ist ja meine Branche – und also fahre ich nach Amerika. Und hier bin ich, vor zwei Monaten ist Vega hierhergekommen, wir haben geheiratet und sind sehr glücklich. Mac hat die Bilder in der Tasche. Im Anfang nähte ich Knöpfe an Hosen, dann bügelte ich Hosen, dann nähte ich Unterfutter in Ärmel, und fast wäre ich ein Schneider geworden wie alle Juden in Amerika. Da aber lernte ich Mac auf einem Ausflug auf Long Island kennen, direkt am Fort Lafayette. Wenn Ihr hier seid, werde ich Euch die Stelle zeigen. Von da an begann ich, mit ihm zusammenzuarbeiten, allerhand Geschäfte. Bis wir Versicherungen an-

fingen. Ich versichere die Juden und er die Irländer, ich habe sogar auch schon ein paar Christen versichert. Mac wird euch zehn Dollar von mir geben, davon kauft Euch was für die Reise. Denn bald schicke ich Euch Schiffskarten, mit Gottes Hilfe.

Ich umarme und küsse Euch alle

Euer Sohn Schemarjah
(hier heiße ich Sam)«

Nachdem Mendel Singer den Brief beendet hatte, entstand in der Stube ein klingendes Schweigen, das sich mit der Stille des Spätsommertages zu vermischen schien und aus dem alle Mitglieder der Familie die Stimme des ausgewanderten Sohnes zu hören vermeinten. Ja, Schemarjah selbst sprach, drüben, im weltenweiten Amerika, wo um diese Stunde vielleicht Nacht war oder Morgen. Für eine kurze Weile vergaßen alle den anwesenden Mac. Es war, als wäre er hinter dem fernen Schemarjah unsichtbar geworden, wie ein Postbote, der einen Brief abgibt, weitergeht und verschwindet. Er selbst, der Amerikaner, mußte sich wieder in Erinnerung bringen. Er erhob sich und griff in die Hosentasche, wie ein Zauberkünstler, der sich anschickt, ein Kunststück zu produzieren. Er zog ein Portefeuille, entnahm ihm zehn Dollar und Photographien, auf denen Schemarjah einmal mit seiner Frau Vega auf der Bank im Grünen zu sehen war und ein anderes Mal allein, im Schwimmkostüm, am Badestrand, ein Leib und ein Gesicht unter einem Dutzend fremder Leiber und Gesichter, kein Schemarjah mehr, sondern ein Sam. Den Dollarschein und die Bilder überreichte der Fremde Deborah, nachdem er alle kurz gemustert hatte, wie um jeden einzelnen auf seine Vertrauenswürdigkeit zu prüfen. Den Schein zerknüllte sie in der einen Hand, mit der andern legte sie die Bilder auf den Tisch, neben den Brief. All dies dauerte ein paar Minuten, in denen immer noch geschwiegen wurde. Endlich setzte Mendel Singer den Zeigefinger auf die Photographie und sagte: »Das ist Schemarjah!« »Schemarjah!« wiederholten die anderen, und sogar Menuchim, der jetzt schon den Tisch überragte, gab ein helles Wiehern von sich und legte einen seiner scheuen Blicke mit schielender Behutsamkeit auf die Bilder.
Es war Mendel Singer auf einmal, als wäre der Fremde kein Fremder mehr und als verstünde er dessen seltsame Sprache. »Erzählt mir was!«

sagte er zu Mac. Und der Amerikaner, als hätte er die Worte Mendels begriffen, begann seinen großen Mund zu bewegen und mit heiterem Eifer Unbegreifliches zu erzählen, und es war, als zerkaute er manche schmackhafte Speise mit gesegnetem Appetit. Er erzählte den Singers, daß er eines Hopfenhandels wegen – es lag ihm an der Errichtung von Brauereien in Chicago – nach Rußland gekommen sei. Aber die Singers verstanden ihn nicht. Da er einmal hier sei, wolle er keineswegs verfehlen, den Kaukasus zu besuchen und besonders jenen Ararat zu besteigen, von dem er bereits Ausführliches in der Bibel gelesen. Hatten die Zuhörer der Erzählung Macs mit angestrengten Spähergebärden gelauscht, um aus dem ganzen polternden Wust vielleicht eine winzige verständliche Silbe zu erjagen, so erbebten ihre Herzen bei dem Wort »Ararat«, das ihnen merkwürdig bekannt vorkam, aber auch zum Entsetzen verändert, und das aus Mac mit einem gefährlichen und schrecklichen Grollen herausrollte. Mendel Singer allein lächelte unaufhörlich. Es war ihm angenehm, die Sprache zu hören, die nunmehr auch die seines Sohnes Schemarjah geworden war, und während Mac redete, versuchte Mendel sich vorzustellen, wie sein Sohn aussah, wenn er ebensolche Worte sprach. Und bald war es ihm, als spräche die Stimme des eigenen Sohnes aus dem heiter mahlenden Munde des Fremden.

Der Amerikaner beendete seinen Vortrag, ging rund um den Tisch und drückte jedem herzlich und heftig die Hand. Menuchim hob er mit einem hastigen Ruck in die Höhe, betrachtete den schiefen Kopf, den dünnen Hals, die blauen und leblosen Hände und die krummen Beine und setzte ihn mit einer zärtlichen und besinnlichen Geringschätzung auf den Boden, als wollte er so ausdrücken, daß merkwürdige Geschöpfe auf der Erde zu kauern haben und nicht an Tischen zu stehn. Dann ging er breit, groß und ein wenig schwankend, die Hände in den Hosentaschen, aus der offenen Tür, und ihm nach drängte die ganze Familie. Alle beschatteten die Augen mit den Händen, wie sie so in die besonnte Gasse sahen, in deren Mitte Mac dahinschritt und an deren Ende er noch einmal stehenblieb, um einen kurzen Gruß zurückzuwinken.

Lange blieben sie draußen, auch nachdem Mac verschwunden war. Sie hielten die Hände über den Augen und sahen in das staubige Strahlen der leeren Straße. Endlich sagte Deborah: »Nun ist er weg!« Und als wäre der Fremde erst jetzt verschwunden, kehrten alle um und standen

umschlungen, jeder einen Arm um die Schultern des anderen, vor den Photographien auf dem Tisch. »Wieviel sind zehn Dollar?« fragte Mirjam und begann nachzurechnen.
»Es ist ganz gleich«, sagte Deborah, »wieviel zehn Dollar sind, wir werden uns doch nichts dafür kaufen.«
»Warum nicht?« erwiderte Mirjam, »in unsern Fetzen sollen wir fahren?«
»Wer fährt und wohin?« schrie die Mutter.
»Nach Amerika«, sagte Mirjam und lächelte, »Sam selbst hat es geschrieben.«
Zum erstenmal hatte ein Angehöriger der Familie Schemarjah »Sam« genannt, und es war, als hätte Mirjam den amerikanischen Namen des Bruders absichtlich ausgesprochen, um seiner Forderung, die Familie möge nach Amerika fahren, Nachdruck zu verleihen.
»Sam!« rief Mendel Singer, »wer ist Sam?«
»Ja«, wiederholte Deborah, »wer ist Sam?«
»Sam«, sagte, immer noch mit einem Lächeln, Mirjam, »ist mein Bruder in Amerika und euer Sohn!«
Die Eltern schwiegen.
Menuchims Stimme gellte plötzlich hell aus dem Winkel, in den er sich verkrochen hatte.
»Menuchim kann nicht fahren!« sagte Deborah, so leise, als fürchtete sie, der Kranke könnte sie verstehen.
»Menuchim kann nicht fahren!« wiederholte, ebenso leise, Mendel Singer.
Die Sonne schien rapide zu sinken. Auf der Wand des gegenüberliegenden Hauses, auf die alle durch das offene Fenster starrten, stieg der schwarze Schatten sichtbar höher, wie das Meer beim Anzug der Flut seine Uferwände emporsteigt. Ein leiser Wind erhob sich, und in den Angeln knarrte der Fensterflügel.
»Mach die Tür zu, es zieht!« sagte Deborah.
Mirjam ging zur Tür. Ehe sie die Klinke berührte, stand sie noch ein wenig still und steckte den Kopf über den Türrahmen in die Richtung, in der Mac verschwunden war. Dann schloß Mirjam die Tür mit hartem Schlag und sagte: »Das ist der Wind!«
Mendel stellte sich ans Fenster. Er sah zu, wie der Schatten des Abends die Wand hinankroch. Er hob den Kopf und betrachtete den goldüberglänzten First des Hauses gegenüber. Er stand lange so, die Stube, sein

Weib, seine Tochter Mirjam und den kranken Menuchim im Rücken. Er fühlte sie alle und ahnte jede ihrer Bewegungen. Er wußte, daß Deborah den Kopf auf den Tisch legte, um zu weinen, daß Mirjam ihr Gesicht dem Herd zukehrte und daß ihre Schultern dann und wann zuckten, obwohl sie gar nicht weinte. Er wußte, daß seine Frau nur auf den Augenblick wartete, in dem er nach seinem Gebetbuch griff, um ins Bethaus zu gehn, das Abendgebet sagen, und Mirjam den gelben Schal nahm, um zu den Nachbarn hinüberzueilen. Dann wollte Deborah den Zehn-Dollar-Schein, den sie immer noch in der Hand hielt, unter dem Dielenbrett vergraben. Er kannte das Dielenbrett, Mendel Singer. Sooft er es betrat, verriet es ihm knarrend das Geheimnis, das es deckte, und erinnerte ihn an das Knurren der Hunde, die Sameschkin vor seinem Stall angebunden hielt. Er kannte das Brett, Mendel Singer. Und um nicht an die schwarzen Hunde Sameschkins denken zu müssen, die ihm unheimlich waren, lebendige Gestalten der Sünde, vermied er es, auf das Brett zu treten, wenn er nicht gerade vergeßlich war und im Eifer des Unterrichtens durch die Stube wanderte. Wie er so den goldenen Streifen der Sonne immer schmaler werden sah und vom First des Hauses auf das Dach gleiten und von hier auf den weißen Schornstein, glaubte er, zum erstenmal in seinem Leben deutlich das lautlose und tückische Schleichen der Tage zu fühlen, die trügerische Hinterlist des ewigen Wechsels von Tag und Nacht und Sommer und Winter und das Rinnen des Lebens, gleichförmig, trotz allen erwarteten wie überraschenden Schrecken. Sie wuchsen nur an den wechselreichen Ufern, an ihnen vorbei strich Mendel Singer. Es kam ein Mann aus Amerika, lachte, brachte einen Brief, Dollars und Bilder von Schemarjah und verschwand wieder in den verschleierten Gebieten der Ferne. Die Söhne verschwanden: Jonas diente dem Zaren in Pskow und war kein Jonas mehr. Schemarjah badete an den Ufern des Ozeans und hieß nicht mehr Schemarjah. Mirjam sah dem Amerikaner nach und wollte auch nach Amerika. Nur Menuchim blieb, was er gewesen war, seit dem Tage seiner Geburt: ein Krüppel. Und Mendel Singer selbst blieb, was er immer gewesen war: ein Lehrer.

Die schmale Gasse verdunkelte sich vollends und belebte sich gleichzeitig. Die dicke Frau des Glasermeisters Chaim und die neunzigjährige Großmutter des längst verstorbenen Schlossers Jossel Kopp brachten ihre Stühle aus den Häusern, um sich vor den Türen hinzusetzen und die frische Abendstunde zu genießen. Die Juden eilten schwarz und hastig und mit flüchtig gemurmelten Grüßen ins Bethaus. Da wandte sich Mendel Singer um, er wollte sich ebenfalls auf den Weg machen. Er ging an Deborah vorbei, deren Kopf immer noch auf dem harten Tisch lag. Ihr Gesicht, das Mendel schon seit Jahren nicht mehr leiden konnte, war jetzt vergraben, wie eingebettet in das harte Holz, und die Dunkelheit, die das Zimmer zu erfüllen begann, deckte auch die Härte und die Schüchternheit Mendels zu. Seine Hand huschte über den breiten Rücken der Frau, vertraut war ihm dieses Fleisch einmal gewesen, fremd war es ihm jetzt. Sie erhob sich und sagte: »Du gehst beten!« Und da sie an etwas anderes dachte, wandelte sie mit einer fernen Stimme den Satz ab und wiederholte: »Beten gehst du!«

Mit ihrem Vater zugleich verließ Mirjam im gelben Schal das Haus und begab sich zu den Nachbarn.

Es war die erste Woche im Monat Ab. Die Juden versammelten sich nach dem Abendgebet, um den Neumond zu begrüßen, und weil die Nacht angenehm war und ein Labsal nach dem heißen Tage, folgten sie ihren gläubigen Herzen williger als gewöhnlich und dem Gebot Gottes, die Wiedergeburt des Mondes auf einem freien Platz zu begrüßen, über dem sich der Himmel weiter und umfangreicher wölbt als über den engen Gassen des Städtchens. Und sie hasteten, stumm und schwarz, in regellosen Grüppchen, hinter die Häuser, sahen in der Ferne den Wald, der schwarz und schweigsam war wie sie, aber ewig in seinem verwurzelten Bestand, sahen die Schleier der Nacht über den weiten Feldern und blieben schließlich stehn. Sie blickten zum Himmel und suchten das gekrümmte Silber des neuen Gestirns, das heute noch einmal geboren wurde, wie am Tage seiner Erschaffung. Sie schlossen sich zu einer dichten Gruppe, schlugen ihre Gebetbücher auf, weiß schimmerten die Seiten, schwarz starrten die eckigen Buchstaben vor ihren Augen in der nächtlich-bläulichen Klarheit, und sie begannen, den Gruß an den Mond zu murmeln und die Oberkörper hin und her zu wiegen, daß sie aussahen wie von einem unsichtbaren Sturm gerüttelt. Immer schneller wiegten sie sich, immer lauter beteten sie, mit kriegerischem Mut warfen sie zu dem fernen Himmel ihre urheimischen Worte. Fremd war ihnen die Erde, auf der sie standen, feindlich der Wald, der ihnen entgegenstarrte, gehässig das Kläffen der Hunde, deren mißtrauisches Gehör sie geweckt hatten, und vertraut nur der Mond, der heute in dieser Welt geboren wurde wie im Lande

der Väter, und der Herr, der überall wachte, daheim und in der Verbannung.
Mit einem lauten »Amen« beschlossen sie den Segen, reichten einander die Hände und wünschten sich einen glücklichen Monat, Gedeih den Geschäften und Gesundheit den Kranken. Sie zerteilten sich, sie liefen einzeln nach Haus, verschwanden in den Gäßchen hinter den kleinen Türen ihrer schiefen Hütten. Nur ein Jude blieb zurück, Mendel Singer.
Seine Gefährten mochten sich erst vor wenigen Minuten verabschiedet haben, aber ihm war es, als stünde er schon seit einer Stunde da. Er atmete die ungestörte Ruhe in der Freiheit, machte ein paar Schritte, fühlte sich matt, bekam Lust, sich auf den Boden zu legen, und hatte Angst vor der unbekannten Erde und dem gefahrvollen Gewürm, das sie höchstwahrscheinlich beherbergte. Sein verlorener Sohn Jonas kam ihm in den Sinn. Jonas schlief jetzt in einer Kaserne, auf dem Heu, in einem Stall, vielleicht neben Pferden. Sein Sohn Schemarjah lebte jenseits des Wassers: Wer war weiter, Jonas oder Schemarjah? Deborah hatte daheim schon die Dollars vergraben, und Mirjam erzählte jetzt den Nachbarn die Geschichte von dem Besuch des Amerikaners.
Die junge Mondsichel verbreitete bereits einen starken, silbernen Glanz, treu begleitet von dem hellsten Stern des Himmels glitt sie durch die Nacht. Manchmal heulten die Hunde und erschreckten Mendel. Sie zerrissen den Frieden der Erde und vergrößerten Mendel Singers Unruhe. Obwohl er kaum fünf Minuten von den Häusern des Städtchens entfernt war, kam er sich unendlich weit von der bewohnten Welt der Juden vor, unsagbar einsam, von Gefahren bedroht und dennoch außerstande zurückzugehen. Er wandte sich nach Norden: Da atmete finster der Wald. Rechts dehnten sich viele Werst weit die Sümpfe mit den vereinzelten, silbernen Weiden. Links lagen die Felder unter opalenen Schleiern. Manchmal glaubte Mendel einen menschlichen Laut aus unbestimmbarer Richtung zu vernehmen. Er hörte bekannte Leute reden, und es war ihm auch, als ob er sie verstünde. Dann erinnerte er sich, daß er diese Reden schon längst gehört hatte. Er begriff, daß er sie jetzt nur noch einmal vernahm, lediglich ihr Echo, das so lange in seinem Gedächtnis gewartet hatte.
Auf einmal rauschte es links im Getreide, obwohl sich kein Wind erhoben hatte. Es rauschte immer näher, jetzt konnte Mendel auch sehn, wie sich die mannshohen Ähren bewegten, zwischen ihnen mußte ein

Mensch schleichen, wenn nicht ein riesiges Tier, ein Ungetüm. Davonlaufen wäre wohl richtig gewesen, aber Mendel wartete und bereitete sich auf den Tod vor. Ein Bauer oder ein Soldat würde jetzt aus dem Korn treten, Mendel des Diebstahls bezichtigen und auf der Stelle erschlagen – mit einem Stein vielleicht. Es könnte auch ein Landstreicher sein, ein Mörder, ein Verbrecher, der nicht belauscht und beobachtet sein wollte. »Heiliger Gott!« flüsterte Mendel. Da hörte er Stimmen. Es waren zwei, die durch das Getreide gingen, und daß es nicht einer war, beruhigte den Juden, obwohl er sich gleichzeitig sagte, daß es eben zwei Mörder sein dürften. Nein, es waren keine Mörder, es war ein Liebespaar. Eine Mädchenstimme sprach, ein Mann lachte. Auch Liebespaare konnten gefährlich werden, es gab manches Beispiel dafür, daß ein Mann rasend wurde, wenn er einen Zeugen seiner Liebe ergriff. Bald mußten die beiden aus dem Felde treten. Mendel Singer überwand seinen furchtsamen Ekel vor dem Gewürm der Erde und legte sich sachte hin, den Blick auf das Getreide gerichtet. Da teilten sich die Ähren, der Mann trat zuerst hervor, ein Mann in Uniform, ein Soldat mit dunkelblauer Mütze, gestiefelt und gespornt, das Metall blinkte und klingelte leise. Hinter ihm leuchtete ein gelber Schal auf, ein gelber Schal, ein gelber Schal. Eine Stimme erklang, die Stimme des Mädchens. Der Soldat wandte sich um, legte seinen Arm um ihre Schultern, jetzt öffnete sich der Schal, der Soldat ging hinter dem Mädchen, die Hände hielt er an ihrer Brust, eingebettet in den Soldaten ging das Mädchen.

Mendel schloß die Augen und ließ das Unglück im Finstern vorbeigehen. Hätte er nicht Angst gehabt, sich zu verraten, er hätte sich auch gern die Ohren verstopft, um nicht hören zu müssen. So aber mußte er hören: schreckliche Worte, silbernes Klirren der Sporen, leises, wahnsinniges Kichern und ein tiefes Lachen des Mannes. Sehnsüchtig erwartete er jetzt das Kläffen der Hunde. Wenn sie nur laut heulen wollten, sehr laut heulen sollten sie! Mörder hatten aus dem Getreide zu treten, um ihn zu erschlagen. Die Stimmen entfernten sich. Stille war es. Fort war alles. Nichts war gewesen.

Mendel Singer stand eilends auf, sah sich um in der Runde, hob mit beiden Händen die Schöße seines langen Rockes und lief in die Richtung des Städtchens. Die Fensterläden waren geschlossen, aber manche Frauen saßen noch vor den Türen und plauderten und schnarrten. Er verlangsamte seinen Lauf, um nicht aufzufallen, er machte nur große, eilige Schritte, die Rockschöße immer noch in den Händen. Vor seinem Hause stand er. Er klopfte ans Fenster. Deborah öffnete es: »Wo ist Mirjam?« fragte Mendel. »Sie geht noch spazieren«, sagte Deborah, »sie ist ja nicht zu halten! Tag und Nacht geht sie spazieren. Eine halbe Stunde kaum ist sie im Haus. Gott hat mich gestraft mit diesen Kindern, hat man je in der Welt schon –« »Sei still«, unterbrach sie Mendel, »wenn Mirjam nach Hause kommt, sag ihr, ich habe nach ihr gefragt. Ich komme heute nicht nach Haus, sondern erst morgen früh. Heute ist der Todestag meines Großvaters Zallel, ich gehe beten.« Und er entfernte sich, ohne eine Antwort seiner Frau abzuwarten.

Es konnten kaum drei Stunden verflossen sein, seitdem er das Bethaus verlassen hatte. Nun, da er es wieder betrat, war ihm, als kehre er nach vielen Wochen dahin zurück, und er strich mit einer zärtlichen Hand über den Deckel seines alten Gebetpultes und feierte mit ihm ein Wiedersehn. Er klappte es auf und langte nach seinem alten, schwarzen und schweren Buch, das in seinen Händen heimisch war und das er unter tausend gleichartigen Büchern ohne Zögern erkannt hätte. So vertraut war ihm die lederne Glätte des Einbands mit den erhabenen, runden Inselchen aus Stearin, den verkrusteten Überresten unzähliger längst verbrannter Kerzen, und die unteren Ecken der Seiten, porös, gelblich, fett, dreimal gewellt durch das jahrzehntelange Umblättern mit angefeuchteten Fingern. Jedes Gebet, dessen er im Augenblick bedurfte, konnte er im Nu aufschlagen. Eingegraben war es in sein Gedächtnis mit den kleinsten Zügen der Physiognomie, die es in diesem Gebetbuch trug, der Zahl seiner Zeilen, der Art und Größe des Drucks und der genauen Farbtönung der Seiten.

Es dämmerte im Bethaus, das gelbliche Licht der Kerzen an der östlichen Wand neben dem Schrank der Thorarollen vertrieb das Dunkel nicht, sondern schien sich eher in diesem zu bergen. Man sah den Himmel und einige Sterne durch die Fenster und erkannte alle Gegenstände im Raum, die Pulte, den Tisch, die Bänke, die Papierschnitzel auf dem Boden, die Armleuchter an der Wand, ein paar golden befranste Deckchen. Mendel Singer entzündete zwei Kerzen, klebte sie fest am nackten Holz des Pultes, schloß die Augen und begann zu beten. Mit geschlossenen Augen erkannte er, wo eine Seite zu Ende war, mechanisch blätterte er die neue auf. Allmählich glitt sein Oberkörper in das altgewohnte, regelmäßige Schwanken, der ganze Körper betete mit, die Füße scharrten die Dielen, die Hände schlossen sich zu Fäusten und schlugen wie Hämmer auf das Pult, an die Brust, auf das Buch und in die Luft. Auf der Ofenbank schlief ein obdachloser Jude. Seine Atemzüge begleiteten und unterstützten Mendel Singers monotonen Gesang, der wie ein heißer Gesang in der gelben Wüste war, verloren und vertraut mit dem Tode. Die eigene Stimme und der Atem des Schlafenden betäubten Mendel, vertrieben jeden Gedanken aus seinem Herzen, nichts mehr war er als ein Beter, die Worte gingen durch ihn den Weg zum Himmel, ein hohles Gefäß war er, ein Trichter. So betete er dem Morgen entgegen.

Der Tag hauchte an die Fenster. Da wurden die Lichter kümmerlich und matt, hinter den niedrigen Hütten sah man schon die Sonne emporkommen, mit roten Flammen erfüllte sie die zwei östlichen Fenster des Hauses. Mendel zerdrückte die Kerzen, verbarg das Buch, öffnete die Augen und wandte sich zum Gehen. Er trat ins Freie. Es roch nach Sommer, trocknenden Sümpfen und erwachtem Grün. Die Fensterläden waren noch geschlossen. Die Menschen schliefen.

Mendel pochte dreimal mit der Hand an seine Tür. Er war kräftig und frisch, als hätte er traumlos und lange geschlafen. Er wußte genau, was zu tun war. Deborah öffnete. »Mach mir einen Tee«, sagte Mendel, »dann will ich dir was sagen. Ist Mirjam zu Haus?« »Natürlich«, erwiderte Deborah, »wo sollte sie denn sein? Glaubst du, sie ist schon in Amerika?«

Der Samowar summte, Deborah hauchte in ein Trinkglas und putzte es blank. Dann tranken Mendel und Deborah gleichmäßig mit gespitzten, schlürfenden Lippen. Plötzlich setzte Mendel das Glas ab und sagte: »Wir werden nach Amerika fahren. Menuchim muß zurückbleiben. Wir müssen Mirjam mitnehmen. Ein Unglück schwebt über uns, wenn wir bleiben.« Er blieb eine Weile still und sagte dann leise:

»Sie geht mit einem Kosaken.«

Das Glas fiel klirrend aus den Händen Deborahs. Mirjam erwachte in der Ecke, und Menuchim regte sich in seinem dumpfen Schlaf. Dann blieb es still. Millionen Lerchen trillerten über dem Haus, unter dem Himmel.

Mit einem hellen Blitz schlug die Sonne ans Fenster, traf den blanken Samowar aus Blech und entzündete ihn zu einem gewölbten Spiegel.

So begann der Tag.

VII

Nach Dubno fährt man mit Sameschkins Fuhre; nach Moskau fährt man mit der Eisenbahn; nach Amerika fährt man nicht nur auf einem Schiff, sondern auch mit Dokumenten. Um diese zu bekommen, muß man nach Dubno.

Also begibt sich Deborah zu Sameschkin. Sameschkin sitzt nicht mehr auf der Ofenbank, er ist überhaupt nicht zu Haus, es ist Donnerstag und Schweinemarkt, Sameschkin kann erst in einer Stunde heimkehren.

Deborah geht auf und ab, auf und ab vor Sameschkins Hütte, sie denkt nur an Amerika.

Ein Dollar ist mehr als zwei Rubel, ein Rubel hat hundert Kopeken, zwei Rubel enthalten zweihundert Kopeken, wieviel, um Gottes willen, enthält ein Dollar Kopeken? Wieviel Dollar ferner wird Schemarjah schicken? Amerika ist ein gesegnetes Land.

Mirjam geht mit einem Kosaken, in Rußland kann sie es wohl, in Amerika gibt es keine Kosaken. Rußland ist ein trauriges Land, Amerika ist ein freies Land, ein fröhliches Land. Mendel wird kein Lehrer mehr sein, der Vater eines reichen Sohnes wird er sein.

Es dauert nicht eine Stunde, es dauert nicht zwei Stunden, erst nach drei Stunden hört Deborah Sameschkins genagelte Stiefel.

Es ist Abend, aber immer noch heiß. Die schräge Sonne ist schon gelb geworden, aber weichen will sie nicht, sehr langsam geht sie heute unter. Deborah schwitzt vor Hitze und Aufregung und hundert ungewohnten Gedanken.

Nun, da Sameschkin herankommt, wird ihr noch mehr heiß. Er trägt eine schwere Bärenmütze, zottelig und an einigen Stellen räudig, und einen kurzen Pelz über schmutzigen Leinenhosen, die in den schweren Stiefeln stecken. Dennoch schwitzt er nicht.

In dem Augenblick, in dem ihn Deborah sieht, riecht sie ihn auch schon, denn er stinkt nach Branntwein. Einen schweren Stand wird sie mit ihm haben. Es ist schon keine Kleinigkeit, den nüchternen Sameschkin herumzukriegen.

Am Montag ist Schweinemarkt in Dubno. Es ist nicht von Vorteil, daß Sameschkin bereits den Schweinemarkt zu Hause absolviert hat, er dürfte keine Veranlassung mehr haben, nach Dubno zu fahren, und die Fuhre wird Geld kosten.

Deborah tritt Sameschkin mitten in den Weg. Er taumelt, die schweren Stiefel halten ihn aufrecht. Ein Glück, daß er nicht barfuß ist! denkt Deborah, nicht ohne Verachtung.
Sameschkin erkennt die Frau nicht, die ihm den Weg verstellt. »Weg mit den Weibern!« ruft er und macht eine Bewegung mit der Hand, halb ein Griff und halb ein Schlagen.
»Ich bin es!« sagt Deborah tapfer. »Montag fahren wir nach Dubno!«
»Gott segne dich!« ruft Sameschkin freundlich. Er bleibt stehn und stützt sich mit dem Ellenbogen auf Deborahs Schulter. Sie hat Angst, sich zu rühren, damit Sameschkin nicht hinfalle.
Sameschkin wiegt gute siebzig Kilo, sein ganzes Gewicht liegt jetzt im Ellenbogen, und dieser Ellenbogen liegt auf Deborahs Schulter.
Zum erstenmal ist ihr ein fremder Mann so nahe. Sie fürchtet sich, aber sie denkt zugleich auch, daß sie schon alt ist, sie denkt auch an Mirjams Kosaken und wie lange sie Mendel nicht mehr berührt hat.
»Ja, mein Süßes«, sagt Sameschkin, »wir fahren Montag nach Dubno und unterwegs schlafen wir miteinander.«
»Pfui, du Alter«, sagt Deborah, »ich werde es deiner Frau sagen, vielleicht bist du besoffen?« »Besoffen ist er nicht«, erwiderte Sameschkin, »er hat nur gesoffen. Was willst du überhaupt in Dubno, wenn du nicht mit Sameschkin schläfst?«
»Dokumente machen«, sagt Deborah, »wir fahren nach Amerika.«
»Die Fuhre kostet fünfzig Kopeken, wenn du nicht schläfst, und dreißig, wenn du mit ihm schläfst. Ein Kindchen wird er dir machen, bekommen wirst du es in Amerika, ein Andenken an Sameschkin.«
Deborah erschauert, mitten in der Hitze.
Dennoch sagt sie, aber erst nach einer Minute: »Ich schlafe nicht mit dir und zahle fünfunddreißig Kopeken.«
Sameschkin steht plötzlich frei, er hat den Ellenbogen von Deborahs Schulter weggezogen, es scheint, daß er nüchtern geworden ist.
»Fünfunddreißig Kopeken«, sagt er mit fester Stimme.
»Montag um fünf Uhr früh.«
»Montag um fünf Uhr früh.«
Sameschkin kehrt in seinen Hof ein, und Deborah geht langsam nach Haus.
Die Sonne ist untergegangen. Der Wind kommt vom Westen, am Horizont schichten sich violette Wolken, morgen wird es regnen. Deborah denkt: Morgen wird es regnen, und fühlt einen rheumatischen

Schmerz im Knie, sie begrüßt ihn, den alten, treuen Feind. Der Mensch wird alt! denkt sie. Die Frauen werden schneller alt als die Männer, Sameschkin ist genauso alt wie sie und noch älter. Mirjam ist jung, sie geht mit einem Kosaken.

Vor dem Wort »Kosaken«, das sie laut gesagt hatte, war Deborah erschrocken. Es war, als ob erst der Klang ihr die Furchtbarkeit des Tatbestands bewußtgemacht hätte.

Zu Hause sah sie ihre Tochter Mirjam und ihren Mann Mendel. Sie saßen am Tisch, der Vater und die Tochter, und sie schwiegen so beharrlich, daß Deborah sofort beim Eintritt wußte, daß es bereits ein altes Schweigen war, ein heimisches, festgesiedeltes Schweigen.

»Ich habe mit Sameschkin gesprochen«, begann Deborah. »Montag um fünf Uhr früh fahre ich nach Dubno um die Dokumente. Fünfunddreißig Kopeken will er.« Und da sie der Teufel der Eitelkeit ritt, fügte sie hinzu: »So billig fährt er nur mit mir!«

»Du kannst überhaupt nicht allein fahren«, sagte, Müdigkeit in der Stimme und Bangnis im Herzen, Mendel Singer. »Ich habe mit vielen Juden gesprochen, die sich auskennen. Sie sagen, ich muß selber beim Urjadnik sein.«

»Du beim Urjadnik?«

Es war in der Tat nicht einfach, sich Mendel Singer in einem Amt vorzustellen. Nie in seinem Leben hatte er mit einem Urjadnik gesprochen. Nie hatte er einem Polizisten begegnen können, ohne zu zittern. Den Uniformierten, den Pferden und den Hunden ging er sorgfältig aus dem Weg. Mendel sollte mit einem Urjadnik sprechen?

»Kümmere dich nicht, Mendel«, sagte Deborah, »um die Dinge, die du nur verderben kannst. Ich allein werde alles richten.«

»Alle Juden«, wendete Mendel ein, »haben mir gesagt, daß ich persönlich erscheinen muß.«

»Dann fahren wir Montag zusammen!«

»Und wo wird Menuchim sein?«

»Mirjam bleibt bei ihm!«

Mendel sah seine Frau an. Er versuchte, mit seinem Blick ihre Augen zu treffen, die sie unter den Lidern furchtsam verbarg. Mirjam, die von einer Ecke aus den Tisch betrachtete, konnte den Blick ihres Vaters sehn, ihr Herz ging schneller. Montag war sie verabredet. Montag war sie verabredet. Die ganze heiße Zeit des Spätsommers war sie verabredet. Ihre Liebe blühte spät, zwischen den hohen Ähren, Mirjam hatte

Angst vor der Ernte. Sie hörte schon manchmal, wie die Bauern sich vorbereiteten, wie sie die Sicheln wetzten an den blauen Schleifsteinen. Wo sollte sie hin, wenn die Felder kahl wurden? Sie mußte nach Amerika. Eine vage Vorstellung von der Freiheit der Liebe in Amerika, zwischen den hohen Häusern, die noch besser verbargen als die Kornähren im Feld, tröstete sie über das Nahen der Ernte. Schon kam sie. Mirjam hatte keine Zeit zu verlieren. Sie liebte Stepan. Er würde zurückbleiben. Sie liebte alle Männer, die Stürme brachen aus ihnen, ihre gewaltigen Hände zündeten dennoch sachte die Flammen im Herzen an. Stepan hießen die Männer, Iwan und Wsewolod. In Amerika gab es noch viel mehr Männer.

»Ich bleibe nicht allein zu Hause«, sagte Mirjam, »ich habe Angst!«

»Man muß ihr«, ließ sich Mendel vernehmen, »einen Kosaken ins Haus stellen. Damit er sie bewacht.«

Mirjam wurde rot. Sie glaubte, daß der Vater ihre Röte sah, obwohl sie in der Ecke, im Schatten stand. Ihre Röte mußte doch durch das Dunkel leuchten, wie eine rote Lampe war Mirjams Angesicht entzündet. Sie bedeckte es mit den Händen und brach in Tränen aus.

»Geh hinaus!« sagte Deborah, »es ist spät, mach die Fensterläden zu!«

Sie tastete sich hinaus, vorsichtig, die Hände immer noch vor den Augen. Draußen blieb sie einen Moment stehen. Alle Sterne des Himmels standen da, nah und lebendig, als hätten sie Mirjam vor dem Haus erwartet. Ihre klare, goldene Pracht enthielt die Pracht der großen, freien Welt, kleine Spiegelchen waren sie, in denen sich der Glanz Amerikas spiegelte.

Sie trat ans Fenster, sah hinein, versuchte aus den Mienen der Eltern zu erkennen, was sie sprechen mochten. Sie erkannte nichts. Sie löste die eisernen Haken von dem Holz der aufgeklappten Läden und schloß die beiden Flügel wie einen Schrank. Sie dachte an einen Sarg. Sie begrub die Eltern in dem kleinen Häuschen. Sie fühlte keine Wehmut. Mendel und Deborah Singer waren begraben. Die Welt war weit und lebendig. Stepan, Iwan und Wsewolod lebten. Amerika lebte, jenseits des großen Wassers, mit all seinen hohen Häusern und mit Millionen Männern.

Als sie wieder ins Zimmer trat, sagte ihr Vater, Mendel Singer:

»Sogar die Läden kann sie nicht schließen, eine halbe Stunde braucht sie dazu!«

Er ächzte, erhob sich und trat an die Wand, an der die kleine Petro-

leumlampe hing, dunkelblauer Behälter, rußiger Zylinder, durch einen rostigen Draht verbunden mit einem gesprungenen runden Spiegel, der die Aufgabe hatte, das spärliche Licht kostenlos zu verstärken. Die obere Öffnung des Zylinders überragte Mendel Singers Kopf. Vergeblich versuchte er, die Lampe auszupusten. Er stellte sich auf die Zehenspitzen, er blies, aber der Docht flackerte nur stärker auf.
Indessen entzündete Deborah ein kleines, gelbliches Wachslicht und stellte es auf den Ziegelherd. Mendel Singer stieg krächzend auf einen Sessel und blies endlich die Lampe aus. Mirjam legte sich in die Ecke, neben Menuchim. Erst wenn es finster war, wollte sie sich ausziehen. Sie wartete atemlos, mit geschlossenen Lidern, bis der Vater sein Nachtgebet zu Ende gemurmelt hatte. Durch ein rundes Astloch im Fensterladen sah sie das blaue und goldene Schimmern der Nacht. Sie entkleidete sich und befühlte ihre Brüste. Sie taten ihr weh. Ihre Haut hatte ein eigenes Gedächtnis und erinnerte sich an jeder Stelle der großen, harten und heißen Hände der Männer. Ihr Geruch hatte ein eigenes Gedächtnis und behielt den Duft von Männerschweiß, Branntwein und Juchten unablässig, mit quälender Treue. Sie hörte das Schnarchen der Eltern und das Röcheln Menuchims. Da erhob sich Mirjam, im Hemd, barfuß, mit den schweren Zöpfen, die sie nach vorne legte und deren Enden bis zu den Schenkeln reichten, schob den Riegel zurück und trat hinaus in die fremde Nacht. Sie atmete tief. Es schien ihr, daß sie die ganze Nacht einatmete, alle goldenen Sterne verschlang sie mit dem Atem, immer noch mehr brannten am Himmel. Frösche quakten und Grillen zirpten, den nordöstlichen Rand des Himmels säumte ein breiter, silberner Streifen, in dem schon der Morgen enthalten zu sein schien. Mirjam dachte an das Kornfeld, ihr Hochzeitslager. Sie ging rund um das Haus. Da schimmerte von ferne her die große, weiße Mauer der Kaserne. Ein paar kärgliche Lichter schickte sie Mirjam entgegen. In einem großen Saal schliefen Stepan, Iwan und Wsewolod und viele andere Männer.
Morgen war Freitag. Alles mußte man für den Samstag vorbereiten, die Fleischkugeln, den Hecht und die Hühnerbrühe. Das Backen begann schon um sechs Uhr morgens. Als der breite, silberne Streifen rötlich wurde, schlich sich Mirjam wieder in die Stube. Sie schlief nicht mehr ein. Durch das Astloch im Fensterladen sah sie die ersten Flammen der Sonne. Schon regten sich Vater und Mutter im Schlaf. Der Morgen war da.

Der Sabbat verging, den Sonntag verbrachte Mirjam im Kornfeld, mit Stepan. Sie gingen schließlich weit hinaus, ins nächste Dorf, Mirjam trank Schnaps. Den ganzen Tag suchte man sie zu Hause. Mochte man sie suchen! Ihr Leben war kostbar, der Sommer war kurz, bald begann die Ernte. Im Walde schlief sie noch einmal mit Stepan. Morgen, Montag, fuhr der Vater nach Dubno die Papiere besorgen.
Um fünf Uhr früh am Montag erhob sich Mendel Singer. Er trank Tee, betete, legte dann schnell die Gebetsriemen ab und ging zu Sameschkin. »Guten Morgen!« rief er von weitem. Es war Mendel Singer, als begänne schon hier, vor dem Einsteigen in die Fuhre Sameschkins, die Amtshandlung und als müßte er Sameschkin begrüßen wie einen Urjadnik.
»Ich fahre lieber mit deiner Frau!« sagte Sameschkin. »Sie ist noch ansehnlich für ihre Jahre und hat einen anständigen Busen.«
»Fahren wir«, sagte Mendel.
Die Pferde wieherten und schlugen mit den Schwänzen auf ihre Hinterteile. »Hej! Wjo!« rief Sameschkin und knallte mit der Peitsche.
Um elf Uhr vormittags kamen sie nach Dubno.
Mendel mußte warten. Er trat, die Mütze in der Hand, durch das große Portal. Der Portier trug einen Säbel.
»Wohin willst du?« fragte er.
»Ich will nach Amerika – wo muß ich hin?«
»Wie heißt du?«
»Mendel Mechelovitsch Singer.«
»Wozu willst du nach Amerika?«
»Geld verdienen, es geht mir schlecht.«
»Du gehst auf Nummer 84«, sagte der Portier. »Dort warten schon viele.«
Sie saßen in einem großen, gewölbten, ockergelb getünchten Korridor. Männer in blauen Uniformen wachten vor den Türen. Die Wände entlang standen braune Bänke – alle Bänke waren besetzt. Aber sooft ein Neuer kam, machten die blauen Männer eine Handbewegung; und die schon saßen, rückten zusammen, und immer wieder nahm ein Neuer Platz. Man rauchte, spuckte, knackte Kürbiskerne und schnarchte. Der Tag war hier kein Tag. Durch das Milchglas eines sehr hohen, sehr fernen Oberlichts konnte man eine blasse Ahnung vom Tag erhaschen. Uhren tickten irgendwo, aber sie gingen gleichsam neben der Zeit einher, die in diesen hohen Korridoren stillestand.

Manchmal rief ein Mann in blauer Uniform einen Namen aus. Alle Schläfer erwachten. Der Aufgerufene erhob sich, wankte einer Tür zu, rückte an seinem Anzug und trat durch eine der hohen, zweiflügeligen Türen, die statt einer Klinke einen runden, weißen Knopf hatte. Mendel überlegte, wie er diesen Knopf behandeln würde, um die Tür aufzumachen. Er stand auf, vom langen Sitzen, eingezwängt zwischen den Menschen, taten ihm die Glieder weh. Kaum aber hatte er sich erhoben, als ein blauer Mann auf ihn zutrat. »Sidaj!« rief der blaue Mann, »setz dich!« Mendel Singer fand keinen Platz mehr auf seiner Bank. Er blieb neben ihr stehen, drückte sich an die Wand und hatte den Wunsch, so flach zu werden wie die Mauer.
»Wartest du auf Nummer 84?« fragte der blaue Mann.
»Ja«, sagte Mendel. Er war überzeugt, daß man jetzt gesonnen war, ihn endgültig hinauszuwerfen. Deborah wird noch einmal hierherfahren müssen. Fünfzig Kopeken und fünfzig Kopeken machen einen Rubel. Aber der blaue Mann hatte nicht die Absicht, Mendel aus dem Haus zu weisen. Dem blauen Mann lag vor allem daran, daß alle Wartenden ihre Plätze behielten und daß er alle übersehen konnte. Wenn einer schon aufstand, so konnte er auch eine Bombe werfen.
Anarchisten verkleiden sich manchmal, dachte der Türsteher. Und er winkte Mendel zu sich heran, betastete den Juden, fragte nach den Papieren. Und da alles in Ordnung war und Mendel keinen Platz mehr hatte, sagte der blaue Mann: »Paß auf! Siehst du die gläserne Tür? Die machst du auf. Dort ist Nummer 84.«
»Was willst du hier?« schrie ein breitschultriger Mann hinter dem Schreibtisch. Genau unter dem Bild des Zaren saß der Beamte. Er bestand aus einem Schnurrbart, einem kahlen Kopf, Epauletten und Knöpfen. Er war wie eine schöne Büste hinter seinem breiten Tintenfaß aus Marmor. »Wer hat dir erlaubt, hier ohne weiteres einzutreten? Warum meldest du dich nicht an?« polterte eine Stimme aus der Büste. Mendel Singer verbeugte sich unterdessen tief. Auf solch einen Empfang war er nicht vorbereitet gewesen. Er beugte sich und ließ den Donner über seinen Rücken dahinstreichen, er wollte winzig werden, dem Erdboden gleich, wie wenn er von einem Gewitter auf freiem Felde überrascht worden wäre. Die Falten seines langen Rockes schlugen auseinander, und der Beamte sah ein Stück von Mendel Singers fadenscheiniger Hose und das abgeschabte Leder der Stiefelschäfte. Dieser Anblick machte den Beamten milder. »Tritt näher!« befahl er,

und Mendel rückte näher, den Kopf vorgeschoben, als wollte er gegen den Schreibtisch vorstoßen. Erst als er sah, daß er sich schon dem Saum des Teppichs näherte, hob Mendel ein wenig den Kopf. Der Beamte lächelte.

»Her mit den Papieren!« sagte er.

Dann war es still. Man hörte eine Uhr ticken. Durch die Jalousien brach das goldene Licht eines späten Nachmittags. Die Papiere raschelten. Manchmal sann der Beamte eine Weile nach, blickte in die Luft und haschte plötzlich mit der Hand nach einer Fliege. Er hielt das winzige Tier in seiner riesigen Faust, öffnete sie vorsichtig, zupfte einen Flügel ab, dann den zweiten und sah noch ein bißchen zu, wie das verkrüppelte Insekt auf dem Schreibtisch weiterkroch.

»Das Gesuch?« fragte er plötzlich, »wo ist das Gesuch?«

»Ich kann nicht schreiben, Euer Hochwohlgeboren!« entschuldigte sich Mendel.

»Das weiß ich, du Tepp, daß du nicht schreiben kannst! Ich habe nicht nach deinem Schulzeugnis gefragt, sondern nach dem Gesuch. Und wozu haben wir einen Schreiber? Ha? Im Parterre? Auf Nummer 3? Ha? Wozu erhält der Staat einen Schreiber? Für dich, du Esel, weil du eben nicht schreiben kannst. Also geh auf Nummer 3. Schreib das Gesuch. Sag, ich schicke dich, damit du nicht zu warten brauchst und gleich behandelt wirst. Dann kommst du zu mir. Aber morgen! Und morgen nachmittag kannst du meinetwegen wegfahren!«

Noch einmal verneigte sich Mendel. Er ging rückwärts, er wagte nicht, dem Beamten den Rücken zu kehren, unendlich lang schien ihm der Weg vom Schreibtisch zur Tür. Er glaubte, schon eine Stunde zu wandern. Endlich fühlte er die Nähe der Tür. Er wandte sich schnell um, ergriff den Knopf, drehte ihn zuerst links, dann rechts, dann machte er noch eine Verbeugung. Er stand endlich wieder im Korridor.

In Nummer 3 saß ein gewöhnlicher Beamter, ohne Epauletten. Es war eine dumpfe, niedrige Stube, viele Menschen umstanden den Tisch, der Schreiber schrieb und schrieb, die Feder stieß er jedesmal ungeduldig auf den Boden des Tintenbehälters. Er schrieb flink, aber er wurde nicht fertig. Immer kamen neue Menschen. Trotzdem hatte er noch Zeit, Mendel zu bemerken.

»Euer Hochwohlgeboren, der Herr von Nummer 84 schickt mich«, sagte Mendel.

»Komm her«, sagte der Schreiber.

Man machte Mendel Singer Platz.
»Einen Rubel für den Stempel!« sagte der Schreiber. Mendel kramte einen Rubel aus seinem blauen Taschentuch. Es war ein harter, blanker Rubel. Der Schreiber nahm die Münze nicht, er erwartete noch mindestens fünfzig Kopeken. Mendel verstand nichts von den ziemlich deutlichen Wünschen des Schreibers.
Da wurde der Schreiber böse. »Sind das Papiere?« sagte er. »Fetzen sind es! Die zerfallen einem ja in der Hand.« Und er zerriß wie unabsichtlich eines der Dokumente, es zerfiel in zwei gleiche Teile, und der Beamte griff nach dem Gummiarabikum, um es zusammenzukleben. Mendel Singer zitterte.
Das Gummiarabikum war zu trocken, der Beamte spuckte in das Fläschchen, dann hauchte er es an. Aber es blieb trocken. Er hatte plötzlich einen Einfall, man sah ihm an, daß er plötzlich einen Einfall hatte. Er schloß eine Schublade auf, legte Mendel Singers Papiere hinein, schloß sie wieder zu, riß von einem Block einen kleinen, grünen Zettel, bestempelte ihn, gab ihn Mendel und sagte: »Weißt du was? Morgen früh um neun Uhr kommst du her! Da sind wir allein. Da können wir ruhig miteinander sprechen. Deine Papiere sind hier bei mir. Du holst sie morgen ab. Den Zettel zeigst du vor!«
Mendel ging. Sameschkin wartete draußen, neben den Pferden saß er auf den Steinen, die Sonne ging unter, der Abend kam.
»Wir fahren erst morgen«, sagte Mendel, »um neun Uhr früh muß ich wiederkommen.«
Er suchte nach einem Bethaus, um übernachten zu können. Er kaufte ein Stück Brot, zwei Zwiebeln, steckte alles in die Tasche, hielt einen Juden auf und fragte ihn nach dem Bethaus. »Gehn wir zusammen«, sagte der Jude.
Unterwegs erzählte Mendel seine Geschichte.
»Bei uns im Bethaus«, sagte der Jude, »kannst du einen Mann treffen, der dir die ganze Sache besorgt. Er hat schon viele Familien nach Amerika geschickt. Kennst du Kapturak?«
»Kapturak? Natürlich! Er hat meinen Sohn weggeschickt!«
»Alte Kundschaft!« sagte Kapturak. Im Spätsommer hielt er sich in Dubno auf, er ordinierte in den Bethäusern. »Damals war deine Frau bei mir. An deinen Sohn erinnere ich mich noch. Gut geht es ihm, was? Kapturak hat eine glückliche Hand.«
Es erwies sich, daß Kapturak bereit war, die Angelegenheit zu über-

nehmen. Es kostete vorläufig zehn Rubel per Kopf. Einen Vorschuß von zehn Rubeln konnte Mendel nicht geben. Kapturak wußte einen Ausweg. Er ließ sich die Adresse vom jungen Singer geben. In vier Wochen hat er Antwort und Geld, wenn der Sohn wirklich die Absicht hat, seine Eltern kommen zu lassen.
»Gib mir den grünen Zettel, den Brief aus Amerika, und verlaß dich auf mich!« sprach Kapturak. Und die Umstehenden nickten. »Fahr heute noch nach Hause. In ein paar Tagen komme ich bei euch vorbei. Verlaß dich auf Kapturak!«
Ein paar Umstehende wiederholten: »Verlaß dich ruhig auf Kapturak!«
»Es ist ein Glück«, sagte Mendel, »daß ich euch hier getroffen habe!«
Alle gaben ihm die Hand und wünschten ihm eine gute Fahrt. Er kehrte zum Marktplatz zurück, wo Sameschkin wartete. Sameschkin war schon im Begriff, sich in seinem Wagen schlafen zu legen. »Mit einem Juden kann nur der Teufel etwas Gewisses ausmachen!« sagte er. »Also fahren wir doch noch!«
Sie fuhren.
Sameschkin band sich die Zügel ums Handgelenk, er gedachte, ein wenig zu schlafen. Er nickte wirklich ein, die Pferde scheuten vor dem Schatten einer Vogelscheuche, die ein Spitzbube aus einem Feld fortgetragen und an den Straßenrand gestellt hatte. Die Tiere setzten sich in Galopp, die Fuhre schien sich in die Luft zu heben, bald, so glaubte Mendel, würde sie zu flattern beginnen, auch sein Herz galoppierte, wie ihm schien, es wollte die Brust verlassen und in die Weite hüpfen.
Auf einmal stieß Sameschkin einen lauten Fluch aus. Die Fuhre glitt in einen Graben, die Pferde ragten noch mit den Vorderbeinen auf die Straße, Sameschkin lag auf Mendel Singer.
Sie kletterten wieder hervor. Die Deichsel war zersplittert, ein Rad war locker geworden, einem anderen fehlten zwei Speichen. Sie mußten die Nacht über hierbleiben. Morgen wollte man sehn.
»So beginnt deine Reise nach Amerika«, sagte Sameschkin. »Was fahrt ihr auch immer soviel in der Welt herum! Der Teufel schickt euch von einem Ort zum andern. Unsereins bleibt, wo er geboren ist, und nur wenn Krieg ist, zieht man nach Japan!«
Mendel Singer schwieg. Er saß am Straßenrand, neben Sameschkin. Zum erstenmal in seinem Leben saß Mendel Singer auf der nackten Erde, mitten in der wilden Nacht, neben einem Bauern. Er sah über

sich den Himmel und die Sterne und dachte: Sie verdecken Gott. All das hat der Herr in sieben Tagen geschaffen. Und wenn ein Jude nach Amerika fahren will, braucht es Jahre!
»Siehst du, wie schön das Land ist?« fragte Sameschkin. »Bald wird die Ernte kommen. Es ist ein gutes Jahr. Wenn es so gut ist, wie ich mir vorstelle, kaufe ich noch ein Pferd im Herbst. Hörst du was von deinem Sohn Jonas? Er versteht was von Pferden. Er ist ganz anders als du. Hat dich dein Weib vielleicht einmal betrogen?« »Alles ist möglich«, erwiderte Mendel. Es war ihm auf einmal sehr leicht, alles konnte er begreifen, die Nacht machte ihn frei von Vorurteilen. Er schmiegte sich sogar an Sameschkin wie an einen Bruder.
»Alles ist möglich«, wiederholte er, »die Weiber taugen nichts.«
Plötzlich begann Mendel zu schluchzen. Mendel weinte, mitten in einer fremden Nacht, neben Sameschkin.
Der Bauer drückte seine Fäuste gegen die Augen, denn er fühlte, daß er auch weinen würde.
Dann legte er einen Arm um die dünnen Schultern Mendels und sagte leise:
»Schlaf, lieber Jude, schlaf dich aus!«
Er blieb lange wach. Mendel Singer schlief und schnarchte. Die Frösche quakten bis zum Morgen.

VIII

Zwei Wochen später rollte in einer großen Staubwolke ein kleiner, zweirädriger Wagen vor das Haus Mendel Singers und brachte einen Gast: Es war Kapturak.
Er berichtete, daß die Papiere bereit waren. Sollte eine Antwort in vier Wochen von Schemarjah, genannt Sam, aus Amerika kommen, so würde die Abreise der Familie Singer gesichert sein. Nur dieses hatte Kapturak sagen wollen; und daß ein Vorschuß von zwanzig Rubeln ihm angenehmer wäre, als wenn er das Geld später von der Summe Schemarjahs abziehen müßte.
Deborah ging in die Rumpelkammer aus faulen Holzplanken, die in dem kleinen Hof stand, zog die Bluse über den Kopf, holte ein verknotetes Taschentuch aus dem Busen und zählte sich acht harte Rubel in die Hand. Dann stülpte sie die Bluse wieder über, ging ins Haus und

sagte zu Kapturak: »Das ist alles, was ich bei den Nachbarn auftreiben konnte. Sie müssen sich damit zufriedengeben.«
»Einer alten Kundschaft sieht man was nach!« sagte Kapturak, schwang sich auf sein federleichtes, gelbes Wägelchen und verschwand alsbald in einer Staubwolke.
»Kapturak war bei Mendel Singer!« riefen die Leute im Städtchen. »Mendel fährt nach Amerika.«
In der Tat begann bereits die Reise Mendel Singers nach Amerika. Alle Leute gaben ihm Ratschläge gegen die Seekrankheit. Ein paar Käufer erschienen, Mendels Häuschen zu besichtigen. Man war bereit, tausend Rubel dafür zu zahlen, eine Summe, für die Deborah fünf Jahre ihres Lebens gegeben hätte.
Mendel Singer aber sagte: »Weißt du, Deborah, daß Menuchim zurückbleiben muß? Bei wem wird er bleiben? Billes verheiratet im nächsten Monat seine Tochter an den Musikanten Fogl. Bis sie ein Kind bekommen, können die jungen Leute Menuchim behalten. Dafür geben wir ihnen die Wohnung, und wir nehmen kein Geld.«
»Ist es schon für dich eine ausgemachte Sache, daß Menuchim zurückbleibt? Es sind noch ein paar Wochen mindestens bis zu unserer Abreise, bis dahin tut Gott sicher ein Wunder.«
»Wenn Gott ein Wunder tun will«, erwiderte Mendel, »wird er es dich nicht vorher wissen lassen. Man muß hoffen. Fahren wir nicht nach Amerika, so geschieht ein Unglück mit Mirjam. Fahren wir nach Amerika, so lassen wir hier Menuchim zurück. Sollen wir Mirjam allein nach Amerika schicken? Wer weiß, was sie anstellt, allein unterwegs und allein in Amerika. Menuchim ist krank, daß ihm nur ein Wunder helfen kann. Hilft ihm aber ein Wunder, so kann er uns folgen. Denn Amerika ist zwar sehr weit; aber es liegt dennoch nicht außerhalb dieser Welt.«
Deborah blieb still. Sie hörte die Worte des Rabbi von Kluczýsk: »Verlaß ihn nicht, bleibe bei ihm, als wenn er ein gesundes Kind wäre!« Sie blieb nicht bei ihm. Lange Jahre, Tag und Nacht, Stunde um Stunde hatte sie auf das verheißene Wunder gewartet. Die Toten im Jenseits halfen nicht, der Rabbi half nicht, Gott wollte nicht helfen. Ein Meer von Tränen hatte sie geweint. Nacht war in ihrem Herzen, Kummer in jeder Freude gewesen seit Menuchims Geburt. Alle Feste waren Qualen gewesen und alle Feiertage Trauertage. Es gab keinen Frühling mehr und keinen Sommer. Winter hießen alle Jahreszeiten.

Die Sonne ging auf, aber sie wärmte nicht. Die Hoffnung allein wollte nicht sterben. »Der bleibt ein Krüppel«, sagten alle Nachbarn. Denn ihnen war kein Unglück zugestoßen, und wer kein Unglück hat, glaubt auch nicht an Wunder.
Auch wer Unglück hat, glaubt nicht an Wunder. Wunder geschahen vor ganz alten Zeiten, als die Juden noch in Palästina lebten. Seitdem sind keine mehr gewesen. Dennoch: Hatte man nicht mit Recht merkwürdige Taten des Rabbi von Kluczýsk erzählt? Hatte er nicht schon Blinde sehend gemacht und Gelähmte erlöst? Wie war es mit Nathan Piczeniks Tochter? Verrückt war sie gewesen. Man brachte sie nach Kluczýsk. Der Rabbi sah sie an. Er sagte seinen Spruch. Dann spuckte er dreimal aus. Und Piczeniks Tochter ging frei, leicht und vernünftig nach Haus.
Andere Menschen haben Glück, dachte Deborah. Für Wunder muß man auch Glück haben. Mendel Singers Kinder haben aber kein Glück! Sie sind eines Lehrers Kinder!
»Wenn du ein vernünftiger Mensch wärest«, sagte sie zu Mendel, »so würdest du morgen nach Kluczýsk fahren und den Rabbi um Rat fragen.«
»Ich?« fragte Mendel. »Was soll ich bei deinem Rabbi? Bist einmal dort gewesen, fahr noch einmal hin! Glaubst an ihn, dir wird er einen Rat geben. Du weißt, daß ich nichts davon halte. Kein Jude braucht einen Vermittler zum Herrn. Er erhört unsere Gebete, wenn wir nichts Unrechtes tun. Wenn wir aber Unrechtes tun, kann er uns strafen!«
»Wofür straft er uns jetzt? Haben wir Unrecht getan? Warum ist er grausam?«
»Du lästerst ihn, Deborah, laß mich in Ruh', ich kann nicht länger mit dir reden.« Und Mendel vertiefte sich in ein frommes Buch.
Deborah griff nach ihrem Schal und ging hinaus. Draußen stand Mirjam. Sie stand da, gerötet von der untergehenden Sonne, in einem weißen Kleid, das jetzt orangen schimmerte, mit ihren glatten, glänzenden schwarzen Haaren und sah gradaus in die untergehende Sonne mit ihren großen, schwarzen Augen, die sie weit offenhielt, obwohl sie die Sonne ja blenden mußte. Sie ist schön, dachte Deborah, so schön bin ich auch einmal gewesen, so schön wie meine Tochter – was ist aus mir geworden? Mendel Singers Frau bin ich geworden. Mirjam geht mit einem Kosaken, sie ist schön, vielleicht hat sie recht.
Mirjam schien ihre Mutter nicht zu sehn. Sie beobachtete mit leiden-

schaftlicher Genauigkeit die glühende Sonne, die jetzt hinter einem schweren, violetten Wall von Wolken versinken wollte. Seit einigen Tagen stand diese dunkle Masse jeden Abend im Westen, kündigte Sturm und Regen an und war am nächsten Tag wieder verschwunden. Mirjam hatte beobachtet, daß in dem Augenblick, in dem die Sonne untergetaucht war, drüben in der Kavalleriekaserne die Soldaten zu singen begannen, eine ganze Sotnia begann zu singen, immer dasselbe Lied: »Polubil ja tibia za twoju krasotu.« Der Dienst war zu Ende, die Kosaken begrüßten den Abend. Mirjam wiederholte summend den Text des Liedes, von dem sie nur die ersten zwei Verse kannte: »Ich habe dich liebgewonnen, deiner Schönheit wegen.« Ihr galt das Lied einer ganzen Sotnia! Hundert Männer sangen ihr zu. Eine halbe Stunde später traf sie sich mit einem von ihnen oder auch mit zweien. Manchmal kamen drei.

Sie erblickte die Mutter, blieb ruhig stehen, wußte, daß Deborah herüberkommen würde. Seit Wochen wagte die Mutter nicht mehr, Mirjam zu rufen. Es war, als ginge von Mirjam selbst ein Teil des Schreckens aus, der die Kosaken umgab, als stünde die Tochter schon unter dem Schutz der fremden und wilden Kaserne.

Nein, Deborah rief Mirjam nicht mehr. Deborah kam zu Mirjam. Deborah, in einem alten Schal, stand alt, häßlich, ängstlich vor der goldüberglänzten Mirjam, hielt ein am Rande des hölzernen Bürgersteigs, als befolgte sie ein altes Gesetz, das den häßlichen Müttern befahl, einen halben Werst tiefer zu stehen als die schönen Töchter.

»Der Vater ist bös, Mirjam!« sagte Deborah.

»Laß ihn böse sein«, erwiderte Mirjam, »deinen Mendel Singer.«

Zum erstenmal hörte Deborah den Namen des Vaters aus dem Munde eines ihrer Kinder. Einen Augenblick schien es ihr, daß hier eine Fremde sprach, nicht Mendels Kind. Eine Fremde – weshalb sollte sie auch »Vater« sagen? Deborah wollte umkehren, sie hatte sich geirrt, sie hatte zu einem fremden Menschen gesprochen. Sie machte eine kurze Wendung. »Bleib!« befahl Mirjam – und Deborah fiel es zum erstenmal auf, mit welch harter Stimme ihre Tochter sprach. Eine kupferne Stimme, dachte Deborah. Sie klang wie eine der gehaßten und gefürchteten Kirchenglocken.

»Bleib hier, Mutter!« wiederholte Mirjam, »laß ihn allein, deinen Mann, fahr mit mir nach Amerika. Laß Mendel Singer und Menuchim, den Idioten, hier.«

»Ich habe ihn gebeten, zum Rabbi zu fahren, er will nicht. Allein fahr' ich nicht mehr nach Kluczýsk. Ich habe Angst! Einmal schon hat er mir verboten, Menuchim zu lassen, und wenn seine Krankheit Jahre dauern sollte. Was soll ich ihm sagen, Mirjam? Soll ich ihm sagen, daß wir deinetwegen wegfahren müssen, weil du, weil du – – –«
»Weil ich mich mit Kosaken abgebe«, ergänzte Mirjam, ohne sich zu rühren. Und sie fuhr fort: »Sag ihm, was du willst, es soll mich gar nichts angehn. In Amerika werde ich noch eher tun, was ich will. Weil du einen Mendel Singer geheiratet hast, muß ich nicht auch einen heiraten. Hast du denn einen bessern Mann für mich, was? Hast du eine Mitgift für deine Tochter?«
Mirjam erhob ihre Stimme nicht, auch ihre Fragen klangen nicht wie Fragen, es war, als spräche sie gleichgültige Dinge, als gäbe sie Auskunft über die Preise des Grünzeugs und der Eier. Sie hat recht, dachte Deborah. Hilf, guter Gott, sie hat recht.
Alle guten Geister rief Deborah zu Hilfe. Denn sie fühlte, daß sie ihrer Tochter recht geben mußte, sie selbst sprach aus ihrer Tochter. Deborah begann, ebenso vor sich selbst Angst zu haben, wie sie noch vor einer kurzen Weile vor Mirjam Angst gehabt hatte. Bedrohliche Dinge ereigneten sich. Der Gesang der Soldaten klang unaufhörlich herüber. Noch ragte ein kleiner Streifen der roten Sonne über das Violett.
»Ich muß fort«, sagte Mirjam, löste sich von der Mauer, an der sie gelehnt hatte, leicht wie ein weißer Schmetterling flatterte sie vom Bürgersteig, ging mit raschen, koketten Füßen die Straßenmitte entlang, hinaus in die Richtung, in der die Kaserne lag, dem rufenden Gesang der Kosaken entgegen.
Fünfzig Schritte vor der Kaserne, in der Mitte des kleinen Pfades zwischen dem großen Wald und dem Getreide Sameschkins, erwartete sie Iwan.
»Wir fahren nach Amerika«, sagte Mirjam.
»Wirst mich nicht vergessen«, mahnte Iwan. »Wirst immer um diese Stunde, beim Untergang der Sonne, an mich denken und nicht an die andern. Und vielleicht, wenn Gott hilft, komme ich dir nach, wirst mir schreiben. Pawel wird mir deine Briefe vorlesen, schreib nicht zuviel geheime Dinge von uns beiden, sonst muß ich mich schämen.« Er küßte Mirjam, stark und viele Male, seine Küsse knatterten wie Schüsse durch den Abend. Ein Teufelsmädel, dachte er, nun fährt sie hin, nach Amerika, ich muß mir eine andere suchen. So schön wie die

ist keine mehr, noch vier Jahre muß ich dienen. Er war groß, bärenstark und schüchtern. Seine riesigen Hände zitterten, wenn er ein Mädchen anfassen sollte. Auch war er in der Liebe nicht heimisch, alles hatte ihm Mirjam beigebracht, auf was für Gedanken war sie nicht schon gekommen!

Sie umarmten sich, wie gestern und vorgestern, mitten im Feld, eingebettet zwischen den Früchten der Erde, umgeben und überwölbt von dem schweren Korn. Willig legten sich die Ähren hin, wenn Mirjam und Iwan niedersanken; noch ehe sie niedersanken, schienen sich die Ähren zu legen. Heute war ihre Liebe heftiger, kürzer und gleichsam erschreckt. Es war, als müßte Mirjam schon morgen nach Amerika. Der Abschied zitterte schon in ihrer Liebe. Während sie ineinanderwuchsen, waren sie sich schon fern, durch den Ozean voneinander getrennt. Wie gut, dachte Mirjam, daß nicht er fährt, daß nicht ich zurückbleibe. Sie lagen lange matt, hilflos, stumm, wie Schwerverwundete. Tausend Gedanken schwankten durch ihre Hirne. Sie merkten nicht den Regen, der endlich gekommen war. Er hatte sachte und tükkisch begonnen, es dauerte lange, bis seine Tropfen schwer genug waren, das dichte, goldene Gehege der Ähren zu durchbrechen. Plötzlich waren sie den strömenden Wassern preisgegeben. Sie erwachten, begannen zu laufen. Der Regen verwirrte sie, verwandelte die Welt vollends, nahm ihnen den Sinn für die Zeit. Sie dachten, es sei schon spät, sie lauschten, ob sie die Glocken vom Turm hören würden, aber nur der Regen rauschte, immer dichter, immer dichter, alle andern Stimmen der Nacht waren unheimlich verstummt. Sie küßten sich auf die nassen Gesichter, drückten sich die Hände, Wasser war zwischen ihnen, keins von beiden konnte den Körper des andern fühlen. Hastig nahmen sie Abschied, ihre Wege trennten sich, schon war Iwan in Regen eingehüllt und unsichtbar. Nie mehr werde ich ihn sehen! dachte Mirjam, während sie nach Hause lief. Die Ernte kommt. Morgen werden die Bauern erschrecken, weil ein Regen mehrere bringt.

Sie kam nach Hause, wartete eine Weile unter dem Dachvorsprung, als wäre es möglich, in einer kurzen Minute trocken zu werden. Sie entschloß sich, ins Zimmer zu treten. Finster war es, alle schliefen schon. Sie legte sich leise, naß, wie sie war, sie ließ ihre Kleider am Körper trocknen und rührte sich nicht mehr. Draußen rauschte der Regen.

Alle wußten schon, daß Mendel nach Amerika ging, ein Schüler nach dem andern blieb vom Unterricht weg. Jetzt waren es nur noch fünf

Knaben, auch sie kamen nicht zu regelmäßigen Zeiten. Die Papiere hatte Kapturak noch nicht gebracht, die Schiffskarte hatte Sam noch nicht geschickt. Aber schon begann das Haus Mendel Singer zu zerfallen. Wie morsch muß es doch gewesen sein, dachte Mendel. Es ist morsch gewesen, und man hat es nicht gewußt. Wer nicht achtgeben kann, gleicht einem Tauben und ist schlimmer daran als ein Tauber – so steht es irgendwo geschrieben. Hier war mein Großvater Lehrer; hier war mein Vater Lehrer, hier war ich ein Lehrer. Jetzt fahre ich nach Amerika. Meinen Sohn Jonas haben die Kosaken genommen, Mirjam wollen sie mir nehmen. Menuchim – was wird mit Menuchim?
Noch am Abend dieses Tages begab er sich zu der Familie Billes. Es war eine frohe Familie, es schien Mendel Singer, daß sie unverdient viel Glück hatte; alle Töchter waren verheiratet, bis auf die jüngste, der er eben sein Haus anbieten wollte, alle drei Söhne waren dem Militär entgangen und in die Welt gefahren, der eine nach Hamburg, der andere nach Kalifornien, der dritte nach Paris. Es war eine fröhliche Familie, Gottes Hand ruhte über ihr, sie lag wohl gebettet in Gottes breiter Hand. Der alte Billes war immer heiter. Alle seine Söhne hatte Mendel Singer unterrichtet. Der alte Billes war ein Schüler des alten Singer gewesen. Weil sie einander schon so lange kannten, glaubte Mendel, ein kleines Anrecht an dem Glück der Fremden zu haben.
Der Familie Billes – sie lebten nicht im Überfluß – gefiel der Vorschlag Mendel Singers. Gut! – das junge Paar wird das Haus übernehmen und Menuchim dazu. »Er macht gar keine Arbeit«, sagte Mendel Singer. »Es geht ihm auch von Jahr zu Jahr besser. Bald wird er mit Gottes Hilfe ganz gesund sein. Dann wird mein älterer Sohn Schemarjah herüberkommen, oder er wird jemanden schicken und Menuchim nach Amerika bringen.«
»Und was hört Ihr von Jonas?« fragte der alte Billes. Mendel hatte schon lange nichts von seinem Kosaken gehört, wie er ihn im stillen nannte – nicht ohne Verachtung, aber auch nicht ohne Stolz. Dennoch antwortete er: »Lauter Gutes! Er hat lesen und schreiben gelernt, und er ist befördert worden. Wenn er kein Jude wäre, wer weiß, vielleicht wäre er schon Offizier!« Es war Mendel unmöglich, im Angesicht dieser glücklichen Familie mit dem schweren Übergewicht seines großen Unglücks auf dem Rücken dazustehn. Deshalb streckte er den Rücken und log ein bißchen Freude vor.
Es wurde ausgemacht, daß Mendel Singer sein Haus vor einfachen

Zeugen der Familie Billes zur Benutzung übergeben würde, nicht vor dem Amt, denn das kostete Geld. Drei, vier anständige Juden als Zeugen genügten. Inzwischen bekam Mendel einen Vorschuß von dreißig Rubeln, weil seine Schüler nicht mehr kamen und das Geld zu Hause ausging.

Eine Woche später rollte noch einmal Kapturak in seinem leichten Wägelchen durch das Städtchen. Alles war da: das Geld, die Schiffskarte, die Pässe, das Visum, das Kopfgeld für jeden und sogar das Honorar für Kapturak.

»Ein pünktlicher Zahler«, sagte Kapturak. »Euer Sohn Schemarjah, genannt Sam, ist ein pünktlicher Zahler. Ein Gentleman, sagt man drüben...«

Bis zur Grenze sollte Kapturak die Familie Singer begleiten. In vier Wochen ging der Dampfer »Neptun« von Bremen nach New York.

Die Familie Billes kam Inventur aufnehmen. Das Bettzeug, sechs Kissen, sechs Leintücher, sechs rot-blau karierte Bezüge nahm Deborah mit, man ließ die Strohsäcke zurück und das spärliche Bettzeug für Menuchim.

Obwohl Deborah nicht viel zu packen hatte und obwohl sie alle Stücke ihres Besitzes im Kopfe behielt, blieb sie doch unaufhörlich in Tätigkeit. Sie packte ein, sie packte wieder aus. Sie zählte das Geschirr und zählte noch einmal. Zwei Teller zerbrach Menuchim. Er schien überhaupt seine stupide Ruhe allmählich zu verlieren. Er rief seine Mutter öfter als bisher, das einzige Wort, das er seit Jahren aussprechen konnte, wiederholte er, auch wenn die Mutter nicht in seiner Nähe war, ein dutzendmal. Er war ein Idiot, dieser Menuchim! Ein Idiot! Wie leicht sagt man das! Aber wer kann sagen, was für einen Sturm von Ängsten und Sorgen die Seele Menuchims in diesen Tagen auszuhalten hatte, die Seele Menuchims, die Gott verborgen hatte in dem undurchdringlichen Gewande der Blödheit! Ja, er ängstigte sich, der Krüppel Menuchim. Er kroch manchmal aus seinem Winkel selbständig bis vor die Tür, hockte an der Schwelle, in der Sonne wie ein kranker Hund und blinzelte die Passanten an, von denen er nur die Stiefel zu sehen schien und die Hosen, die Strümpfe und die Röcke. Manchmal griff er unvermutet nach der Schürze seiner Mutter und knurrte. Deborah nahm ihn auf den Arm, obwohl er schon ein ansehnliches Gewicht hatte. Dennoch wiegte sie ihn im Arm und sang zwei, drei abgerissene Strophen eines Kinderliedes, das sie selbst schon ganz vergessen hatte und das in ihrem Gedächtnis wieder zu erwachen begann, sobald sie den unglücklichen Sohn in den Armen fühlte. Dann ließ sie ihn wieder niederhocken und ging an die Arbeit, die seit Tagen lediglich aus Packen und Zählen bestand. Plötzlich gab sie es wieder auf. Sie blieb eine Weile stehen, mit nachdenklichen Augen, die denen Menuchims nicht unähnlich waren; so ohne Leben waren sie, so hilflos in einer unbekannten Ferne nach den Gedanken suchend, die das Gehirn zu liefern sich weigerte. Ihr törichter Blick fiel auf den Sack, in dem die Pölster eingenäht werden sollten. Vielleicht, fiel es ihr ein, konnte man Menuchim in einen Sack nähen? Gleich darauf erzitterte sie bei der Vorstellung, daß die Zollrevisoren mit langen, scharfen Spießen die Säcke der Passagiere durchstechen würden. Und sie begann, wieder auszupacken, und der Entschluß durchzuckte sie zu bleiben, wie der Rabbi von Kluczýsk gesagt hatte: »Verlaß ihn nicht, als wenn er ein gesundes Kind wäre!« Die Kraft, die zum Glauben gehörte, brachte sie nicht mehr auf, und allmählich verließen sie auch die Kräfte, deren der Mensch bedarf, um die Verzweiflung auszuhalten.

Es war, als hätten sie, Deborah und Mendel, nicht freiwillig den Entschluß gefaßt, nach Amerika zu gehn, sondern als wäre Amerika über sie gekommen, über sie hergefallen, mit Schemarjah, Mac und Kapturak. Nun, da sie es bemerkten, war es zu spät. Sie konnten sich nicht mehr vor Amerika retten. Die Papiere kamen zu ihnen, die Schiffskarten, die Kopfgelder. »Wie ist es«, fragte Deborah einmal, »wenn Menuchim plötzlich gesund wird, heute oder morgen?« Mendel wiegte eine Weile den Kopf. Dann sagte er: »Wenn Menuchim gesund wird, nehmen wir ihn mit!« Und sie ergaben sich beide schweigend der Hoffnung, daß Menuchim morgen oder übermorgen gesund von seinem Lager aufstehen würde, mit heilen Gliedern und einer vollkommenen Sprache.

Am Sonntag sollen sie fahren. Heute ist Donnerstag. Zum letztenmal steht Deborah vor ihrem Herd, die Mahlzeit für den Sabbat zu richten, das weiße Mohnbrot und die geflochtenen Semmeln. Offen brennt das Feuer, zischt und knistert, und der Rauch erfüllt die Stube wie an jedem Donnerstag seit dreißig Jahren. Es regnet draußen. Der Regen drängt den Rauch aus dem Schornstein zurück, der alte gezackte, vertraute Fleck im Kalk des Plafonds zeigt sich wieder in seiner feuchten Frische. Seit zehn Jahren hätte das Loch in den Schindeln des Daches ausgebessert werden sollen, die Familie Billes wird es schon machen.

Gepackt steht der große, eisenbeschlagene, braune Koffer, mit seiner soliden Eisenstange vor dem Schlitz und mit zwei funkelnden, neuen, eisernen Schlössern. Manchmal kriecht Menuchim an sie heran und läßt sie baumeln. Dann gibt's ein unbarmherziges Klappern, die Schlösser schlagen gegen die eisernen Reifen und zittern lange und wollen sich nicht beruhigen. Und das Feuer knistert, und der Rauch erfüllt die Stube.

Am Sabbat-Abend nahm Mendel Singer Abschied von seinen Nachbarn. Man trank den gelblich-grünen Schnaps, den einer selbst gebrannt und mit trockenen Schwämmen durchsetzt hat. Also schmeckt der Schnaps nicht nur scharf, sondern auch bitter. Der Abschied dauert länger als eine Stunde. Alle wünschen Mendel Glück. Manche betrachten ihn zweifelnd, manche beneiden ihn. Alle aber sagen ihm, daß Amerika ein herrliches Land ist. Ein Jude kann sich nichts Besseres wünschen, als nach Amerika zu gelangen.

In dieser Nacht verließ Deborah das Bett und ging, die Hand sorgsam gewölbt um eine Kerze, zum Lager Menuchims. Er lag auf dem Rükken, sein schwerer Kopf lehnte an der zusammengerollten, grauen Decke, seine Lider standen halb offen, man sah das Weiße seiner Augen. Bei jedem Atemzug zitterte sein Körper, seine schlafenden Finger bewegten sich unaufhörlich. Er hielt die Hände an der Brust. Sein Angesicht war im Schlaf noch fahler und schlaffer als am Tag. Offen standen die bläulichen Lippen, mit weißem, perlendem Schaum in den Mundwinkeln.

Deborah löschte das Licht. Sie hockte ein paar Sekunden neben dem Sohn, erhob sich und schlich wieder ins Bett. Nichts wird aus ihm – dachte sie – nichts wird aus ihm. Sie schlief nicht mehr ein.

Am Sonntag, um acht Uhr morgens, kommt ein Bote Kapturaks. Es ist der Mann mit der blauen Mütze, der einmal Schemarjah über die Grenze gebracht hat. Auch heute bleibt der Mann mit der blauen Mütze an der Tür stehen, lehnt es ab, Tee zu trinken, hilft dann wortlos den Koffer hinausrollen und auf den Wagen stellen. Ein bequemer Wagen, vier Menschen haben Platz. Die Füße liegen im weichen Heu, der Wagen duftet wie das ganze spätsommerliche Land. Die Rücken der Pferde glänzen, gebürstet und blank, braune, gewölbte Spiegel. Ein breites Joch mit vielen silbernen Glöckchen überspannt ihre schlanken und hochmütigen Nacken. Obwohl es heller Tag ist, sieht man die Funken sprühn, die sie mit ihren Hufen aus dem Schotter schlagen.

Noch einmal hält Deborah Menuchim auf dem Arm. Die Familie Billes ist schon da, umzingelt den Wagen und hört nicht auf zu reden. Mendel Singer sitzt auf dem Kutschbock, und Mirjam lehnt ihren Rücken gegen den des Vaters. Nur Deborah steht noch vor der Tür, den Krüppel Menuchim in den Armen.
Plötzlich läßt sie von ihm. Sie setzt ihn sachte auf die Schwelle, wie man eine Leiche in einen Sarg legt, steht auf, reckt sich, läßt ihre Tränen fließen, über das nackte Gesicht nackte Tränen. Sie ist entschlossen. Ihr Sohn bleibt. Sie wird nach Amerika fahren. Es ist kein Wunder geschehen.
Weinend steigt sie in den Wagen. Sie sieht nicht die Gesichter der Menschen, deren Hände sie drückt. Zwei große Meere voll Tränen sind ihre beiden Augen. Die Pferdehufe hört sie klappern. Sie fährt.
Sie schreit auf, sie weiß nicht, daß sie schreit, es schreit aus ihr, das Herz hat einen Mund und schreit. Der Wagen hält, sie springt aus ihm, leichtfüßig wie eine Junge. Menuchim sitzt noch auf der Schwelle. Sie fällt vor Menuchim nieder. »Mama, Mama!« lallt Menuchim. Sie bleibt liegen.
Die Familie Billes hebt Deborah hoch. Sie schreit, sie wehrt sich, sie bleibt schließlich still. Man trägt sie wieder zum Wagen und bettet sie auf das Heu. Der Wagen rollt sehr schnell nach Dubno.
Sechs Stunden später saßen sie in der Eisenbahn, im langsamen Personenzug, zusammen mit vielen unbekannten Menschen. Der Zug fuhr sachte durch das Land, die Wiesen und die Felder, auf denen man erntete, die Bauern und Bäuerinnen, die Hütten und Herden grüßten den Zug. Das sanfte Lied der Räder schläferte die Passagiere ein. Deborah hatte noch kein Wort gesprochen. Sie schlummerte. Die Räder der Eisenbahn wiederholten unaufhörlich, unaufhörlich: Verlaß ihn nicht! Verlaß ihn nicht! Verlaß ihn nicht!
Mendel Singer betete. Er betete auswendig und mechanisch, er dachte nicht an die Bedeutung der Worte, ihr Klang allein genügte, Gott verstand, was sie bedeuteten. Also betäubte Mendel seine große Angst vor dem Wasser, auf das er in einigen Tagen gelangen sollte. Manchmal warf er einen gedankenlosen Blick auf Mirjam. Sie saß ihm gegenüber, an der Seite des Mannes mit der blauen Mütze. Mendel sah nicht, wie sie sich an den Mann schmiegte. Der sprach nicht zu ihr, er wartete auf die kurze Viertelstunde zwischen dem Anbruch der Dämmerung und dem Augenblick, in dem der Schaffner die winzige Gasflamme entzün-

den würde. Von dieser Viertelstunde und später von der Nacht, in der die Gasflammen wieder ausgelöscht wurden, versprach sich der Mann mit der blauen Mütze allerhand Wonnen.
Am nächsten Morgen nahm er von den alten Singers einen gleichgültigen Abschied, nur Mirjam drückte er die Hand in stummer Herzlichkeit. Sie waren an der Grenze. Die Revisoren nahmen die Pässe ab. Als man Mendels Namen ausrief, erzitterte er. Ohne Grund. Alles war in Ordnung. Sie passierten.
Sie stiegen in einen neuen Zug, sahen andere Stationen, hörten neue Glockensignale, sahen neue Uniformen. Sie fuhren drei Tage und stiegen zweimal um. Am Nachmittag des dritten Tages kamen sie in Bremen an. Ein Mann von der Schiffahrtsgesellschaft brüllte: »Mendel Singer!« Die Familie Singer meldete sich. Nicht weniger als neun Familien erwartete der Beamte. Er stellte sie in einer Reihe auf, zählte sie dreimal, verlas ihre Namen und gab jedem eine Nummer. Da standen sie nun und wußten nichts mit den Blechmarken anzufangen. Der Beamte ging fort. Er hatte versprochen, bald wiederzukommen. Aber die neun Familien, fünfundzwanzig Menschen, rührten sich nicht. Sie standen in einer Reihe auf dem Bahnsteig, die Blechmarken in den Händen, die Bündel vor den Füßen. An der äußersten Ecke links, weil er sich so spät gemeldet hatte, stand Mendel Singer.
Er hatte während der ganzen Fahrt mit Frau und Tochter kaum ein Wort gesprochen. Beide Frauen waren auch stumm gewesen. Jetzt aber schien Deborah die Schweigsamkeit nicht mehr ertragen zu können. »Warum rührst du dich nicht?« fragte Deborah. »Niemand rührt sich«, erwiderte Mendel. »Warum fragst du nicht die Leute?« »Niemand fragt.« »Worauf warten wir?« »Ich weiß nicht, worauf wir warten.« »Glaubst du, ich kann mich auf den Koffer setzen?« »Setz dich auf den Koffer.«
In dem Augenblick aber, in dem Deborah ihre Röcke gespreizt hatte, um sich niederzulassen, erschien der Beamte von der Schiffahrtsgesellschaft und verkündete auf russisch, polnisch, deutsch und jiddisch, daß er alle neun Familien jetzt in den Hafen zu geleiten gedenke; daß er sie in einer Baracke für die Nacht unterbringe; und daß morgen, um sieben Uhr früh, die »Neptun« die Anker lichten werde.
In der Baracke lagerten sie, in Bremerhaven, die Blechmarken krampfhaft in den geballten Fäusten, auch während des Schlafs. Vom Schnarchen der fünfundzwanzig und von den Bewegungen, die jeder auf dem

harten Lager vollführte, erzitterten die Balken, und die kleinen, gelben, elektrischen Birnen schaukelten leise. Es war verboten worden, Tee zu kochen. Mit trockenem Gaumen waren sie schlafen gegangen. Nur Mirjam hatte ein polnischer Friseur rote Bonbons angeboten. Mit einer großen, klebrigen Kugel im Mund schlief Mirjam ein.
Um fünf Uhr morgens erwachte Mendel. Er stieg mühsam aus dem hölzernen Behälter, in dem er geschlafen hatte, suchte die Wasserleitung, ging hinaus, um zu sehen, wo der Osten liege. Dann kehrte er zurück, stellte sich in eine Ecke und betete. Er flüsterte vor sich hin, aber während er flüsterte, packte ihn der laute Schmerz, krallte sich in sein Herz und riß daran so heftig, daß Mendel mitten im Flüstern laut aufstöhnte. Ein paar Schläfer erwachten, sahen hinunter und lächelten über den Juden, der in der Ecke hüpfte und wackelte, seinen Oberkörper vor- und rückwärts wiegte und Gott zu Ehren einen kümmerlichen Tanz aufführte.
Mendel war noch nicht fertig, da riß der Beamte die Tür auf. Ein Seewind hatte ihn in die Baracke geweht. »Aufstehen!« rief er ein paarmal und in allen Sprachen dieser Welt.
Es war noch früh, als sie das Schiff erreichten. Man erlaubte ihnen, ein paar Blicke in die Speisesäle der ersten und zweiten Klasse zu werfen, ehe man sie ins Zwischendeck hineinschob. Mendel Singer rührte sich nicht. Er stand auf der höchsten Stufe einer schmalen, eisernen Leiter, im Rücken den Hafen, das Land, den Kontinent, die Heimat, die Vergangenheit. Zu seiner Linken strahlte die Sonne. Blau war der Himmel. Weiß war das Schiff. Grün war das Wasser. Ein Matrose kam und befahl Mendel Singer, die Treppe zu verlassen. Er begütigte den Matrosen mit einer Handbewegung. Er war ganz ruhig und ohne Furcht. Er warf einen flüchtigen Blick auf das Meer und trank Trost aus der Unendlichkeit des bewegten Wassers. Ewig war es. Mendel erkannte, daß Gott selbst es geschaffen hatte. Er hatte es ausgeschüttet aus seiner unerschöpflichen, geheimen Quelle. Nun schaukelte es zwischen den festen Ländern. Tief auf seinem Grunde ringelte sich Leviathan, der heilige Fisch, den am Tage des Gerichts die Frommen und Gerechten speisen werden. »Neptun« hieß das Schiff, auf dem Mendel stand. Es war ein großes Schiff. Aber mit dem Leviathan verglichen und mit dem Meer, dem Himmel und der Weisheit des Ewigen, war es ein winziges Schiff. Nein, Mendel fühlte keine Angst. Er beruhigte den Matrosen, er, ein kleiner, schwarzer Jude auf einem riesengroßen Schiff und vor

dem ewigen Ozean, er drehte sich noch einmal im Halbkreis und murmelte den Segen, der zu sprechen ist beim Anblick des Meeres. Er drehte sich im Halbkreis und verstreute die einzelnen Worte des Segens über die grünen Wogen: »Gelobt seist Du, Ewiger, unser Herr, der Du die Meere geschaffen hast und durch sie trennest die Kontinente!«
In diesem Augenblick erdröhnten die Sirenen. Die Maschinen begannen zu poltern. Und die Luft und das Schiff und die Menschen erzitterten. Nur der Himmel blieb still und blau, blau und still.

IX

Den vierzehnten Abend der Seereise erleuchteten die großen, feurigen Kugeln, die von den Leuchtschiffen abgeschossen wurden. »Jetzt erscheint«, sagte ein Jude, der schon zweimal diese Fahrt mitgemacht hatte, zu Mendel Singer, »die Freiheitsstatue. Sie ist hunderteinundfünfzig Fuß hoch, im Innern hohl, man kann sie besteigen. Um den Kopf trägt sie eine Strahlenkrone. In der Rechten hält sie eine Fackel. Und das schönste ist, daß diese Fackel in der Nacht brennt und dennoch niemals ganz verbrennen kann. Denn sie ist nur elektrisch beleuchtet. Solche Kunststücke macht man in Amerika.«
Am Vormittag des fünfzehnten Tages wurden sie ausgeladen. Deborah, Mirjam und Mendel standen enge nebeneinander, denn sie fürchteten, sich zu verlieren.
Es kamen Männer in Uniformen, sie erschienen Mendel ein wenig gefährlich, obwohl sie keine Säbel hatten. Einige trugen blütenweiße Gewänder und sahen halb wie Gendarmen aus und halb wie Engel. Das sind die Kosaken Amerikas, dachte Mendel Singer, und er betrachtete seine Tochter Mirjam.
Sie wurden aufgerufen, nach dem Alphabet, jeder kam an sein Gepäck, man durchstach es nicht mit spitzen Lanzen. Vielleicht hätte man Menuchim mitnehmen können, dachte Deborah.
Auf einmal stand Schemarjah vor ihnen.
Alle drei erschraken auf die gleiche Weise.
Sie sahen gleichzeitig ihr altes Häuschen wieder, den alten Schemarjah und den neuen Schemarjah, genannt Sam.
Sie sahen Schemarjah und Sam zugleich, als wenn Sam über einen Schemarjah gestülpt worden wäre, ein durchsichtiger Sam.

Es war zwar Schemarjah, aber es war Sam.
Es waren zwei. Der eine trug eine schwarze Mütze, ein schwarzes Gewand und hohe Stiefel, und die ersten flaumigen, schwarzen Härchen sprossten aus den Poren seiner Wangen.
Der zweite trug einen hellgrauen Rock, eine schneeweiße Mütze wie der Kapitän, breite, gelbe Hosen, ein leuchtendes Hemd aus grüner Seide, und sein Angesicht war glatt wie ein nobler Grabstein.
Der zweite war beinahe Mac.
Der erste sprach mit seiner alten Stimme – sie hörten nur die Stimme, nicht die Worte.
Der zweite schlug mit einer starken Hand seinem Vater auf die Schulter und sagte, und jetzt erst hörten sie die Worte: »Hallo, old chap!« – und verstanden nichts.
Der erste war Schemarjah. Der zweite aber war Sam.
Zuerst küßte Sam den Vater, dann die Mutter, dann Mirjam. Alle drei rochen an Sam Rasierseife, die nach Schneeglöckchen duftete und auch ein wenig wie Karbol. Er erinnerte sie an einen Garten und gleichzeitig an ein Spital.
Im stillen wiederholten sie sich ein paarmal, daß Sam Schemarjah war. Dann erst freuten sie sich.
»Alle andern«, sagte Sam, »kommen in die Quarantäne. Ihr nicht! Mac hat es gerichtet. Er hat zwei Vettern, die sind hier bedienstet.«
Eine halbe Stunde später erschien Mac.
Er sah noch genauso aus wie damals, als er im Städtchen erschienen war. Breit, laut, in einer unverständlichen Sprache polternd und die Taschen schon geschwollen von süßem Backwerk, das er sofort zu verteilen und selbst zu essen begann. Eine knallrote Krawatte flatterte wie eine Fahne über seiner Brust.
»Ihr müßt doch in die Quarantäne«, sagte Mac. Denn er hatte übertrieben. Seine Vettern waren zwar in dieser Gegend bedienstet, aber nur bei der Zollrevision. »Aber ich werde euch begleiten. Habt nur keine Angst!«
Sie brauchten in der Tat keine Angst zu haben. Mac schrie allen Beamten zu, daß Mirjam seine Braut sei und Mendel und Deborah seine Schwiegereltern.
Jeden Nachmittag um drei Uhr kam Mac an das Gitter des Lagers. Er streckte seine Hand durch die Drähte, obwohl es verboten war, und begrüßte alle. Nach vier Tagen gelang es ihm, die Familie Singer zu

befreien. Auf welche Weise es ihm gelungen war, verriet er nicht. Denn es gehörte zu Macs Eigenschaften, daß er mit großem Eifer Dinge erzählte, die er erfunden hatte; und daß er Dinge verschwieg, die sich wirklich zugetragen hatten.
Er bestand darauf, daß sie ganz ausführlich, auf einem Leiterwagen seiner Firma, Amerika betrachteten, ehe sie sich nach Hause begaben. Man verlud Mendel Singer, Deborah und Mirjam und führte sie spazieren.
Es war ein heller und heißer Tag. Mendel und Deborah saßen in der Fahrtrichtung, ihnen gegenüber Mirjam, Mac und Sam. Der schwere Wagen ratterte über die Straßen mit einer wütenden Wucht, wie es Mendel Singer schien, als wäre es seine Absicht, Stein und Asphalt für ewige Zeiten zu zertrümmern und die Fundamente der Häuser zu erschüttern. Der lederne Sitz brannte unter Mendels Körper wie ein heißer Ofen. Obwohl sie sich im düstern Schatten der hohen Mauern hielten, glühte die Hitze wie graues, schmelzendes Blei durch die alte Mütze aus schwarzem Seidenrips auf den Schädel Mendels, drang in sein Gehirn und verlötete es dicht, mit feuchter, klebriger, schmerzlicher Glut. Seit seiner Ankunft hatte er kaum geschlafen, wenig gegessen und fast gar nichts getrunken. Er trug heimatliche Galoschen aus Gummi an den schweren Stiefeln, und seine Füße brannten wie in einem offenen Feuer. Krampfhaft zwischen die Knie geklemmt hatte er seinen Regenschirm, dessen hölzerner Griff heiß war und nicht anzufassen, als wäre er aus rotem Eisen. Vor den Augen Mendels wehte ein dicht gewebter Schleier aus Ruß, Staub und Hitze. Er dachte an die Wüste, durch die seine Ahnen vierzig Jahre gewandert waren. Aber sie waren wenigstens zu Fuß gegangen, sagte er sich. Die wahnsinnige Eile, in der sie jetzt dahinrasten, weckte zwar einen Wind, aber es war ein heißer Wind, der feurige Atem der Hölle. Statt zu kühlen, glühte er. Der Wind war kein Wind, er bestand aus Lärm und Geschrei, es war ein wehender Lärm. Er setzte sich zusammen aus einem schrillen Klingeln von hundert unsichtbaren Glocken, aus dem gefährlichen, metallenen Dröhnen der Bahnen, aus dem tutenden Rufen unzähliger Trompeten, aus dem flehentlichen Kreischen der Schienen an den Kurven der Streets, aus dem Gebrüll Macs, der durch einen übermächtigen Trichter seinen Passagieren Amerika erläuterte, aus dem Gemurmel der Menschen ringsum, aus dem schallenden Gelächter eines fremden Mitreisenden hinter Mendels Rücken, aus den unaufhörlichen Reden,

die Sam in des Vaters Angesicht warf, Reden, die Mendel nicht verstand, zu denen er aber fortwährend nickte, ein furchtsames und zugleich freundliches Lächeln um die Lippen, wie eine schmerzende Klammer aus Eisen. Selbst wenn er den Mut gehabt hätte, ernst zu bleiben, wie es seiner Situation entsprach, er hätte das Lächeln nicht ablegen können. Er hatte nicht die Kraft, eine Miene zu verändern. Die Muskeln seines Angesichts waren erstarrt. Er hätte lieber geweint wie ein kleines Kind. Er roch den scharfen Teer aus dem schmelzenden Asphalt, den trockenen und spröden Staub in der Luft, den ranzigen und fetten Gestank aus Kanälen und Käsehandlungen, den beizenden Geruch von Zwiebeln, den süßlichen Benzinrauch der Autos, den fauligen Sumpfgeruch aus Fischhallen, die Maiglöckchen und das Chloroform von den Wangen seines Sohnes. Alle Gerüche vermengten sich im heißen Brodem, der ihm entgegenschlug, mit dem Lärm, der seine Ohren erfüllte und seinen Schädel sprengen wollte. Bald wußte er nicht mehr, was zu hören, zu sehen, zu riechen war. Er lächelte immer noch und nickte mit dem Kopfe. Amerika drang auf ihn ein, Amerika zerbrach ihn, Amerika zerschmetterte ihn. Nach einigen Minuten wurde er ohnmächtig.

Er erwachte in einem Lunch-Room, in den man ihn in der Eile gebracht hatte, um ihn zu laben. In einem runden, von hundert kleinen Glühbirnen umkränzten Spiegel erblickte er seinen weißen Bart und seine knochige Nase und glaubte im ersten Augenblick, Bart und Nase gehörten einem andern. Erst an seinen Angehörigen, die ihn umringten, erkannte er sich selbst wieder. Ein bißchen schämte er sich. Er öffnete mit einiger Mühe die Lippen und bat seinen Sohn um Entschuldigung. Mac ergriff seine Hand und schüttelte sie, als gratulierte er Mendel Singer zu einem gelungenen Kunststück oder zu einer gewonnenen Wette. Um den Mund des Alten legte sich wieder die eiserne Klammer des Lächelns, und die unbekannte Gewalt bewegte wieder seinen Kopf, so daß es aussah, als ob Mendel nickte. Mirjam sah er. Sie hatte wirre, schwarze Haare unter dem gelben Schal, etwas Ruß auf den blassen Wangen und einen langen Strohhalm zwischen den Zähnen. Deborah hockte breit, stumm, mit geblähten Nasenflügeln und auf und ab ebbenden Brüsten auf einem runden Sessel ohne Lehne. Es sah aus, als müßte sie bald herunterfallen.

Was gehen mich diese Leute an? dachte Mendel. Was geht mich ganz Amerika an? Mein Sohn, meine Frau, meine Tochter, dieser Mac? Bin ich noch Mendel Singer? Ist das noch meine Familie? Bin ich noch Mendel Singer? Wo ist mein Sohn Menuchim? Es war ihm, als wäre er aus sich selbst herausgestoßen worden, von sich selbst getrennnt, würde er fortan leben müssen. Es war ihm, als hätte er sich selbst in Zuchnow zurückgelassen, in der Nähe Menuchims. Und während es um seine Lippen lächelte und während es seinen Kopf schüttelte, begann sein Herz, langsam zu vereisen, es pochte wie ein metallener Schlegel gegen kaltes Glas. Schon war er einsam, Mendel Singer: Schon war er in Amerika...

ZWEITER TEIL

X

Ein paar hundert Jahre früher war ein Ahne Mendel Singers wahrscheinlich aus Spanien nach Wolynien gekommen. Er hatte ein glücklicheres, ein gewöhnlicheres, jedenfalls ein weniger beachtetes Schicksal als sein Nachfahre, und wir wissen infolgedessen nicht, ob er viele Jahre oder wenige gebraucht hat, um in dem fremden Land heimisch zu werden. Von Mendel Singer aber wissen wir, daß er nach einigen Monaten in New York zu Hause war.

Ja, er war beinahe heimisch in Amerika! Er wußte bereits, daß old chap auf amerikanisch Vater hieß und old fool Mutter, oder umgekehrt. Er kannte ein paar Geschäftsleute aus der Bowery, mit denen sein Sohn verkehrte, die Essex Street, in der er wohnte, und die Houston Street, in der das Kaufhaus seines Sohnes lag, seines Sohnes Sam. Er wußte, daß Sam bereits ein American boy war, daß man good bye sagte, how do you do und please, wenn man ein feiner Mann war, daß ein Kaufmann von der Grand Street Respekt verlangen konnte und manchmal am River wohnen durfte, an jenem River, nach dem es auch Schemarjah gelüstete. Man hatte ihm gesagt, daß Amerika God's own country hieß, daß es das Land Gottes war, wie einmal Palästina, und New York eigentlich the wonder city, die Stadt der Wunder, wie einmal Jerusalem. Das Beten dagegen nannte man service und die Wohltätigkeit ebenso. Sams kleiner Sohn, zur Welt gekommen knapp eine Woche nach der Ankunft des Großvaters, heißt nicht anders denn MacLincoln und wird in einigen Jahren, husch, geht die Zeit in Amerika, ein college boy. My dear boy nennt den Kleinen heute die Schwiegertochter. Vega heißt sie immer noch, merkwürdigerweise. Blond ist sie und sanft, mit blauen Augen, die Mendel Singer mehr Güte als Klugheit verraten. Mag sie dumm sein! Frauen brauchen keinen Verstand, Gott helfe ihr, amen! Zwischen zwölf und zwei muß man Lunch essen und zwischen sechs und acht ein Dinner. Dieser Zeiten achtet Mendel nicht. Er ißt um drei Uhr nachmittags und um zehn Uhr abends, wie zu Hause, obwohl eigentlich zu Hause Tag ist, wenn er sich zum Nachtmahl setzt, oder auch früher Morgen, wer kann es wissen. All right heißt einverstanden, und statt ja! sagt man yes! Will man einem etwas Gutes wünschen, so wünscht man ihm nicht Glück und Gesundheit, sondern prosperity. In der nächsten Zukunft schon gedenkt Sam, eine neue Wohnung zu mieten, am River, mit einem parlour. Ein Grammophon besitzt er schon, Mirjam leiht es manchmal bei der Schwägerin aus, und er trägt es in getreuen Armen durch die Straßen wie ein krankes Kind. Das Grammophon kann viele Walzer spielen, aber auch Kol Nidre. Sam wäscht sich zweimal am Tag, den Anzug, den er manchmal am Abend trägt, nennt er Dreß. Deborah war schon zehnmal im Kino und dreimal im Theater. Sie hat ein seidenes, dunkelgraues Kleid. Sam hat es ihr geschenkt. Eine große, goldene Kette trägt sie um den Hals, sie erinnert an eines der Lustweiber, von denen manchmal die heiligen Schriften erzählen. Mirjam ist Verkäuferin in Sams Laden. Sie kommt nach Mitternacht heim und geht um sieben Uhr morgens weg. Sie sagt Guten Abend, Vater! Guten Morgen, Vater! und weiter nichts. Hier und da hört Mendel Singer aus Gesprächen, die an seinen Ohren vorüberrinnen, wie ein Fluß vorbeirinnt an den Füßen eines alten Mannes, der am Ufer steht, daß Mac mit Mirjam spazierengeht, tanzen geht, baden geht, turnen geht. Er weiß, Mendel Singer, daß Mac kein Jude ist, die Kosaken sind auch keine Juden, so weit ist es noch nicht, Gott wird helfen, man wird sehen. Deborah und Mirjam leben gut miteinander. Friede ist im Haus. Mutter und Tochter flüstern miteinander, oft, lange nach Mitternacht, Mendel tut, als ob er schliefe. Er kann es leicht. Er schläft in der Küche, Frau und Tochter schlafen im einzigen Wohnraum. Paläste bewohnt man auch in Amerika nicht. Man wohnt im ersten Stock! Ein Glücksfall. Wie leicht hätte man auch im zweiten, im dritten, im vierten wohnen können! Die Treppe ist schief und schmutzig, immer finster. Mit Streichhölzern beleuchtet man auch am Tage die Stufen. Es riecht warm, feucht und klebrig nach Katzen. Aber Mäusegift und Glassplitter, in Sauerteig zerrieben, muß man immer noch, jeden Abend, in die Ecken legen. Deborah scheuert jede Woche den Fußboden, aber so safrangelb wie zu Hause wird er niemals. Woran liegt das? Ist Deborah zu schwach? Ist sie zu faul? Ist sie zu alt? Alle Bretter quietschen, wenn Mendel durch die Stube geht. Unmöglich zu erkennen, wo Deborah jetzt das Geld verbirgt. Zehn Dollar in der Woche gibt Sam. Dennoch ist Deborah aufgebracht. Sie ist ein Weib, manchmal reitet sie der Teufel. Sie hat eine gute, sanfte Schwiegertochter, Deborah aber behauptet, Vega treibe Luxus. Wenn Mendel

derlei Reden hört, sagt er: »Schweig, Deborah! Sei zufrieden mit den Kindern! Bist du noch immer nicht alt genug, um zu schweigen? Hast du mir nicht mehr vorzuwerfen, daß ich zu wenig verdiene, und quält es dich, daß du mit mir nicht streiten kannst? Schemarjah hat uns hierhergebracht, damit wir alt werden und sterben in seiner Nähe. Seine Frau ehrt uns beide, wie es sich gehört. Was willst du noch, Deborah?«
Sie wußte nicht genau, was ihr fehlte. Vielleicht hatte sie gehofft, in Amerika eine ganz fremde Welt zu finden, in der es möglich gewesen wäre, das alte Leben und Menuchim sofort zu vergessen. Aber dieses Amerika war keine neue Welt. Es gab mehr Juden hier als in Kluczýsk, es war eigentlich ein größeres Kluczýsk. Hatte man den weiten Weg über das große Wasser nehmen müssen, um wieder nach Kluczýsk zu kommen, das man in der Fuhre Sameschkins hätte erreichen können? Die Fenster gingen in einen finsteren Lichthof, in dem Katzen, Ratten und Kinder sich balgten, um drei Uhr nachmittags, auch im Frühling, mußte man die Petroleumlampe anzünden, nicht einmal elektrisches Licht gab es, ein eigenes Grammophon hatte man auch noch nicht. Licht und Sonne hatte Deborah wenigstens zu Hause gehabt. Gewiß! Sie ging dann und wann mit der Schwiegertochter ins Kino, zweimal war sie schon in der Untergrundbahn gefahren, Mirjam war ein nobles Fräulein, mit Hut und Seidenstrümpfen. Brav war sie geworden. Geld verdiente sie auch. Mac gab sich mit ihr ab, besser Mac als die Kosaken. Er war der beste Freund Schemarjahs. Man verstand zwar kein Wort von seinen unaufhörlichen Reden, aber man würde sich daran gewöhnen. Er war geschickter als zehn Juden und hatte noch gewiß den Vorteil, keine Mitgift zu verlangen. Schließlich war es doch eine andere Welt. Ein amerikanischer Mac war kein russischer Mac. Mit dem Geld kam Deborah auch hier nicht aus. Das Leben verteuerte sich zusehends, vom Sparen konnte sie nicht lassen, das gewohnte Dielenbrett verdeckte bereits achtzehnundeinhalb Dollar, die Karotten verringerten sich, die Eier wurden hohl, die Kartoffeln gefroren, die Suppen wässerig, die Karpfen schmal und die Hechte kurz, die Enten mager, die Gänse hart und die Hühner ein Nichts.
Nein, sie wußte nicht genau, was ihr fehlte, Menuchim fehlte ihr. Oft, im Schlaf, im Wachen, beim Einkaufen, im Kino, beim Aufräumen, beim Backen hörte sie ihn rufen. Mama! Mama! rief er. Das einzige Wort, das er sprechen gelernt hatte, mußte er jetzt schon vergessen haben. Fremde Kinder hörte sie Mama rufen, die Mütter meldeten

sich, keine einzige Mutter ließ freiwillig von ihrem Kinde. Man hätte nicht nach Amerika fahren dürfen. Aber man konnte ja immer noch heimkehren!

»Mendel«, sagte sie manchmal, »sollen wir nicht umkehren, Menuchim sehn?«

»Und das Geld und der Weg und wovon leben? Glaubst du, daß Schemarjah so viel geben kann? Er ist ein guter Sohn, aber er ist nicht Vanderbilt. Es war vielleicht Bestimmung. Bleiben wir vorläufig! Menuchim werden wir hier wiedersehn, wenn er gesund werden sollte.«

Dennoch heftete sich der Gedanke an die Abreise in Mendel Singer fest und verließ ihn niemals. Einmal, als er seinen Sohn im Geschäft besuchte (im Kontor saß er, hinter der gläsernen Tür, und sah die Kunden kommen und gehn und segnete im stillen jeden Eintretenden), sagte er zu Schemarjah: »Von Menuchim hört man noch immer nichts. Im letzten Brief von Billes war kein Wort über ihn. Was glaubst du, wenn ich hinüberführe, ihn anzusehn?« Schemarjah, genannt Sam, war ein american boy, er sagte: »Vater, es ist unpraktisch. Wenn es möglich wäre, Menuchim hierherzubringen, hier würde er sofort gesund. Die Medizin in Amerika ist die beste in der Welt, grad hab' ich's in der Zeitung gelesen. Man heilt solche Krankheiten mit Einspritzungen, einfach mit Einspritzungen! Da man ihn aber nicht hierherbringen kann, den armen Menuchim, wozu die Geldausgabe? Ich will nicht sagen, daß es ganz unmöglich ist! Aber gerade jetzt, wo ich und Mac ein ganz großes Geschäft vorbereiten und das Geld knapp ist, wollen wir nicht davon reden! Warte noch ein paar Wochen! Im Vertrauen gesagt: Ich und Mac, wir spekulieren jetzt in Bauplätzen. Jetzt haben wir ein altes Haus in der Delancy Street abreißen lassen. Ich sage dir, Vater, das Abreißen ist fast so teuer wie das Aufbauen. Aber man soll nicht klagen! Es geht aufwärts! Wenn ich daran denke, wie wir mit Versicherungen angefangen haben! Treppauf, treppab! Und jetzt haben wir dies Geschäft, man kann schon sagen: dieses Warenhaus! Jetzt kommen die Versicherungsagenten zu mir. Ich seh' sie mir an, denke mir: Ich kenn' das Geschäft, und werfe sie hinaus, eigenhändig. Alle werfe ich hinaus!«

Mendel Singer begriff nicht ganz, weshalb Sam die Agenten hinauswarf und weshalb er sich darüber so freute. Sam fühlte es und sagte: »Willst du mit mir ein breakfast nehmen, Vater?« Er tat, als ob er vergessen hätte, daß der Vater nur zu Hause aß, er schuf sich gerne eine Gelegenheit, den Abstand zu betonen, der ihn von den Sitten sei-

ner Heimat trennte, er schlug sich auf die Stirn, als ob er Mac wäre, und sagte: »Ach so! Ich habe vergessen! Aber eine Banane wirst du essen, Vater!« Und er ließ dem Vater eine Banane bringen.
»Apropos Mirjam«, fing er wieder an, mitten im Essen, »sie macht sich. Sie ist das schönste Girl hier im Geschäft. Wäre sie bei einem Fremden, man hätte ihr längst eine Stellung als Modell angeboten. Aber ich möchte nicht, daß meine Schwester ihre Figur für fremde Kleider hergibt. Und Mac will es auch nicht!« Er wartete, ob der Vater etwas über Mac sagen würde. Aber Mendel Singer schwieg. Er war nicht argwöhnisch. Er hatte den letzten Satz kaum gehört. Er ergab sich der innigen Bewunderung seiner Kinder, insbesondere Schemarjahs. Wie klug er war, wie schnell er dachte, wie fließend sprach er Englisch, wie konnte er auf Klingelknöpfe drücken, Laufjungen anschnauzen, er war ein Boß.
Er ging in die Abteilung für Hemdblusen und Krawatten, um seine Tochter zu sehn. »Guten Tag, Vater!« rief sie, mitten im Bedienen. Respekt erwies sie ihm, zu Hause war es anders gewesen. Sie liebte ihn wahrscheinlich nicht, aber es stand auch nicht geschrieben: Liebe Vater und Mutter! sondern: Ehre Vater und Mutter! Er nickte ihr zu und entfernte sich wieder. Er ging nach Hause. Er war getrost, er ging langsam in der Mitte der Straße, grüßte die Nachbarn, freute sich an den Kindern. Er trug immer noch seine Mütze aus schwarzem Seidenrips und den halblangen Kaftan und die hohen Stiefel. Aber die Schöße seines Rocks pochten nicht mehr mit hastigem Flügelschlag an die rohledernen Schäfte. Denn Mendel Singer hatte in Amerika, wo alles eilte, erst gelernt, langsam zu wandern.
Also wanderte er durch die Zeit dem Greisenalter entgegen, vom Morgengebet zum Abendgebet, vom Frühstück zum Nachtmahl, vom Erwachen zum Schlaf. Am Nachmittag, um die Stunde, in der zu Hause seine Schüler gekommen waren, legte er sich auf das Roßhaarsofa, schlief eine Stunde und träumte von Menuchim. Dann las er ein bißchen in der Zeitung. Dann ging er in den Laden der Familie Skowronnek, in dem Grammophonapparate, Platten, Notenhefte und Gesangstexte gehandelt, gespielt und gesungen wurden. Dort versammelten sich alle älteren Leute des Viertels. Sie sprachen über Politik und erzählten Anekdoten aus der Heimat. Manchmal, wenn es spät geworden war, gingen sie in die Wohnstube der Skowronneks und beteten sehr schnell ein Abendgebet.

Auf dem Heimweg, den Mendel ein wenig auszudehnen suchte, ergab er sich der Vorstellung, daß ihn zu Hause ein Brief erwartete. Im Brief stand klar und ausdrücklich, daß erstens: Menuchim ganz gesund und vernünftig geworden war; zweitens: daß Jonas wegen eines geringfügigen Gebrechens den Dienst verlassen hatte und nach Amerika kommen wollte. Mendel Singer wußte, daß dieser Brief noch nicht gekommen war. Aber er versuchte gleichsam, dem Brief eine günstige Gelegenheit zu geben, auf daß er Lust bekomme einzutreffen. Und mit einem leisen Herzklopfen zog er den Klingelknopf. In dem Augenblick, in dem er Deborah erblickt, ist es vorbei. Noch war der Brief nicht da. Es wird ein Abend sein wie jeder andere.

An einem Tage, an dem er einen Umweg machte, um nach Hause zu gelangen, sah er an der Ecke der Gasse einen halbwüchsigen Jungen, der ihm aus der Ferne bekannt erschien. Der Junge lehnte in einem Haustor und weinte. Mendel hörte ein dünnes Wimmern, es drang, so leise es auch war, bis zu Mendel, auf die gegenüberliegende Seite der Straße. Wohlvertraut war Mendel dieser Laut. Er blieb stehen. Er beschloß, zu dem Knaben zu treten, ihn auszufragen, ihn zu trösten. Er setzte sich in Gang. Plötzlich, das Wimmern wurde lauter, stockte Mendel in der Straßenmitte. Im Schatten des Abends und des Haustors, in dem der Junge kauerte, schien er Menuchims Umriß und Haltung zu bekommen. Ja, so, vor der Schwelle seines Hauses in Zuchnow, hatte Menuchim gekauert und gewimmert. Mendel machte noch ein paar Schritte. Da huschte der Knabe ins Haus. Mendel trat bis zur Tür. Da hatte der finstere Hausflur den Jungen schon aufgenommen.

Noch langsamer als zuvor ging Mendel heim.

Nicht Deborah kam an die Tür, als er schellte, sondern sein Sohn Sam. Mendel blieb einen Augenblick an der Schwelle. Obwohl er auf nichts anderes als auf eine überraschende Freude vorbereitet war, ergriff ihn doch die Angst, es könnte ein Unglück geschehen sein, ja, dermaßen war sein Herz an Unglück gewöhnt, daß er immer noch erschrak, selbst nach einer langen Vorbereitung auf das Glück. Was kann einem Mann wie mir, dachte er, überraschend Fröhliches widerfahren? Alles Plötzliche ist böse, und das Gute schleicht langsam.

Die Stimme Schemarjahs aber beruhigte ihn bald. »Komm nur!« sagte Sam. Er zog den Vater an der Hand ins Zimmer. Deborah hatte zwei Lampen angezündet. Seine Schwiegertochter Vega, Mirjam und Mac saßen um den Tisch. Das ganze Haus kam Mendel verwandelt vor. Die

zwei Lampen – sie waren von der gleichen Art – sahen aus wie Zwillinge, und sie beleuchteten weniger das Zimmer als sich selbst gegenseitig. Es war, als ob sie sich zulachten, eine Lampe der andern, und das erheiterte Mendel besonders. »Setz dich, Vater!« sagte Sam. Er war nicht neugierig, Mendel, er fürchtete schon, es werde jetzt eine von den amerikanischen Geschichten kommen, die alle Welt veranlaßten, fröhlich zu sein, und an denen er keine Freude finden konnte. Was wird schon geschehen sein? dachte er. Sie werden mir ein Grammophon geschenkt haben. Oder sie haben beschlossen, Hochzeitstag zu feiern. Er setzte sich sehr umständlich. Alle schwiegen. Dann sagte Sam – und es war, als entzündete er die dritte Lampe im Zimmer: »Vater, wir haben fünfzehntausend Dollar auf einen Schlag verdient.«
Mendel erhob sich und reichte allen Anwesenden die Hand. Zuletzt gelangte er zu Mac. Ihm sagte Mendel: »Ich danke Ihnen.« Sam übersetzte sofort die drei Worte ins Englische. Mac erhob sich nun ebenfalls und umarmte Mendel. Dann begann er zu sprechen. Er hörte nicht mehr auf. An diesem Abend sprach außer Mac kein anderer mehr. Deborah rechnete die Summe in Rubel um und wurde nicht fertig. Vega dachte an neue Möbel in der neuen Wohnung, besonders an ein Klavier. Ihr Sohn sollte Klavierstunden nehmen. Mendel dachte an einen Abstecher nach Hause. Mirjam hörte nur Mac reden und bemühte sich, möglichst alles zu verstehen. Da sie seine Sprache nicht ganz verstand, meinte sie, Mac spreche zu klug, um verstanden zu werden. Sam überlegte, ob er das ganze Geld in sein Kaufhaus stecken sollte. Nur Mac dachte wenig, machte sich keine Sorgen, schmiedete keine Pläne. Er sprach, was ihm einfiel.
Am nächsten Tag fuhren sie nach Atlantic City. »Eine schöne Natur!« sagte Deborah. Mendel sah nur das Wasser. Und er erinnerte sich an jene wilde Nacht daheim, in der er mit Sameschkin im Straßengraben gelegen hatte. Und er hörte das Zirpen der Grillen und das Quaken der Frösche. »Bei uns zu Hause«, sagte er plötzlich, »ist die Erde so weit wie in Amerika das Wasser.« Er hatte es gar nicht sagen wollen. »Hörst du, was der Vater sagt?« meinte Deborah. »Er wird alt!« Ja, ja, ich werde alt, dachte Mendel.
Als sie nach Hause kamen, lag im Türspalt ein dicker, geschwollener Brief, den der Postbote nicht hatte durchstecken können. »Siehst du«, sagte Mendel und bückte sich, »dieser Brief ist ein guter Brief. Das Glück hat angefangen. Ein Glück bringt das andere, gelobt sei Gott. Er helfe uns weiter.«

Es war ein Brief von der Familie Billes. Und es war in der Tat ein guter Brief. Er enthielt die Nachricht, daß Menuchim plötzlich zu reden angefangen hatte.
»Der Doktor Soltysiuk hat ihn gesehn«, schrieb die Familie Billes. »Er konnte es nicht glauben. Man will Menuchim nach Petersburg schikken, die großen Doktoren wollen sich den Kopf über ihn zerbrechen. Eines Tages, es war Donnerstagnachmittag, er war allein zu Haus, und es brannte im Ofen wie jeden Donnerstag, fiel ein brennendes Scheit heraus, und jetzt ist der ganze Fußboden verbrannt, und die Wände muß man tünchen. Es kostet ein schönes Stück Geld. Menuchim lief auf die Straße, er kann auch schon ganz gut laufen, und schrie: ›Es brennt!‹ Und seit damals spricht er ein paar Worte.
Schade nur, daß es eine Woche war nach Jonas' Abreise. Denn Euer Jonas war hier, auf Urlaub, er ist wirklich schon ein großer Soldat, und er hat gar nicht gewußt, daß Ihr in Amerika seid. Auch er schreibt Euch hier, auf der anderen Seite.«
Mendel wendete das Blatt um und las:

»Lieber Vater, liebe Mutter, lieber Bruder und liebe Schwester!
Ihr seid also in Amerika, es hat mich getroffen wie ein Blitz. Ich bin zwar selbst schuldig, denn ich habe Euch niemals oder, ich erinnere mich, nur einmal geschrieben, dennoch, wie gesagt, es hat mich getroffen wie ein Blitz. Macht Euch nichts daraus. Es geht mir sehr gut. Alle sind gut zu mir, und ich bin gut zu allen. Besonders gut bin ich zu den Pferden. Ich kann reiten wie der beste Kosak und im Galopp mit den Zähnen ein Taschentuch vom Boden aufheben. Solche Sachen liebe ich und das Militär auch. Ich werde bleiben, auch wenn ich ausgedient habe. Man ist versorgt, man hat zu essen, alles befiehlt man von oben, was nötig ist, man braucht nicht selbst zu denken. Ich weiß nicht, ob ich es so schreibe, daß Ihr es ganz genau versteht. Vielleicht könnt Ihr das gar nicht verstehen. Im Stall ist es sehr warm, und ich liebe die Pferde. Sollte einmal einer von Euch herüberkommen, so könnt Ihr mich sehn. Mein Kapitän hat gesagt, wenn ich ein so guter Soldat bleibe, kann ich ein Gesuch machen an den Zaren, das heißt an Seine hochwohlgeborene Majestät, damit meinem Bruder die Desertation vergeben und vergessen wird. Das wäre meine größte Freude, Schemarjah in diesem Leben noch zu sehn, wir sind ja zusammen aufgewachsen.

Sameschkin läßt Euch grüßen, es geht ihm gut.
Man sagt hier manchmal, daß ein Krieg kommen wird. Sollte er wirklich kommen, so müßt Ihr darauf vorbereitet sein, daß ich sterbe, so wie ich darauf vorbereitet bin, denn ich bin ein Soldat.
Für diesen Fall umarme ich Euch ein für allemal und für immer. Aber seid nicht traurig, vielleicht bleibe ich am Leben.

Euer Sohn Jonas«

Mendel Singer legte die Brille ab, sah, daß Deborah weinte, und ergriff nach langen Jahren zum erstenmal wieder ihre beiden Hände. Er zog ihre Hände vom verweinten Angesicht und sagte beinahe feierlich: »Nun, Deborah, der Herr hat uns geholfen. Nimm den Schal, geh hinunter, und bring eine Flasche Met.«
Sie saßen am Tisch und tranken den Met aus Teegläsern, sahen sich an und dachten das gleiche. »Der Rabbi hat recht«, sagte Deborah. Deutlich diktierte ihr die Erinnerung die Worte, die lange in ihr geschlafen hatten: »Der Schmerz wird ihn weise machen, die Häßlichkeit gütig, die Bitternis milde und die Krankheit stark.«
»Das hast du mir nie gesagt«, meinte Mendel.
»Ich hatte es vergessen.«
»Mit Jonas hätte man auch nach Kluczýsk fahren müssen. Die Pferde liebt er mehr als uns.«
»Er ist noch jung«, tröstete Deborah. »Vielleicht ist es gut, daß er die Pferde liebt.« Und weil sie keine Gelegenheit, boshaft zu sein, vorübergehn ließ, sagte sie noch: »Von dir hat er die Liebe zu den Pferden nicht.«
»Nein«, sagte Mendel und lächelte friedfertig.
Er begann, an eine Heimkehr zu denken. Jetzt konnte man vielleicht bald Menuchim nach Amerika bringen. Er zündete eine Kerze an, löschte die Lampe aus und sagte: »Geh schlafen, Deborah! Wenn Mirjam nach Hause kommt, werde ich ihr den Brief zeigen. Ich bleibe heute wach.«
Er holte aus dem Koffer sein altes Gebetbuch, heimisch war es in seiner Hand, er schlug mit einem Griff die Psalmen auf und sang einen nach dem andern. Es sang aus ihm. Er hatte die Gnade erfahren und die Freude.
Auch über ihm wölbte sich Gottes breite, weite, gütige Hand. Von ihr beschirmt und ihr zu Ehren sang er einen Psalm nach dem andern. Die

Kerze flackerte in dem leisen, aber eifrigen Wind, den Mendels schaukelnder Oberkörper entfachte. Mit den Füßen schlug er den Takt zu den Versen der Psalmen. Sein Herz jubelte, und sein Körper mußte tanzen.

XI

Da verließen zum erstenmal die Sorgen das Haus Mendel Singers. Vertraut waren sie ihm gewesen, wie verhaßte Geschwister. Neunundfünfzig Jahre wurde er jetzt alt. Seit achtundfünfzig Jahren kannte er sie. Die Sorgen verließen ihn, der Tod näherte sich ihm. Sein Bart war weiß, sein Auge war schwach. Der Rücken krümmte sich, und die Hände zitterten. Der Schlaf war leicht, und die Nacht war lang. Die Zufriedenheit trug er wie ein fremdes, geborgtes Kleid. Sein Sohn übersiedelte in die Gegend der Reichen, Mendel blieb in seiner Gasse, in seiner Wohnung, bei den blauen Petroleumlampen, in der Nachbarschaft der Armen, der Katzen und der Mäuse. Er war fromm, gottesfürchtig und gewöhnlich, ein ganz alltäglicher Jude. Wenige beachteten ihn. Manche bemerkten ihn gar nicht. Ein paar alte Freunde besuchte er tagsüber: Menkes, den Obsthändler, Skowronnek, die Musikalienhandlung, Rottenberg, den Bibelschreiber, Groschel, den Schuster. Einmal in der Woche kamen seine drei Kinder, sein Enkel und Mac. Er hatte ihnen gar nichts zu sagen. Sie erzählten Geschichten aus dem Theater, aus der Gesellschaft und aus der Politik. Er hörte zu und schlief ein. Wenn Deborah ihn weckte, schlug er die Augen auf. »Ich habe nicht geschlafen!« versicherte er. Mac lachte. Sam lächelte. Mirjam flüsterte mit Deborah. Mendel blieb eine Weile wach und nickte wieder ein. Er träumte sofort: Begebenheiten aus der Heimat und Dinge, von denen er in Amerika nur gehört hatte, Theater, Akrobaten und Tänzerinnen in Gold und Rot, den Präsidenten der Vereinigten Staaten, das Weiße Haus, den Milliardär Vanderbilt und immer wieder Menuchim. Der kleine Krüppel mischte sich zwischen das Rot und Gold der Sängerinnen, und vor dem bleichen Strahlen des Weißen Hauses haftete er als ein armer, grauer Fleck. Dies und jenes mit wachen Augen anzuschauen, war Mendel zu alt. Er glaubte seinen Kindern aufs Wort, daß Amerika das Land Gottes war, New York die Stadt der Wunder und Englisch die schönste Sprache. Die Amerikaner waren gesund, die Amerikanerinnen schön, der Sport wichtig, die Zeit kostbar, die Armut ein Laster, der Reichtum ein Verdienst, die Tugend der halbe Erfolg, der Glaube an sich selbst ein ganzer, der Tanz hygienisch, Rollschuhlaufen eine Pflicht, Wohltätigkeit eine Kapitalanlage, Anarchismus ein Verbrechen, Streikende die Feinde der Menschheit, Aufwiegler Verbündete des Teufels, moderne Maschinen Segen des Himmels, Edison das größte Genie. Bald werden die Menschen fliegen wie Vögel, schwimmen wie Fische, die Zukunft sehn wie Propheten, im ewigen Frieden leben und in vollkommener Eintracht bis zu den Sternen Wolkenkratzer bauen. Die Welt wird sehr schön sein, dachte Mendel, glücklich mein Enkel! Er wird alles erleben! Dennoch mischte sich in seine Bewunderung für die Zukunft ein Heimweh nach Rußland, und es beruhigte ihn, zu wissen, daß er noch vor den Triumphen der Lebendigen ein Toter sein würde. Er wußte nicht, warum. Es beruhigte ihn. Er war bereits zu alt für das Neue und zu schwach für Triumphe. Er hatte nur eine Hoffnung noch: Menuchim zu sehn. Sam oder Mac würde hinüberfahren, ihn holen. Vielleicht fuhr auch Deborah.

Es war Sommer. Das Ungeziefer in der Wohnung Mendel Singers vermehrte sich unaufhaltsam, obwohl die kleinen Messingräder an den Füßen der Betten Tag und Nacht in Näpfchen voll Petroleum standen und obwohl Deborah mit einer zarten Hühnerfeder, in Terpentin getaucht, alle Ritzen der Möbel bestrich. Die Wanzen zogen in langen, geordneten Reihen die Wände hinunter, den Plafond entlang, warteten in blutlüsterner Tücke auf den Anbruch der Finsternis und fielen auf die Lager der Schlafenden. Die Flöhe sprangen aus den schwarzen Sparren zwischen den Brettern der Diele, in die Kleider, auf die Kissen, auf die Decken. Die Nächte waren heiß und schwer. Durch die offenen Fenster kam von Zeit zu Zeit das ferne Dröhnen unbekannter Züge, die kurzen, regelmäßigen Donner einer meilenweiten, geschäftigen Welt und der trübe Dunst aus nachbarlichen Häusern, Misthaufen und offenen Kanälen. Die Katzen lärmten, die herrenlosen Hunde heulten, Säuglinge schrien durch die Nacht, und über dem Kopf Mendel Singers schlurften die Schritte der Schlaflosen, dröhnte das Niesen der Erkälteten, miauten die Ermatteten in qualvollem Gähnen. Mendel Singer entzündete die Kerze in der grünen Flasche neben dem Bett und ging ans Fenster. Da sah er den rötlichen Widerschein der lebendigen amerikanischen Nacht, die sich irgendwo abspielte, und den regelmäßigen, silbernen Schatten eines Scheinwerfers, der verzweifelt am nächtlichen Himmel Gott zu suchen schien. Ja, und ein paar Sterne sah Mendel ebenfalls, ein paar kümmerliche Sterne, zerhackte Sternbilder. Mendel erinnerte sich an die hellgestirnten Nächte daheim, die tiefe Bläue des weitgespannten Himmels, die sanftgewölbte Sichel des Mondes, das finstere Rauschen der Föhren im Wald, an die Stimmen der Grillen und Frösche. Es kam ihm vor, daß es leicht wäre, jetzt, so wie er ging und stand, das Haus zu verlassen und zu Fuß weiterzuwandern, die ganze Nacht, so lange, bis er wieder unter dem freien Himmel war und die Frösche vernahm und die Grillen und das Wimmern Menuchims. Hier in Amerika gesellte es sich zu den vielen Stimmen, in denen die Heimat sang und redete, zum Zirpen der Grillen und zum Quaken der Frösche. Dazwischen lag der Ozean, dachte Mendel. Man mußte ein Schiff besteigen, noch einmal ein Schiff, noch einmal zwanzig Tage und Nächte fahren. Dann war er zu Hause bei Menuchim.

Die Kinder redeten ihm zu, endlich das Viertel zu verlassen. Er hatte Angst. Er wollte nicht übermütig werden. Jetzt, wo alles gutzugehn begann, durfte man nicht Gottes Zorn hervorrufen. Wann war es ihm je bessergegangen? Wozu in andere Gegenden ziehn? Was hatte man davon? Die paar Jahre, die er noch zu leben gedachte, konnte er in Gemeinschaft mit dem Ungeziefer verbringen.

Er wandte sich um. Da schlief Deborah. Früher hatte sie hier im Zimmer mit Mirjam geschlafen. Jetzt wohnte Mirjam bei ihrem Bruder. Oder bei Mac, dachte Mendel, hurtig und verstohlen. Deborah schlief ruhig, halb aufgedeckt, ein breites Lächeln über dem breiten Angesicht. Was geht sie mich an? dachte Mendel. Wozu leben wir noch zusammen? Unsere Lust ist vorbei, unsere Kinder sind groß und versorgt, was soll ich bei ihr? Essen, was sie gekocht hat! Es steht geschrieben, daß es nicht gut ist, daß der Mensch allein sei. Also leben wir zusammen. Sehr lange schon lebten sie zusammen, jetzt handelte es sich darum, wer früher sterben würde. Wahrscheinlich ich, dachte Mendel. Sie ist gesund und hat wenig Sorgen. Immer noch verbirgt sie Geld unter irgendeinem Dielenbrett. Sie weiß nicht, daß es Sünde ist. Mag sie es verbergen!

Die Kerze im Flaschenhals ist zu Ende gebrannt. Die Nacht ist vergangen. Die ersten Geräusche des Morgens hört man schon, noch ehe man die Sonne sieht. Man öffnet irgendwo kreischende Türen, man hört polternde Schritte im Stiegenhaus, der Himmel ist fahlgrau, und von der Erde steigt ein gelblicher Dunst auf, Staub und Schwefel aus den Kanälen. Deborah erwacht, seufzt und sagt: »Es wird regnen! Es stinkt aus dem Kanal, mach die Fenster zu!«

So beginnen die sommerlichen Tage. Am Nachmittag kann Mendel nicht zu Hause schlafen. Er geht auf den Spielplatz der Kinder. Er freut sich am Gesang der seltenen Amseln, sitzt lange auf einer Bank, zieht mit dem Regenschirm verworrene Striche in den Sand. Das Geräusch des Wassers, das ein langer Gummischlauch über den kleinen Rasen stäubt, kühlt Mendel Singers Angesicht, er glaubt, das Wasser zu fühlen, und er schläft ein. Er träumt vom Theater, von Akrobaten in Rot und Gold, vom Weißen Haus, vom Präsidenten der Vereinigten Staaten, vom Milliardär Vanderbilt und von Menuchim.

Eines Tages kommt Mac. Er sagt (Mirjam begleitet ihn und übersetzt es), daß er Ende Juli oder im August nach Rußland fahren wird, Menuchim holen.

Mendel ahnt, warum Mac fahren will. Er möchte wahrscheinlich Mirjam heiraten. Er tut alles mögliche für die Familie Singer.

Wenn ich stürbe, denkt Mendel, würde Mac Mirjam heiraten. Beide warten auf meinen Tod. Ich habe Zeit. Ich warte auf Menuchim.

Es ist Juni, ein heißer und besonders langer Monat. Wann wird endlich der Juli kommen?

Ende Juli bestellt Mac eine Schiffskarte. Man schreibt an die Familie Billes. Mendel geht in den Laden der Skowronneks, um den Freunden zu erzählen, daß sein jüngster Sohn ebenfalls nach Amerika kommt.

Im Laden der Familie Skowronnek sind viel mehr Leute versammelt als sonst, an andern Tagen. Jeder hat ein Zeitungspapier in der Hand. In Europa ist der Krieg ausgebrochen.

Mac wird nicht mehr nach Rußland fahren. Menuchim wird nicht nach Amerika kommen. Der Krieg ist ausgebrochen.

Hatten die Sorgen nicht soeben erst Mendel Singer verlassen? Sie gingen, und der Krieg brach aus.

Jonas war im Krieg und Menuchim in Rußland.

Zweimal in der Woche am Abend kamen Sam und Mirjam, Vega und Mac Mendel Singer besuchen. Und sie bemühten sich, dem Alten Jonas' sichern Untergang und Menuchims gefährdetes Leben zu verbergen. Es war, als glaubten sie, sie könnten Mendels nach Europa gerichteten Blick auf ihre eigene glückliche Leistung und ihre eigene Sicherheit lenken. Sie stellten sich gleichsam zwischen Mendel Singer und den Krieg. Und während er ihren Reden zuzuhören schien, ihren Vermutungen recht gab, daß Jonas in einer Kanzlei beschäftigt sei und Menuchim seiner besonderen Krankheit wegen gesichert in einem Petersburger Spital, sah er seinen Sohn Jonas mit dem Pferd stürzen und in einem jener Stacheldrähte hängenbleiben, die von den Kriegsberichterstattern so anschaulich beschrieben wurden. Und sein Häuschen in Zuchnow brannte – Menuchim lag im Winkel und wurde verbrannt. Gelegentlich getraute er sich, einen kleinen Satz zu sagen. »Vor einem Jahr, als der Brief kam«, sagte Mendel, »hätte ich selbst zu Menuchim fahren müssen.«

Niemand wußte darauf etwas zu erwidern. Ein paarmal schon hatte Mendel diesen Satz gesprochen, und stets war das gleiche Schweigen eingebrochen. Es war, als löschte der Alte mit diesem einen Satz das Licht im Zimmer aus, finster wurde es, und keiner sah mehr, wohin mit dem Finger zu deuten. Und nachdem sie lange geschwiegen hatten, erhoben sie sich und gingen.

Mendel Singer aber schloß die Tür hinter ihnen, schickte Deborah schlafen, entzündete eine Kerze und begann, einen Psalm nach dem andern zu singen. In guten Stunden sang er sie und in bösen. Er sang sie, wenn er dem Himmel dankte und wenn er ihn fürchtete. Mendels schaukelnde Bewegungen waren immer die gleichen. Und nur an seiner Stimme hätte ein aufmerksamer Lauscher vielleicht erkannt, ob Mendel, der Gerechte, dankbar war oder ausgefüllt von Ängsten.

In diesen Nächten schüttelte ihn die Furcht wie der Wind einen schwachen Baum. Und die Sorge lieh ihm ihre Stimme, mit einer fremden Stimme sang er die Psalmen. Er war fertig. Er schlug das Buch zu, hob es an die Lippen, küßte es und drückte die Flamme aus. Aber er wurde nicht ruhig. Zu wenig, zu wenig – sagte er sich – habe ich getan. Manchmal erschrak er über die Erkenntnis, daß sein einziges Mittel, das Singen der Psalmen, ohnmächtig sein könnte in dem großen Sturm, in dem Jonas und Menuchim untergingen. Die Kanonen, dachte er, sind laut, die Flammen sind gewaltig, meine Kinder verbrennen, meine Schuld ist es, meine Schuld! Und ich singe Psalmen. Es ist nicht genug! Es ist nicht genug!

XII

Alle Menschen, die an den politischen Nachmittagen Skowronneks gewettet hatten, daß Amerika neutral bleiben würde, verloren die Wette.
Es war Herbst. Um sieben Uhr morgens erwachte Mendel Singer. Um acht Uhr stand er schon in der Straße vor dem Haus. Der Schnee war noch weiß und hart wie zu Hause in Zuchnow. Aber hier zerrann er bald. In Amerika hielt er sich nicht länger als eine Nacht. In der Früh schon zerkneteten ihn die hurtigen Füße der Zeitungsjungen. Mendel Singer wartete, bis einer von ihnen vorbeikam. Er kaufte eine Zeitung und ging wieder ins Haus. Die blaue Petroleumlampe brannte. Sie erleuchtete den Morgen, der finster war wie die Nacht. Mendel Singer entfaltete die Zeitung, sie war fett, klebrig und naß, sie roch wie die Lampe. Er las die Berichte vom Kriegsschauplatz zweimal, dreimal, viermal. Er nahm zur Kenntnis, daß fünfzehntausend Deutsche auf einmal in Gefangenschaft geraten waren und daß die Russen ihre Offensive in der Bukowina wiederaufgenommen hatten.
Das allein genügte ihm nicht. Er legte die Brille ab, putzte sie, zog sie wieder an und las die Kriegsberichte noch einmal. Seine Augen durchsiebten die Zeilen. Fielen da nicht einmal die Namen Sam Singer, Menuchim, Jonas heraus?
»Was ist Neues in der Zeitung?« fragte Deborah heute wie jeden Morgen. »Gar nichts!« erwiderte Mendel. »Die Russen siegen, und die Deutschen werden gefangen.«
Es wurde still. Im Spirituskocher siedete der Tee. Es sang beinahe wie der Samowar zu Hause. Nur der Tee schmeckte anders, ranzig war er, amerikanischer Tee, obwohl die Päckchen in chinesisches Papier gehüllt waren. »Nicht einmal einen Tee kann man trinken!« sagte Mendel und wunderte sich selbst, daß er von solchen Kleinigkeiten sprach. Er wollte vielleicht etwas anderes sagen? Es gab so viel Wichtiges in der Welt, und Mendel beklagte sich über den Tee. Die Russen siegten, und die Deutschen wurden gefangen. Nur von Sam hörte man gar nichts und nichts von Menuchim.
Vor zwei Wochen hatte Mendel geschrieben. Auch das Rote Kreuz hatte mitgeteilt, daß Jonas verschollen sei. Er ist wahrscheinlich tot, dachte im stillen Deborah. Mendel dachte das gleiche. Aber sie sprachen lange über die Bedeutung des Wortes »verschollen«, und als schlösse es die Möglichkeit des Todes vollkommen aus, kamen sie im-

mer wieder überein, daß »verschollen« nur gefangengenommen heißen konnte, desertiert oder in der Gefangenschaft verwundet.
Warum aber schrieb Sam schon so lange nicht? Nun, er war auf einem längeren Marsch begriffen, oder gerade in einer »Umgruppierung«, in einer jener Umgruppierungen, deren Wesen und Bedeutung am Nachmittag bei Skowronnek genauer erläutert wurden.
Man kann es nicht laut sagen, dachte Mendel, Sam hätte nicht gehn sollen.
Er sagte den zweiten Teil des Satzes dennoch laut, Deborah hörte es. »Das verstehst du nicht, Mendel«, sagte Deborah. Alle Argumente für die Teilnahme Sams am amerikanischen Krieg hatte Deborah von ihrer Tochter Mirjam bezogen. »Amerika ist nicht Rußland. Amerika ist ein Vaterland. Jeder anständige Mensch ist verpflichtet, für das Vaterland in den Krieg zu gehn. Mac ist gegangen, Sam hat nicht bleiben können. Außerdem ist er, Gott sei Dank! beim Regimentsstab. Dort fällt man nicht. Denn wenn man zulassen sollte, daß alle hohen Offiziere fallen, würde man gar nicht siegen. Und Sam ist, Gott sei Dank! neben den hohen Offizieren.«
»Einen Sohn hab' ich dem Zaren gegeben, es wäre genug gewesen!«
»Der Zar ist was anderes, und Amerika ist etwas anderes!«
Mendel debattierte nicht weiter. Alles hatte er schon gehört. Er erinnerte sich noch an den Tag, an dem beide fortgegangen waren, Mac und Sam. Beide hatten ein amerikanisches Lied gesungen, in der Mitte der Gasse. Am Abend hatte man bei Skowronnek gesagt, Sam sei, unberufen, ein schöner Soldat.
Vielleicht war Amerika ein Vaterland, der Krieg eine Pflicht, die Feigheit eine Schande, ausgeschlossen der Tod beim Regimentsstab! Dennoch, dachte Mendel, bin ich der Vater, ich hätte ein Wort sagen müssen. Bleib, Sam! hätte ich sagen müssen. Lange Jahre habe ich gewartet, um einen kleinen Zipfel vom Glück zu sehen. Nun ist Jonas bei den Soldaten, wer weiß, was mit Menuchim geschehen wird, du hast eine Frau, ein Kind und ein Geschäft. Bleib, Sam! Vielleicht wäre er geblieben.
Mendel stellte sich, wie es seine Gewohnheit war, ans Fenster, den Rücken der Stube zugekehrt. Er sah geradeaus auf das zerbrochene und mit braunem Pappendeckel vernagelte Fenster der Lemmels gegenüber im ersten Stock. Unten war der Laden des jüdischen Selchers mit dem hebräischen Schild, weiße, schmutzige Buchstaben auf blaß-

blauem Grund. Auch der Sohn der Lemmels war in den Krieg gegangen. Die ganze Familie Lemmel besuchte die Abendschule und lernte Englisch. Am Abend gingen sie mit Heften in die Schule wie kleine Kinder. Wahrscheinlich war es richtig. Vielleicht sollten auch Mendel und Deborah in die Schule gehn. Amerika war ein Vaterland.
Es schneite noch ein wenig, langsame, faule und feuchte Flocken. Die Juden, aufgespannte, schwarze Regenschirme schwankten über ihren Köpfen, begannen schon, auf und ab zu promenieren. Immer mehr kamen, sie gingen in der Mitte der Gasse, die letzten weißen Schneereste zerschmolzen unter ihren Füßen, es war, als müßten sie hier im Interesse der Behörden so lange auf und ab gehn, bis der Schnee vollends vernichtet war. Den Himmel konnte Mendel von seinem Fenster aus nicht erblicken. Aber er wußte, daß es ein finsterer Himmel war. In allen Fenstern gegenüber sah er den gelblich roten Widerschein von Lampen. Finster war der Himmel. Finster war es in allen Stuben.
Bald öffnete sich hier und dort ein Fenster, die Büsten der Nachbarinnen wurden sichtbar, man hängte rote und weiße Bettbezüge und nackte, gelbliche, gehäutete Pölster an die Fenster. Auf einmal war die ganze Gasse heiter und bunt. Die Nachbarinnen riefen einander laute Grüße zu. Aus dem Innern der Stuben drangen Tellergeklapper und Kindergeschrei. Man hätte glauben können, es sei Friede, wenn nicht vom Laden der Skowronneks her die Kriegsmärsche aus den Grammophonen durch die Gasse gerasselt hätten.
Wann ist Sonntag? dachte Mendel. Früher hatte er von einem Samstag zum andern gelebt, jetzt lebte er von einem Sonntag zum nächsten. Am Sonntag kam Besuch, Mirjam, Vega und der Enkel. Sie brachten Briefe von Sam oder wenigstens Neuigkeiten allgemeiner Natur. Alles wußten sie, alle Zeitungen lasen sie. Gemeinsam leiteten sie jetzt das Geschäft. Es ging immer gut, sie waren tüchtig, sie sammelten Geld und warteten auf die Rückkehr Sams.
Mirjam brachte manchmal Herrn Glück mit, den ersten Direktor. Sie ging mit Glück tanzen, sie ging mit Glück baden. Ein neuer Kosak! dachte Mendel. Aber er sagte nichts.
»Ich kann nicht in den Krieg, leider!« seufzte Mister Glück. »Ich habe einen schweren Herzklappenfehler, das einzige, was ich von meinem seligen Vater geerbt habe.« Mendel betrachtete die rosigen Wangen Glücks, seine kleinen, braunen Augen und den koketten, flaumigen Schnurrbart, den er entgegen der Mode trug und mit dem er oft spielte.

Er saß zwischen Mirjam und Vega. Einmal, als Mendel mitten im Gespräch vom Tisch aufstand, glaubte er zu bemerken, daß der Herr Glück die rechte Hand in Vegas Schoß hielt und die linke auf Mirjams Schenkel. Mendel ging hinaus auf die Straße, er ging vor dem Hause auf und ab und wartete, bis die Gäste weggegangen waren.

»Du benimmst dich wie ein russischer Jude«, sagte Deborah, als er zurückkehrte.

»Ich bin ein russischer Jude«, erwiderte Mendel.

Eines Tages, es war ein Wochentag, Anfang Februar, Mendel und Deborah saßen beim Mittagessen, trat Mirjam ein.

»Guten Tag, Mutter!« sagte sie und »Guten Tag, Vater!« und blieb stehn.

Deborah legte den Löffel aus der Hand und rückte den Teller weg. Mendel sah beide Frauen an. Er wußte, daß etwas Außerordentliches geschehen war. Mirjam kam an einem Wochentag, zu einer Zeit, in der sie im Geschäft hätte sein müssen. Sein Herz schlug laut. Er war dennoch ruhig. Er glaubte, sich an diese Szene erinnern zu können. Sie hatte sich schon einmal zugetragen. Da stand Mirjam im schwarzen Regenmantel und war stumm. Da saß Deborah, den Teller hatte sie weit von sich geschoben, er steht fast in der Mitte des Tisches, draußen schneit es, weich, faul und flockig. Die Lampe brennt gelblich, ihr Licht ist fett wie ihr Geruch. Sie kämpft gegen den dunklen Tag, der schwächlich und fahl ist, aber mächtig genug, um mit seinem hellen Grau das ganze Zimmer zu bestreichen. An dieses Licht erinnert sich Mendel Singer genau. Er hat diese Szene geträumt. Er weiß auch, was jetzt folgen wird. Alles weiß Mendel schon, als läge es längst zurück und als hätte sich der Schmerz schon vor Jahren in eine Trauer verwandelt. Mendel ist ganz ruhig.

Es ist ein paar Sekunden still. Mirjam spricht nicht, als hoffte sie, der Vater oder die Mutter würden sie durch eine Frage von der Pflicht befreien, die Botschaft auszurichten. Sie steht und schweigt. Keins von den dreien rührt sich.

Mendel steht auf und sagt: »Ein Unglück ist geschehen!«

Mirjam sagt: »Mac ist zurückgekommen. Er hat Sams Uhr gebracht und die letzten Grüße.«

Deborah sitzt, als ob nichts geschehen wäre, ruhig auf dem Sessel. Ihre Augen sind trocken und leer wie zwei dunkle Stückchen Glas. Sie sitzt dem Fenster gegenüber, und es sieht aus, als zählte sie die Schneeflocken.

Es ist still, man hört das harte Ticken der Uhr.
Plötzlich beginnt Deborah, sich ganz langsam, mit schleichenden Fingern, die Haare zu raufen. Sie zieht eine Haarflechte nach der andern über das Gesicht, das bleich ist und ohne Regung wie aufgequollener Gips. Dann reißt sie eine Strähne nach der andern aus, fast in demselben Tempo, in dem draußen die Schneeflocken niederfallen. Schon zeigen sich zwei, drei weiße Inseln inmitten des Haars, ein paar talergroße Flecken der nackten Kopfhaut und ganz winzige Tröpfchen roten Blutes. Niemand rührt sich. Die Uhr tickt, der Schnee fällt, und Deborah reißt sich die Haare aus.
Mirjam sinkt in die Knie, vergräbt den Kopf im Schoß Deborahs und rührt sich nicht mehr. In Deborahs Angesicht ändert sich kein Zug. Ihre beiden Hände zupfen abwechselnd an den Haaren. Ihre Hände sehen aus wie bleiche, fleischige, fünffüßige Tiere, die sich von Haaren nähren.
Mendel steht, die Arme über der Lehne des Sessels verschränkt.
Deborah beginnt zu singen. Sie singt mit einer tiefen, männlichen Stimme, die so klingt, als wäre ein unsichtbarer Sänger im Zimmer. Die fremde Stimme singt ein altes jüdisches Lied ohne Worte, ein schwarzes Wiegenlied für tote Kinder.
Mirjam erhebt sich, rückt den Hut zurecht, geht zur Tür und läßt Mac eintreten.
Er ist in der Montur größer als im Zivil. Er hat in beiden Händen, die er vor sich her trägt wie Teller, die Uhr, die Brieftasche und ein Portemonnaie Sams.
Diese Gegenstände legt Mac langsam auf den Tisch, gerade vor Deborah. Er sieht eine Weile zu, wie sie sich die Haare ausreißt, dann geht er zu Mendel, legt dem Alten seine großen Hände auf die Schultern und weint lautlos. Seine Tränen rinnen, ein dichter Regen, über die Uniform.
Es ist still, Deborahs Gesang hat aufgehört, die Uhr tickt, der Abend sinkt plötzlich über die Welt, die Lampe leuchtet nicht mehr gelb, sondern weiß, hinter den Fensterscheiben ist die Welt schwarz, man kann keine Flocken mehr sehen.
Auf einmal kommt ein grölender Laut aus Deborahs Brust. Er klingt wie der Rest jener Melodie, die sie vorher gesungen hat, ein gesprengter, geborstener Ton.
Dann fällt Deborah vom Sessel. Sie liegt, eine gekrümmte, weiche Masse, auf dem Boden.

Mac stößt die Tür auf, läßt sie offen, es wird kalt in der Stube.
Er kommt zurück, ein Doktor begleitet ihn, ein kleiner, flinker, grauhaariger Mann.
Mirjam steht dem Vater gegenüber.
Mac und der Doktor tragen Deborah auf das Bett.
Der Doktor sitzt am Bettrand und sagt: »Sie ist tot.«
Auch Menuchim ist gestorben, allein, unter Fremden, denkt Mendel Singer.

XIII

Sieben runde Tage saß Mendel Singer auf einem Schemel neben dem Kleiderschrank und schaute auf das Fenster, an dessen Scheibe zum Zeichen der Trauer ein weißes Stückchen Leinwand hing und in dem Tag und Nacht eine der beiden blauen Lampen brannte. Sieben runde Tage rollten nacheinander ab, wie große, schwarze, langsame Reifen, ohne Anfang und ohne Ende, rund wie die Trauer. Der Reihe nach kamen die Nachbarn: Menkes, Skowronnek, Rottenberg und Groschel, brachten harte Eier und Eierbeugel für Mendel Singer, runde Speisen, ohne Anfang und ohne Ende, rund wie die sieben Tage der Trauer.
Mendel sprach wenig mit seinen Besuchern. Er bemerkte kaum, daß sie kamen und gingen. Tag und Nacht stand seine Tür offen, mit zurückgeschobenem, zwecklosem Riegel. Wer kommen wollte, kam, wer gehen wollte, ging. Der und jener versuchte, ein Gespräch anzufangen. Aber Mendel Singer wich ihm aus. Er sprach, während die andern lebendige Dinge erzählten, mit seiner toten Frau. »Du hast es gut, Deborah!« sagte er zu ihr. »Es ist nur schade, daß du keinen Sohn hinterlassen hast, ich selbst muß das Totengebet sagen, ich werde aber bald sterben, und niemand wird uns beweinen. Wie zwei kleine Stäubchen wurden wir verweht. Wie zwei kleine Fünkchen sind wir erloschen. Ich habe Kinder gezeugt, dein Schoß hat sie geboren, der Tod hat sie genommen. Voller Not und ohne Sinn war dein Leben. In jungen Jahren habe ich dein Fleisch genossen, in spätern Jahren habe ich es verschmäht. Vielleicht war das unsere Sünde. Weil nicht die Wärme der Liebe in uns war, sondern zwischen uns der Frost der Gewohnheit, starb alles rings um uns, verkümmerte alles und wurde verdorben. Du

hast es gut, Deborah. Der Herr hat Mitleid mit dir gehabt. Du bist eine Tote und begraben. Mit mir hat Er kein Mitleid. Denn ich bin ein Toter und lebe. Er ist der Herr, Er weiß, was Er tut. Wenn du kannst, bete für mich, daß man mich auslösche aus dem Buch der Lebendigen. Sieh, Deborah, die Nachbarn kommen zu mir, um mich zu trösten. Aber obwohl es viele sind und sie alle ihre Köpfe anstrengen, finden sie doch keinen Trost für meine Lage. Noch schlägt mein Herz, noch schauen meine Augen, noch bewegen sich meine Glieder, noch gehen meine Füße. Ich esse und trinke, bete und atme. Aber mein Blut stockt, meine Hände sind welk, mein Herz ist leer. Ich bin nicht Mendel Singer mehr, ich bin der Rest von Mendel Singer. Amerika hat uns getötet. Amerika ist ein Vaterland, aber ein tödliches Vaterland. Was bei uns Tag war, ist hier Nacht. Was bei uns Leben war, ist hier Tod. Der Sohn, der bei uns Schemarjah hieß, hat hier Sam geheißen. In Amerika bist du begraben, Deborah, auch mich, Mendel Singer, wird man in Amerika begraben.«

Am Morgen des achten Tages, als Mendel von seiner Trauer aufstand, kam seine Schwiegertochter Vega, in Begleitung des Mister Glück.

»Mister Singer«, sagte Mister Glück, »unten ist der Wagen. Sie müssen sofort mit uns kommen, mit Mirjam ist etwas passiert.«

»Gut«, erwiderte Mendel gleichgültig – als hätte man ihm mitgeteilt, daß man sein Zimmer tapezieren müsse. »Gut, gebt mir meinen Mantel.«

Mendel kroch mit schwachen Armen in den Mantel und ging die Stiegen hinunter. Mister Glück drängte ihn in den Wagen. Sie fuhren und sprachen kein Wort. Mendel fragte nicht, was mit Mirjam geschehen sei. Wahrscheinlich ist sie auch tot, dachte er ruhig. Mac hat sie aus Eifersucht getötet.

Zum erstenmal betrat er die Wohnung seines toten Sohnes. Man schob ihn in ein Zimmer. Da lag Mirjam in einem breiten, weißen Bett. Ihre Haare flossen lose, in einer funkelnden, blauen Schwärze, über die weißen Kissen. Ihr Angesicht glühte rot, und ihre schwarzen Augen hatten breite, runde, rote Ränder; umkreist von Ringen aus Brand waren Mirjams Augen. Eine Krankenschwester saß neben ihr, Mac stand in einer Ecke, groß und ohne sich zu rühren, wie ein Möbelstück.

»Da ist Mendel Singer«, rief Mirjam. Sie streckte eine Hand gegen den Vater aus und begann zu lachen. Ihr Lachen dauerte ein paar Minuten. Es klang wie das Klingeln der hellen, ununterbrochenen Signale auf

Bahnhöfen und als schlüge man mit tausend Klöppeln aus Messing auf tausend dünne Kristallgläser. Plötzlich brach das Lachen ab. Eine Sekunde war es still. Dann begann Mirjam zu schluchzen. Sie schob die Decke zurück, ihre nackten Beine zappelten, ihre Füße schlugen in schneller Regelmäßigkeit auf das weiche Lager, immer schneller, immer regelmäßiger, während ihre geballten Fäuste im gleichen Rhythmus durch die Luft schwangen. Die Krankenschwester hielt Mirjam mit Gewalt fest. Sie wurde ruhiger. »Guten Tag, Mendel Singer!« sagte Mirjam. »Du bist mein Vater, ich kann es dir erzählen. Ich liebe Mac, der da steht, aber ich habe ihn betrogen. Mit Mister Glück habe ich geschlafen, ja, mit Mister Glück! Glück ist mein Glück, Mac ist mein Mac. Mendel Singer gefällt mir auch, und wenn du willst---« Da hielt die Krankenschwester Mirjam die Hand vor den Mund, und Mirjam verstummte.
Mendel Singer stand noch immer an der Tür, Mac stand immer noch in der Ecke. Beide Männer sahen einander fortwährend an. Da sie sich nicht mit Worten verständigen konnten, redeten sie mit den Augen. »Sie ist verrückt«, sagten Mendel Singers Augen zu denen Macs. »Sie hat ohne Männer nicht leben können, sie ist verrückt.«
Vega trat ein und sagte: »Wir haben den Arzt kommen lassen. Jeden Augenblick muß er dasein. Seit gestern spricht Mirjam wirr. Sie war mit Mac spazierengegangen, und als sie zurückkam, begann sie, sich so unverständlich zu benehmen. Jeden Augenblick muß der Arzt dasein.«
Der Doktor kam. Es war ein Deutscher, er konnte sich mit Mendel verstehn. »Wir werden sie in die Anstalt bringen«, sagte der Doktor. »Ihre Tochter muß leider in eine Anstalt. Warten Sie einen Moment, ich werde sie betäuben.«
Mac stand noch immer im Zimmer. »Wollen Sie sie festhalten?« fragte der Doktor. Mac hielt mit seinen großen Händen Mirjam fest. Der Doktor stieß ihr eine Spritze in den Schenkel. »Bald wird sie ruhig sein!« sagte er.
Der Krankenwagen kam, zwei Träger mit einer Bahre traten ins Zimmer. Mirjam schlief. Man band sie auf die Bahre. Mendel, Mac und Vega fuhren hinter dem Krankenwagen.
»Das hast du nicht erlebt«, sprach Mendel zu seiner Frau Deborah, während sie fuhren. »Ich erlebe es noch, aber ich habe es gewußt. Seit jenem Abend, an dem ich Mirjam mit dem Kosaken im Felde sah, habe ich es gewußt. Der Teufel ist in sie gefahren. Bete für uns, Deborah, daß er sie wieder verlasse.«

Nun saß Mendel im Wartezimmer der Anstalt, umgeben von andern Wartenden, vor kleinen Tischchen, auf denen Vasen voll gelber, sommerlicher Blumen standen, und dünnen Gestellen, beladen mit bunten illustrierten Zeitschriften. Aber keiner von den Wartenden roch an den Blumen, keiner der Wartenden blätterte in den Zeitschriften. Zuerst glaubte Mendel, alle Menschen, die hier mit ihm saßen, wären verrückt und er selbst ein Verrückter wie alle. Dann sah er durch die breite Tür aus spiegelndem Glas, die diesen Warteraum von dem weißgetünchten Korridor trennte, wie draußen Menschen in blaugestreiften Kitteln paarweise vorbeigeführt wurden. Zuerst Frauen, dann Männer, und manchmal warf einer von den Kranken sein wildes, verkniffenes, zerrissenes, böses Gesicht durch die Scheibe der Tür in den Wartesaal. Alle Wartenden erschauerten, nur Mendel blieb ruhig. Ja, es erschien ihm merkwürdig, daß nicht auch die Wartenden blaugestreifte Kittel trugen und er selbst auch nicht.

Er saß in einem breiten, ledernen Lehnstuhl, die Mütze aus schwarzem Seidenrips hatte er über die Knie gestülpt, sein Regenschirm lehnte, ein treuer Gefährte, neben dem Sessel. Mendel blickte abwechselnd auf die Menschen, die gläserne Tür, die Zeitschriften, die Verrückten, die draußen immer noch vorbeizogen – man führte sie zum Bad –, und auf die goldenen Blumen in den Vasen. Es waren gelbe Schlüsselblumen, Mendel erinnerte sich, daß er sie daheim auf den grünen Wiesen oft gesehen hatte. Die Blumen kamen aus der Heimat. Er gedachte ihrer gern. Diese Wiesen hatte es dort gegeben und diese Blumen! Der Friede war dort heimisch gewesen, die Jugend war dort heimisch gewesen und die vertraute Armut. Im Sommer war der Himmel ganz blau gewesen, die Sonne ganz heiß, das Getreide ganz gelb, die Fliegen hatten grün geschillert und warme Liedchen gesummt, und hoch unter den blauen Himmeln hatten die Lerchen getrillert, ohne Aufhören. Mendel Singer vergaß, während er die Schlüsselblumen ansah, daß Deborah gestorben, Sam gefallen, Mirjam verrückt und Jonas verschollen war. Es war, als hätte er soeben erst die Heimat verloren und in ihr Menuchim, den treuesten aller Toten, den weitesten aller Toten, den nächsten aller Toten. Wären wir dort geblieben, dachte Mendel, gar nichts wäre geschehen! Jonas hat recht gehabt, Jonas, das dümmste meiner Kinder! Die Pferde hat er geliebt, den Schnaps hat er geliebt, die Mädchen hat er geliebt, jetzt ist er verschollen! Jonas, ich werde dich nie mehr wiedersehen, ich werde dir nicht sagen können, daß du recht hattest, ein Kosak zu werden. »Was geht ihr nur immer in der Welt herum?« hatte Sameschkin gesagt. »Der Teufel schickt euch!« Er war ein Bauer, Sameschkin, ein kluger Bauer. Mendel hatte nicht fahren wollen. Deborah, Mirjam, Schemarjah – sie hatten fahren wollen, in der Welt herumfahren. Man hätte bleiben sollen, die Pferde lieben, Schnaps trinken, in den Wiesen schlafen, Mirjam mit Kosaken gehn lassen und Menuchim lieben.

Bin ich verrückt geworden, dachte Mendel weiter, daß ich so denke? Denkt ein alter Jude solche Sachen? Gott hat meine Gedanken verwirrt, der Teufel denkt aus mir, wie er aus meiner Tochter Mirjam redet.

Der Doktor kam, zog Mendel in eine Ecke und sagte leise: »Fassen Sie sich, Ihre Tochter ist sehr krank. Es gibt jetzt viele solcher Fälle, der Krieg, verstehn Sie, und das Unglück in der Welt, es ist eine schlimme Zeit. Die Medizin weiß noch nicht, wie man die Krankheit heilt. Einer Ihrer Söhne ist Epileptiker, wie ich höre, entschuldigen Sie, so was ist in der Familie. Wir Ärzte nennen das degenerative Psychose. Es kann sich geben. Es kann sich aber auch als eine Krankheit erweisen, die wir Ärzte Dementia nennen, Dementia praecox, aber sogar die Namen sind unsicher. Das ist einer von den seltenen Fällen, die wir nicht heilen können. Sie sind doch ein frommer Mann, Mister Singer? Der liebe Gott kann helfen. Beten Sie nur fleißig zum lieben Gott. Übrigens, wollen Sie noch einmal Ihre Tochter sehen? Kommen Sie!«

Ein Schlüsselbund rasselte, eine Tür fiel mit hartem Knall zu, und Mendel ging durch einen langen Korridor, vorbei an weißen Türen mit schwarzen Nummern, wie an vertikal aufgestellten Särgen. Noch einmal rasselte der Schlüsselbund der Wärterin, und einer der Särge ward aufgetan, drin lag Mirjam und schlief, Mac und Vega standen neben ihr.

»Jetzt müssen wir gehn«, sagte der Doktor.

»Führt mich direkt nach Hause in meine Gasse«, befahl Mendel.

Seine Stimme klang so hart, daß alle erschraken. Sie sahen ihn an. Sein Aussehn schien sich nicht verändert zu haben, dennoch war es ein anderer Mendel. Genau wie in Zuchnow und wie die ganze Zeit in Amerika war er angezogen. In hohen Stiefeln, im halblangen Kaftan, in der Mütze aus schwarzem Seidenrips. Was also hatte ihn so verändert? Warum erschien er allen größer und stattlicher? Warum ging so ein weißer und furchtbarer Glanz von seinem Angesicht aus? Fast schien er den großen Mac zu überragen. Seine Majestät, der Schmerz, dachte der Doktor, ist in den alten Juden gefahren.

»Einmal«, begann Mendel im Wagen, »hat mir Sam gesagt, daß die Medizin in Amerika die beste der Welt ist. Jetzt kann sie nicht helfen. Gott kann helfen! sagt der Doktor. Sag, Vega, hast du schon gesehn, daß Gott einem Mendel Singer geholfen hätte? Gott kann helfen!«

»Du wirst jetzt bei uns wohnen«, sagte Vega schluchzend.

»Ich werde nicht bei euch wohnen, mein Kind«, antwortete Mendel, »du wirst einen Mann nehmen, du sollst nicht ohne Mann sein, dein Kind soll nicht ohne Vater sein. Ich bin ein alter Jude, Vega, bald werde ich sterben. Hör zu, Vega! Mac war Schemarjahs Freund, Mirjam hat er geliebt, ich weiß, er ist kein Jude, aber ihn sollst du heiraten, nicht den Mister Glück! Hörst du, Vega? Wundert es dich, daß ich so rede, Vega? Wundere dich nicht, ich bin nicht verrückt. Alt bin ich geworden, ein paar Welten habe ich zugrunde gehn sehn, endlich bin ich klug geworden. Alle die Jahre war ich ein törichter Lehrer. Nun weiß ich, was ich sage.«

Sie kamen an, sie luden Mendel ab, führten ihn ins Zimmer, Mac und Vega standen noch eine Weile und wußten nicht, was tun.

Mendel setzte sich auf den Schemel neben den Schrank und sagte zu Vega: »Vergiß nicht, was ich dir gesagt habe. Jetzt geht, meine Kinder.«

Sie verließen ihn. Mendel trat ans Fenster und sah zu, wie sie in den Wagen stiegen. Es schien ihm, daß er sie segnen müsse, wie Kinder, die einen sehr schweren oder einen sehr glücklichen Weg antreten. Ich werde sie nie mehr sehen, dachte er dann, ich werde sie auch nicht segnen. Mein Segen könnte ihnen zum Fluch werden, ihre Begegnung mit mir ein Nachteil. Er fühlte sich leicht, ja, leichter als jemals in all seinen Jahren. Er hatte alle Beziehungen gelöst. Es fiel ihm ein, daß er schon seit Jahren einsam war. Einsam war er seit dem Augenblick gewesen, an dem die Lust zwischen seinem Weib und ihm aufgehört hatte. Allein war er, allein. Frau und Kinder waren um ihn gewesen und hatten ihn verhindert, seinen Schmerz zu tragen. Wie unnütze Pflaster, die nicht heilen, waren sie auf seinen Wunden gelegen und hatten sie nur verdeckt. Jetzt, endlich, genoß er sein Weh mit Triumph. Es galt, nur noch eine Beziehung zu kündigen. Er machte sich an die Arbeit.

Er ging in die Küche, raffte Zeitungspapier und Kienspäne zusammen und machte ein Feuer auf der offenen Herdplatte. Als das Feuer eine ansehnliche Höhe und Weite erreichte, ging Mendel mit starken Schritten zum Schrank und entnahm ihm das rotsamtene Säckchen, in dem seine Gebetriemen lagen, sein Gebetmantel und seine Gebetbücher. Er stellte sich vor, wie diese Gegenstände brennen würden. Die Flammen werden den gelblich getönten Stoff des Mantels aus reiner Schafwolle ergreifen und mit spitzen, bläulichen, gefräßigen Zungen vernichten. Der glitzernde Rand aus silbernen Fäden wird langsam verkohlen, in kleinen, rotglühenden Spiralen. Das Feuer wird die Blätter der Bücher sachte zusammenrollen, in silbergraue Asche verwandeln, und die schwarzen Buchstaben für ein paar Augenblicke blutig färben. Die ledernen Ecken der Einbände werden emporgerollt, stellen sich auf wie seltsame Ohren, mit denen die Bücher zuhören, was ihnen Mendel in den heißen Tod nachruft. Ein schreckliches Lied ruft er ihnen nach. »Aus, aus, aus ist es mit Mendel Singer!« ruft er, und mit den Stiefeln stampft er den Takt dazu, daß die Dielenbretter dröhnen und die Töpfe an der Wand zu klappern beginnen. »Er hat keinen Sohn, er hat keine Tochter, er hat kein Weib, er hat keine Heimat, er hat kein Geld. Gott sagt: Ich habe Mendel Singer gestraft. Wofür straft er, Gott? Warum nicht Lemmel, den Fleischer? Warum straft er nicht Skowronnek? Warum straft er nicht Menkes? Nur Mendel straft er! Mendel hat den Tod, Mendel hat den Wahnsinn, Mendel hat den Hunger, alle Gaben Gottes hat Mendel. Aus, aus, aus ist es mit Mendel Singer!«

So stand Mendel vor dem offenen Feuer und brüllte und stampfte mit den Füßen. Er hielt das rotsamtene Säckchen in den Armen, aber er warf es nicht hinein. Ein paarmal hob er es in die Höhe, aber seine Arme ließen es wieder sinken. Sein Herz war böse auf Gott, aber in seinen Muskeln wohnte noch die Furcht vor Gott. Fünfzig Jahre, Tag für Tag, hatten diese Hände den Gebetmantel ausgebreitet und wieder zusammengefaltet, die Gebetriemen aufgerollt und um den Kopf geschlungen und um den linken Arm, dieses Gebetbuch aufgeschlagen, um und um geblättert und wieder zugeklappt. Nun weigerten sich die Hände, Mendels Zorn zu gehorchen. Nur der Mund, der so oft gebetet hatte, weigerte sich nicht. Nur die Füße, die oft zu Ehren Gottes beim Halleluja gehüpft hatten, stampften den Takt zu Mendels Zorngesang.

Da die Nachbarn Mendel also schreien und poltern hörten und da sie den graublauen Rauch durch die Ritzen und Spalten seiner Tür in den

Treppenflur dringen sahen, klopften sie bei Singer an und riefen, daß er ihnen öffne. Er aber hörte sie nicht. Seine Augen erfüllte der Dunst des Feuers, und in seinen Ohren dröhnte sein großer, schmerzlicher Jubel. Schon waren die Nachbarn bereit, die Polizei zu holen, als einer von ihnen sagte: »Rufen wir doch seine Freunde! Sie sitzen bei Skowronnek. Vielleicht bringen sie den Armen wieder zur Vernunft.«
Als die Freunde kamen, beruhigte sich Mendel wirklich. Er schob den Riegel zurück und ließ sie eintreten, der Reihe nach, wie sie immer gewohnt waren, in Mendels Stube zu treten, Menkes, Skowronnek, Rottenberg und Groschel. Sie zwangen Mendel, sich aufs Bett zu setzen, setzten sich selbst neben ihn und vor ihn hin, und Menkes sagte: »Was ist mit dir, Mendel? Warum machst du Feuer, warum willst du das Haus anzünden?«
»Ich will mehr verbrennen als nur ein Haus und mehr als einen Menschen. Ihr werdet staunen, wenn ich euch sage, was ich wirklich zu verbrennen im Sinn hatte. Ihr werdet staunen und sagen: Auch Mendel ist verrückt, wie seine Tochter. Aber ich versichere euch: Ich bin nicht verrückt. Ich war verrückt. Mehr als sechzig Jahre war ich verrückt, heute bin ich es nicht.«
»Also sag uns, was du verbrennen willst!«
»Gott will ich verbrennen.«
Allen vier Zuhörern entrang sich gleichzeitig ein Schrei. Sie waren nicht alle fromm und gottesfürchtig, wie Mendel immer gewesen war. Alle vier lebten schon lange genug in Amerika, sie arbeiteten am Sabbat, ihr Sinn stand nach Geld, und der Staub der Welt lag schon dicht, hoch und grau auf ihrem alten Glauben. Viele Bräuche hatten sie vergessen, gegen manche Gesetze hatten sie verstoßen, mit ihren Köpfen und Gliedern hatten sie gesündigt. Aber Gott wohnte noch in ihren Herzen. Und als Mendel Gott lästerte, war es ihnen, als hätte er mit scharfen Fingern an ihre nackten Herzen gegriffen.
»Lästere nicht, Mendel«, sagte nach einem längeren Schweigen Skowronnek. »Du weißt besser als ich, denn du hast viel mehr gelernt, daß Gottes Schläge einen verborgenen Sinn haben. Wir wissen nicht, wofür wir gestraft werden.«
»Ich aber weiß es, Skowronnek«, erwiderte Mendel. »Gott ist grausam, und je mehr man ihm gehorcht, desto strenger geht er mit uns um. Er ist mächtiger als die Mächtigen, mit dem Nagel seines kleinen Fingers kann er ihnen den Garaus machen, aber er tut es nicht. Nur die

Schwachen vernichtet er gerne. Die Schwäche eines Menschen reizt seine Stärke, und der Gehorsam weckt seinen Zorn. Er ist ein großer, grausamer Isprawnik. Befolgst du die Gesetze, so sagt er, du habest sie nur zu deinem Vorteil befolgt. Und verstößt du nur gegen ein einziges Gebot, so verfolgt er dich mit hundert Strafen. Willst du ihn bestechen, so macht er dir einen Prozeß. Und gehst du redlich mit ihm um, so lauert er auf die Bestechung. In ganz Rußland gibt es keinen böseren Isprawnik!«

»Erinnere dich, Mendel«, begann Rottenberg, »erinnere dich an Hiob. Ihm ist ähnliches geschehen wie dir. Er saß auf der nackten Erde, Asche auf dem Haupt, und seine Wunden taten ihm so weh, daß er sich wie ein Tier auf dem Boden wälzte. Auch er lästerte Gott. Und doch war es nur eine Prüfung gewesen. Was wissen wir, Mendel, was oben vorgeht? Vielleicht kam der Böse vor Gott und sagte wie damals: Man muß einen Gerechten verführen. Und der Herr sagte: Versuch es nur mit Mendel, meinem Knecht.«

»Und da siehst du auch«, fiel Groschel ein, »daß dein Vorwurf ungerecht ist. Denn Hiob war kein Schwacher, als Gott ihn zu prüfen begann, sondern ein Mächtiger. Und auch du warst kein Schwacher, Mendel! Dein Sohn hatte ein Kaufhaus, ein Warenhaus, er wurde reicher von Jahr zu Jahr. Dein Sohn Menuchim wurde beinahe gesund, und fast wäre er auch nach Amerika gekommen. Du warst gesund, dein Weib war gesund, deine Tochter war schön, und bald hättest du einen Mann für sie gefunden!«

»Warum zerreißt du mir das Herz, Groschel?« entgegnete Mendel. »Warum zählst du mir auf, was alles gewesen ist, jetzt, da nichts mehr ist? Meine Wunden sind noch nicht vernarbt, und schon reißt du sie auf.«

»Er hat recht«, sagten die übrigen drei wie aus einem Munde.

Und Rottenberg begann: »Dein Herz ist zerrissen, Mendel, ich weiß es. Weil wir aber über alles mit dir sprechen dürfen und weil du weißt, daß wir deine Schmerzen tragen, als wären wir deine Brüder, wirst du uns da zürnen, wenn ich dich bitte, an Menuchim zu denken? Vielleicht, lieber Mendel, hast du Gottes Pläne zu stören versucht, weil du Menuchim zurückgelassen hast? Ein kranker Sohn war dir beschieden, und ihr habt getan, als wäre es ein böser Sohn.«

Es wurde still. Lange antwortete Mendel gar nichts. Als er wieder zu reden anfing, war es, als hätte er Rottenbergs Worte nicht gehört; denn er wandte sich an Groschel und sagte:

»Und was willst du mit dem Beispiel Hiobs? Habt ihr schon wirkliche Wunder gesehen mit euren Augen? Wunder, wie sie am Schluß von ›Hiob‹ berichtet werden? Soll mein Sohn Schemarjah aus dem Massengrab in Frankreich auferstehn? Soll mein Sohn Jonas aus seiner Verschollenheit lebendig werden? Soll meine Tochter Mirjam plötzlich gesund aus der Irrenanstalt heimkehren? Und wenn sie heimkehrt, wird sie da noch einen Mann finden und ruhig weiterleben können wie eine, die niemals verrückt gewesen ist? Soll mein Weib Deborah sich aus dem Grab erheben, noch ist es feucht? Soll mein Sohn Menuchim mitten im Krieg aus Rußland hierherkommen, gesetzt den Fall, daß er noch lebt? Denn es ist nicht richtig«, und hier wandte sich Mendel wieder Rottenberg zu, »daß ich Menuchim böswillig zurückgelassen habe und um ihn zu strafen. Aus andern Gründen, meiner Tochter wegen, die angefangen hatte, sich mit Kosaken abzugeben – mit Kosaken! –, mußten wir fort. Und warum war Menuchim krank? Schon seine Krankheit war ein Zeichen, daß Gott mir zürnt – und der erste der Schläge, die ich nicht verdient habe.«
»Obwohl Gott alles kann«, begann der Bedächtigste von allen, Menkes, »so ist doch anzunehmen, daß er die ganz großen Wunder nicht mehr tut, weil die Welt ihrer nicht mehr wert ist. Und wollte Gott sogar bei dir eine Ausnahme machen, so stünden dem die Sünden der andern entgegen. Denn die andern sind nicht würdig, ein Wunder bei einem Gerechten zu sehn, und deshalb mußte Lot auswandern, und Sodom und Gomorra gingen zugrunde und sahen nicht das Wunder an Lot. Heute aber ist die Welt überall bewohnt – und selbst, wenn du auswanderst, werden die Zeitungen berichten, was mit dir geschehen ist. Also muß Gott heutzutage nur mäßige Wunder vollbringen. Aber sie sind groß genug, gelobt sei sein Name! Deine Frau Deborah kann nicht lebendig werden, dein Sohn Schemarjah kann nicht lebendig werden. Aber Menuchim lebt wahrscheinlich, und nach dem Krieg kannst du ihn sehn. Dein Sohn Jonas ist vielleicht in Kriegsgefangenschaft, und nach dem Krieg kannst du ihn sehn. Deine Tochter kann gesund werden, die Verwirrung wird von ihr genommen werden, schöner kann sie sein als zuvor, und einen Mann wird sie bekommen, und sie wird dir Enkel gebären. Und einen Enkel hast du, den Sohn Schemarjahs. Nimm deine Liebe zusammen, die du bis jetzt für alle Kinder hattest, für diesen einen Enkel! Und du wirst getröstet werden.«
»Zwischen mir und meinem Enkel«, erwiderte Mendel, »ist das Band

zerrissen, denn Schemarjah ist tot, mein Sohn und der Vater meines Enkels. Meine Schwiegertochter Vega wird einen andern Mann heiraten, mein Enkel wird einen neuen Vater haben, dessen Vater ich nicht bin. Das Haus meines Sohnes ist nicht mein Haus. Ich habe dort nichts zu suchen. Meine Anwesenheit bringt Unglück, und meine Liebe zieht den Fluch herab wie ein einsamer Baum im flachen Felde den Blitz. Was aber Mirjam betrifft, so hat mir der Doktor selbst gesagt, daß die Medizin ihre Krankheit nicht heilen kann. Jonas ist wahrscheinlich gestorben, und Menuchim war krank, auch wenn es ihm besserging. Mitten in Rußland, in einem so gefährlichen Krieg, wird er bestimmt zugrunde gegangen sein. Nein, meine Freunde! Ich bin allein, und ich will allein sein. Alle Jahre habe ich Gott geliebt, und er hat mich gehaßt. Alle Jahre hab' ich ihn gefürchtet, jetzt kann er mir nichts mehr machen. Alle Pfeile aus seinem Köcher haben mich schon getroffen. Er kann mich nur noch töten. Aber dazu ist er zu grausam. Ich werde leben, leben, leben.«

»Aber seine Macht«, wandte Groschel ein, »ist in dieser Welt und in der andern. Wehe dir, Mendel, wenn du tot bist!«

Da lachte Mendel aus voller Brust und sagte: »Ich habe keine Angst vor der Hölle, meine Haut ist schon verbrannt, meine Glieder sind schon gelähmt, und die bösen Geister sind meine Freunde. Alle Qualen der Hölle habe ich schon gelitten. Gütiger als Gott ist der Teufel. Da er nicht so mächtig ist, kann er nicht so grausam sein. Ich habe keine Angst, meine Freunde!«

Da verstummten die Freunde. Aber sie wollten Mendel nicht allein lassen, und also blieben sie schweigend sitzen. Groschel, der jüngste, ging hinunter, die Frauen der andern und seine eigene zu verständigen, daß die Männer heute abend nicht nach Hause kommen würden. Er holte noch fünf Juden in Mendel Singers Wohnung, damit sie zehn seien und das Abendgebet sagen können. Sie begannen zu beten. Aber Mendel Singer beteiligte sich nicht am Gebet. Er saß auf dem Bett und rührte sich nicht. Selbst das Totengebet sagte er nicht – und Menkes sagte es für ihn. Die fremden fünf Männer verließen das Haus. Aber die vier Freunde blieben die ganze Nacht. Eine der beiden blauen Lampen brannte noch mit dem letzten Dochtrest und dem letzten Tropfen Öl auf dem flachen Grunde. Es war still. Der und jener schlief auf seinem Sitz ein, schnarchte und erwachte, von seinen eigenen Geräuschen gestört, und nickte wieder ein.

Nur Mendel schlief nicht. Die Augen weit offen, sah er auf das Fenster, hinter dem die dichte Schwärze der Nacht endlich schütter zu werden begann, dann grau, dann weißlich. Sechs Schläge erklangen aus dem Innern der Uhr. Da erwachten die Freunde, einer nach dem andern. Und ohne daß sie sich verabredet hätten, ergriffen sie Mendel bei den Armen und führten ihn hinunter. Sie brachten ihn in die Hinterstube der Skowronneks und betteten ihn auf ein Sofa.
Hier schlief er ein.

XIV

Seit diesem Morgen blieb Mendel Singer bei den Skowronneks. Seine Freunde verkauften die kümmerliche Einrichtung. Sie ließen nur das Bettzeug zurück und den rotsamtenen Sack mit den Gebetutensilien, die Mendel beinahe verbrannt hätte. Den Sack rührte Mendel nicht mehr an. In der Hinterstube der Skowronneks hing er grau und verstaubt an einem mächtigen Nagel. Mendel Singer betete nicht mehr. Wohl wurde er manchmal gebraucht, wenn ein zehnter Mann fehlte, um die vorgeschriebene Zahl der Betenden vollzählig zu machen. Dann ließ er sich seine Anwesenheit bezahlen. Manchmal lieh er auch dem und jenem seine Gebetriemen aus, gegen ein kleines Entgelt. Man erzählte sich von ihm, daß er oft in das italienische Viertel hinüberging, um Schweinefleisch zu essen und Gott zu ärgern. Die Menschen, in deren Mitte er lebte, nahmen für Mendel Partei in dem Kampf, den er gegen den Himmel führte. Obwohl sie gläubig waren, mußten sie dem Juden recht geben. Zu hart war Jehovah mit ihm umgegangen.
Noch war Krieg in der Welt. Außer Sam, Mendels Sohn, lebten alle Angehörigen des Viertels, die ins Feld gegangen waren. Der junge Lemmel war Offizier geworden und hatte glücklicherweise die linke Hand verloren. Er kam in Urlaub und war der Held des Viertels. Allen Juden verlieh er die Heimatberechtigung in Amerika. Er blieb nur noch in der Etappe, um frischen Truppen den letzten Schliff zu geben. So groß auch der Unterschied zwischen dem jungen Lemmel und dem alten Singer war, die Juden des Viertels stellten beide in eine gewisse Nachbarschaft. Es war, als glaubten die Juden, daß Mendel und Lemmel das ganze Ausmaß des Unglücks, das allen zugedacht gewesen, untereinander aufgeteilt hätten. Und mehr als nur eine linke Hand

hatte Mendel verloren! Kämpfte Lemmel gegen die Deutschen, so kämpfte Mendel gegen überirdische Gewalten. Und obwohl sie überzeugt waren, daß der Alte nicht mehr über seinen ganzen Verstand zu verfügen imstande war, konnten die Juden doch nicht umhin, Bewunderung in ihr Mitleid zu mischen und die Andacht vor der Heiligkeit des Wahns. Ohne Zweifel ein Auserkorener war Mendel Singer. Als erbarmungswürdiger Zeuge für die grausame Gewalt Jehovahs lebte er in der Mitte der andern, deren mühseligen Wochentag kein Schrecken störte. Lange Jahre hatte er wie sie alle seine Tage gelebt, von wenigen beachtet, von manchen gar nicht bemerkt. Eines Tages ward er ausgezeichnet in einer fürchterlichen Weise. Es gab keinen mehr, der ihn nicht kannte. Den größten Teil des Tages hielt er sich in der Gasse auf. Es war, als gehörte es zu seinem Fluch, nicht nur ein Unheil sonder Beispiel zu leiden, sondern auch das Zeichen des Leids wie ein Banner zu tragen. Und wie ein Wächter seiner eigenen Schmerzen ging er auf und ab in der Mitte der Gasse, von allen gegrüßt, von manchen mit kleinen Münzen beschenkt, von vielen angesprochen. Für die Almosen dankte er nicht, die Grüße erwiderte er kaum, und Fragen beantwortete er mit Ja oder Nein. Früh am Morgen erhob er sich. In die Hinterstube der Skowronneks kam kein Licht, sie hatte keine Fenster. Er fühlte nur den Morgen durch die Läden, einen weiten Weg hatte der Morgen, ehe er zu Mendel Singer gelangte. Regten sich die ersten Geräusche in den Straßen, begann Singer den Tag. Im Spirituskocher siedete der Tee. Er trank ihn zu einem Brot und einem harten Ei. Er warf einen schüchternen, aber bösen Blick auf den Sack mit den heiligen Gegenständen an der Wand, im dunkelblauen Schatten sah das Säckchen aus wie ein noch dunklerer Auswuchs des Schattens. Ich bete nicht! sagte sich Mendel. Aber es tat ihm weh, daß er nicht betete. Sein Zorn schmerzte ihn und die Machtlosigkeit dieses Zorns. Obwohl Mendel mit Gott böse war, herrschte Gott noch über die Welt. Der Haß konnte ihn ebensowenig fassen wie die Frömmigkeit.

Erfüllt von solchen und ähnlichen Überlegungen, begann Mendel seinen Tag. Früher, er erinnerte sich, war sein Erwachen leicht gewesen, die frohe Erwartung des Gebetes hatte ihn geweckt und die Lust, die bewußte Nähe zu Gott zu erneuern. Aus der wohligen Wärme des Schlafes war er eingetreten in den noch heimlicheren, noch trauteren Glanz des Gebets wie in einen prächtigen und doch gewohnten Saal, in dem der mächtige und dennoch lächelnde Vater wohnte. »Guten Morgen, Vater!« hatte Mendel Singer gesagt – und geglaubt, eine Antwort zu hören. Ein Trug war es gewesen. Der Saal war prächtig und kalt, der Vater war mächtig und böse. Keine andern Laute kamen über seine Lippen als Donner.

Mendel Singer sperrte den Laden auf, legte die Notenblätter, die Gesangstexte, die Grammophonplatten in das schmale Schaufenster und zog mit einer langen Stange den eisernen Rolladen hoch. Dann nahm er einen Mund voll Wasser, besprengte den Fußboden, ergriff den Besen und fegte den Schmutz des vergangenen Tages zusammen. Auf einer kleinen Schaufel trug er die Papierschnitzel zum Herd und machte ein Feuer und verbrannte sie. Dann ging er hinaus, kaufte ein paar Zeitungen und brachte sie einigen Nachbarn in die Häuser. Er begegnete den Milchjungen und den frühen Bäckern, begrüßte sie und ging wieder »ins Geschäft«. Bald kamen die Skowronneks. Sie schickten ihn dies und jenes besorgen. Den ganzen Tag hieß es: »Mendel, lauf hinaus und kauf einen Hering!«, »Mendel, die Rosinen sind noch nicht eingelegt!«, »Mendel, du hast die Wäsche vergessen!«, »Mendel, die Leiter ist zerbrochen!«, »In der Laterne fehlt eine Scheibe!« »Wo ist der Korkenzieher?« Und Mendel lief hinaus und kaufte einen Hering und legte die Rosinen ein und holte die Wäsche und richtete die Leiter und trug die Laterne zum Glasermeister und fand den Korkenzieher. Die Nachbarinnen holten ihn manchmal, damit er die kleinen Kinder bewachte, wenn ein Kino das Programm geändert hatte oder ein neues Theater gekommen war. Und Mendel saß bei den fremden Kindern, und wie er einmal zu Hause mit einem leichten und zärtlichen Finger den Korb Menuchims ins Schaukeln gebracht hatte, so schaukelte er jetzt mit einer leichten und zärtlichen Fußspitze die Wiegen fremder Säuglinge, deren Namen er nicht wußte. Er sang dazu ein altes Lied, ein sehr altes Lied: »Sprich mir nach, Menuchim: ›Am Anfang schuf Gott Himmel und Erde‹, sprich es mir nach, Menuchim!«

Es war im Monat Elul, und die hohen Feiertage brachen an. Alle Juden des Viertels wollten ein provisorisches Bethaus in Skowronneks Hinterstube einrichten. (Denn in die Synagoge gingen sie nicht gern.) »Mendel, in deinem Zimmer wird man beten!« sagte Skowronnek. »Was sagst du dazu?« »Man soll beten!« erwiderte Mendel. Und er sah zu, wie sich die Juden versammelten, die großen gelben Wachskerzen anzündeten, mit den überhängenden Dochtbüscheln. Er selbst half jedem Kaufmann die Rolläden herunterlassen und die Türen schließen.

Er sah, wie sie alle die weißen Kittel überzogen, daß sie aussahen wie Leichen, die noch einmal auferstanden sind, um Gott zu loben. Sie zogen die Schuhe aus und standen in Socken. Sie fielen in die Knie und erhoben sich, die großen, goldgelben Wachskerzen und die blütenweißen aus Stearin bogen sich und tropften auf die Gebetmäntel heiße Tränen, die im Nu verkrusteten. Die weißen Juden selbst bogen sich wie die Kerzen, und auch ihre Tränen fielen auf den Fußboden und vertrockneten. Aber Mendel Singer stand schwarz und stumm, in seinem Alltagsgewand, im Hintergrund, in der Nähe der Tür und bewegte sich nicht. Seine Lippen waren verschlossen und sein Herz ein Stein. Der Gesang des Kol Nidre erhob sich wie ein heißer Wind. Mendel Singers Lippen blieben verschlossen und sein Herz ein Stein. Schwarz und stumm, in seinem Alltagsgewand, hielt er sich im Hintergrund, in der Nähe der Tür. Niemand beachtete ihn. Die Juden bemühten sich, ihn nicht zu sehen. Ein Fremder war er unter ihnen. Der und jener dachte an ihn und betete für ihn. Mendel Singer aber stand aufrecht an der Tür und war böse auf Gott. Sie beten alle, weil sie sich fürchten, dachte er. Ich aber fürchte mich nicht. Ich fürchte mich nicht!
Nachdem alle gegangen waren, legte sich Mendel Singer auf sein hartes Sofa. Es war noch warm von den Körpern der Beter. Vierzig Kerzen brannten noch im Zimmer. Sie auszulöschen, wagte er nicht, sie ließen ihn nicht einschlafen. So lag er wach, die ganze Nacht. Er dachte sich Lästerungen sondergleichen aus. Er stellte sich vor, daß er jetzt hinausging, ins italienische Viertel, Schweinefleisch in einem Restaurant kaufte und zurückkehrte, um es hier, in der Gesellschaft der schweigsam brennenden Kerzen, zu verzehren. Wohl knüpfte er sein Taschentuch auf, wohl zählte er die Münzen, die er besaß, aber er verließ das Zimmer nicht und aß nichts. Er lag angekleidet mit großen, wachen Augen auf dem Sofa und murmelte: »Aus, aus, aus ist es mit Mendel Singer! Er hat keinen Sohn, er hat keine Tochter, er hat kein Weib, er hat kein Geld, er hat kein Haus, er hat keinen Gott! Aus, aus, aus ist es mit Mendel Singer!« Die goldenen und die bläulichen Flammen der Kerzen erzitterten leise. Die heißen, wächsernen Tränen tropften mit harten Schlägen auf die Leuchterplatten, auf den gelben Sand in den messingenen Mörsern, auf das dunkelgrüne Glas der Flaschen. Der heiße Atem der Beter lebte noch im Zimmer. Auf den provisorischen Stühlen, die man für sie aufgestellt hatte, lagen noch ihre weißen Gebetmäntel und warteten auf den Morgen und auf die Fortsetzung des

Gebets. Es roch nach Wachs und verkohlenden Dochten. Mendel verließ die Stube, öffnete den Laden, trat ins Freie. Es war eine klare, herbstliche Nacht. Kein Mensch zeigte sich. Mendel ging auf und ab vor dem Laden. Die breiten, langsamen Schritte des Polizisten erklangen. Da kehrte Mendel in den Laden zurück. Immer noch ging er Uniformierten aus dem Weg.

Die Zeit der Feiertage war vorüber, der Herbst kam, der Regen sang. Mendel kaufte Heringe, fegte den Fußboden, holte die Wäsche, richtete die Leiter, suchte den Korkenzieher, legte die Rosinen ein, ging auf und ab durch die Mitte der Gasse. Für Almosen dankte er kaum, Grüße erwiderte er nicht, Fragen beantwortete er mit Ja oder Nein. Am Nachmittag, wenn sich die Leute versammelten, um Politik zu reden und aus den Zeitungen vorzulesen, legte sich Mendel auf das Sofa und schlief. Die Reden der andern weckten ihn nicht. Der Krieg ging ihn gar nichts an. Die neuesten Platten sangen ihn in den Schlaf. Er erwachte erst, wenn es still geworden war und alle verschwanden. Dann sprach er noch eine Weile mit dem alten Skowronnek.

»Deine Schwiegertochter heiratet«, sagte Skowronnek einmal.

»Ganz recht!« erwiderte Mendel.

»Aber sie heiratet Mac!«

»Das hab' ich ihr geraten!«

»Das Geschäft geht gut!«

»Es ist nicht mein Geschäft.«

»Mac hat uns wissen lassen, daß er dir Geld geben will!«

»Ich will kein Geld!«

»Gute Nacht, Mendel!«

»Gute Nacht, Skowronnek!«

Die schrecklichen Neuigkeiten flammten auf in den Zeitungen, die Mendel jeden Morgen zu kaufen pflegte. Sie flammten auf, er vernahm wider Willen ihren fernen Widerschein, er wollte nichts von ihnen wissen. Über Rußland regierte kein Zar mehr. Gut, mochte der Zar nicht mehr regieren. Von Jonas und Menuchim wußten sie jedenfalls nichts zu melden, die Zeitungen. Man wettete bei Skowronnek, daß der Krieg in einem Monat zu Ende sein würde. Gut, mochte der Krieg zu Ende gehn. Schemarjah kehrte nicht zurück. Die Leitung der Irrenanstalt schrieb, daß Mirjams Zustand sich nicht gebessert habe. Vega schickte den Brief ein, Skowronnek las ihn Mendel vor. »Gut«, sagte Mendel, »Mirjam wird nicht mehr gesund werden!«

Sein alter, schwarzer Kaftan schimmerte grün an den Schultern, und wie eine winzige Zeichnung der Wirbelsäule wurde, den ganzen Rükken entlang, die Naht sichtbar. Mendels Gestalt wurde kleiner und kleiner. Die Schöße seines Rockes wurden länger und länger und berührten, wenn Mendel ging, nicht mehr die Schäfte der Stiefel, sondern fast schon die Knöchel. Der Bart, der früher nur die Brust bedeckt hatte, reichte bis zu den letzten Knöpfen des Kaftans. Der Schirm der Mütze aus schwarzem, nunmehr grünlichem Rips war weich und dehnbar geworden und hing schlaff über Mendel Singers Augen, einem Lappen nicht unähnlich. In den Taschen trug Mendel Singer viele Sachen: Päckchen, um die man ihn geschickt hatte, Zeitungen, verschiedene Werkzeuge, mit denen er die schadhaften Gegenstände bei Skowronneks reparierte, Knäuel bunter Bindfäden, Packpapier und Brot. Diese Gewichte beugten den Rücken Mendels noch tiefer, und weil die rechte Tasche gewöhnlich schwerer war als die linke, zog sie auch die rechte Schulter des Alten hinunter. Also ging er schief und gekrümmt durch die Gasse, ein baufälliger Mensch, die Knie geknickt und mit schlurfenden Sohlen. Die Neuigkeiten der Welt und die Wochentage und Feste der andern rollten an ihm vorbei wie Wagen zu einem alten, abseitigen Haus.

Eines Tages war der Krieg wirklich zu Ende. Das Viertel war leer. Die Menschen waren fortgegangen, die Friedensfeiern zu sehen und die Heimkehr der Regimenter. Viele hatten Mendel aufgetragen, auf die Häuser zu achten. Er ging von einer Wohnung zur andern, prüfte die Klinken und Schlösser und kehrte heim in den Laden. Aus einer unermeßlichen Ferne glaubte er das festliche Gedröhn der freudigen Welt zu hören, das Knallen der Feuerwerke und das Gelächter Zehntausender Menschen. Ein kleiner, stiller Friede kam über ihn. Seine Finger kraulten den Bart, seine Lippen verzogen sich zu einem Lächeln, ja, sogar ein winziges Kichern kam in kurzen Stößen aus seiner Kehle. »Mendel wird sich auch ein Fest machen«, flüsterte er, und zum erstenmal ging er an einen der braunen Grammophonkästen. Er hatte schon gesehen, wie man das Instrument aufdrehte. »Eine Platte, eine Platte!« sagte er. Heute vormittag war ein heimgekehrter Soldat dagewesen und hatte ein halbes Dutzend Platten gebracht, neue Lieder aus Europa. Mendel packte die oberste aus, legte sie behutsam auf das Instrument, dachte eine Weile nach, um sich genau an die Hantierung zu erinnern, und setzte endlich die Nadel auf. Es räusperte sich der Apparat. Dann erklang das Lied. Es war Abend, Mendel stand im Finstern neben dem Grammophon und lauschte. Jeden Tag hatte er hier Lieder gehört, lustige und traurige, langsame und hurtige, dunkle und helle. Aber niemals war ein Lied wie dieses hier gewesen. Es rann wie ein kleines Wässerchen und murmelte sachte, wurde groß wie das Meer und rauschte. Die ganze Welt höre ich jetzt, dachte Mendel. Wie ist es möglich, daß die ganze Welt auf so einer kleinen Platte eingraviert ist? Als sich eine kleine, silberne Flöte einmischte und von nun an die samtenen Geigen nicht mehr verließ und wie ein getreuer, schmaler Saum umrandete, begann Mendel zum erstenmal seit langer Zeit zu weinen. Da war das Lied zu Ende. Er drehte es noch einmal auf und zum drittenmal. Er sang es schließlich mit seiner heiseren Stimme nach und trommelte mit zagen Fingern auf das Gestell des Kastens.

So traf ihn der heimkehrende Skowronnek. Er stellte das Grammophon ab und sagte: »Mendel, zünde die Lampe an! Was spielst du hier?« Mendel zündete die Lampe an. »Sieh nach, Skowronnek, wie das Liedchen heißt.« »Das sind die neuen Platten«, sagte Skowronnek. »Heute habe ich sie gekauft. Das Lied heißt« – Skowronnek zog die Brille an, hielt die Platte unter die Lampe und las: »Das Lied heißt ›Menuchims Lied‹.«

Mendel wurde plötzlich schwach. Er mußte sich setzen. Er starrte auf die spiegelnde Platte in Skowronneks Händen.

»Ich weiß, woran du denkst«, sagte Skowronnek.

»Ja«, antwortete Mendel.

Skowronnek drehte noch einmal die Kurbel. »Ein schönes Lied«, sagte Skowronnek, legte den Kopf auf die linke Schulter und horchte. Allmählich füllte sich der Laden mit den verspäteten Nachbarn. Keiner sprach. Alle hörten das Lied und wiegten im Takt die Köpfe.

Und sie hörten es sechzehnmal, bis sie es auswendig konnten.

Mendel blieb allein im Laden. Er versperrte sorgfältig die Tür von innen, räumte das Schaufenster aus, begann sich auszuziehen. Jeden seiner Schritte begleitete das Lied. Während er einschlief, schien es ihm, daß sich die blaue und silberne Melodie mit dem kläglichen Wimmern verbinde, mit Menuchims, seines eigenen Menuchims, einzigem, längst nicht mehr gehörtem Lied.

XV

Länger wurden die Tage. Die Morgen enthielten schon so viel Helligkeit, daß sie sogar durch den geschlossenen Rolladen in das fensterlose Hinterzimmer Mendels einbrechen konnten. Im April erwachte die Gasse eine gute Stunde früher. Mendel zündete den Spirituskocher an, stellte den Tee auf, füllte das kleine, blaue Waschbecken, tauchte sein Gesicht in die Schüssel, trocknete sich mit einem Zipfel des Handtuchs, das an der Türklinke hing, öffnete den Rolladen, nahm einen Mund voll Wasser, bespuckte sorgfältig die Diele und betrachtete die verschlungenen Ornamente, die der helle, aus seinen Lippen gespritzte Strahl auf den Staub zeichnete. Schon zischte der Spirituskocher; noch hatte es nicht einmal sechs geschlagen. Mendel trat vor die Tür. Da öffneten sich die Fenster in der Gasse wie von selbst. Es war Frühling. Es war Frühling. Ostern bereitete man vor, in allen Häusern half Mendel. Den Hobel legte er an die hölzernen Tischplatten, um sie zu säubern von den profanen Nahrungsresten des ganzen Jahres. Die runden, zylinderförmigen Pakete, in denen das Osterbrot geschichtet lag in karminrotem Papier, stellte er auf die weißen Fächer der Schaufenster, und die Weine aus Palästina befreite er von dem Spinngewebe, unter dem sie in den kühlen Kellern geruht hatten. Die Betten der Nachbarn nahm er auseinander und trug Stück um Stück in die Höfe, wo die linde Aprilsonne das Ungeziefer hervorlockte und der Vernichtung durch Benzin, Terpentin und Petroleum anheimgab. In rosa und himmelblaues Zierpapier schnitt er mit der Schere runde und winklige Löcher und Fransen und befestigte es mit Reißnägeln an den Küchengestellen, als kunstvollen Belag für das Geschirr. Die Fässer und Bottiche füllte er mit heißem Wasser, große, eiserne Kugeln hielt er an hölzernen Stangen ins Herdfeuer, bis sie glühten. Dann tauchte er die Kugeln in die Bottiche und Fässer, das Wasser zischte, gereinigt waren die Gefäße, wie die Vorschrift es befahl. In riesengroßen Mörsern zerstampfte er die Osterbrote zu Mehl, schüttete es in saubere Säcke und umschnürte sie mit blauen Bändchen. All das hatte er einmal im eigenen Hause gemacht. Langsamer als in Amerika war dort Frühling gekommen. Mendel erinnerte sich an den alternden, grauen Schnee, der das hölzerne Pflaster des Bürgersteigs in Zuchnow um diese Jahreszeit säumte, an die kristallenen Eiszapfen am Rande der Spundlöcher, an die plötzlichen, sanften Regen, die in den Dachrinnen sangen, die

ganze Nacht, an die fernen Donner, die hinter dem Föhrenwald dahinrollten, an den weißen Reif, der jeden hellblauen Morgen zärtlich bedeckte, an Menuchim, den Mirjam in eine geräumige Tonne gesteckt hatte, um ihn aus dem Wege zu räumen, und an die Hoffnung, daß endlich, endlich in diesem Jahre der Messias kommen werde. Er kam nicht. Er kommt nicht, dachte Mendel, er wird nicht kommen. Andere mochten ihn erwarten. Mendel wartete nicht.
Dennoch erschien Mendel seinen Freunden wie den Nachbarn in diesem Frühling verändert. Sie beobachteten manchmal, daß er ein Lied summte, und sie erhaschten ein sanftes Lächeln unter seinem weißen Bart.
»Er wird kindisch, er ist schon alt«, sagte Groschel.
»Er hat alles vergessen«, sagte Rottenberg.
»Es ist eine Freude vor dem Tod«, meinte Menkes.
Skowronnek, der ihn am besten kannte, schwieg. Nur einmal, an einem Abend, vor dem Schlafengehen, sagte er zu seiner Frau: »Seitdem die neuen Platten gekommen sind, ist unser Mendel ein anderer Mensch. Ich ertappe ihn manchmal, wie er selbst ein Grammophon aufzieht. Was meinst du dazu?«
»Ich meine dazu«, erwiderte ungeduldig die Frau Skowronnek, »daß Mendel alt und kindisch wird und bald gar nicht zu gebrauchen.« Sie war schon seit geraumer Zeit mit Mendel unzufrieden. Je älter er wurde, desto geringer wurde ihr Mitleid für ihn. Allmählich vergaß sie auch, daß Mendel ein wohlhabender Mann gewesen war, und ihr Mitgefühl, das sich von ihrem Respekt genährt hatte (denn ihr Herz war klein), starb dahin. Sie nannte ihn auch nicht mehr wie am Anfang Mister Singer, sondern einfach Mendel wie bald alle Welt. Und hatte sie ihm früher Aufträge mit jener gewissen Zurückhaltung erteilt, die beweisen sollte, daß seine Folgsamkeit sie ehrte und beschämte zugleich, so fing sie jetzt an, ihn dermaßen ungeduldig zu befehligen, daß ihre Unzufriedenheit mit seinem Gehorsam schon von vornherein sichtbar wurde. Obwohl Mendel nicht schwerhörig war, erhob Frau Skowronnek die Stimme, um mit ihm zu sprechen, als fürchtete sie, mißverstanden zu werden, und als wollte sie durch ihr Schreien beweisen, daß Mendel ihre Befehle falsch ausführte, weil sie in ihrer gewohnten Stimmlage zu ihm gesprochen hatte. Ihr Schreien war eine Vorsichtsmaßregel; das einzige, was Mendel kränkte. Denn er, der vom Himmel so erniedrigt war, machte sich wenig aus dem gutmüti-

gen und leichtfertigen Spott der Menschen, und nur wenn man seine Fähigkeit zu verstehen anzweifelte, war er beleidigt. »Mendel, sputet Euch«, so begann jeder Auftrag der Frau Skowronnek. Er machte sie ungeduldig, er schien ihr zu langsam. »Schreien Sie nicht so«, erwiderte Mendel gelegentlich, »ich höre Sie schon.« »Aber Sie eilen sich nicht, Sie haben Zeit!« »Ich habe weniger Zeit als Sie, Frau Skowronnek, so wahr ich älter bin als Sie!« Frau Skowronnek, die den Nebensinn der Antwort und die Zurechtweisung nicht sofort begriff und sich verspottet wähnte, wandte sich sofort an den nächststehenden Menschen im Laden: »Nun, was sagen Sie dazu? Er wird alt! Unser Mendel wird alt!« Sie hätte ihm gerne noch ganz andere Eigenschaften nachgesagt, aber sie begnügte sich mit der Erwähnung des Alters, das sie für ein Laster hielt. Wenn Skowronnek derlei Reden hörte, sagte er zu seiner Frau: »Alt werden wir alle! Ich bin genauso alt wie Mendel – und du wirst auch nicht jünger!« »Du kannst ja eine Junge heiraten«, sagte Frau Skowronnek. Sie war glücklich, daß sie endlich einen gebrauchsfertigen Anlaß zu einem ehelichen Zwist hatte. Und Mendel, der die Entwicklung dieser Streitigkeiten kannte und von vornherein begriff, daß sich der Zorn der Frau Skowronnek schließlich gegen ihren Mann und seinen Freund entladen würde, zitterte um seine Freundschaft.

Heute war Frau Skowronnek aus einem besondern Grund gegen Mendel Singer eingenommen. »Stell dir vor«, sagte sie zu ihrem Mann, »seit einigen Tagen ist mein Hackmesser verschwunden. Ich kann schwören, daß Mendel es genommen hat. Frage ich ihn aber, so weiß er nichts davon. Er wird alt und älter, er ist wie ein Kind!«

In der Tat hatte Mendel Singer das Hackmesser der Frau Skowronnek an sich genommen und versteckt. Er bereitete schon seit langem im geheimen einen großen Plan vor, den letzten seines Lebens. Eines Abends glaubte er, ihn ausführen zu können. Er tat, als nickte er auf dem Sofa ein, während die Nachbarn sich bei Skowronnek unterhielten. In Wirklichkeit aber schlief Mendel keineswegs. Er lauerte und lauschte mit geschlossenen Lidern, bis sich der letzte entfernt hatte. Dann zog er unter dem Kopfpolster des Sofas das Hackmesser hervor, steckte es unter den Kaftan und huschte in die abendliche Gasse. Die Laternen waren noch nicht entzündet, aus manchen Fenstern drang schon gelbes Lampenlicht. Gegenüber dem Hause, in dem er mit Deborah gewohnt hatte, stellte sich Mendel Singer auf und spähte nach den Fenstern seiner früheren Wohnung. Dort lebte jetzt das junge Ehepaar Frisch, unten hatte es einen modernen Eiscreme-Salon eröffnet. Jetzt traten die jungen Leute aus dem Haus. Sie schlossen den Salon. Sie gingen ins Konzert. Sparsam waren sie, geizig konnte man sagen, fleißig, und Musik liebten sie. Der Vater des jungen Frisch hatte in Kowno eine Hochzeitskapelle dirigiert. Heute konzertierte ein philharmonisches Orchester, eben aus Europa gekommen. Frisch sprach schon seit Tagen davon. Nun gingen sie. Sie sahen Mendel nicht. Er schlich sich hinüber, trat ins Haus, tastete sich das altgewohnte Geländer empor und zog alle Schlüssel aus der Tasche. Er bekam sie von den Nachbarn, die ihm die Bewachung ihrer Wohnungen übertrugen, wenn sie ins Kino gingen. Ohne Mühe öffnete er die Tür. Er schob den Riegel vor, legte sich platt auf den Boden und begann, ein Dielenbrett nach dem andern zu beklopfen. Es dauerte sehr lange. Er wurde müde, gönnte sich ein kleine Pause und arbeitete dann weiter. Endlich tönte es hohl, just an der Stelle, an der einmal das Bett Deborahs gestanden war. Mendel entfernte den Schmutz aus den Fugen, lockerte das Brett mit dem Hackmesser an allen vier Rändern und stemmte es hoch. Er hatte sich nicht getäuscht, er fand, was er suchte. Er ergriff das stark verknotete Taschentuch, barg es im Kaftan, legte das Brett wieder hin und entfernte sich lautlos. Niemand war im Treppenflur, kein Mensch hatte ihn gesehn. Früher als gewöhnlich sperrte er heute den Laden, ließ er die Rollbalken nieder. Er entzündete die große Hängelampe, den Rundbrenner, und setzte sich in ihren Lichtkegel. Er entknotete das Taschentuch und zählte seinen Inhalt. Siebenundsechzig Dollar in Münzen und Papier hatte Deborah gespart. Es war viel, aber es genügte nicht und enttäuschte Mendel. Legte er seine eigenen Ersparnisse hinzu, die Almosen und kleinen Vergütungen für seine Arbeiten in den Häusern, so waren es genau sechsundneunzig Dollar. Sie reichten nicht. Also noch ein paar Monate! flüsterte Mendel. Ich habe Zeit. Ja, er hatte Zeit, ziemlich lange noch mußte er leben! Vor ihm lag der große Ozean. Noch einmal mußte er ihn überqueren. Das ganze große Meer wartete auf Mendel. Ganz Zuchnow und Umgebung warten auf ihn: die Kaserne, der Föhrenwald, die Frösche in den Sümpfen und die Grillen auf den Feldern. Ist Menuchim tot, so liegt er auf dem kleinen Friedhof und wartet. Auch Mendel wird sich hinlegen. In Sameschkins Gehöft wird er vorher eintreten, keine Angst mehr wird er vor den Hunden haben, gebt ihm einen Wolf aus Zuchnow, und er fürchtet sich nicht. Ungeachtet der Käfer und der Würmer, der Laubfrösche und der Heuschrecken wird Mendel imstande sein, sich auf die nackte Erde zu legen. Dröhnen werden die Kirchenglocken und ihn an das lauschende Licht in Menuchims törichten Augen erinnern. Mendel wird antworten: »Heimgekehrt bin ich, lieber Sameschkin, mögen andere durch die Welt wandern, meine Welten sind gestorben, zurückgekommen bin ich, um hier für ewig einzuschlafen!« Die blaue Nacht ist über das Land gespannt, die Sterne glänzen, die Frösche quaken, die Grillen zirpen, und drüben, im finstern Wald, singt jemand das Lied Menuchims.

So schläft Mendel heute ein, in der Hand hält er das verknotete Taschentuch.

Am andern Morgen ging er in Skowronneks Wohnung, legte auf die kalte Herdplatte der Küche das Hackmesser und sagte: »Hier, Frau Skowronnek, das Hackmesser hat sich gefunden!«

Er wollte sich schnell wieder entfernen, aber die Frau Skowronnek begann: »Gefunden hat es sich! Es war nicht schwer, Ihr habt es doch versteckt! Übrigens habt Ihr gestern fest geschlafen. Wir waren noch einmal vor dem Laden und haben geklopft. Habt Ihr schon gehört? Der Frisch vom Eiscreme-Salon hat Euch etwas sehr Wichtiges zu sagen. Ihr sollt sofort zu ihm hinübergehn.«

Mendel erschrak. Irgend jemand hatte ihn also gestern gesehen, vielleicht hatte ein anderer die Wohnung ausgeplündert, und man verdächtigte Mendel. Vielleicht auch waren es gar nicht Deborahs Ersparnisse, sondern die der Frau Frisch, und er hatte sie geraubt. Seine Knie zitterten. »Erlaubt mir, daß ich mich setze«, sagte er zu Frau Skowronnek. »Zwei Minuten könnt Ihr sitzen«, sagte sie, »dann muß ich kochen.« »Was für eine wichtige Sache ist es?« forschte er. Aber er wußte schon im voraus, daß ihm die Frau nichts verraten würde. Sie weidete sich an seiner Neugier und schwieg. Dann hielt sie die Zeit für gekommen, ihn wegzuschicken: »Ich mische mich nicht in fremde Angelegenheiten! Geht nur zu Frisch!« sagte sie.

Und Mendel ging und beschloß, nicht bei Frisch einzutreten. Es konnte nur etwas Böses sein. Es würde von selbst früh genug kommen. Er wartete. Am Nachmittag aber kamen die Enkel Skowronneks zu Besuch. Frau Skowronnek schickte ihn um drei Portionen Erdbeercreme. Zage betrat Mendel den Laden. Mister Frisch war zum Glück nicht da. Seine Frau sagte: »Mein Mann hat Ihnen etwas sehr Wichtiges mitzuteilen, kommen Sie bestimmt am Nachmittag!«

Mendel tat, als ob er nicht gehört hätte. Sein Herz lief stürmisch, es wollte ihm entfliehen, mit beiden Händen hielt er es fest. Etwas Böses drohte ihm auf jeden Fall. Er wollte die Wahrheit sagen, Frisch würde ihm glauben. Glaubte man ihm nicht, so kam er ins Zuchthaus. Nun, es war auch nichts dabei. Im Zuchthaus wird er sterben. Nicht in Zuchnow.

Er konnte die Gegend des Eiscreme-Salons nicht verlassen. Er ging auf und ab vor dem Laden. Er sah den jungen Frisch heimkehren. Er wollte noch warten, aber seine Füße hasteten von selbst in den Laden. Er öffnete die Tür, die eine schrille Glocke in Bewegung setzte, und fand nicht mehr die Kraft, die Tür zu schließen, so daß die Alarmklingel unaufhörlich lärmte und Mendel betäubt in ihrem gewaltsamen Lärm gefangen blieb, gefesselt im Klingeln und unfähig, sich zu rühren. Mister Frisch selbst schloß die Tür. Und in der Stille, die jetzt einbrach, hörte Mendel den Mister Frisch seiner Frau sagen: »Schnell ein Soda mit Himbeer für Mister Singer!«

Wie lange hatte man nicht mehr »Mister Singer« zu Mendel gesagt? Erst in diesem Augenblick empfand er, daß man ihm lange Zeit nur »Mendel« gesagt hatte, um ihn zu kränken. Es ist ein böser Witz von Frisch, dachte er. Das ganze Viertel weiß, daß dieser junge Mann geizig ist, er selbst weiß, daß ich das Himbeerwasser nicht bezahlen werde. Ich werde es nicht trinken.

»Danke, danke«, sagte Mendel, »ich trinke nichts!«

»Sie werden uns keinen Korb geben«, sagte lächelnd die Frau.

»Mir werden Sie keinen Korb geben«, sagte der junge Frisch.

Er zog Mendel an eines der dünnbeinigen Tischchen aus Gußeisen und drückte den Alten in einen breiten Korbsessel. Er selbst setzte sich auf einen gewöhnlichen hölzernen Stuhl, rückte nahe an Mendel heran und begann:

»Gestern, Mister Singer, war ich, wie Sie wissen, beim Konzert.« Mendel setzte der Herzschlag aus. Er lehnte sich zurück und tat einen Schluck, um sich am Leben zu erhalten. »Nun«, fuhr Frisch fort, »ich habe ja viel Musik gehört, aber so etwas ist noch nicht dagewesen! Zweiunddreißig Musikanten, verstehn Sie, und fast alle aus unserer Gegend. Und sie spielten jüdische Melodien, verstehen Sie? Das Herz wird warm, ich habe geweint, das ganze Publikum hat geweint. Sie spielten am Schluß ›Menuchims Lied‹, Mister Singer, Sie kennen es vom Grammophon her. Ein schönes Lied, nicht wahr?«

Was will er nur? dachte Mendel. »Ja, ja, ein schönes Lied.«
»In der Pause gehe ich zu den Musikanten. Es ist voll. Alle drängen sich zu den Musikanten. Der und jener findet einen Freund, und ich auch, Mister Singer, ich auch.«
Frisch machte eine Pause. Leute traten in den Laden, die Glocke schrillte.
»Ich finde«, sagte Mister Frisch, »aber trinken Sie nur, Mister Singer! – Ich finde meinen leiblichen Vetter, den Berkovitsch aus Kowno. Den Sohn meines Onkels. Und wir küssen uns. Und wir reden. Und plötzlich sagt Berkovitsch: ›Kennst du hier einen alten Mann namens Mendel Singer!‹«
Frisch wartete wieder. Aber Mendel Singer rührte sich nicht. Er nahm zur Kenntnis, daß ein gewisser Berkovitsch nach einem alten Mendel Singer gefragt hatte.
»Ja«, sagte Frisch, »ich erwiderte ihm, daß ich einen Mendel Singer aus Zuchnow kenne. ›Das ist er‹, sagte Berkovitsch. ›Unser Kapellmeister ist ein großer Komponist, noch jung und ein Genie, von ihm kommen die meisten Musikstücke, die wir spielen. Er heißt Alexej Kossak und ist auch aus Zuchnow.‹«
»Kossak?« wiederholte Mendel. »Meine Frau ist eine geborene Kossak. Es ist ein Verwandter!«
»Ja«, sagte Frisch, »und es scheint, daß dieser Kossak Sie sucht. Er will Ihnen wahrscheinlich etwas mitteilen. Und ich soll Sie fragen, ob Sie es hören wollen. Entweder Sie gehn zu ihm ins Hotel, oder ich schreibe Berkovitsch Ihre Adresse.«
Es wurde Mendel leicht und gleichzeitig schwer zumute. Er trank das Himbeerwasser, lehnte sich zurück und sagte: »Ich danke Ihnen, Mister Frisch. Aber es ist nicht so wichtig. Dieser Kossak wird mir alle traurigen Sachen erzählen, die ich schon weiß. Und außerdem – ich will Ihnen die Wahrheit sagen: Ich habe schon daran gedacht, mich mit Ihnen zu beraten. Ihr Bruder hat doch eine Schiffskartenagentur? Ich will nach Haus, nach Zuchnow. Es ist nicht mehr Rußland, die Welt hat sich verändert. Was kostet eine Schiffskarte heute? Und was für Papiere muß ich haben? Reden Sie mit Ihrem Bruder, aber sagen Sie niemandem etwas.«
»Ich werde mich erkundigen«, erwiderte Frisch. »Aber Sie haben bestimmt nicht soviel Geld. Und in Ihrem Alter! Vielleicht sagt Ihnen dieser Kossak etwas! Vielleicht nimmt er Sie mit! Er bleibt nur kurze

Zeit in New York! Soll ich dem Berkovitsch Ihre Adresse geben? Denn, wie ich Sie kenne, Sie gehen nicht ins Hotel!«
»Nein«, sagte Mendel, »ich werde nicht hingehn. Schreiben Sie ihm, wenn Sie wollen.«
Er erhob sich.
Frisch drückte ihn wieder in den Sessel. »Einen Moment«, sagte er, »Mister Singer, ich habe das Programm mitgenommen. Da ist ein Bild dieses Kossak.« Und er zog aus der Brusttasche ein großes Programm, entfaltete es und hielt es Mendel vor die Augen.
»Ein schöner, junger Mann«, sagte Mendel. Er betrachtete die Photographie. Obwohl das Bild abgenutzt war, das Papier schmutzig und das Porträt sich in hunderttausend winzige Moleküle aufzulösen schien, trat es lebendig aus dem Programm vor Mendels Augen. Er wollte es sofort zurückgeben, aber er behielt es und starrte darauf. Breit und weiß war die Stirn unter der Schwärze der Haare, wie ein glatter, besonnter Stein. Die Augen waren groß und hell. Sie blickten Mendel Singer geradeaus an, er konnte sich nicht mehr von ihnen befreien. Sie machten ihn fröhlich und leicht, so glaubte Mendel. Ihre Klugheit sah er leuchten. Alt waren sie und jung zugleich. Alles wußten sie, die Welt spiegelte sich in ihnen. Es war Mendel Singer, als ob er beim Anblick dieser Augen selbst jünger würde, ein Jüngling wurde er, gar nichts wußte er. Alles mußte er von diesen Augen erfahren. Er hat sie schon gesehn, geträumt, als kleiner Junge. Vor Jahren, als er anfing, die Bibel zu lernen, waren es die Augen der Propheten. Männer, zu denen Gott selbst gesprochen hat, haben diese Augen. Alles wissen sie, nichts verraten sie, das Licht ist in ihnen.
Lange sah Mendel das Bild an. Dann sagte er: »Ich werde es nach Hause mitnehmen, wenn Sie erlauben, Mister Frisch.« Und er faltete das Papier zusammen und ging.
Er ging um die Ecke, entfaltete das Programm, sah es an und steckte es wieder ein. Eine lange Zeit schien ihm seit der Stunde vergangen zu sein, in der er den Eiscreme-Salon betreten hatte. Die paar tausend Jahre, die in den Augen Kossaks leuchteten, lagen dazwischen und die Jahre, vor denen Mendel noch so jung gewesen war, daß er sich das Angesicht von Propheten hatte vorstellen können. Er wollte umkehren, nach dem Konzertsaal fragen, in dem die Kapelle spielte, und hineingehen. Aber er schämte sich. Er ging in den Laden der Skowronneks und erzählte, daß ihn ein Verwandter seiner Frau in Amerika

suche. Er habe Frisch die Erlaubnis gegeben, die Adresse mitzuteilen. »Morgen abend wirst du bei uns essen wie alle Jahre«, sagte Skowronnek. Es war der erste Osterabend. Mendel nickte. Er wollte lieber in seinem Hinterzimmer bleiben, er kannte die schiefen Blicke der Frau Skowronnek und die berechnenden Hände, mit denen sie Mendel die Suppe und den Fisch zuteilte. Es ist das letztemal, dachte er. Von heute in einem Jahr werde ich in Zuchnow sein: lebendig oder tot; lieber tot.

Als erster der Gäste kam er am nächsten Abend, aber als letzter setzte er sich an den Tisch. Frühzeitig kam er, um die Frau Skowronnek nicht zu kränken, spät nahm er seinen Platz ein, um zu zeigen, daß er sich für den Geringsten unter den Anwesenden hielt. Ringsum saßen sie schon: die Hausfrau, beide Töchter Skowronneks mit ihren Männern und Kindern, ein fremder Reisender in Musikalien und Mendel. Er saß am Ende des Tisches, auf den man ein gehobeltes Brett gelegt hatte, um ihn zu verlängern. Mendels Sorge galt nun nicht allein der Erhaltung des Friedens, sondern auch dem Gleichgewicht zwischen der Tischplatte und ihrer künstlichen Verlängerung. Mendel hielt mit einer Hand das Brettende fest, weil man einen Teller oder eine Terrine daraufstellen mußte. Sechs schneeweiße, dicke Kerzen brannten in sechs silbernen Leuchtern auf dem schneeweißen Tischtuch, dessen gestärkter Glanz die sechs Flammen zurückstrahlte. Wie weiße und silberne Wächter von gleichem Wuchs standen die Kerzen vor Skowronnek, dem Hausherrn, der im weißen Kittel auf einem weißen Kissen saß, angelehnt an ein anderes Kissen, ein sündenreiner König auf einem sündenreinen Thron. Wie lange war es her, daß Mendel in der gleichen Tracht, in gleicher Art den Tisch und das Fest regiert hatte? Heute saß er gebeugt und geschlagen, in seinem grün schillernden Rock am letzten Ende, der Geringste unter den Anwesenden, besorgt um die eigene Bescheidenheit und eine armselige Stütze der Feier. Die Osterbrote lagen verhüllt unter einer weißen Serviette, ein schneeiger Hügel neben dem saftigen Grün der Kräuter, dem dunklen Rot der Rüben und dem herben Gelb der Meerrettichwurzel. Die Bücher mit den Berichten von dem Auszug der Juden aus Ägypten lagen aufgeschlagen vor jedem Gast. Skowronnek begann, die Legende vorzusingen, und alle wiederholten seine Worte, erreichten ihn und sangen einträchtig im Chor diese behagliche, schmunzelnde Melodie, eine gesungene Aufzählung der einzelnen Wunder, die immer wieder zusammengerechnet wurden und immer wieder die gleichen Eigenschaften Gottes ergaben: die Größe, die Güte, die Barmherzigkeit, die Gnade für Israel und den Zorn gegen Pharao. Sogar der Reisende in Musikalien, der die Schrift nicht lesen konnte und die Gebräuche nicht verstand, konnte sich der Melodie nicht entziehen, die ihn mit jedem neuen Satz umwarb, einspann und umkoste, so daß er sie mitzusummen begann, ohne es zu wissen. Und selbst Mendel stimmte sie milde gegen den Himmel, der vor viertausend Jahren freigebig heitere Wunder gespendet hatte, und es war, als würde durch die Liebe Gottes zum ganzen Volk Mendel mit seinem eigenen kleinen Schicksal beinahe ausgesöhnt. Noch sang er nicht mit, Mendel Singer, aber sein Oberkörper schaukelte vor und zurück, gewiegt vom Gesang der andern. Er hörte die Enkelkinder Skowronneks mit hellen Stimmen singen und erinnerte sich der Stimmen seiner eigenen Kinder. Er sah noch den hilflosen Menuchim auf dem ungewohnten, erhöhten Stuhl am feierlichen Tisch. Der Vater allein hatte während des Singens von Zeit zu Zeit einen hurtigen Blick auf seinen jüngsten und ärmsten Sohn geworfen, das lauschende Licht in seinen törichten Augen gesehn und gefühlt, wie sich der Kleine vergeblich mühte, mitzuteilen, was in ihm klang, und zu singen, was er hörte. Es war der einzige Abend im Jahr, an dem Menuchim einen neuen Rock trug wie seine Brüder und den weißen Kragen des Hemdes mit den ziegelroten Ornamenten als festlichen Rand um sein welkes Doppelkinn. Wenn Mendel ihm den Wein vorhielt, trank er mit gierigem Zug den halben Becher, keuchte und prustete und verzog sein Gesicht zu einem mißlungenen Versuch zu lachen oder zu weinen: Wer konnte es wissen?

Daran dachte Mendel, während er sich im Gesang der andern wiegte. Er sah, daß sie schon weit voraus waren, überschlug ein paar Seiten und bereitete sich vor, aufzustehn, die Ecke von den Tellern zu entlasten, damit sich kein Unfall ereignete, wenn er loslassen sollte. Denn der Zeitpunkt näherte sich, an dem man den roten Becher mit Wein füllte und die Tür öffnete, um den Propheten Eliahu einzulassen. Schon wartete das dunkelrote Glas, die sechs Lichter spiegelten sich in seiner Wölbung. Frau Skowronnek hob den Kopf und sah Mendel an. Er stand auf, schlurfte zur Tür und öffnete sie. Skowronnek sang nun die Einladung an den Propheten. Mendel wartete, bis sie zu Ende war. Denn er wollte nicht den Weg zweimal machen. Dann schloß er die Tür, setzte sich wieder, stemmte die stützende Faust unter das Tischbrett, und der Gesang ging weiter.

Kaum eine Minute, nachdem Mendel sich gesetzt hatte, klopfte es. Alle hörten das Klopfen, aber alle dachten, es sei eine Täuschung. An diesem Abend saßen die Freunde zu Haus, leer waren die Gassen des Viertels. Um diese Stunde war kein Besuch möglich. Es war gewiß der Wind, der klopfte. »Mendel«, sagte Frau Skowronnek, »Ihr habt die Tür nicht richtig geschlossen.« Da klopfte es noch einmal, deutlich und länger. Alle hielten ein. Der Geruch der Kerzen, der Genuß des Weins, das gelbe, ungewohnte Licht und die alte Melodie hatten die Erwachsenen und die Kinder so nah an die Erwartung eines Wunders gebracht, daß ihr Atem für einen Augenblick aussetzte und daß sie ratlos und blaß einander ansahen, als wollten sie sich fragen, ob der Prophet nicht wirklich Einlaß verlange. Also blieb es still, und niemand wagte, sich zu rühren. Endlich regte sich Mendel. Noch einmal schob er die Teller in die Mitte. Noch einmal schlurfte er zur Tür und öffnete. Da stand ein großgewachsener Fremder im halbdunklen Flur, wünschte guten Abend und fragte, ob er eintreten dürfe. Skowronnek erhob sich mit einiger Mühe aus seinen Pölstern. Er ging zur Tür, betrachtete den Fremden und sagte: »Please!« – wie er es in Amerika gelernt hatte. Der Fremde trat ein. Er trug einen dunklen Mantel, hochgeschlagen war sein Kragen, den Hut behielt er auf dem Kopf, offenbar aus Andacht vor der Feier, in die er geraten war, und weil alle anwesenden Männer mit bedeckten Häuptern dasaßen.

Es ist ein feiner Mann, dachte Skowronnek. Und er knöpfte, ohne ein Wort zu sagen, dem Fremden den Mantel auf. Der Mann verneigte sich und sagte: »Ich heiße Alexej Kossak. Ich bitte um Entschuldigung. Ich bitte sehr um Entschuldigung. Man hat mir gesagt, daß sich ein gewisser Mendel Singer aus Zuchnow bei Ihnen aufhält. Ich möchte ihn sprechen.«

»Das bin ich«, sagte Mendel, trat nahe an den Gast und hob den Kopf. Seine Stirn reichte bis zur Schulter des Fremden. »Herr Kossak«, fuhr Mendel fort, »ich habe schon von Ihnen gehört. Ein Verwandter sind Sie.«

»Legen Sie ab, und setzen Sie sich mit uns an den Tisch«, sagte Skowronnek.

Frau Skowronnek erhob sich. Alle rückten zusammen. Man machte dem Fremden Platz. Skowronneks Schwiegersohn stellte noch einen Stuhl an den Tisch. Der Fremde hängte den Mantel an einen Nagel und setzte sich Mendel gegenüber. Man stellte einen Becher Wein vor den Gast. »Lassen Sie sich nicht aufhalten«, bat Kossak, »beten Sie weiter.«

Sie fuhren fort. Still und schmal saß der Gast auf seinem Platz. Mendel betrachtete ihn unaufhörlich. Unermüdlich sah Alexej Kossak auf Mendel Singer. Also saßen sie einander gegenüber, umweht von dem Gesang der andern, aber von ihnen getrennt. –

Es war beiden angenehm, daß sie der andern wegen noch nicht miteinander sprechen konnten. Mendel suchte die Augen des Fremden. Schlug sie Kossak nieder, so war dem Alten, als müßte er den Gast bitten, sie offenzuhalten. In diesem Angesicht war Mendel Singer alles fremd, nur die Augen hinter den randlosen Gläsern waren ihm nahe. Zu ihnen schweifte immer wieder sein Blick wie in einer Heimkehr zu vertrauten, hinter Fenstern verborgenen Lichtern, aus der fremden Landschaft des schmalen, blassen und jugendlichen Gesichts. Schmal, verschlossen und glatt waren die Lippen. Wenn ich sein Vater wäre, dachte Mendel, würde ich sagen: Lächle, Alexej. Leise zog er aus der Tasche das Plakat, entfaltete es unter dem Tisch, um die andern nicht zu stören, und reichte es dem Fremden hinüber. Der nahm es und lächelte, schmal, zart und nur eine Sekunde lang.

Man unterbrach den Gesang, die Mahlzeit begann, einen Teller heißer Suppe schob Frau Skowronnek vor den Gast, und Herr Skowronnek bat ihn mitzuessen. Der Reisende in Musikalien begann ein Gespräch in Englisch mit Kossak, von dem Mendel gar nichts verstand. Dann erklärte der Reisende allen, daß Kossak ein junges Genie sei, nur noch eine Woche in New York bleibe und sich erlauben werde, den Anwesenden Freikarten zu dem Konzert seines Orchesters zu schicken. Andere Gespräche konnten nicht in Gang kommen. Man aß in wenig festlicher Eile dem Ende der Feier zu, und jeden zweiten Bissen begleitete ein höfliches Wort des Fremden oder seiner Wirte. Mendel sprach nicht. Frau Skowronnek zu Gefallen aß er noch schneller als die andern, um keinen Anlaß zu Verzögerungen zu geben. Und alle begrüßten das Ende des Mahls und fuhren eifrig fort im Absingen der Wunder. Skowronnek schlug einen immer schnelleren Rhythmus an, die Frauen konnten ihm nicht folgen. Als er aber zu den Psalmen kam, veränderte er die Stimme, das Tempo und die Melodie, und so betörend klangen die Worte, die er nunmehr sang, daß sogar Mendel am Ende jeder Strophe »Halleluja, Halleluja« wiederholte. Er schüttelte den Kopf, daß sein tiefer Bart über die aufgeschlagenen Blätter des Buches strich und ein zartes Rascheln hörbar wurde, als wollte sich der Bart Mendels an dem Gebet beteiligen, da der Mund Mendels so sparsam feierte.

Nun waren sie bald fertig. Die Kerzen waren bis zur Hälfte abgebrannt, der Tisch war nicht mehr glatt und feierlich, Flecken und Speisereste sah man auf dem weißen Tischtuch, und Skowronneks Enkel gähnten schon. Man hielt am Ende des Buches. Skowronnek sagte mit erhobener Stimme den überlieferten Wunsch: »Im nächsten Jahre in Jerusalem!« Alle wiederholten es, klappten die Bücher zu und wandten sich zum Gast. An Mendel kam jetzt die Reihe, den Besucher zu fragen. Der Alte räusperte sich, lächelte und sagte: »Nun, Herr Alexej, was wollen Sie mir erzählen?«
Mit halblauter Simme begann der Fremde: »Ihr hättet längst von mir Nachricht gehabt, Herr Mendel Singer, wenn ich Eure Adresse gewußt hätte. Aber nach dem Kriege wußte sie niemand mehr. Billes' Schwiegersohn, der Musikant, ist an Typhus gestorben, Euer Haus in Zuchnow stand leer, denn die Tochter Billes' war zu ihren Eltern, die damals schon in Dubno wohnten, geflohen, und in Zuchnow, in Eurem Haus, waren österreichische Soldaten. Nun, nach dem Kriege schrieb ich an meinen Manager hierher, aber der Mann war nicht geschickt genug, er schrieb mir, daß Ihr nicht zu finden seied.«
»Schade um Billes' Schwiegersohn!« sagte Mendel, und er dachte dabei an Menuchim.
»Und nun«, fuhr Kossak fort, »habe ich eine angenehme Nachricht.« Mendel hob den Kopf. »Ich habe Euer Haus gekauft, vom alten Billes, vor Zeugen und auf Grund einer amtlichen Einschätzung. Und das Geld will ich Euch auszahlen.«
»Wieviel macht es?« fragte Mendel.
»Dreihundert Dollar!« sagte Kossak.
Mendel griff sich an den Bart und kämmte ihn mit gespreizten, zitternden Fingern. »Ich danke Ihnen!« sagte er.
»Und was Euren Sohn Jonas betrifft«, sprach Kossak weiter, »so ist er seit dem Jahre 1915 verschollen. Niemand konnte etwas über ihn sagen. Weder in Petersburg noch in Berlin, noch in Wien, noch im Schweizer Roten Kreuz. Ich habe überall angefragt und anfragen lassen. Aber vor zwei Monaten traf ich einen jungen Mann aus Moskau. Er kam eben als Flüchtling über die polnische Grenze, denn, wie Ihr wißt, gehört Zuchnow jetzt zu Polen. Und dieser junge Mann war Jonas' Regimentskamerad gewesen. Er sagte mir, daß er einmal durch Zufall gehört hat, daß Jonas lebt und in der weißgardistischen Armee kämpft. Nun ist es wohl ganz schwer geworden, etwas über ihn zu erfahren. Aber Ihr dürft die Hoffnung immer noch nicht aufgeben.«

Mendel wollte eben den Mund auftun, um nach Menuchim zu fragen. Aber sein Freund Skowronnek, der Mendels Frage vorausahnte, eine traurige Antwort für sicher hielt und bestrebt war, betrübliche Gespräche an diesem Abend zu vermeiden oder sie wenigstens, solang es ging, zu verschieben, kam dem Alten zuvor und sagte: »Nun, Herr Kossak, da wir das Vergnügen haben, einen so großen Mann wie Sie bei uns zu sehen, machen Sie uns vielleicht noch die Freude, etwas aus Ihrem Leben zu erzählen. Wie kommt es, daß Sie den Krieg, die Revolution und alle Gefahren überstanden haben?«

Der Fremde hatte offenbar diese Frage nicht erwartet, denn er antwortete nicht sofort. Er schlug die Augen nieder wie einer, der sich schämt oder nachdenken muß, und antwortete erst nach einer längeren Weile: »Ich habe nichts Besonderes erlebt. Als Kind war ich lange krank, mein Vater war ein armer Lehrer, wie Herr Mendel Singer, mit dessen Frau ich ja verwandt bin. (Es ist jetzt nicht an der Zeit, die Verwandtschaft näher zu erläutern.) Kurz, meiner Krankheit wegen und weil wir arm waren, kam ich in eine große Stadt, in ein öffentliches medizinisches Institut. Man behandelte mich gut, ein Arzt hatte mich besonders gern, ich wurde gesund, und der Doktor behielt mich in seinem Haus. Dort«, hier senkte Kossak die Stimme und den Kopf, und es war, als spräche er zum Tisch, so daß alle den Atem anhielten, um ihn genau zu hören, »dort setzte ich mich eines Tages an das Klavier und spielte aus dem Kopf eigene Lieder. Und die Frau des Doktors schrieb die Noten zu meinen Liedern. Der Krieg war mein Glück. Denn ich kam zur Militärmusik und wurde Dirigent einer Kapelle, blieb die ganze Zeit in Petersburg und spielte ein paarmal beim Zaren. Meine Kapelle ging mit mir nach der Revolution ins Ausland. Ein paar fielen ab, ein paar Neue kamen dazu, in London machten wir einen Kontrakt mit einer Konzertagentur, und so ist mein Orchester entstanden.«

Alle lauschten immer noch, obwohl der Gast längst nichts mehr erzählte. Aber seine Worte schwebten noch im Zimmer, und an den und jenen schlugen sie erst jetzt. Kossak sprach den Jargon der Juden mangelhaft, er mischte halbe russische Sätze in seine Erzählung, und die Skowronneks und Mendel begriffen sie nicht einzeln, sondern erst im ganzen Zusammenhang. Die Schwiegersöhne Skowronneks, die als kleine Kinder nach Amerika gekommen waren, verstanden nur die Hälfte und ließen sich von ihren Frauen die Erzählung des Fremden ins Englische übersetzen. Der Reisende in Musikalien wiederholte daraufhin die Biographie Kossaks, um sie sich einzuprägen. Die Kerzen brannten nur noch als kurze Stümpfe in den Leuchtern, es wurde dunkel im Zimmer, die Enkel schliefen mit schiefen Köpfchen auf den Sesseln, aber niemand machte Anstalten zu gehn, ja, Frau Skowronnek holte sogar zwei ganze Kerzen, klebte sie auf die alten Stümpfe und eröffnete so den Abend von neuem. Ihr alter Respekt vor Mendel Singer erwachte. Dieser Gast, der ein großer Mann war, beim Zaren gespielt hatte, einen merkwürdigen Ring am kleinen Finger trug und eine Perle in der Krawatte, mit einem Anzug aus gutem europäischem Stoff bekleidet war – sie verstand sich darauf, denn ihr Vater war Tuchhändler gewesen –, dieser Gast konnte nicht mit Mendel in die Hinterstube des Ladens gehn. Ja, sie sagte zur Überraschung ihres Mannes: »Mister Singer! Es ist gut, daß Sie heute zu uns gekommen sind. Sonst«, und sie wandte sich an Kossak, »ist er so bescheiden und zartfühlend, daß er alle meine Einladungen ausschlägt. Er ist dennoch wie das älteste Kind in unserem Haus.« Skowronnek fiel ihr ins Wort: »Mach uns noch einen Tee!« Und während sie aufstand, sagte er zu Kossak: »Wir alle kennen Ihre Lieder schon lange, ›Menuchims Lied‹ ist doch von Ihnen?« »Ja«, sagte Kossak. »Es ist von mir.« Es schien, daß ihm diese Frage nicht angenehm war. Er sah schnell auf Mendel Singer und fragte: »Ihre Frau ist tot?« Mendel nickte. »Und soviel ich weiß, haben Sie doch eine Tochter?« Statt Mendels erwiderte nun Skowronnek: »Sie ist leider durch den Tod der Mutter und des Bruders Sam verwirrt geworden und in der Anstalt.« Der Fremde ließ wieder den Kopf sinken. Mendel erhob sich und ging hinaus. Er wollte nach Menuchim fragen, aber er hatte nicht den Mut dazu. Er kannte ja die Antwort schon im voraus. Er selbst versetzte sich an die Stelle des Gastes und antwortete sich: Menuchim ist schon lange tot. Er ist jämmerlich umgekommen. Er prägte sich diesen Satz ein, schmeckte im voraus seine ganze Bitterkeit, um dann, wenn er wirklich erklingen sollte, ruhig bleiben zu können. Und da er noch eine schüchterne Hoffnung tief in seinem Herzen keimen fühlte, versuchte er, sie zu töten. Wenn Menuchim am Leben wäre, sagte er sich, so hätte es mir der Fremde sofort am Anfang erzählt. Nein! Menuchim ist schon lange tot. Jetzt werde ich ihn fragen, damit diese dumme Hoffnung ein Ende nehme! Aber er fragte noch immer nicht. Er setzte sich eine Pause, und die geräuschvolle Tätigkeit der Frau Skowronnek, die in der Küche mit dem Teekocher hantierte, veranlaßte ihn, das Zimmer zu verlassen, um der Hausfrau zu helfen, wie er es gewohnt war.

Heute aber schickte sie ihn ins Zimmer zurück. Er besaß dreihundert Dollar und einen vornehmen Verwandten. »Es schickt sich nicht für Euch, Mister Mendel«, sagte sie. »Laßt Euren Gast nicht allein!« Sie war übrigens schon fertig. Mit den vollen Teegläsern auf dem breiten Tablett betrat sie das Zimmer, gefolgt von Mendel. Der Tee dampfte. Mendel war endlich entschlossen, nach Menuchim zu fragen. Auch Skowronnek fühlte, daß die Frage nicht mehr aufzuschieben war. Er fragte lieber selbst, Mendel, sein Freund, sollte zu dem Weh, das ihm die Antwort bereiten würde, nicht auch noch die Qual zu fragen auf sich nehmen müssen.
»Mein Freund Mendel hatte noch einen armen, kranken Sohn namens Menuchim. Was ist mit ihm geschehn?«
Wieder antwortete der Fremde nicht. Er stocherte mit dem Löffel auf dem Grunde des Glases herum, zerrieb den Zucker, und als wollte er aus dem Tee die Antwort ablesen, sah er auf das hellbraune Glas, und den Löffel immer noch zwischen Daumen und Zeigefinger, die schmale, braune Hand sachte bewegend, sagte er endlich, unerwartet laut, wie mit einem plötzlichen Entschluß:
»Menuchim lebt!«
Es klingt nicht wie eine Antwort, es klingt wie ein Ruf. Unmittelbar darauf bricht ein Lachen aus Mendel Singers Brust. Alle erschrecken und sehen starr auf den Alten. Mendel sitzt zurückgelehnt auf dem Sessel, schüttelt sich und lacht. Sein Rücken ist so gebeugt, daß er die Lehne nicht ganz berühren kann. Zwischen der Lehne und Mendels altem Nacken (weiße Härchen kräuseln sich über dem schäbigen Kragen des Rocks) ist ein weiter Abstand. Mendels langer Bart bewegt sich heftig, flattert beinahe wie eine weiße Fahne und scheint ebenfalls zu lachen. Aus Mendels Brust dröhnt und kichert es abwechselnd. Alle erschrecken, Skowronnek erhebt sich etwas schwerfällig aus den schwellenden Kissen und behindert durch den langen, weißen Kittel, geht um den ganzen Tisch, tritt zu Mendel, beugt sich zu ihm und nimmt mit beiden Händen Mendels beide Hände. Da verwandelt sich Mendels Lachen in Weinen, er schluchzt, und die Tränen fließen aus den alten, halb verhüllten Augen in den wild wuchernden Bart, verlieren sich im wüsten Gestrüpp, andere bleiben lange und rund und voll wie gläserne Tropfen in den Haaren hängen.
Endlich ist Mendel ruhig. Er sieht Kossak gerade an und wiederholt: »Menuchim lebt?«

Der Fremde sieht Mendel ruhig an und sagt: »Menuchim lebt, er ist gesund, es geht ihm sogar gut!«
Mendel faltet die Hände, er hebt sie, so hoch er kann, dem Plafond entgegen. Er möchte aufstehn. Er hat das Gefühl, daß er jetzt aufstehn müßte, gerade werden, wachsen, groß und größer werden, über das Haus hinauf und mit den Händen den Himmel berühren. Er kann die gefalteten Hände nicht mehr lösen. Er blickt zu Skowronnek, und der alte Freund weiß, was er jetzt zu fragen hat, an Mendels Statt.
»Wo ist Menuchim jetzt?« fragt Skowronnek.
Und langsam erwidert Alexej Kossak:
»Ich selbst bin Menuchim.«
Alle erheben sich plötzlich von den Sitzen, die Kinder, die schon geschlafen haben, erwachen und brechen in Weinen aus. Mendel selbst steht so heftig auf, daß hinter ihm sein Stuhl mit lautem Krach hinfällt. Er geht, er eilt, er hastet, er hüpft zu Kossak, dem einzigen, der sitzen geblieben ist. Es ist ein großer Aufruhr im Zimmer. Die Kerzen beginnen zu flackern, als würden sie plötzlich von einem Wind angeweht. An den Wänden flattern die Schatten stehender Menschen. Mendel sinkt vor dem sitzenden Menuchim nieder, er sucht mit unruhigem Mund und wehendem Bart die Hände seines Sohnes, seine Lippen küssen, wo sie hintreffen, die Knie, die Schenkel, die Weste Menuchims. Mendel steht wieder auf, hebt die Hände und beginnt, als wäre er plötzlich blind geworden, mit heftigen Fingern das Gesicht seines Sohnes abzutasten. Die stumpfen, alten Finger huschen über die Haare Menuchims, die glatte, breite Stirn, die kalten Gläser der Brille, die schmalen, geschlossenen Lippen. Menuchim sitzt ruhig und rührt sich nicht. Alle Anwesenden umringen Menuchim und Mendel, die Kinder weinen, die Kerzen flackern, die Schatten der Wand ballen sich zu schweren Wolken zusammen. Niemand spricht.
Endlich erklingt Menuchims Stimme: »Steh auf, Vater!« sagt er, greift Mendel unter die Arme, hebt ihn hoch und setzt ihn auf den Schoß wie ein Kind. Die andern entfernen sich wieder. Jetzt sitzt Mendel auf dem Schoß seines Sohnes, lächelt in die Runde, jedem ins Angesicht. Er flüstert: »Der Schmerz wird ihn weise machen, die Häßlichkeit gütig, die Bitternis milde und die Krankheit stark.« Deborah hat es gesagt. Er hört noch ihre Stimme.
Skowronnek verläßt den Tisch, legt seinen Kittel ab, zieht seinen Mantel an und sagt: »Gleich komme ich wieder!« Wohin geht Skow-

ronnek? Es ist noch nicht spät, kaum elf Uhr, die Freunde sitzen noch an den Tischen. Er geht von Haus zu Haus, zu Groschel, Menkes und Rottenberg. Alle sind noch an den Tischen zu finden. »Ein Wunder ist geschehn! Kommt zu mir und seht es an!« Er führt alle drei zu Mendel. Unterwegs begegnen sie der Tochter Lemmels, die ihre Gäste begleitet hat. Sie erzählen ihr von Mendel und Menuchim. Der junge Frisch, der mit seiner Frau noch ein bißchen spazierengeht, hört ebenfalls die Neuigkeit. Also erfahren einige, was sich ereignet hat. Unten vor dem Hause Skowronneks steht als Beweis das Automobil, in dem Menuchim gekommen ist. Ein paar Leute öffnen die Fenster und sehen es. Menkes, Groschel, Skowronnek und Rottenberg treten ins Haus. Mendel geht ihnen entgegen und drückt ihnen stumm die Hände.

Menkes, der Bedächtigste von allen, nahm das Wort. »Mendel«, sagte er, »wir sind gekommen, dich in deinem Glück zu sehn, wie wir dich im Unglück gesehn haben. Erinnerst du dich, wie du geschlagen warst? Wir trösteten dich, aber wir wußten, daß es umsonst war. Nun erlebst du ein Wunder am lebendigen Leibe. Wie wir damals mit dir traurig waren, so sind wir heute mit dir fröhlich. Groß sind die Wunder, die der Ewige vollbringt, heute noch wie vor einigen tausend Jahren. Gelobt sei Sein Name!« Alle standen. Die Töchter Skowronneks, die Kinder, die Schwiegersöhne und der Reisende in Musikalien waren schon in Überkleidern und nahmen Abschied. Mendels Freunde setzten sich nicht, denn sie waren nur zu einem kurzen Glückwunsch gekommen. Kleiner als sie alle, mit gekrümmtem Rücken, im grünlich schillernden Rock stand Mendel in ihrer Mitte, wie ein unscheinbarer, verkleideter König. Er mußte sich recken, um ihnen in die Gesicher zu sehn. »Ich danke euch«, sagte er. »Ohne eure Hilfe hätte ich diese Stunde nicht erlebt. Seht euch meinen Sohn an!« Er zeigte mit der Hand auf ihn, als könnte irgend jemand von den Freunden nicht gründlich genug Menuchim betrachten. Ihre Augen befühlten den Stoff des Anzugs, die seidene Krawatte, die Perle, die schmalen Hände und den Ring. Dann sagten sie: »Ein edler junger Mann! Man sieht, daß er ein Besonderer ist!«

»Ich habe kein Haus«, sagte Mendel zu seinem Sohn. »Du kommst zu deinem Vater, und ich weiß nicht, wo dich schlafen zu legen.«

»Ich möchte dich mitnehmen, Vater«, erwiderte der Sohn. »Ich weiß nicht, ob du fahren darfst, weil ja Feiertag ist.«

»Er darf fahren«, sagten alle wie aus einem Munde.

»Ich glaube, daß ich mit dir fahren darf«, meinte Mendel. »Schwere Sünden hab' ich begangen, der Herr hat die Augen zugedrückt. Einen Isprawnik hab' ich Ihn genannt. Er hat sich die Ohren zugehalten. Er ist so groß, daß unsere Schlechtigkeit ganz klein wird. Ich darf mit dir fahren.«

Alle begleiteten Mendel zum Wagen. An diesem und jenem Fenster standen Nachbarn und Nachbarinnen und sahen hinunter. Mendel holte seine Schlüssel, sperrte noch einmal den Laden auf, ging ins Hinterzimmer und nahm das rotsamtene Säckchen vom Nagel. Er blies darauf, um es vom Staub zu befreien, ließ den Rolladen herunter, sperrte zu und gab Skowronnek die Schlüssel. Mit dem Sack im Arm stieg er ins Auto. Der Motor ratterte. Die Scheinwerfer leuchteten auf. Aus dem und jenem Fenster riefen Stimmen: »Auf Wiedersehen, Mendel!« Mendel Singer ergriff Menkes am Ärmel und sagte: »Morgen, beim Gebet, wirst du verkünden lassen, daß ich dreihundert Dollar für Arme spende. Lebt wohl!«

Und er fuhr an der Seite seines Sohnes in den vierundvierzigsten Broadway, ins Astor Hotel.

XVI

Kümmerlich und gebeugt, im grünlich schillernden Rock, das rotsamtene Säckchen im Arm, betrat Mendel Singer die Halle, betrachtete das elektrische Licht, den blonden Portier, die weiße Büste eines unbekannten Gottes vor dem Aufgang zur Stiege und den schwarzen Neger, der ihm den Sack abnehmen wollte. Er stieg in den Lift und sah sich im Spiegel neben seinem Sohn, er schloß die Augen, denn er fühlte sich schwindlig werden. Er war schon gestorben, er schwebte in den Himmel, es nahm kein Ende. Der Sohn faßte ihn bei der Hand, der Lift hielt, Mendel ging auf einem lautlosen Teppich durch einen langen Korridor. Er öffnete erst die Augen, als er im Zimmer stand. Wie es seine Gewohnheit war, trat er sofort zum Fenster. Da sah er zum erstenmal die Nacht von Amerika aus der Nähe, den geröteten Himmel, die flammenden, sprühenden, tropfenden, glühenden, roten, blauen, grünen, silbernen, goldenen Buchstaben, Bilder und Zeichen. Er hörte den lärmenden Gesang Amerikas, das Hupen, das Tuten, das Dröhnen, das Klingeln, das Kreischen, das Knarren, das Pfeifen und das

Heulen. Dem Fenster gegenüber, an dem Mendel lehnte, erschien jede fünfte Sekunde das breite, lachende Gesicht eines Mädchens, zusammengesetzt aus lauter hingesprühten Funken und Punkten, das blendende Gebiß in dem geöffneten Mund aus einem Stück geschmolzenen Silbers. Diesem Angesicht entgegen schwebte ein rubinroter, überschäumender Pokal, kippte von selbst um, ergoß seinen Inhalt in den offenen Mund und entfernte sich, um neu gefüllt wieder zu erscheinen, rubinrot und weißgischtig überschäumend. Es war eine Reklame für eine neue Limonade. Mendel bewunderte sie als die vollkommenste Darstellung des nächtlichen Glücks und der goldenen Gesundheit. Er lächelte, sah das Bild ein paarmal kommen und verschwinden und wandte sich wieder dem Zimmer zu. Da stand aufgeschlagen sein weißes Bett. In einem Schaukelstuhl wiegte sich Menuchim. »Ich werde heute nicht schlafen«, sagte Mendel. »Leg du dich schlafen, ich werde neben dir sitzen. Im Winkel hast du geschlafen, in Zuchnow, neben dem Herd.« »Ich erinnere mich genau an einen Tag«, begann Menuchim, nahm seine Brille ab, und Mendel sah die nackten Augen seines Sohnes, traurig und müde erschienen sie ihm, »ich erinnere mich an einen Vormittag, die Sonne ist sehr hell, das Zimmer leer. Da kommst du, hebst mich hoch, ich sitze auf einem Tisch, und du klingelst an ein Glas mit einem Löffel. Es war ein wunderbares Klingeln, ich wollte, ich könnte es heute komponieren und spielen. Dann singst du. Dann beginnen die Glocken zu läuten, ganz alte, wie große, schwere Löffel schlagen sie an riesengroße Gläser.« »Weiter, weiter«, sagte Mendel. Auch er erinnerte sich genau an jenen Tag, an dem Deborah aus dem Hause ging, die Reise zu Kapturak vorbereiten. »Das ist aus frühen Tagen das einzige!« sagte der Sohn. »Dann kommt die Zeit, wo Billes' Schwiegersohn, der Geiger, spielt. Jeden Tag, glaube ich, spielt er. Er hört zu spielen auf, aber ich höre ihn immer, den ganzen Tag, die ganze Nacht.« »Weiter, weiter!« mahnte Mendel in dem Ton, in dem er seine Schüler immer zum Lernen angeeifert hatte. »Dann ist lange nichts! Dann sehe ich eines Tages einen großen roten und blauen Brand. Ich lege mich auf den Boden. Ich krieche zur Tür. Plötzlich reißt mich jemand hoch und treibt mich, ich laufe. Ich bin draußen, die Leute stehen auf der andern Seite der Gasse. Feuer! schreit es aus mir!« »Weiter, weiter!« mahnte Mendel. »Ich weiß nichts mehr. Man sagte mir dann später, ich wäre lange krank und bewußtlos gewesen. Ich erinnere mich erst an die Zeiten in Petersburg, ein weißer Saal, weiße

Betten, viele Kinder in den Betten, ein Harmonium oder eine Orgel spielt, und ich singe mit lauter Stimme dazu. Dann führt mich der Doktor im Wagen nach Haus. Eine große, blonde Frau in einem blaßblauen Kittel spielt Klavier. Sie steht auf. Ich gehe an die Tasten, es klingt, wenn ich sie anrühre. Plötzlich spiele ich die Lieder der Orgel und alles, was ich singen kann.« »Weiter, weiter!« mahnte Mendel. »Ich wüßte nichts weiter, was mich mehr anginge als diese paar Tage. Ich erinnere mich an die Mutter. Es war warm und weich bei ihr, ich glaube, sie hatte eine sehr tiefe Stimme, und ihr Gesicht war sehr groß und rund wie eine ganze Welt.« »Weiter, weiter!« sagte Mendel. »An Mirjam, an Jonas, an Schemarjah erinnere ich mich nicht. Von ihnen habe ich erst viel später gehört, durch Billes' Tochter.«

Mendel seufzte. »Mirjam«, wiederholte er. Sie stand vor ihm, im goldgelben Schal, mit den blauschwarzen Haaren, flink und leichtfüßig, eine junge Gazelle. Seine Augen hatte sie. »Ein schlechter Vater war ich«, sagte Mendel. »Dich habe ich schlecht behandelt und sie. Jetzt ist sie verloren, keine Medizin kann ihr helfen.« »Wir werden zu ihr gehn«, sagte Menuchim. »Ich selbst, Vater, bin ich nicht geheilt worden?«

Ja, Menuchim hatte recht. Der Mensch ist unzufrieden, sagte sich Mendel. Eben hat er ein Wunder erlebt, schon will er das nächste sehn. Warten, warten, Mendel Singer! Sieh nur, was aus Menuchim, dem Krüppel, geworden ist. Schmal sind seine Hände, klug sind seine Augen, zart sind seine Wangen.

»Geh, schlafen, Vater!« sagte der Sohn. Er ließ sich auf den Boden nieder und zog Mendel Singer die alten Stiefel aus. Er betrachtete die Sohlen, die zerrissen waren, gezackte Ränder hatten, das gelbe, geflickte Oberleder, die ruppig gewordenen Schäfte, die durchlöcherten Socken, die ausgefransten Hosen. Er entkleidete den Alten und legte ihn ins Bett. Dann verließ er das Zimmer, holte aus seinem Koffer ein Buch, kehrte zum Vater zurück, setzte sich in den Schaukelstuhl neben das Bett, entzündete die kleine, grüne Lampe und begann zu lesen. Mendel tat, als ob er schliefe. Er blinzelte durch einen schmalen Spalt zwischen den Lidern. Sein Sohn legte das Buch weg und sagte: »Du denkst an Mirjam, Vater! Wir werden sie besuchen. Ich werde Ärzte rufen. Man wird sie heilen. Sie ist noch jung! Schlaf ein!« Mendel schloß die Augen, aber er schlief nicht ein. Er dachte an Mirjam, hörte die ungewohnten Geräusche der Welt, fühlte durch die geschlossenen

Lider die nächtlichen Flammen des hellen Himmels. Er schlief nicht, aber es war ihm wohl, er ruhte aus. Mit wachem Kopf lag er gebettet in Schlaf und erwartete den Morgen.
Der Sohn bereitete ihm das Bad, kleidete ihn an, setzte ihn in den Wagen. Sie fuhren lange, durch geräuschvolle Straßen, sie verließen die Stadt, sie kamen auf einen langen und breiten Weg, an dessen Rändern knospende Bäume standen. Der Motor summte hell, im Winde wehte Mendels Bart. Er schwieg. »Willst du wissen, wohin wir fahren, Vater?« fragte der Sohn. »Nein!« antwortete Mendel. »Ich will nichts wissen! Wohin du fährst, ist es gut.«
Und sie gelangten in eine Welt, wo der weiche Sand gelb war, das weite Meer blau und alle Häuser weiß. Auf der Terrasse vor einem dieser Häuser, an einem kleinen, weißen Tischchen, saß Mendel Singer. Er schlürfte einen goldbraunen Tee. Auf seinen gebeugten Rücken schien die erste warme Sonne dieses Jahres. Die Amseln hüpften dicht an ihn heran. Ihre Schwestern flöteten indessen vor der Terrasse. Die Wellen des Meeres plätscherten mit sanftem, regelmäßigem Schlag an den Strand. Am blaßblauen Himmel standen ein paar weiße Wölkchen. Unter diesem Himmel war es Mendel recht, zu glauben, daß Jonas sich einmal wieder einfinden würde und Mirjam heimkehren, »schöner als alle Frauen der Welt«, zitierte er im stillen. Er selbst, Mendel Singer, wird nach späten Jahren in den guten Tod eingehen, umringt von vielen Enkeln und »satt am Leben«, wie es im »Hiob« geschrieben stand. Er fühlte ein merkwürdiges und auch verbotenes Verlangen, die Mütze aus altem Seidenrips abzulegen und die Sonne auf seinen alten Schädel scheinen zu lassen. Und zum erstenmal in seinem Leben entblößte Mendel Singer aus freiem Willen sein Haupt, so wie er es nur im Amt getan hatte und im Bad. Die spärlichen, gekräuselten Härchen auf seinem kahlen Kopf bewegte ein Frühlingswind wie seltsame, zarte Pflanzen.
So grüßte Mendel Singer die Welt.
Und eine Möwe stieß wie ein silbernes Geschoß des Himmels unter das Zeltdach der Terrasse. Mendel beobachtete ihren jähen Flug und die schattenhafte, weiße Spur, die sie in der blauen Luft hinterließ.
Da sagte der Sohn: »Nächste Woche fahre ich nach San Franzisko. Auf der Rückkehr spielen wir noch zehn Tage in Chicago. Ich denke, Vater, daß wir in vier Wochen nach Europa fahren können!«
»Mirjam?«

»Heute noch werde ich sie sehen, mit Ärzten sprechen. Alles wird gut werden, Vater. Vielleicht nehmen wir sie mit. Vielleicht wird sie in Europa gesund!«

Sie kehrten ins Hotel zurück. Mendel ging ins Zimmer seines Sohnes. Er war müde.

»Leg dich auf das Sofa, schlaf ein wenig«, sagte der Sohn. »In zwei Stunden bin ich wieder hier!«

Mendel legte sich gehorsam. Er wußte, wohin sein Sohn ging. Zur Schwester ging er. Er war ein wunderbarer Mensch, der Segen ruhte auf ihm, gesund würde er Mirjam machen.

Mendel erblickte eine große Photographie in rostbraunem Rahmen auf dem kleinen Spiegeltisch. »Gib mir das Bild!« bat er.

Er betrachtete es lange. Er sah die junge, blonde Frau in einem hellen Kleid, hell wie der Tag, in einem Garten saß sie, durch den der Wind spazierenging und die Sträucher am Rande der Beete bewegte. Zwei Kinder, ein Mädchen und ein Knabe, standen neben einem kleinen, eselbespannten Wagen, wie sie in manchen Gärten als spielerisches Vehikel gebraucht werden.

»Gott segne sie!« sagte Mendel.

Der Sohn ging. Der Vater blieb auf dem Sofa, die Photographie legte er sachte neben sich. Sein müdes Auge schweifte durchs Zimmer zum Fenster. Von seinem tiefgelagerten Sofa aus konnte er einen vielgezackten, wolkenlosen Ausschnitt des Himmels sehn. Er nahm noch einmal das Bild vor. Da war seine Schwiegertochter, Menuchims Frau, da waren die Enkel, Menuchims Kinder. Betrachtete er das Mädchen genauer, glaubte er, ein Kinderbild Deborahs zu sehn. Tot war Deborah, mit fremden, jenseitigen Augen erlebte sie vielleicht das Wunder. Dankbar erinnerte sich Mendel an ihre junge Wärme, die er einst gekostet hatte, ihre roten Wangen, ihre halboffenen Augen, die im Dunkel der Liebesnächte geleuchtet hatten, schmale, lockende Lichter. Tote Deborah! Er stand auf, schob einen Sessel an das Sofa, stellte das Bild auf den Sessel und legte sich wieder hin. Während sie sich langsam schlossen, nahmen seine Augen die ganze blaue Heiterkeit des Himmels in den Schlaf hinüber und die Gesichter der neuen Kinder. Neben ihnen tauchten aus dem braunen Hintergrund des Porträts Jonas und Mirjam auf. Mendel schlief ein. Und er ruhte aus von der Schwere des Glücks und der Größe der Wunder.